Das Buch

Paula braucht einen Neuanfang. Das Leben in der Großstadt macht sie unglücklich. Nachdem sich ihr Freund von ihr trennt, zieht sie auf den Hof ihrer Großeltern in die Eifel. Das Leben im Einklang mit der Natur und die körperliche Arbeit erfüllen sie. Paula hat eine Idee für den alten Milchbetrieb: Sie will einen Ferienbauernhof daraus machen, mit eigener Ziegenherde, Bio-Produkten aus der Käserei, Obstbäumen und süßen Holzhütten als Unterkunft für die Feriengäste. Voller Elan macht sie sich an die Arbeit. Beim Bau der Holzhäuschen braucht Paula Hilfe. Sie beauftragt den Tischler Theo. Schon bei der ersten Begegnung mit ihm schlägt ihr Herz Purzelbäume. Hätten sie beide nicht vorher so schlechte Erfahrungen gemacht und hätte Paula nicht so hohe Kredite auf den Hof aufgenommen, könnte alles perfekt sein. Aber dann geschieht ein Unfall, und Paulas Traum steht vor dem Aus. In dieser schweren Situation versucht Theo, für Paula da zu sein. Doch anscheinend hat sie sich in ihm getäuscht ...

Die Autorin

Cordula Gravensteiner lebt im Kölner Süden. Den Ausgleich zum Großstadtdschungel findet sie mit Mann und Hund in der rauen Eifel, wo sie durch Spaziergänge bei Wind und Wetter ihren inneren Akku füllt. Leben mit allen Sinnen ist ihr Motto, welches sie am liebsten durch leckeres Essen, Singen unter der Dusche oder das Ausdenken von Geschichten unterstreicht.

CORDULA GRAVENSTEINER

Obstblüten Träume

Roman

Ullstein

Besuchen Sie uns im Internet:
www.ullstein-buchverlage.de

Für Benedikt und Linne

Originalausgabe im Ullstein Taschenbuch
1. Auflage März 2020
© Ullstein Buchverlage GmbH, Berlin 2020
Umschlaggestaltung: bürosüd° GmbH, München
Titelabbildung: © Matteo Manduzio / living4media
Gesetzt aus der Quadraat Pro powered by pepyrus.com
Druck und Bindearbeiten: CPI books GmbH, Leck
ISBN 978-3-548-06076-7

Prolog

Paulas Blick schweifte über die Streuobstwiesen, die sich bis hinunter ins Tal erstreckten. Kräftige, durch die Nässe dunkelgrüne Blätter hingen an den unzähligen Obstbäumen, die bereits die ersten Früchte ausbildeten. Wie viele Male hatte sie mit der Hand über ihre raue Rinde gestrichen? War als Kind in ihre Äste geklettert? Nicht nur, wenn sie mit ihren großen Brüdern Verstecken spielte, sondern meist, um sich auf den knorrigen Ästen im Wind zu wiegen. Sie hatte frisches Obst genascht, sich im hohen Gras verkrochen, Bienen und Hummeln bei der Arbeit beobachtet. Erst vor wenigen Wochen hatte sie die weißen und rosafarbenen Blüten bewundert, die die Wiesen jedes Frühjahr in ein traumhaftes schneerosa Meer verwandelten. Als Kind hatte sie versucht, sie zu zählen, war durch die hinabfallenden Blüten gesprungen wie durch den ersten Schnee des Jahres. Sie kannte jeden einzelnen Baum, hatte sie alle das letzte Jahr über gehegt und gepflegt, beschnitten und gekalkt.

Heute Morgen war sie noch zwischen ihnen herumgelaufen und hatte die Fruchtstände kontrolliert, sich anschließend ihrem Kräutergarten gewidmet, Unkraut gejätet, Thymian gepflanzt und Basilikum ausgesät. Es war eine einzige Freude gewesen. Aber jetzt beugten sich die jungen Pflanzen windschief unter ihrem Gewicht, und auch von der Idylle auf den Streuobstwiesen war nichts mehr zu sehen. Überall lagen abgerissene Blätter und Zweige auf dem Boden, dazwischen unzählige knospende Früchte. Bei diesem Anblick zog sich ihr Herz schmerzhaft zusammen.

Der Sturm war weitergezogen. Der Regen peitschte nun nicht mehr wie von wilden Furien gehetzt auf sie herab, sondern strömte gleichmäßig aus den dichten grauen Wolken, vermischte sich mit den Tränen auf ihren Wangen. Böen wirbelten über den Hof und zogen kräftig an der Plane, die sie eben noch provisorisch auf dem Scheunendach ausgebreitet hatten, nachdem der Sturm einen Großteil davon zerstört hatte.

Sie raufte sich die nassen Haare, was jedoch nichts an dem Orkan änderte, der in ihrem Inneren tobte. Wie hatte sie sich bloß so täuschen können? Wo sie doch immer gedacht hatte, über gute Menschenkenntnis zu verfügen!

Bitter lachte sie auf. Am liebsten hätte sie sich geohrfeigt. Es war schon wieder passiert. Als hätte sie aus ihrer letzten Beziehung nichts gelernt, hatte sie sich erneut einwickeln lassen. Von einer schönen Fassade und charmantem Gehabe. Hatte auf ihre Freundinnen gehört, die ihr in den Ohren gelegen hatten, das Leben einfach zu genießen und Männern nicht von vornherein zu misstrauen. Hätte sie sich doch nur auf ihre Skepsis verlassen und die Finger von ihm gelassen! Schließlich war sie ein gebranntes Kind und wusste genau, dass man sich auf Männer einfach nicht verlassen konnte. Und jetzt stand sie hier, und alles, was sie sich mühsam aufgebaut hatte, war mit einem Schlag zerstört. Ihre ganze Existenz, der Hof, den sie mit ihrer Hände Arbeit aufgebaut hatte – alles weg.

Sie stand vor dem Nichts.

Der Raum war voller Menschen, doch kein Vergleich zu den vielen Trauergästen in der Kirche und auf dem Friedhof. Paula hatte das Gefühl, das ganze Dorf wollte Abschied von ihrem Großvater nehmen.

Und zu Recht. Opa Mattes war ein ganz besonderer Mensch gewesen. Immer ruhig und ausgeglichen, nie ein böses Wort, wenn jemand etwas falsch machte oder einfach nicht seiner Meinung war. Am meisten jedoch hatte sie seine positive Sicht aufs Leben bewundert. Obwohl es ihm doch manches Mal übel mitgespielt hatte, war das Glas bei ihm immer halb voll, niemals halb leer gewesen.

Und nun saßen hier alle beieinander, erinnerten sich seiner oder waren in ihren Gesprächen schon wieder beim Alltäglichen angelangt. Jupp stand hinter der langen Theke, zapfte in seiner freundlichen, gelassenen Art ein Pils nach dem anderen und unterhielt sich gleichzeitig mit dem alten Hermann Kell, der offensichtlich bereits einige Bierchen intus hatte und mit weiten Gesten seine sehr bildreichen Erzählungen unterstrich.

Paulas Freundin Mariele war die Köchin beim Schmitze Jupp und gerade in der Küche damit beschäftigt, die Brötchenplatten wieder aufzufüllen, während die junge Sandra Brand sich geschmeidig zwischen den Trauergästen hindurchschlängelte und

Getränke servierte. Alles ging seinen gewohnten Gang, ganz in Opa Mattes' Sinne.

Aber das nutzte ihrem unruhigen Bauch wenig, ihr war schon seit Tagen schlecht. Die mehr als sechzigjährige Erfahrung ihres Großvaters als selbstständiger Bauer war eine wahre Schatzkiste gewesen, aus der sie hatte schöpfen können. Das war nun vorbei. Er war nicht mehr da.

Sie legte einmal mehr ihre Hand auf den Magen in der Hoffnung, so die Übelkeit lindern zu können. Wie seit Tagen ohne Erfolg. Die Angst war einfach zu groß. Sie stand jetzt in der Pflicht und fühlte sich vollkommen überfordert.

Wenn sich wenigstens Jakob endlich entscheiden würde. Paula seufzte und nippte an ihrem Kräutertee. Natürlich konnte sie ihn verstehen. Solch eine weitreichende Entscheidung durfte er nicht übers Knie brechen. Aber nun dachte er schon fast ein Vierteljahr darüber nach, ob er ihr in die Eifel folgen sollte oder nicht, und grübelte die letzten Tage noch mehr als sonst.

Plötzlich legte sich ein Arm um ihre Schultern.

»So ganz in Gedanken, mein Kind?«

Großmutter Claire zog sie an sich, und Paula kuschelte sich in ihren Arm. »Jetzt nicht mehr, Mémère. Wie geht es dir?«

»Gut.«

Paula entzog sich der Umarmung und betrachtete kritisch das Gesicht ihrer Großmutter. Viele kleine Fältchen umkränzten ihre Augen und erzählten von all den Jahren, die Großmutter Claire schon gelebt hatte, doch ihre Augen blitzten klar. Nur eine Spur von Trauer war darin zu erkennen.

»Wirklich. Es ist so schön zu sehen, wie viele Menschen sich die Zeit genommen haben, deinem Großvater die letzte Ehre zu erweisen. Das ist ein großer Trost für mich. Und dass Sophie mit der ganzen Familie gekommen ist, freut mich noch mehr.«

Paula schaute hinüber zum Tisch ihrer Eltern, an dem auch ihr ältester Bruder Jan mit Frau und Töchtern saß. Ja, es war wirklich schön, dass sie vollzählig erschienen waren, obwohl ihr Vater die große Kanzlei ansonsten nur ungern seinen Mitarbeitern überließ.

Paula spürte Ärger in sich hochsteigen, als sie ihn so gelöst im Gespräch mit ihrer Schwägerin Zoe sah, und dachte an die vielen Vorwürfe, die er ihr im Laufe des letzten Jahres gemacht hatte. Aber diese Gefühle gehörten heute nicht hierher, und so bemühte sie sich, sie zu unterdrücken, und wandte sich wieder ihrer Großmutter zu.

»Wenn Opa jetzt von oben zusieht, wird er den Trubel bestimmt genießen. Er hat immer gesagt, bei einer Beerdigung solle man nicht nur der Toten gedenken, sondern auch das Leben feiern. Einige seiner Freunde scheinen das ausgiebig zu tun.«

Lächelnd ließ sie erneut ihren Blick schweifen. Alle Tische beim Schmitze Jupp waren voll besetzt, und die Luft schwirrte nur so von den vielen Stimmen.

»Dein Großvater hatte immer eine positive Sicht aufs Leben und ein gutes Gespür für die Menschen. Ich vermisse ihn«, sagte Großmutter Claire wehmütig.

Paula schlang die Arme um ihren Oberkörper und presste sie fest an sich. Sie vermisste ihren Grandpère ebenfalls. Obwohl sie nach seinem schweren Schlaganfall reichlich Zeit gehabt hatten, Abschied zu nehmen, kam sein Tod dann doch überraschend. Und zu früh. Viel zu früh.

»Schon gut, schon gut, Kind, genug der Gefühlsduselei, dafür ist noch Zeit genug. Jetzt muss ich mich um die anderen Gäste kümmern. Sieh du mal zu, dass du deinen Bruder findest. Vorhin saß er noch dahinten in der Ecke und starrte vor sich hin.«

Auch ohne einen Namen zu nennen, wusste Paula, dass der

Jüngere ihrer Brüder gemeint war, da Jan gerade lebhaft mit ihrem Vater diskutierte. Jakob dagegen hatte sie schon seit einiger Zeit nicht mehr gesehen.

Sie drückte ihre Großmutter noch einmal kurz und verließ anschließend die Wirtschaft durch eine der großen Terrassentüren, die den Blick auf das Perlenbachtal freigaben. Sofort schlug ihr die kalte Aprilluft entgegen, und sie fröstelte. Obwohl die Sonne schien, waren es kaum mehr als zehn Grad.

Aber das schien Jakob nichts auszumachen. Wie erwartet saß er auf einer der Bänke des Biergartens und schaute ins Leere. Beerdigungen waren immer noch sein wunder Punkt.

Paula ging zu ihm hinüber und setzte sich neben ihn. Zeit, ihn abzulenken. »Wie sieht es aus, großer Bruder? Hast du endlich eine Entscheidung getroffen?« Sie schaute ihn erwartungsvoll an.

»Ich kann nicht. Noch nicht.« Jakob seufzte und schüttelte den Kopf. »Nein, das stimmt nicht, ich weiß es einfach nicht. Eigentlich will ich mich verändern, will raus aus diesem Trott, aber ich habe das Gefühl, wenn ich hierherkäme, würde ich Anne verlassen.«

Paula seufzte. »Ich weiß, dass ich deinen Schmerz nur zu einem ganz kleinen Teil nachfühlen kann, aber Anne ist seit drei Jahren tot. Meinst du nicht, sie würde wollen, dass du dein Leben weiterlebst? Dass du das Beste für dich und Felix tust? Hattest du nicht mit Anne davon geträumt, irgendwann einen Hof zu kaufen und mit Kindern zu arbeiten?«

»Sicher, aber das wollte ich gemeinsam mit Anne machen, das war unsere Zukunft.«

»Und mit mir hat das Ganze keinen Sinn?«

Jakob fuhr sich mit der Hand über die Augen. »Doch, sicher, aber ich kann einfach nicht aus meiner Haut. Ich habe das Gefühl, ich würde sie verraten.«

Paula betrachtete ihren Bruder, dem sie seine Zerrissenheit ansah.

In dem Moment, in dem Großvater Mattes ihr eröffnete, dass er seine Frau gut versorgt wissen und den Hof nicht Paulas Mutter Sophie, sondern ihr hinterlassen wolle, hatte sie begonnen, Pläne zu schmieden. Die kleine Milchwirtschaft war schon seit Jahren nicht mehr rentabel, weshalb sie ihren Großvater von der Idee überzeugte, statt der Kühe Ziegen zu halten. Sie träumte von einem vielseitigen Ökohof, wollte sich mehrere Standbeine aufbauen. Die Streuobstwiesen zu neuem Leben erwecken zum Beispiel und eine eigene Käserei einrichten. Dazu ein paar Ferienhäuser und vielleicht irgendwann einmal ein kleines Hofcafé, in dem sie ihre eigenen Produkte verkaufen könnte. Sie hatte so viele Ideen, machte nächtelang Pläne. Manche hatte sie bereits realisiert, andere warteten noch auf ihre Umsetzung, aber alle waren mit dem Risiko behaftet, dass ihre Kalkulation nicht aufging. Dass der Kredit von der Bank beinhaltete, den Hof als Sicherheit zu überschreiben, hatte sie noch nicht einmal ihrer Großmutter erzählt, obwohl sie es sich sicher denken konnte. Auch Jakob wollte sie nichts von ihren finanziellen Sorgen sagen. Er sollte sich frei entscheiden können, ob er ihre Pläne auch zu seinen machte oder eben weiterhin in Düsseldorf blieb. Sie musste ihm die Zeit lassen, die er brauchte, auch wenn es ihr sehr schwerfiel.

»Du weißt, dass ich nicht zu den geduldigsten Menschen auf diesem Planeten zähle«, erklärte sie, »aber ich sehe es als gute Übung, auf deine Entscheidung zu warten.«

Immerhin konnte sie Jakob damit ein kleines Lächeln entlocken. »Ja, Schwesterchen, für deine Geduld bist du wahrlich nicht bekannt. Ich werde es im Hinterkopf behalten.«

»Ich hatte mir schon so schön ausgemalt, wie du dir für euch das Dachgeschoss ausbaust.«

»Was soll ich mit dem ganzen Platz? Felix und ich sind doch nur zu zweit«, grummelte er.

Paula legte ihrem Bruder die Hand auf den Arm. »Du wohnst jetzt auch in einem großen Haus, und Oma Claire und mir reicht der Platz im Erdgeschoss völlig. Du könntest es dir also ganz gemütlich einrichten. Und wer weiß schon, was dein Leben noch für Wendungen nehmen wird«, fügte sie hinzu.

»Es wird nie mehr so wie mit Anne.« Jakob entzog ihr seine Hand und stand auf.

»Nein«, bestätigte Paula und sah zu ihm auf. »Es wird nie mehr so, wie es mal war, aber dein Leben geht weiter, und es wird Zeit, dass du das begreifst. Auch für Felix.«

»Ich bin ihm ein guter Vater«, brauste Jakob auf.

»Du bist ihm ein verdammt guter Vater, ich denke, es wäre gut, wenn du ihm zeigst, dass das Leben auch noch andere Facetten hat.«

»Du hast ja recht.« Jakob fuhr sich durchs Haar und setzte sich wieder neben sie. »Zuhause erinnert mich jeder Baum, jeder Strauch an Anne und zieht mich runter. Aber trotzdem kann ich mich nicht dazu entschließen, das alles hinter mir zu lassen.« Er wandte sich Paula zu. »Genug davon, also, wann kommen deine Blockhäuser?«

»Die werden nächste Woche geliefert. Jetzt brauchen wir nur noch jemanden, der uns den Innenausbau macht. Der Meier hat mir gestern abgesagt, aber Jupp hat wohl jemanden an der Hand, den ich morgen anrufen soll.«

»Es tut mir leid, dass ich dich so lange in der Luft hängen lasse. Warum bist du auch so stur und nimmst unsere Angebote nicht an, dir finanziell unter die Arme zu greifen?«

»Weil es mein Hof und meine Blockhäuser sind. Bisher!«, betonte sie. »Du bist herzlich willkommen, voll mit einzusteigen.«

Jakob nahm ihren Kopf zwischen seine Hände und drückte ihr einen Kuss auf die Stirn. »Ich mache so schnell, wie ich kann. Versprochen.«

Nachdem sich die Trauergäste auf den Heimweg gemacht hatten und auch Jan und Jakob mit ihren Familien in Richtung Düsseldorf unterwegs waren, hatten ihre Eltern sie und ihre Grandmère noch auf den Hof begleitet. Darum bemüht, den Abstand zu ihrem Vater so groß wie möglich zu lassen, hatte sie sich bei ihrer Großmutter untergehakt und ließ mit ihr die Beerdigung Revue passieren. Es war wirklich eine schöne und würdevolle Feier gewesen. Ihr Großvater hätte seine Freude daran gehabt.

»Maman?«, wandte sich Paulas Mutter an ihre Mémère. »Gibst du mir noch etwas von deinem Pflaumenkompott mit? Wir haben übermorgen Gäste, und ich wollte es zum Nachtisch zu einer Crème brûlée anbieten.«

»Sicher«, stimmte ihre Großmutter zu. »Ich habe noch genug davon im Keller.«

Die beiden Frauen gingen ins Haus, und ehe Paula sich versah, stand sie mit ihrem Vater allein auf dem Hof.

Wie zu erwarten, begann er sofort mit seiner üblichen Tirade. »Ich verstehe einfach nicht, wie du dir diesen maroden Hof ans Bein binden konntest«, erklärte er mit einem skeptischen Blick auf die alte Scheune. »Du hast einen Master in Betriebswirtschaft, die besten Voraussetzungen für eine glänzende Karriere. Und was machst du damit? Vergräbst dich in der tiefsten Eifel auf einem alten Hof!«

»Ich vergrabe mich nicht, sondern ich bin hier, weil ich das will«, entgegnete sie mit scharfer Stimme.

»Unsinn. Seit du Alex verlassen hast, hast du jeglichen Blick auf die Realität verloren. Du lebst doch in einer Traumwelt, Paula, ohne Sinn für die Wirklichkeit.«

»Wie bitte?«, fuhr sie ihn an. »Das hier ist meine Wirklichkeit. Bloß, weil du nichts damit anfangen kannst, heißt das noch lange nicht, dass sie nicht real ist.«

Ihr Vater winkte ab. »Für dich mag sie real sein, aber das hat doch nichts mit der modernen Welt zu tun. Um hier einigermaßen was auf die Beine stellen zu können, hättest du einen Batzen Eigenkapital haben müssen. Den hast du aber nicht.«

Paula bemühte sich darum, die Fassung zu bewahren und ihren Vater nicht anzuschreien. »Ich weiß, der Hof hat derzeit keine solide Grundlage«, antwortete sie, um Ruhe bemüht, »aber ich habe ein Konzept. Und die Bank hat es akzeptiert. Da sitzen ja auch nicht nur Blödmänner, die keine Ahnung haben.«

»Ach, Paula«, erwiderte ihr Vater herablassend. »Gerade du solltest wissen, dass Banken nur an ihrem Gewinn interessiert sind. Die warten ein, zwei Jahre ab, und dann freuen sie sich über den Hof und das Land, das sie von dir bekommen.«

Paula wurde übel bei dem Gedanken, dass ihr Vater vielleicht recht haben könnte, aber sie biss sich auf die Unterlippe und konzentrierte sich darauf, das Gefühl vorübergehen zu lassen.

»Du hättest bei Alex bleiben sollen«, fuhr ihr Vater mit seiner Litanei fort. »Ihr hattet so ein schönes Leben. Das war endlich mal ein großzügiger und solider Mann, den hättest du halten sollen.«

»Wie oft soll ich dir eigentlich noch sagen, dass Alex mich verlassen hat?«, presste Paula hervor.

»Na und? Du hättest um ihn kämpfen müssen, sicher wäre er zu dir zurückgekehrt. Du hast es doch gar nicht versucht.«

Paula ballte ihre Hände zu Fäusten. Es hatte einfach keinen Sinn. Seit ihrer Trennung von Alex hatte es bereits einige solcher

Gespräche gegeben, ohne dass ihr Vater an ihrer Meinung interessiert gewesen wäre. Warum also sollte es heute anders sein?

Ohne ein weiteres Wort wandte sie sich von ihm ab und ging an der Scheune vorbei in Richtung Streuobstwiesen. Sie wollte sich nicht weiter streiten, schon gar nicht an diesem Tag.

Aber bloß, weil sie jetzt zunehmend körperlichen Abstand zu ihrem Vater hatte, ging ihr das Gesagte noch lange nicht aus dem Kopf. Vor allem der finanzielle Aspekt nagte ohnehin jeden Tag an ihr.

Ja, ihr Vater hatte recht, es war alles mit der heißen Nadel gestrickt. Die Kredite waren hoch, und ihr Konzept musste aufgehen, damit sie sie pünktlich zurückzahlen konnte. Im Moment hatte sie noch keine hohen Einnahmen. Bisher reichte es gerade so für den nötigsten Unterhalt des Hofs und für Finns Gehalt. Ein eigenes Gehalt konnte sie sich noch nicht leisten, ganz zu schweigen von notwendigen Rücklagen. Aber sie stand ja auch erst am Anfang.

Paula atmete tief durch, als sie am Rande der Streuobstwiesen stand. Hier befand sich ihr großer Schatz, denn die Streuobstwiesen waren neben den Ziegen und den Blockhäusern ein weiterer wichtiger Pfeiler ihres Finanzierungsplans. Auch wenn es ein wenig aus der Zeit gefallen schien, waren die vielen Hochstämme, selbst wenn sie nicht stramm in Reih und Glied standen, eher eine Plantage und kein schlichter Obstgarten. Die Obstbäume und -sträucher wuchsen hier seit vielen Jahrzehnten bis hinunter ins Tal und warteten nun auf die Frühlingssonne.

Paula setzte sich auf einen klapprigen Gartenstuhl unter ihren Lieblingsbaum. Der Stamm des knorrigen Gravensteiners war in sich verdreht, was ihn aber nicht daran hinderte, Jahr für Jahr seine süßen, herrlich duftenden Früchte zu produzieren. Sie dachte an die Zeit zurück, in der sie mit ihren Brüdern in den

Ästen der Obstbäume herumgeturnt war. Das waren noch unbeschwerte Jahre gewesen. Und heute? Wer hätte vor knapp zwei Jahren gedacht, dass sie heute hier sitzen würde?

Sie lachte auf, und sofort beschwerte sich ihr Magen mit einem ziehenden Schmerz.

Einige Mitglieder ihrer früheren Clique würden bei Gesprächen über sie sicher nicht mehr aus dem Lachen herauskommen. Die Großstadttussi hatte die High Heels gegen Gummistiefel getauscht. Wer machte denn so was freiwillig?

Wobei, wahrscheinlich war das schon lange Schnee von gestern, schließlich war sie jetzt deutlich länger als ein Jahr auf dem Hof und hatte die Kontakte nach Düsseldorf inzwischen endgültig gekappt.

Muffin stupste sie ans Bein. Paula bückte sich und nahm die Hundedame auf den Schoß. Sofort verströmte der Rauhaardackel seine wohlige Wärme, und Paula spürte, wie sie sich entspannte. »Du hast recht. Die sind es nicht wert, dass ich länger darüber nachdenke.«

Ausgiebig kraulte sie die Hündin hinter den Ohren, während sie den Blick in die Ferne schweifen ließ. Lisa war ihr natürlich geblieben, sie kannten sich schließlich schon seit Kindertagen. Aber sie war so schrecklich weit weg.

Paula warf einen kurzen Blick auf die Uhr. Lisa hatte heute ihren freien Tag und in Anbetracht der Beerdigung gesagt, Paula solle anrufen, wenn ihr danach wäre. Und ihr war danach. Gerade in solchen Zeiten sehnte sie sich nach einer kräftigen Umarmung von ihrer besten Freundin. Warum musste sie auch ausgerechnet in New York leben? München oder Hamburg hätten es doch auch getan. Zumindest Paulas Meinung nach.

Sie selbst konnte sich inzwischen sowieso keinen besseren Ort mehr zum Leben vorstellen als die Eifel. Sie liebte das raue Klima und die hügelige Landschaft, in der man von einem satten Blick über das nächste Tal nie weit entfernt war.

Eigentlich war es noch viel zu kalt, um hier draußen zu sitzen, und viel sehen konnte sie auch nicht mehr, da die Dämmerung bereits einsetzte. Aber sie brauchte noch einen Moment an der frischen Luft, um ihre Gedanken spazieren zu führen.

Nächstes Jahr um diese Zeit wäre vielleicht schon deutlich mehr Leben auf dem Hof, wenn Jakob tatsächlich mit seinen Pferden und seinem vierjährigen Sohn Felix einzog.

Der Kleine würde ihre Routine sicher kräftig durcheinanderwirbeln, dachte Paula und grinste. Sie könnten gemeinsame Ausflüge, Picknicks oder Wanderungen machen. Zum Beispiel durch die wilden Narzissen im Perlenbachtal. Gab es etwas Schöneres nach einem langen Winter als das leuchtende Gelb der wilden Narzissen? Millionen von gelben Blüten strahlten den ganzen April um die Wette und belohnten den Betrachter für das Ertragen der dunklen Wintermonate.

Paula wurde ganz warm ums Herz, und sie nahm sich vor, Mariele zu überreden, in den nächsten Tagen zumindest den kleinen Narzissenwanderweg zu gehen. Am besten am nächsten Montag, da hatte Jupp seine Wirtschaft geschlossen und Mariele frei.

Ja, das war eine gute Idee. Bevor sie sich aufrappelte, um ins Haus zu gehen, ließ sie ihren Blick noch einmal über die drei Fundamente auf der benachbarten Wiese schweifen, auf denen nächste Woche die Blockhütten aufgebaut werden sollten. Sollte Jakob sich entscheiden, sein Erbe – und damit die Hälfte des Hofes – zu übernehmen, würde er auch die Hälfte der Kosten für die Blockhäuser tragen. Das wäre eine große Entlastung für Paulas knapp kalkulierte Investition.

»Komm, Muffin, wir gehen zurück.«

Der Hund sprang von ihrem Schoß und lief voraus, als sie sich auf den Rückweg machte. Auf der anderen Seite der Streuobstwiesen lag der Bauerngarten, den ihre Großmutter hingebungsvoll pflegte. Gerade erst hatte sie Kohlrabi und Spitzkohl gepflanzt und die anderen Beete vorbereitet. Der Kräutergarten würde noch eine Weile auf etliche seiner diesjährigen Bewohner warten müssen, die bereits seit einiger Zeit in den Blumenkästen sprossen, die ihre Großmutter im ganzen Haus auf den Fensterbänken verteilt hatte. Noch ein paar Wochen, dann könnten sie wieder in die vielfältigen Düfte und Texturen der verschiedenen Kräuter eintauchen. Am meisten freute sie sich auf die Büsche frischer Minze. Es gab nichts Erfrischenderes als eisgekühlten Pfefferminztee an einem heißen Sommertag.

Sofort hob sich Paulas Laune. Dieses Jahr hatten sie einen wirklich eisigen Winter hinter sich gebracht, und sie sehnte sich nach jedem Sonnenstrahl, der sich zwischen den Wolken blicken und die Pflanzen gedeihen ließ.

Der alten Scheune schmeichelte das Dämmerlicht der untergehenden Sonne. Als sie an ihr vorbeiging, erschien sie richtiggehend romantisch mit ihrem windschiefen Dach und der ausgeblichenen, maroden Holzverkleidung. Doch hier bestand dringender Handlungsbedarf. Die Holzverkleidung war nicht wichtig, die Wände waren stabil, aber das Dach bereitete ihr Sorgen. Sie hatte sich bereits bei Dachdeckern nach einem neuen erkundigt, doch wenn sie an die Preise dachte, wurde ihr übel. Wobei zu den Dachdeckerkosten noch astronomische Summen an Entsorgungskosten für die asbesthaltigen Eternitplatten anfielen, weshalb sie zurzeit sowieso keinerlei Möglichkeiten hatte, auf die Realisierung Einfluss zu nehmen. Wie es mit dem Hof weiterging, hing auch von Jakobs Entscheidung ab. Sie hoffte, er würde sich nicht mehr so lange Zeit lassen.

Aber sollte er absagen, würde sie es auch allein schaffen,

sprach sie sich kämpferisch Mut zu. Sie war jung und kräftig, und sie hatte viele Ideen. Sie brauchte nur Zeit. Und Geld.

So schlagartig ihre Laune sich eben verbessert hatte, war sie schon wieder im Keller, und die Zweifel gewannen Oberhand. Natürlich hatten ihre Eltern recht gehabt mit all den Einwänden, die sie vorbrachten, als sie sich vor einem Jahr entschieden hatte, den Hof zu übernehmen. Das ganze Anwesen war in die Jahre gekommen. Und nicht nur das. Erst ihr Onkel und letztlich auch ihr Großvater hatten nicht gut gewirtschaftet.

Paula blieb stehen und betrachtete den großen Pferdestall, der inzwischen nur noch die beiden alten Reitpferde von Opa Mattes und Bernard beherbergte. Einst standen hier teure Rassepferde, mit denen ihr Onkel das große Geld machen wollte. Aber wie bereits bei anderen seiner Vorhaben war auch diese Idee zu hochtrabend und wenig durchdacht gewesen, als dass sie hätte erfolgreich sein können.

Als sie zum Haupthaus schaute, sah sie, dass ihre Großmutter die kleine Lampe im Küchenfenster für sie angeschaltet hatte. Obwohl das Flutlicht im Hof mit einem Bewegungsmelder ausgestattet war und alles in ein helles Licht tauchte, hatte dieses Lämpchen etwas Anheimelndes, was Paula ein warmes Gefühl bescherte. Großmutter Claire war eine wahre Glucke und schien hocherfreut, dass sie mit ihr wieder ein Küken in ihrem Nest hatte. Aber abgesehen davon machte das kleine Lämpchen auch deutlich, wie gut in Schuss all die Teile des Hofes waren, die unter der Aufsicht ihrer Großmutter standen.

Verliebt betrachtete sie das anderthalbgeschossige Fachwerkhaus, das wie ein lang gestrecktes L weit in den Hof hineinragte. Die weißen Gefache strahlten ebenso im gleißenden Licht des Fluters, wie die blank geputzten Scheiben der vielen kleinen Butzenfenster funkelten. Vor den Fenstern im Erdgeschoss waren die

Blumenkästen bereits seit Wochen mit bunten Stiefmütterchen bepflanzt, und im Hauswinkel rankte eine raumgreifende Clematis, die spätestens im Mai ihre blauen Blüten öffnen würde. Auch auf der Vorderseite des Hauses hatte die Großmutter ihren grünen Daumen eingesetzt und die Eingangstür mit einem Rosenbogen geschmückt, der in den nächsten Tagen seinen Frühjahrsschnitt bekommen würde.

Und dieses Jahr wurde zum ersten Mal ihr selbst diese Ehre zuteil. Mit einem Lächeln auf den Lippen betrat sie durch die Hintertür das Haus und überlegte, den Wetterbericht für die nächsten Tage zu recherchieren. Bei angekündigtem Sonnenschein würde sie als Erstes den Wandertermin mit Mariele festzurren und anschließend Lisa anrufen.

Als am nächsten Morgen um halb sechs der Wecker klingelte, quälte sich Paula aus dem Bett. Aus einem kurzen Telefonat mit ihrer Freundin war ein ausgewachsener Mädelsabend geworden, weil Lisa ihr nur noch kurz von ihrem neuen Freund erzählen wollte, dann von dem süßen Barkeeper, der offensichtlich seine Schichten ihren anpasste, und schließlich noch von dem Gast, der unbedingt ein Zimmer mit Terrarium wollte, damit er seine Echse mitbringen konnte.

Was mussten sie auch immer so viel quatschen, schalt Paula sich, während sie sich ins Badezimmer schleppte. Als sie in den Spiegel schaute, sah sie genauso zerknittert aus, wie sie sich fühlte. Vielleicht wäre es besser gewesen, sie hätte keine Flasche Rotwein aufgemacht und einen Gutteil davon getrunken. Aber ihre Magenschmerzen waren daraufhin wie weggeblasen, und sie konnte einfach keinen Kräutertee mehr sehen.

Nun, wie sagte ihre Mutter immer so schön? Wer feiern kann, kann auch arbeiten. Paula strich sanft über die dunklen Schatten unter ihren Augen. Langsam wurde sie alt. Ab dreißig ging es halt sprunghaft bergab, das las man doch in allen gängigen Magazinen, und schließlich lag ihr dreißigster Geburtstag bereits fast ein Jahr zurück. Ein Blick in ihre braunen Augen beruhigte sie ein wenig. Noch keine erweiterten Äderchen, sie würde den Tag überleben.

Paula bürstete ihr Haar mit kräftigen Strichen und band es zum Pferdeschwanz zusammen. Jetzt fühlte sie sich schon wieder halbwegs wie ein Mensch. Erneut fiel ihr die Ähnlichkeit zu Jakob auf. Während Jan mit seinem blonden Haar ganz nach ihrem Vater kam, hatten sich bei Jakob und ihr eindeutig die Gene der Mutter durchgesetzt. Auch ihr älterer Bruder hatte gewelltes braunes Haar, war schlank und relativ groß gewachsen. Selbst die leichte Krümmung der Nase war identisch, aber im Gegensatz zu früher ärgerte sie sich nicht mehr darüber.

Sie seufzte, machte sich fertig und ging hinüber in die Küche. Gerade, als sie die Kaffeemaschine anstellte, hörte sie Muffins langsame Tapser im Flur. Diese Hündin war eindeutig ein Morgenmuffel, sollte es so etwas bei Hunden geben. Meistens musste sie sie rufen, damit sie sich von ihrem Schlafplatz vor Paulas Bett erhob und in die Küche kam, um zu fressen. Dabei war sie erst drei, ein richtiger Jungspund.

Kurz nach Muffin erschien Finn, ihr Geselle.

»Guten Morgen, ausgeschlafen?«

Finn gähnte nur, nickte und begann, den Tisch zu decken. Paula wusste, dass dem Zweiundzwanzigjährigen vor dem ersten Kaffee kein einziges Wort zu entlocken war, und so setzten sie ihre Arbeit schweigend fort. Eigentlich war die Küche Großmutter Claires Reich, aber erst ab neun. Ihre Mémère meinte zu Recht, sie wäre lange genug mit den Hühnern aus dem Bett gekrochen, im Alter wolle sie ausschlafen.

Nun, Paula hatte nichts dagegen. Sie war sehr wohl in der Lage, das Frühstück auf den Tisch zu bringen.

Die Kaffeemaschine zeigte gerade mit einem lauten Knattern an, dass der Kaffee durchgelaufen war, als Finn sich einen Stuhl heranzog und sich an den Tisch setzte. »Bei den Ziegen ist alles okay«, nuschelte er.

»Prima, dann schenk mal ein.«

Finn nahm die Thermoskanne und füllte die beiden großen Kaffeebecher. Paula setzte sich ihm gegenüber und schlürfte die ersten paar Schlucke, bis ihr auffiel, dass Finn immer noch nichts sagte.

»Alles in Ordnung?«, fragte sie.

»Klar«, brummte Finn, sah sie jedoch nicht an.

Paula stellte ihre Tasse ab. »Was ist denn los?«

»Nun ja …«, druckste er herum, »… also, ich meine ja nur, also, du bist doch jetzt auch offiziell der Chef.« Er kratzte sich am Kopf und atmete tief durch. »Es würde mir besser gefallen, wenn du auch auf dem entsprechenden Platz sitzt.«

Paula war perplex. Seitdem ihr Großvater als junger Mann den Hof übernommen hatte, war sein Platz am Kopfende der langen Tafel gewesen, und auch noch nach seinem Schlaganfall, als er schon als schwerer Pflegefall ans Bett gefesselt war, wäre niemand von ihnen auf die Idee gekommen, sich dorthin zu setzen. Doch nun war er tot, und Paula wurde wieder einmal mehr bewusst, was das für sie bedeutete. Sie hatte keine fundierte Ausbildung in der Landwirtschaft. Natürlich hatte sie sich im letzten Jahr nächtelang in Fachliteratur vertieft und auch die entsprechenden Zulassungen erhalten, Neuerungen eingeführt, und in manchen Bereichen fühlte sie sich durchaus sicher. Trotzdem ging dem zweiundzwanzigjährigen Gesellen die alltägliche Arbeit auf dem Hof deutlich selbstverständlicher von der Hand als ihr.

Und was würde es für ihre Großmutter bedeuten, wenn sie den Platz wechselte? Paula rutschte unruhig hin und her. Wahrscheinlich würde sie Finn in seiner Meinung unterstützen. Paula hatte sich auch bei ihr inzwischen ein Quäntchen Respekt erarbeitet. Vor allem in den letzten drei Monaten, seit dem Schlaganfall des Großvaters. Alles lief wie am Schnürchen, und daran hatte sie selbst wohl auch ihren Anteil.

»Nun denn«, sagte sie schließlich, »wenn es dir wichtig ist.« Sie nahm ihr Gedeck, rutschte auf der Bank ums Eck und setzte sich vor Kopf. Ein merkwürdiges Gefühl breitete sich in ihrem Körper aus, ihre Brust wurde eng, und Tränen schossen ihr in die Augen.

Verlegen senkte Finn den Kopf.

»Schon gut«, murmelte sie und schluckte ihre Trauer herunter. »Schon gut. Keine Gefühlsduselei, ich weiß. Also, was ist heute zu tun?«

»Sag du es mir, das übt.«

»Wir wollten Gülle aufs Maisfeld fahren und gleich einarbeiten. Außerdem kommt nachher jemand zur Wartung des Radladers, da reicht es, wenn du dabei bist. In der Zeit könnte ich Futter holen.«

Ein Grinsen zog sich über Finns Gesicht, und er zwinkerte ihr zu. »Und dann müsste die Einstreuung im Pferdestall erneuert werden.«

Nun musste Paula lachen, denn das komplette Wechseln der Einstreu war eine der wenigen Arbeiten, die Finn überhaupt nicht gern übernahm. Aber ihr machte das nichts aus.

»Abgemacht«, stimmte sie deshalb zu. Sie griff nach einer Scheibe Schwarzbrot, strich dick Butter darauf und beträufelte sie mit Rübenkraut. Beide waren zufrieden, der Tag konnte beginnen.

Nach einem ausgiebigen Frühstück versorgte sie die Kaninchen, ließ die Hühner frei und sammelte die Eier ein. Sie liebte dieses ruhige Ritual, mit dem sie jeden Tag begann. Manche der Eier, die sie einsammelte, waren noch warm, als sie sie vorsichtig in den Korb legte.

Paula schmunzelte. Wenn die Großstadttussis, mit denen sie sich in Düsseldorf umgeben hatte, sehen könnten, wie Eier aussahen, die frisch aus dem Nest kamen, würden sie sie wahrscheinlich gar nicht essen. Wieder einmal war sie froh, diese Zeit hinter sich gelassen zu haben.

Als sie den Hühnerstall verließ, betrachtete sie kritisch den alten Verschlag. Die Anschaffung eines mobilen Hühnerstalls und die Erweiterung des Bestandes waren zwar nicht dringend, standen aber ebenfalls auf ihrer Wunschliste. Vielleicht könnte sie ja diesen Freimuth, den Jupp ihr empfohlen hatte, damit beauftragen, ihr einen zu bauen, wenn sie mit seiner Arbeit an den Blockhäusern zufrieden war. Und wenn er ihr einen guten Preis machte, schob sie in Gedanken hinterher. Ein guter Preis war das A und O.

Sie kehrte zurück ins Haus und griff zum Telefon.

Wenige Augenblicke später meldete sich eine dunkle Stimme: »Bauservice Theo Freimuth?«

»Guten Morgen, Paula Sassendorf, ich habe Ihre Nummer von Josef Schmitz aus Höfen. Er meinte, Sie hätten ihm einen Schlafzimmerschrank gebaut.«

»Ja. Was kann ich für Sie tun?«

»Nächste Woche Dienstag werden bei mir in Höfen drei Blockhäuser angeliefert und in den folgenden Tagen aufgebaut. Ich weiß, es ist sehr kurzfristig, aber ich suche jemanden, der beim Aufbau ein Auge darauf hätte und mir anschließend den Innenausbau macht.« Nervös drehte sie ihren Pferdeschwanz um die Fingerspitzen.

»Nächste Woche Dienstag? Das ist wirklich sehr kurzfristig.«

Theo Freimuth machte eine Pause, und Paula rutschte schon das Herz in die Hose, als sie hörte, dass er offensichtlich in einem Terminkalender blätterte.

»Nun«, fuhr er schließlich fort, »den ganzen Tag könnte ich nicht dabei sein, aber ich habe derzeit eine Baustelle in Alzen, könnte zwischendurch also immer mal wieder rüberkommen. Und wenn es nicht eilt, könnte ich mit dem Innenausbau anfangen, sobald die Hütten stehen, wäre aber gleichzeitig noch mit anderen Aufträgen beschäftigt, sodass es mit der Fertigstellung etwas dauern würde. Genaueres kann ich Ihnen aber erst sagen, wenn ich die Größe der Hütten und Ihre genauen Pläne kenne.«

Paula jubelte innerlich auf. »Nun, ich habe mir schon gedacht, dass Sie noch andere Termine haben, aber wenn Sie schon anfangen könnten, wäre das super! Wann können Sie denn vorbeikommen?«

»Gegen fünf?«

»Gegen fünf ist prima, dann bin ich auch mit dem Gröbsten durch. Mein Hof liegt am Alten Weg. Ist der einzige dort, nicht zu verfehlen.«

»Alles klar, bis dahin.«

»Bis später, und vielen Dank!«

Paula legte auf und reckte die Faust in die Luft. »Ja!«

Sie war unsagbar erleichtert. Die Absage von Meier hatte sie wirklich in Bedrängnis gebracht, schließlich wollte sie zumindest eine der Hütten schon in diesem Sommer vermieten.

Sie rieb sich die Hände. Jetzt sah es tatsächlich danach aus, als könnte es klappen. Die nächsten Abende sollte sie sich wohl hinsetzen und eine vernünftige Website erstellen. Wobei, das könnte eigentlich Jakob machen. Wie Jan war er ein richtiger Computernerd, was ihm beruflich sehr entgegenkam, da die Kanzlei ihres

Vaters vorwiegend große Computerfirmen im Wirtschaftsrecht beriet. Von daher wäre das Erstellen einer Website für ihn ein Klacks. Heute Abend würde sie ihn anrufen und alles mit ihm besprechen.

Nachdem sie die Pferdeboxen am Nachmittag sorgfältig gesäubert und frisch eingestreut hatte, fuhr sie die Schubkarre zurück an ihren Platz und stellte Rechen, Schaufel und Besen daneben. Zeit, die beiden Alten zu füttern. Pirko und Salim streckten bereits erwartungsvoll ihre Köpfe in die Stallgasse.

»Na, ihr zwei? Hunger?« Zärtlich strich sie ihnen über die Köpfe und führte sie anschließend in die frisch gemachten Boxen. Für Pferde befanden sie sich mit ihren einundzwanzig und vierundzwanzig Jahren bereits im Greisenalter, waren entsprechend anfällig und brauchten gute Pflege. Etwas, das Paula mit großem Vergnügen übernommen hatte, seit sie auf den Hof gezogen war.

Sie war mit Pferden aufgewachsen. Ihr Elternhaus befand sich in unmittelbarer Nachbarschaft eines Reiterhofs, auf dem Jakob und sie einen Großteil ihrer Kindheit und Jugend verbracht hatten. Auch wenn sie es immer bedauert hatte, kein eigenes Pferd zu besitzen, gab es zu ihrem Glück immer genug Tiere auf dem Hof, die noch Bewegung brauchten, sodass sie ausgiebig zum Reiten gekommen war.

Wie sehr sie die Pferde vermisst hatte, wurde ihr auch erst wieder bewusst, als sie in die Eifel kam. Pirko und Salim kannte sie schon seit ihrer Kindheit, und sie verdrängte jeden Gedanken daran, dass auch diese beiden nicht ewig leben würden. Vor allem Salim ging es nicht mehr so gut. Er war das ehemalige Reitpferd ihres Großvaters und hatte ihm über viele Jahre hinweg treue Dienste geleistet. Aber inzwischen konnte er nicht mehr geritten werden und wurde deshalb nur noch im Schritttempo spazieren geführt.

Pirko dagegen fühlte sich manches Mal noch wie ein junger Spund und konnte richtig aufdrehen. Sie gehörte ihrem Onkel Bernard und war nach dessen Tod in ebenso große Trauer gefallen wie die Menschen um sie herum. Aber inzwischen hatte sie wieder zu ihrem unbeschwerten und offenen Wesen zurückgefunden.

Trotzdem war es traurig, dass nur noch diese beiden Pferde im Stall standen. In ihrer Kindheit war es hier noch deutlich lebhafter zugegangen. Meist hatte jede der zwanzig Boxen einen Bewohner, denn es war Onkel Bernards großer Traum, ein bekannter Pferdezüchter zu werden. Allein, es war ein Traum geblieben. So lebenslustig und humorvoll er gewesen war, konnte er leider überhaupt nicht mit Geld umgehen. Was auch seinen letzten großen Fehlkauf, den überdimensionierten Traktor, erklärte. Aber sosehr ihr Großvater sich auch bemühte, den Hof zu erhalten, gab er doch immer wieder nach, wenn Onkel Bernard eine seiner Ideen hatte.

Nun, das war inzwischen Geschichte, und sie musste zusehen, wie sie aus diesem ganzen Schlamassel wieder hinausfand. Der Bau der Blockhäuser war ein wichtiger Schritt.

»Und? Wie war dein Tag?«, fragte sie die Stute und kraulte Pirko zwischen den Ohren. »War irgendwas los auf der Weide?«

Die Stute schnaubte fröhlich und knabberte mit den Lippen an Paulas Ohren.

»Lass das!«, kicherte Paula und wandte den Kopf ab. »Das kitzelt.«

Sie strich ihr sanft über die Nüstern und ging dann hinüber in die Futterkammer, um den Pferden ihre Portionen abzufüllen.

»Heute Nacht soll es Frost geben«, erklärte sie, während sie das Futter in die Tröge schüttete. »Ihr werdet es hier also schön warm haben. Morgen früh geht es wieder nach draußen, da könnt ihr euch dann ordentlich bewegen.«

Mit geübten Griffen kontrollierte sie noch die beheizbaren

Tränkebecken der Tiere und wandte sich zufrieden ab. Doch kaum hatte sie einen Schritt hinaus in die Stallgasse gemacht, kam sie ins Straucheln und fiel mit einem Aufschrei nach vorn. »Muffin!«

Aber anstatt wie befürchtet auf dem harten Stallboden landete sie kurz darauf in den Armen eines Mannes.

»Hoppla, nicht so schnell.«

Paula rappelte sich auf, hob den Kopf und sah in ein Paar blauer Augen, die von einem Kranz Lachfältchen umgeben waren.

Sie schluckte. Irgendwie war ihre Zunge festgeklebt, sie konnte nicht sprechen.

»Ihre Großmutter meinte, dass ich Sie hier finde.«

Paula sah ihn fragend an.

Der Mann mit den blauen Augen schloss mit einer Hand die Boxentür und reichte ihr die andere. »Ich hoffe, ich habe Sie nicht erschreckt? Ich bin Theo Freimuth.«

Paula schüttelte den Kopf. Sie räusperte sich. »Nein. Nein. Das war Muffin. Ich meine ... Muffin hat mich nicht erschreckt ... ich meine ... ich bin über meinen Dackel gestolpert.«

Mein Gott, jetzt stammelte sie schon wie eine pubertierende Vierzehnjährige, die plötzlich ihrer Lieblingsboygroup gegenübersteht.

»Entschuldigung.« Sie reichte ihm die Hand. »Ich bin Paula Sassendorf, vielen Dank fürs Auffangen.«

»Gern geschehen.«

Er schüttelte ihre Hand, und sie hätte am liebsten nicht mehr losgelassen. War sie übergeschnappt? Hatte der Sturz ihre Gehirnzellen durcheinandergebracht? Das Thema Männer war doch nun wirklich durch.

»Gut.« Sie zog ihre Hand zurück und steckte sie in die Jackentasche. Nicht dass sie das nachhaltige Kribbeln irgendwie ablenken würde. »Soll ich Ihnen den Bauplatz zeigen?«

»Sicher«, antwortete er und ging in die Hocke, um Muffin zu begrüßen, die sich vor Freude auf den Rücken legte und ihr Bäuchlein präsentierte.

»Eine Schmusebacke?« Theo Freimuth schaute fragend zu ihr hoch.

»Nicht bei jedem, aber Sie scheint sie zu mögen.«

Da sie jetzt auch noch anfing, seine Hände zu taxieren, die in sanften Strichen über Muffins Bauch fuhren, wandte sie sich abrupt ab und ging in Richtung Wiese voraus. Hallo? Was war denn hier los? Herzklopfen nur vom Anblick eines attraktiven Kerls? Bisher hatte sie immer über Mariele gespottet, die schon aufseufzte, sobald ein halbwegs gut aussehender Mann durch die Tür kam. Sie wurde doch nicht kindisch auf ihre alten Tage?

»Hübsch haben Sie es hier«, erklang Theo Freimuths sonore Stimme hinter ihr. »Das ist ja fast eine richtige Plantage. Mit einem fantastischen Ausblick«, fügte er hinzu.

»Ja, mir gefällt's, und ich hoffe, unseren zukünftigen Gästen auch.« Sie wies mit der Hand auf die hintere Wiese und die drei Fundamente, die dort gegossen worden waren. Auch hier fiel das Gelände sanft ab und gab den Ausblick auf das Perlenbachtal frei.

»Wird es zwischen den Häusern Buchenhecken geben?«

Paula wandte sich ihm lächelnd zu. »Wir sind hier im Monschauer Heckenland, natürlich wird es Hecken geben. Ich habe auch schon einen Lieferanten gefunden, der nicht nur dürre Ästchen liefert, sodass sie bereits in ein paar Jahren als solche zu erkennen sein werden.«

Theo Freimuth ließ erneut seinen Blick schweifen und nickte. »Ein wirklich schönes Fleckchen Erde.«

Dann ging er auf eines der Fundamente zu und betrachtete es genau. »So richtig klein werden die Hütten aber nicht.«

»Ich habe ja auch nicht von Hütten, sondern von Blockhäusern gesprochen. Unten jeweils zwei kleine Schlafzimmer mit Diele und Bad und oben die Wohnküche mit großem Fenster und Balkon, sodass die Gäste zu jeder Zeit den schönen Ausblick genießen können.«

»Und was stellen Sie sich als Innenausbau vor?«

»Das besprechen wir am besten im Haus, Zeit für eine Kaffeepause.«

»Klingt perfekt«, stimmte er ihr zu.

Ohne Aufforderung stellte Theo Freimuth seine Arbeitsschuhe im Vorraum neben ihren Gummistiefeln ab und folgte ihr auf Wollsocken durch den langen Flur.

»Bestimmte Plätze?«, fragte er in der Küche.

Sofort schoss Paula das Gespräch beim Frühstück durch den Kopf. »Ich sitze dort vor Kopf, Sie können sich einen Platz aussuchen.«

Sie beobachtete ihn, wie er hinter dem Tisch auf die Eckbank rutschte und dabei seinen Blick durch die Küche schweifen ließ. Ob ihm gefiel, was er sah? Für sie war die Küche ein absoluter Wohlfühlraum. Während viele Bereiche des Hofes schon bessere Tage gesehen hatten, war die Küche die Domäne ihrer Großmutter und von daher nicht nur auf dem neuesten Stand der Technik, sondern auch mit Liebe zum Detail eingerichtet. Rechts von der Tür stand ein alter blau-weißer Kachelofen, der von einer Ofenbank umgeben war, die ihre Mémère mit dunkelblauen Kissen bestückt hatte. Ebensolche zierten die Eckbank und die Stühle aus rohem Eichenholz, die bestimmt schon hundert Jahre auf dem Buckel hatten. Die aus Eichendielen gebaute Tischplatte war nach all den Jahren blank gescheuert, aber die Einbauküche, die die gesamte Fensterseite zum Hof bedeckte, wirkte noch wie neu. Die weißen Kassettentüren bestanden aus Massivholz und waren an den Hochschränken von kleinen Glasscheiben durchsetzt. An der

Stirnseite prangte ein wuchtiges Vertiko aus den Dreißigerjahren, das blau lasiert war und in dem das gute Geschirr stand. Zum Glück war der alte Boden nie erneuert worden, die schwarzen und weißen Fliesen waren fast schon wieder modern.

Ihr gefiel's, und es war völlig unerheblich, was andere davon hielten. Sie wandte sich um und nahm zwei Kaffeebecher aus dem Vertiko, wobei sie Theos Blicke spürte. Es war nicht das erste Mal, dass ihr jemand bei der Arbeit zuschaute, aber dieses Mal fühlte sie sich wie eine Amöbe unterm Mikroskop.

Nur um das Schweigen zu brechen, sagte sie schließlich: »Ich bin froh, dass Sie meinen Auftrag noch dazwischenschieben konnten.«

»Kein Problem. Ich bau nach Möglichkeit immer ein wenig Puffer in meine Planung, um auch kurzfristige Aufträge annehmen zu können.«

Paula stellte die Kaffeebecher auf den Tisch und legte Teelöffel dazu. »Was genau bedeutet denn Ihr Bauservice? Jupp hat mir erzählt, Sie wären Tischler?«

»Ich bin Tischlermeister, habe davor aber auch eine Ausbildung zum Maurer gemacht. Das heißt, ich erledige alle Bauarbeiten, die rund um Gebäude anfallen und mit Stein oder Holz zu tun haben.«

»Das heißt, ich könnte Sie auch für einen Anbau engagieren?«, fragte sie und nahm Milch aus dem Kühlschrank.

»Klar. Ist Ihnen das Haus nicht groß genug?« Er machte eine ausholende Bewegung mit den Armen.

Paula lachte. »Doch, Sie haben recht, das Haupthaus ist nicht gerade klein, aber mein Bruder wird vielleicht mit seinem Sohn hierherziehen und dann das Dachgeschoss ausbauen. Dafür bräuchten wir ein äußeres Treppenhaus, das wir am Giebel anbauen müssten.«

»Das heißt, Sie brauchen einen Anbau und eine Treppe. Bis wann?«

Sie nahm die Thermoskanne in die Hand und füllte beide Becher mit Kaffee. »Das hat Zeit. Noch hat mein Bruder nicht zugesagt. Aber wenn, würde Jakob oben nach und nach alles so umbauen, wie er es braucht. Dann hätten wir gern auf lange Sicht für jeden seinen eigenen Bereich.«

»Nun, wenn ich das Treppenhaus nach den Hütten machen kann, sollte das kein Problem sein. Aber jetzt sind wir vom eigentlichen Thema abgekommen: Wie stellen Sie sich denn den Ausbau der Hütten vor?«

»Moment.« Paula stellte die Thermoskanne zurück auf den Tisch. »Ich hole die Pläne.«

Sie ging rüber in ihr Büro, wo die Pläne noch fein säuberlich im Drucker lagen. Nebenan hörte sie den Fernseher laufen und musste unwillkürlich grinsen. Großmutter Claire ließ sich nur äußerst ungern von ihrer aktuellen Lieblingssendung *In Weiß mit Spitze* abhalten. In den letzten Monaten hatte die Krankheit des Großvaters ihren Tagesablauf bestimmt. Dass sie heute wieder in ihrem Fernsehsessel saß und das übliche Programm verfolgte, bedeutete, dass sie sich wieder dem Alltag stellte. Paula wusste, dass das nichts mit Nichtachtung ihres Ehemannes zu tun hatte. Aber sie hatten drei Monate Zeit gehabt, sich von ihm zu verabschieden. Tag für Tag war ein bisschen mehr Leben aus ihm gewichen. Er hatte gelitten, und obwohl der Schlag ihm die Sprache genommen hatte, hatte er überaus deutlich gezeigt, dass dies nicht die Art von Leben sei, die er lange erdulden wollte. So war es letztlich eine Erlösung, als schließlich seine Nieren versagten und er starb.

Nun musste sich Paula doch ein paar Tränen von den Wangen wischen, ehe sie das Büro verließ. Sie hatte ihren Grandpère aus vollem Herzen geliebt, aber nun musste sie ihn gehen lassen.

»Bitte«, sagte sie, als sie in die Küche kam, und reichte Herrn Freimuth die Pläne. »Die sind für Sie.«

»Wollen wir uns nicht duzen?«, fragte er und nahm die Papiere entgegen. »Ich heiße Theo.«

»Gern, ich bin Paula.« Sie setzte sich auf ihren Platz und reichte ihm erneut die Hand.

Ein fester, warmer Händedruck, ohne ihr die Knochen zu brechen, dachte sie, als sie die Hand wieder zurückzog. Machogehabe hatte er demnach nicht nötig. Sie gab genau den richtigen Schuss Milch zu ihrem Kaffee und betrachtete verstohlen Theo, der sich über die Pläne beugte. Er war mindestens so groß wie Jakob, breiter von der Statur, aber nicht dick, sondern durchtrainiert. Sein schwarzes Haar lag in wilden Locken um seinen Kopf und stand in interessantem Kontrast zu den blauen Augen.

Interessant, ja, Paula, ganz genau, du bist so doof, schalt sie sich selbst. Sie nippte an ihrem Kaffee und bemühte sich, sich auf die Pläne zu konzentrieren.

»Wie sieht das Konzept für dich aus?«, fragte sie ihn.

»Prima, ich mache gern den kompletten Innenausbau. Außer Malerarbeiten. Tapezieren hasse ich.«

Er schenkte ihr ein schiefes Grinsen, und hätte sie nicht gesessen, hätte sie wohl weiche Knie bekommen. Sie räusperte sich. »Okay, die Malerarbeiten werde ich dann anderweitig vergeben.«

Sie unterhielten sich noch ein bisschen über die Möglichkeit eines Terrassenanbaus, wobei sie ihn weiterhin verstohlen beobachtete. Er gab einen winzigen Schuss Milch in seinen Kaffee und nahm einen kleinen Schluck.

Paula löste ihren Blick schweren Herzens von seinen schlanken Fingern. »Gut, dann wäre das auch geklärt, also Holzterrassen. Und? Möchtest du die Arbeiten übernehmen?«

»Das klingt alles gut. Ist aber eine Frage der Zeit. Ich schätze mal, dass ich die erste Hütte Ende Mai fertig habe, die anderen beiden dann in jeweils einem Monatsabstand, vielleicht auch schneller. Wäre dir das recht?«

»Bestens!«, rief Paula erfreut. »Dann könnte ich ja alle Häuser schon diesen Sommer vermieten!«

»Freut mich, wenn du dich freust.« Er nahm seinen Kaffeebecher und prostete ihr zu. Seine Augen strahlten, und Paula musste kurz in ihren Becher schauen, als ihr Herz einen schmerzhaften Hüpfer machte.

Nachdem sie noch die Details besprochen hatten und Theo ihr versicherte, dass der Kostenvoranschlag bis Sonntagnachmittag in ihrem Briefkasten läge, verabschiedeten sie sich voneinander, und Paula sah dem Sprinter hinterher, der langsam vom Hof fuhr.

Sie schüttelte den Kopf. Was war das denn gewesen? Eine Begegnung der dritten Art? Nur gut, dass Finn schon ins Wochenende aufgebrochen war. Da im Wohnzimmer immer noch der Fernseher lief, hatte sie die Küche noch eine Weile für sich und konnte bei einem weiteren Becher Kaffee über ihren Gast nachdenken. Oder in Erinnerungen schwelgen?

Paula stöhnte auf, schlug sich vor die Stirn und ging zurück ins Haus.

Als sie am späten Sonntagnachmittag den Briefkasten öffnete, lag wie versprochen der Kostenvoranschlag von Theo darin. Aufgeregt nahm sie ihn mit ins Haus, setzte sich an den Küchentisch und verglich ihn mit Meiers Angebot. Schon als Kind hatte sie es geliebt, Postamt zu spielen und die vielen verschiedenen Formulare sorgfältig auszufüllen, und auch heute mochte sie es, ab und an mit Zahlen zu jonglieren, schließlich war das ja auch ihr ursprünglicher Beruf. Doch hier sah alles gut aus, stellte sie erfreut fest. Sie sah, dass Theo einiges an zusätzlichem Material veranschlagte, insgesamt aber trotzdem etwas unter dem Kostenvoranschlag von Meier lag. Wenn die Blockhäuser von ihm mit derselben Liebe wie seine Schreinerarbeit bei Jupp ausgebaut wurden, hätte sie echte Prachtstücke auf ihrer Wiese stehen.

Sie griff zum Telefon und wählte Theos Nummer.

»Hallo?«, meldete er sich. Im Hintergrund hörte sie weitere Stimmen.

»Hi, hier ist Paula Sassendorf«, antwortete sie. »Ich hoffe, ich störe nicht, aber ich habe deinen Kostenvoranschlag bekommen und durchgesehen. Von mir aus kann der Ausbau losgehen.«

»Wow, super, das freut mich!«

»Wann kannst du anfangen?«

»Ich komme Dienstag vorbei, wie versprochen. Ich hätte da allerdings noch eine Bedingung.«

»Eine Bedingung?« Paula sandte ein Stoßgebet zum Himmel, dass jetzt nicht doch noch alles platzte.

»Ich habe einen Hund«, erklärte Theo knapp.

Erleichtert atmete Paula aus. Wenn das seine einzige Bedingung war. »Kein Problem, den kannst du mitbringen. Solange er meine Tiere inklusive Muffin in Ruhe lässt. Benimmt er sich?«

»Titus ist gut erzogen, der tut keiner Fliege was.«

»Gut, dann sind wir im Geschäft, bis Dienstag.«

»Moment!«, rief er in den Hörer, bevor sie auflegen konnte. »Ich sitze hier gerade beim Jupp und dachte, du hättest eventuell Lust, dazuzukommen? Und mit einem Bier auf unser Geschäft anzustoßen?«

Paula schaute auf die Uhr. Es war kurz nach fünf. Ihr Magen rumorte bereits vor Hunger, und für sie standen nur Butterbrote auf dem Plan, da Großmutter Claire heute bei ihrer Freundin war. Von daher fiel ihr die Entscheidung leicht. »Gern. Ich bin in zehn Minuten da.«

Als sie den Gastraum von Schmitze Jupp betrat, sah sie Theo schon an der Theke sitzen, während Jupp ein Bier zapfte.

»Hallo!«, begrüßte sie die beiden.

»Hallo, meine Schöne!«, rief Jupp laut, während Theo nur ein kurzes »Hi!« zur Begrüßung beitrug.

»Na? Wie geht es dir?«, fragte Jupp.

»Bestens!«, antwortete sie. »Theo hat gerade mein Bauvorhaben gerettet!«

»Das habe ich schon gehört, dafür bekommt er gerade ein großes Bier aufs Haus. Wie wär's mit einer kleinen Provision?« Jupp deutete mit dem Zeigefinger auf seine Wange.

»Klar.« Sie beugte sich über die Theke und drückte Jupp einen Kuss auf die Wange.

Der verdrehte die Augen und seufzte.

»Immer wieder gern«, lachte Paula. »Bekomme ich dafür schon was Warmes zu essen, obwohl wir noch nicht halb sechs haben?«

»Unser spezieller Gast hier hat eben auch schon nach einem Schnitzel gefragt, und Mariele hat großherzig zugestimmt«, erklärte Jupp.

»Na, dann hätte ich auch gern eins. Überbacken mit meinem Ziegenmilchcamembert, Preiselbeeren, Kroketten und einem Salat, bitte.«

»Wird gemacht, meine Liebe.« Jupp zwinkerte ihr zu und ging durch die Schwingtür hinter der Theke in die Küche, um Mariele die Bestellung durchzugeben.

»Du bist hier also ein spezieller Gast?«, wollte sie von Theo wissen.

»Ist mir neu, aber ich wehre mich nicht dagegen, wenn ich so zu meinem Schnitzel komme.« Seine stahlblauen Augen funkelten verschmitzt, als er ihr zuprostete.

»Ruhig heute«, meinte er mit einem Kopfnicken zum Gastraum.

»Der Kaffeeschwung ist wohl schon durch die Tür, und bis die ersten Abendgäste eintrudeln, wird es noch ein halbes Stündchen dauern.« Paula ging hinter die Theke und begann, sich selbst ein Bier zu zapfen. Dabei fiel ihr Blick auf einen großen Hund, der in der Ecke neben der Theke lag. »Ist das da dein Lämmchen?«

»Ja, das ist Titus.«

»Ein Hütehund?«

»Alter Schweizer.«

»Der ist ja fast so groß wie ein Pony.«

»Jetzt beleidigst du ihn aber.«

Als wolle er das bestätigen, öffnete Titus ein Auge, schloss es aber direkt wieder, seufzte tief auf und schlief weiter.

»Demnach wart ihr spazieren?«

»Einmal durch Wald und Narzissen, dann eben noch zu deinem Hof und wieder runter zum Jupp.«

»Dann hat er sich sein Schläfchen ja verdient.«

»Um welche Schläfchen geht es?«, fragte Jupp, der in diesem Moment zurück in den Gastraum kam.

»Keine Schläfchen der Art, wie sie gerade in deinen Gedanken auftauchen«, meinte Paula gut gelaunt und schmiegte sich an ihn, als er ihr den Arm um die Schultern legte. Sofort spürte sie, wie sich in ihrem ganzen Körper Entspannung ausbreitete. Jupps Umarmungen fühlten sich mindestens so gut an wie die Umarmungen ihrer großen Brüder.

»Man wird ja noch hoffen dürfen«, erklärte Jupp und küsste sie auf den Kopf. »Und jetzt sieh zu, dass du Land gewinnst, das hier ist mein Arbeitsplatz.«

»Wenn du nicht da bist, muss ich eben selbst für mein Feierabendbier sorgen«, verteidigte sie sich. »Aber vor allem will ich endlich mit Theo anstoßen.«

Sie nahm ihr Glas und wechselte auf die andere Seite der Theke. »Dann also Prost! Auf gute Zusammenarbeit!«

»Auf gute Zusammenarbeit!«, bestätigte Theo und stieß mit ihr an.

Der erste Zug vom Bier war immer der Beste. Sie genoss den feinherben Geschmack auf der Zunge und das Prickeln in ihrer Kehle.

»Ihr zwei scheint euch gut zu kennen«, bemerkte Theo.

Jupp lachte. »Ich kenne Paula schon mein ganzes Leben lang. Auch wenn sie nicht hier aufgewachsen ist, hat sie doch die meisten Ferien hier auf dem Hof verbracht. Wir haben schon miteinander gespielt, als ich kaum in der Schule war.«

»Ach, du stammst gar nicht vom Hof? Wo kommst du denn her?«, fragte Theo interessiert.

»Aus Düsseldorf«, antwortete Paula, ehe sie einen weiteren Schluck nahm.

»Aus dem hippen Düsseldorf«, lästerte Jupp. »Ihr Vater hat da eine große Anwaltskanzlei, und ihre Brüder sind inzwischen mit eingestiegen.«

»Aber du wolltest lieber in die Eifel?«

Paula stellte ihr Glas vor sich auf die Theke. »Nein, zuerst nicht. Ich war ein richtiges Großstadtkind und habe BWL studiert.«

»Und dann hat sie in irgendeiner Firma gearbeitet, die irgendwas verkauft, was eigentlich kein Mensch braucht. Aber der Liebeskummer, weißt du?« Jupp zwinkerte Theo zu.

Paula boxte Jupp gegen die Schulter. »Hey! Red nicht über mich, während ich danebensitze!«

»Ist inzwischen gut eineinhalb Jahre her, dass sie hier aufgeschlagen ist«, fuhr Jupp fort, als hätte sie gar nichts gesagt. »Und es sieht so aus, als würden wir sie nicht mehr los. Hat wohl endlich ihre eigentliche Berufung gefunden, obwohl sie so eine Tussi war.«

Paula lachte. Jupp und sein freches Mundwerk. Manchmal könnte sie ihm dafür den Hals umdrehen, und dann wieder amüsierte sie sich darüber. Wenn nur ihre Familie diesen Wandel auch so entspannt sähe wie die Eifler, die von ihrer Lebensart ohnehin immer dachten, dass sie die beste war.

»›Tussi‹ verbitte ich mir, aber ansonsten eine sehr gute Zusammenfassung, mein Freund. Darauf trinke ich.« Sie hob ihr Glas und prostete den beiden Männern zu.

Jupp griff nach einem frischen Geschirrtuch und begann, Gläser zu polieren.

»Du scheinst tatsächlich zu wissen, was du willst, das finde ich gut«, erklärte Theo an sie gewandt, erhob sein Glas und nahm einen kräftigen Zug von seinem Bier.

Etwas vom Schaum blieb an seiner Oberlippe hängen, und er leckte es mit seiner Zunge ab. Paula überzog ein Hitzeschauer, und sie musste sich darauf konzentrieren, dem Gespräch der Männer weiter zu folgen.

»Hast du dir den Hof schon angeschaut?«, fragte Jupp Theo gerade.

»Bisher nur im Vorbeigehen.«

»Paula hat gerade von Milchvieh auf Ziegen umgestellt.«

»Ach ja? Die Ziegen habe ich auf der Weide gesehen. Und wieso kein Milchvieh mehr?«

»Milchvieh rentiert sich heutzutage eigentlich nur noch für die großen Höfe«, antwortete Paula, »und wir hatten nur noch gut vierzig Stück im Stall. Ziegenmilch wird dagegen richtig gut bezahlt, und durch die eigene Käserei habe ich eine weitere Zielgruppe.«

»Eine eigene Käserei?«

»Ja, und ich war ihr erster Abnehmer!«, warf Jupp ein.

In Theos Augen trat ein seltsamer Ausdruck. »Ein guter Ziegenkäse, umwickelt mit dünnen Schinkenscheiben und Rucola, gebacken und anschließend beträufelt mit Thymianhonig, aah, ja, das schmeckt wirklich hervorragend.«

»Steht bei mir auf der Karte«, lachte Jupp.

»Was? Das kann aber noch nicht lange her sein, dass du sie geändert hast«, protestierte Theo.

»Nein«, stimmte Paula ihm zu. »Ich habe die Herde erst vor knapp zwei Monaten übernommen. Thüringer Waldziegen. Wir stehen noch ganz am Anfang.«

Theo runzelte die Stirn. »Thüringer Waldziegen? Hier in der Eifel?«

»Klar. Sie sind robust und anspruchslos, passen sich dem rauen Eifelklima also prima an. Außerdem sind sie vom Aussterben bedroht. Von daher habe ich mich besonders gefreut, diese kleine Herde übernehmen zu können und einfach, indem ich meine Arbeit mache, auch etwas für den Artenschutz zu tun.«

»Respekt!«

Die Anerkennung in Theos Blick erzeugte prompt ein warmes Prickeln auf ihrer Haut.

»Würdest du mir die Ziegen und die Käserei einmal zeigen?«

Erstaunt zog sie die Brauen hoch. »Gern. Wenn dich das interessiert?«

»Mich interessieren alle Arbeiten, die mit den Händen ausgeführt werden. Na ja«, winkte er ab, »Handarbeiten vielleicht nicht unbedingt, obwohl ich Leute bewundere, die wahre Kunstwerke aus Wolle herstellen können.«

Paula lachte, als sie sich Theo mit einer Sticknadel in der Hand vorstellte. Das wollte einfach nicht zu seinen großen Tischlerhänden passen.

»Ich arbeite immer am späten Vormittag in der Käserei«, nahm sie den Faden schließlich wieder auf. »Wenn du möchtest, kannst du dich gern einmal anschließen.«

Als Jupp kurz den Raum verließ, um Mariele eine andere Bestellung zu übermitteln, wandte sich Paula an Theo und hielt ihm ihr leeres Glas vor die Nase. »Möchtest du auch noch eins?«

»Ich dachte, das wäre Jupps Arbeitsplatz«, meinte er, als sie aufstand und hinter die Theke ging.

»Kleine Neckereien beleben die Freundschaft, das darf man nicht so ernst nehmen.« Sie lächelte Theo verschwörerisch zu, nahm ein frisches Glas aus dem Regal und begann zu zapfen.

Es wurde ein langer und lustiger Abend. Als sie schließlich nach Hause kam, war sie noch zu aufgedreht, um direkt ins Bett zu gehen. Sie tapste leise durch den dunklen Flur, nur ein wenig erhellt durch die kleine Lampe, die Großmutter Claire für sie in der Küche hatte brennen lassen. Ihr war noch nach einem Glas Cola und einem Telefonat mit Jakob. Auf dem Weg zum Kühlschrank schaute sie auf die Uhr. Viertel nach zehn. Da war er ganz sicher noch wach. Jakob hatte noch nie viel Schlaf gebraucht, aber seitdem Anne so krank geworden war, hatte sie manchmal den Eindruck, er schlief überhaupt nicht mehr, wenn sie an die Zeitangaben seiner WhatsApp-Nachrichten dachte.

Also setzte sie sich mit ihrer Cola an den Tisch, zog ihr Handy aus der Hosentasche und wählte seine Nummer.

»Schwesterchen.«

Paula hörte schon an Jakobs Begrüßung, dass er nicht in bester Stimmung war.

»Hallo, großer Bruder«, erwiderte sie deshalb betont locker. »Störe ich?«

»Niemals. Wie war dein Tag?«

»Hervorragend. Ich habe eben den Auftrag für die Blockhäuser vergeben.«

»Gratuliere! Es geht tatsächlich vorwärts.«

»Ja. Und dafür, dass sich das auch irgendwann in barer Münze auswirkt, brauche ich einen IT-Spezialisten, der mir eine Website erstellt. Nach Möglichkeit für lau.«

Jakob lachte leise. »Natürlich für lau. Was denkst du denn, wer ich bin?«

»Ein gerissener Anwalt, also danke. Was meinst du, wie lange du dafür brauchst?«

»Kommt darauf an, wie schnell du mit Informationen rüberkommst. Bitte in zusammenhängenden Texten und nicht einfach ein paar Brocken hier und da. Außerdem brauche ich die Preise und ein paar schöne Fotos vom Hof. Ich baue dir dann alles zusammen.«

»Klingt gut. Die Fotos mache ich, sobald wir wieder einen sonnigen Tag haben, damit auch alles im besten Licht dasteht. Vielleicht halte ich auch den Aufbau der Blockhäuser mit der Kamera fest.«

»Das klingt gut«, stimmte Jakob ihr zu.

Paula trank einen Schluck von ihrer Cola, lehnte sich gegen die Rücklehne der Eckbank und legte die Füße auf einen Stuhl. »Und? Wie war euer Sonntag?«, fragte sie.

»Heute Morgen waren wir reiten, und heute Nachmittag haben wir auf dem Bolzplatz gekickt.«

»Klingt nach viel frischer Luft. Gut für den Kurzen.«

»Ja, daran hat es wahrlich nicht gemangelt. Als wir dann vorhin beim Abendbrot saßen, meinte Felix, er wünscht sich zum Geburtstag einen Blumenstrauß.«

»Sein Geburtstag ist erst im September«, wandte Paula ein.

Jakob lachte erneut auf. »Na und? Er ist vier. Da spielt Zeit noch keine Rolle. September könnte für ihn schon morgen sein.«

»Der Glückliche«, seufzte Paula. »Aber wie kommt so ein Knirps darauf, sich einen Blumenstrauß zu wünschen?«

»Ihm haben die vielen Blumen auf Grandpères Beerdigung so gut gefallen, deshalb möchte er auch welche.«

Paula schloss die Augen. Kein Wunder, dass Jakobs Stimmung im Keller war. Sicher hatte auch er sofort eine andere Beerdigung vor Augen, wo der Sarg über und über mit Sonnenblumen geschmückt gewesen war.

Sie räusperte sich, ehe sie fragte: »Und, bekommt er die Blumen?«

»Natürlich. Ich habe ihm versprochen, dass wir gleich morgen zu Kleins in die Gärtnerei gehen und einen schönen Blumenstrauß für ihn aussuchen.«

»Du bist wirklich ein toller Vater, einen besseren hätte Felix sich gar nicht aussuchen können. Was machen die Pferde?«, schob sie rasch hinterher, um das Thema zu wechseln. Worauf Jakob ohne Umschweife einging.

Auch zwei Tage später ging ihr das Gespräch mit ihrem Bruder nicht aus dem Kopf. Sie wünschte wirklich, er wäre bei ihr auf dem Hof und könnte mit seinen Pferden arbeiten anstatt in der Kanzlei. Er hatte sich schon so ein gutes Konzept mit Wanderritten durch den Nationalpark und Reittherapien für Kinder und Erwachsene überlegt. Dabei würde er aufblühen, da war sie sich ganz sicher. Nur leider war es bisher niemandem gelungen, ihn davon zu überzeugen.

Paula stapfte mit großen Schritten am Bauerngarten vorbei, hinüber zur Hüttenwiese, als ihr das nächste Thema durch den Kopf schoss, auf dem sie schon seit vorgestern herumkaute. Wie sollte sie bloß mit dem attraktiven Tischler umgehen? Vorgestern Abend hatte sie ihn angeschmachtet wie ein Verdurstender die blühende Oase. Allein heute Morgen hätte sie sich dafür am liebsten mehrfach in den Hintern getreten. Theo hatte bisher in keinerlei Hinsicht gezeigt, dass er in ihr etwas anderes als seine neue Auftraggeberin sah, und sie machte gleich einen auf gute Freunde.

Unprofessionell, jawohl, schimpfte sie mit sich.

Aber bevor sie weiter mit sich ins Gericht gehen konnte, stand sie bereits am Rand der Baustelle und wurde von dem geschäftigen Treiben abgelenkt.

Die Firma hat wirklich gut geplant, dachte sie, während sie beobachtete, wie der große Kran Bauteil für Bauteil vom Schwerlaster hievte und an den dafür vorgesehenen Platz setzte. Es kam ihr so vor, als hätten erwachsene Männer ihr Spielzeug ausgepackt, so passte ein Teil ans andere.

Fast auf den Zentimeter genau am Stall vorbei waren am frühen Morgen die schweren Fahrzeuge nach hinten gefahren, noch nicht einmal der Magnolienbusch hatte weichen müssen, obwohl bei der Begehung Zweifel aufgetaucht waren, ob der Schwertransporter daran vorbeikäme.

Es hatte geklappt, und inzwischen standen vom ersten Haus bereits zwei Drittel des Untergeschosses.

Paula legte den Kopf in den Nacken und betrachtete nachdenklich die Wolkendecke. Bisher war es trocken, und es sah ganz so aus, als ob es dabei bliebe. Satte fünfzehn Grad hatte der Wetterbericht für die nächsten Tage vorausgesagt, bestes Arbeitswetter.

»Und? Wie sieht's aus?«, erklang plötzlich diese sonore Stimme neben ihr.

Sofort stellten sich ihre Nackenhaare auf. Sie wandte den Kopf und sah Theo direkt in seine strahlend blauen Augen. »Was machst du denn schon hier? Es ist kaum elf!«

»Ich dachte, ich schaue zwischendurch schon mal vorbei. Also, wie sieht's aus?«

»Bisher läuft anscheinend alles ohne größere Probleme. Ich dachte gerade, es sieht aus wie ein Spielplatz für große Jungs. Alles dabei, was ein Kinderherz so begehrt: ein Kran, ein Laster und jede Menge Klötzchen zum Spielen.«

Theo grinste. »Genau, deshalb macht mir mein Beruf ja auch so viel Spaß. Man bringt immer einen Teil seiner Kindheit mit ein.«

Vor Paulas geistigem Auge tauchte das Bild eines pausbäckigen Jungen auf, dessen schwarze Locken wild um seinen Kopf lagen und das Blau seiner Augen noch betonten. »Warst du auch so ein Klötzchenbauer, als du noch klein warst?«

»Nicht nur, als ich klein war. Mein Vater und ich haben aus Lego wahre Kunstwerke erschaffen: den Eiffelturm, das Brandenburger Tor... sogar den Aachener Dom haben wir nachgebaut.«

»Früh übt sich.«

»Genau. Jetzt sind nur die Steine ein bisschen größer, und man wird dreckig bei der Arbeit. Aber das müsstest du ja eigentlich kennen.«

Paula lachte. »Stimmt, nur dass ich schon als Kind immer gern herumgematscht habe.«

Täuschte sie sich, oder verweilte sein Blick einen Moment zu lange auf ihrem Mund?

»Möchtest du mich den Männern vorstellen, oder soll ich das selber machen?«, fragte er und riss sie aus ihren Gedanken.

»Nein, nein, macht ihr das ruhig untereinander aus. Ich habe noch einiges zu tun und muss jetzt weitermachen«, antwortete sie, so lässig sie konnte.

»Also gut, dann bis später.«

»Bis später.«

Ehe sie sich weiter zum Affen machen konnte, wandte sie sich ab und eilte mit langen Schritten davon. Sie brauchte jetzt dringend ein Gespräch von Frau zu Frau. Nur gut, dass heute Dienstag war, da stand Mariele um diese Zeit beim Jupp in der Küche, um das Mittagsgeschäft vorzubereiten.

»Wer stört?«, fragte Mariele, ohne aufzuschauen, als Paula durch die Schwingtür in die Küche trat.

»Du bist ja heute wieder entzückend drauf.« Paula durchquerte die Küche und setzte sich auf den Stuhl in der Ecke, auf dem normalerweise Marieles Tochter saß und Hausaufgaben machte.

Auf dem kleinen Tisch davor stand eine Schale mit Obst. Sie nahm sich einen Apfel und biss hinein. »Was hat dir denn dermaßen die Stimmung vermiest?«, fragte sie mit vollem Mund.

»Nicht was, sondern wer. Ich hatte heute Morgen schon eine kurze Schlacht mit Jule, weil ich ihr doch wahrhaftig verboten habe, geschminkt zur Schule zu gehen. Ich bin so eine böse Mutter.« Inbrünstig ließ Mariele das große Küchenmesser durch eine Salatgurke schnellen und produzierte dünne, feine Scheiben.

Paula grinste. Sie konnte sich lebhaft vorstellen, wie Mariele und die neunjährige Jule sich gegenüberstanden und jeweils kein Lot von ihrer Meinung abwichen. Jule hatte von ihrer Mutter eben nicht nur die roten Haare, sondern auch das impulsive Temperament geerbt.

»Du bist nicht böse«, meinte Paula schließlich, »du bist schlicht ihre Mutter und nicht ihre Freundin. Da kracht es eben schon mal.«

»Ich wollte einiges anders machen als meine Mutter«, seufzte Mariele, »und jetzt ertappe ich mich dabei, dass ich dieselben Standardsätze runterbete wie sie früher.«

»Alles wiederholt sich. Und außerdem machst du deine Sache echt gut. Jule ist ein fröhliches, aufgeschlossenes Mädchen, das neben dem Hang zu Schminke und Glitzerkram auch ein ausgeprägtes Faible für Trecker und Ställe hat.«

Jetzt musste Mariele lachen. »Du hast recht, sie ist schon etwas extrem in ihrem Lebensstil.«

»Kommt eben nach der Mutter.«

»Danke.«

Mariele schaute auf und wies mit der Messerspitze auf Paulas Gesicht. »Du siehst nicht gut aus, hast du schlecht geschlafen? Was machst du eigentlich hier um diese Zeit? Solltest du dich nicht um deine Ziegen kümmern, damit mir der Käse nicht ausgeht?«

»Ich schlafe schlecht«, antwortete Paula schlicht und legte den Apfel beiseite.

»Wegen der Blockhäuser?«

»Das auch. Aber es gibt noch etwas anderes.«

»Etwas anderes?« Mariele musterte sie, ehe ein breites Grinsen ihr Gesicht überzog. »Ich wette, er sieht gut aus.«

»Ach, Mensch, Mariele, klar sieht er gut aus. Aber du brauchst gar nicht anzufangen zu seufzen, denn darum geht es nicht!« Paula biss erneut in ihren Apfel und kaute energisch auf dem Bissen herum. In Marieles Welt war die Liebe rosarot. Sie las mit Vorliebe Liebesromane und schmachtete dann den muskulösen Helden mit den breiten Schultern hemmungslos an. Dabei war sie eigentlich ein gebranntes Kind, wo Jules Vater sie doch hatte sitzen lassen. Aber zu diesem Thema äußerte Mariele sich nicht, auch wenn sie noch so oft versuchte, vorzufühlen.

»Hast du dich in ihn verliebt?«, fragte ihre Freundin und wandte sich wieder ihrem Gemüse zu.

»Als wenn es immer gleich um Liebe ginge.«

»Bei so was geht es immer um Gefühle.«

»Gefühle sind gefährlich.«

»Das weiß ich. Vor allem, wenn sie durcheinanderwirbeln und man sie noch nicht richtig zuordnen kann. Aber das ist aufregend.«

Marieles Augen begannen zu leuchten, und Paula stöhnte.

»Ich kann keine Aufregung in meinem Leben gebrauchen, ich habe so schon Aufregung genug. Außerdem kenne ich den Typen gerade mal ein paar Tage.« Sie legte ihren Apfel beiseite, der Appetit war ihr vergangen.

Mariele legte das Messer ab und zwinkerte ihr zu. »Manchmal reicht ein einziger Tag schon aus, um es zu wissen.«

»Deine Hormone spielen mal wieder verrückt, meine Liebe. Keine Sorge, es ist nur eine Frage der Zeit, dann wird sich das wieder abkühlen.«

»Ich sorge mich nicht darum, dass es sich abkühlt. Im Gegenteil, es sollte lodern.« Mit einer dramatischen Geste fächelte sich Paulas Freundin mit einem Geschirrhandtuch Luft zu.

Wieso war Paula überhaupt auf die Idee gekommen, ausgerechnet mit Mariele darüber zu sprechen? Sie wusste doch genau, wie sie tickte. Auch wenn ihre Freundin niemals darüber gesprochen hatte, schien die Geschichte mit Jules Vater die große Liebe gewesen zu sein. Was noch unverständlicher machte, warum er sie verlassen hatte. Aber auf etwas anderes als eine entsprechende Liebe würde Mariele sich niemals einlassen. Und dass die irgendwann über sie hereinbrach, davon war sie fest überzeugt.

Aber das war nicht das, was Paula wollte. Sie wollte nicht die große Liebe, nicht einmal eine Affäre. Sie hatte von Männern schlicht die Nase voll. Aber das würde Mariele niemals verstehen.

»Ich glaube, in dieser Beziehung haben wir zwei einfach zu unterschiedliche Ansichten«, meinte sie schließlich.

»Das mag sein, aber du wirst sehen, manchmal muss man etwas riskieren, um sein Glück zu finden.«

»Ich bin glücklich«, murrte sie.

Mariele lachte. »Genauso hörst du dich an.«

»Ich habe jetzt einen tollen Job, nette Freunde und lebe im Paradies. Was will ich mehr?«

»Einen Partner an deiner Seite? Jemanden, der dein Leben mit dir teilt? In guten wie in schlechten Zeiten? Jemanden, der Interesse an dem hat, was du erlebst, dem du auch Nichtigkeiten erzählen kannst, bloß, weil sie dich beschäftigen? Jemanden, der deine Träume teilt und dich auf dem Weg dahin unterstützt?«

»Ach, Mariele, du bist eine hoffnungslose Romantikerin. Jede zweite Ehe wird geschieden, ganz zu schweigen von den vielen Beziehungen, die auseinandergehen, ohne dass eine Statistik sie erfasst.«

»Nun, aber jede zweite Ehe hält, und es gibt auch viele Beziehungen ohne Trauschein, die erfüllend sind.«

Paula biss herzhaft in ihren Apfel. »Wie gesagt, da kommen wir auf keinen grünen Zweig, was nicht heißt, dass ich dir nicht alles Glück der Welt wünsche.«

»Glaub nicht, dass ich dich jetzt schon vom Haken lasse. Wer ist dieser gut aussehende Typ, der dein Herz höherschlagen lässt, obwohl du es nicht willst? Hat er zufällig stahlblaue Augen und schwarze Locken?«

»Wie kommst du darauf?«, fragte Paula entsetzt.

»Nun, ich habe gestern Abend den einen oder anderen Blick bemerkt, den du ihm zugeworfen hast.«

»Oh nein! Boden, öffne dich! Meinst du, das hat er bemerkt?«

»Keine Ahnung, aber Theo ist wirklich ein Sahneschnittchen. Schnapp ihn dir!«

»Hatte ich schon gesagt, dass ich von Männern die Nase voll habe? Ich bin einfach nicht für Beziehungen geschaffen.«

»Das ist doch Quatsch.« Mariele nahm das Messer auf und schnitt eine weitere Gurke in feine Scheiben. »Natürlich kannst du eine Beziehung eingehen.«

»Das haben wir ja bei Alexander gesehen«, bemerkte Paula ätzend.

»Alexander war ein Arschloch!«

»Wenn du meinst.«

»Du hast jemand Besseren verdient als dieses aufgeblasene Muttersöhnchen.«

»Meine Eltern haben ihn geliebt, besonders mein Vater.«

»Dann wissen wir ja ganz besonders, was wir von ihm zu halten haben.« Mariele zwinkerte ihr zu, gab die Gurkenscheiben in eine große Schüssel und wusch das Messer unter heißem Wasser ab.

»Ja, das wissen wir wohl, aber irgendwie ist es in meinem Bauch noch nicht angekommen.« Sie rappelte sich hoch, ging hinüber zu Mariele und drückte ihr einen Kuss auf die Wange. »Danke fürs Zuhören, aber ich muss jetzt in die Käserei. Deinen Käse machen«, betonte sie.

»Dann hau ab, und denk noch mal drüber nach.«

»Aber ganz bestimmt nicht über Männer«, entgegnete sie, während sie durch die Tür nach draußen trat, und grinste in sich hinein, als sie von drinnen Marieles Frustschrei hörte.

Am späten Vormittag hängte sie den Ballenwagen an ihren großen Trecker, sicherte die Anhängerkupplung, verband die Stromversorgung und kletterte zurück in die Kabine, wo Muffin schon eingerollt auf dem Beifahrersitz lag. Sie freute sich schon auf die Tour nach Kall. Die Strecke führte schnurstracks die Bundesstraße entlang, und sie würde, ohne sich weiter aufs Fahren konzentrieren zu müssen, einfach ihre Gedanken schweifen lassen können. Seit sie denken konnte, genoss sie diese Zeiten des Alleinseins. Als Kind war sie oft auf die große Eiche geklettert, die im Garten ihrer Eltern stand. Von da aus hatte sie die ganze Straße im Blick, ohne gesehen zu werden. Sie war gern unter Menschen, brauchte aber die Zeiten des Rückzugs, um ihren Akku aufzuladen. Das war ihr erst wieder bewusst geworden, seitdem sie auf dem Hof ihrer Großeltern war. Während ihrer Zeit mit Alexander hatte es diese Auszeiten kaum noch gegeben. In der Firma war sie während ihrer Arbeitszeit permanent gefordert gewesen, und in ihrer freien Zeit hatte sie Alexander zu irgendwelchen Geschäftsessen begleitet oder sonstige Aktivitäten mit ihm unternommen, um zu netzwerken, wie er es so schön nannte. Zeit zum Nachdenken, geschweige denn Ausspannen, gab es kaum.

»Was hören wir denn heute für Musik?«, fragte sie Muffin. Ihre Hündin schien dazu keine Meinung zu haben, da sie nicht einmal mit der Wimper zuckte, sondern weiterhin selig vor sich hin schnarchte. Paula entschied sich für eine CD von Cat Stevens, dessen Musik sie besonders mochte. Außerdem passten seine Lieder heute ausgezeichnet zu ihrer Stimmung. Nicht wirklich niedergedrückt, doch ein wenig melancholisch.

Ihre Mutter war ein absoluter Stevens-Fan, weshalb sie seine Musik sozusagen schon mit der Muttermilch aufgesogen hatte. Und obwohl sich ihr Musikgeschmack im Laufe der Jahre verändert hatte, war sie Cat Stevens stets treu geblieben.

Sie schob die CD ein, drückte mit dem Fuß aufs Gas, und die 196 PS unter der Motorhaube setzten das Gespann mühelos in Bewegung. Während sie aus Höfen hinaus und auf die B 258 in Richtung Schleiden fuhr, lief *Hard headed woman*.

Sie dachte darüber nach, dass sie selbst genauso ein Dickkopf war, wie ihn Cat Stevens in diesem Lied suchte. Nur gab es offensichtlich nicht so viele Männer, die Frauen mit eigenem Kopf zu schätzen wussten. Ganz oben auf der Liste stand ihr Vater, dicht gefolgt von Alexander.

Alexander – sie hatte es wahrlich geschafft, die letzten Wochen nicht mehr an ihn zu denken. Die Sorge um ihren Großvater hatte keinen Raum für persönliche Gefühle gelassen, was letztlich gut war.

Alexander hatte sich von ihr getrennt, nachdem sie fast vier Jahre ein Paar gewesen waren. Sie passten einfach nicht zusammen, war seine lapidare Auskunft beim Abendessen in einem eleganten Restaurant in Oberkassel. Einen Anteil daran hatten sicher auch seine Eltern, denen sie schlicht nicht ins Schema passte. Besonders seine Mutter konnte sie nie leiden. Paula erinnerte sich gut an den abschätzigen Blick, mit dem Frau Berger sie immer betrachtet hatte. Ob es überhaupt eine Frau gab, die gut genug für ihren Sonnenschein war?

So herablassend ihr Alexanders Mutter begegnet war, so hervorragend verstanden sich ihre Eltern mit Alex. Besonders ihr Vater hatte immer wieder betont, wie sehr er sich über ihre Beziehung zu ihm freue. Klar, Alexander war bereits im Management eines großen Autozulieferers tätig, der seinen Hauptsitz in Düsseldorf hatte, aber weltweit vernetzt war. Daher war er auch viel auf Geschäftsreisen gewesen, auf die sie ihn seiner Meinung nach viel zu selten begleiten konnte. Überhaupt hatte Alex viel an ihr auszusetzen gehabt, weshalb sie immer wieder spezielle Diäten durchzog, um Gewicht zu verlieren, Gewichte stemmte, um festere Oberarme zu bekommen, und sich in High Heels zwängte, die ihr die Füße quetschten.

Und doch hatte es nie gereicht.

Vorbei ist vorbei, dachte sie und bog von der B 258 in Richtung Sistig ab. Was nutzte es, immer wieder darauf herumzukauen? Sie hatte ihm nicht genügt.

Warum auch immer.

Männer!

Cat Stevens sang inzwischen über eine Beziehung zwischen Vater und Sohn. Paula stellte den CD-Player aus. Nach all den negativen Gedanken über Alex wollte sie jetzt nicht auch noch über die verkorkste Situation mit ihrem Vater nachdenken.

Sie atmete tief durch und brachte ihr Gespann auf einem großen Hof zum Stehen. Cat Stevens war heute vielleicht doch keine so gute Idee gewesen, sie hätte etwas Lockereres vertragen können. Auf dem Rückweg würde sie The Boss Hoss hören, die hatten wenigstens Drive.

Wie immer hatten die Autofahrt und die Musik ihre Stimmung gehoben. Während der Rückfahrt hatte Paula mitgepfiffen, und nachdem sie sich nach einem guten Mittagessen davon überzeugen konnte, dass die Arbeiten am Blockhaus gut vorangingen, hatte sie gemeinsam mit Finn das Stroh in der Scheune abgeladen. Nachdem Finn ihr den letzten Ballen zugeworfen und sie ihn sorgsam verstaut hatte, blickte sie völlig verschwitzt und mit brennenden Muskeln auf ihr Werk. Sie fühlte sich großartig. Fein säuberlich aufeinandergestapelt, füllten die Strohballen fast ein Drittel der Scheune. Mit dieser Lieferung hatten sie genug für die nächsten sechs Wochen.

»So, jetzt noch melken und füttern, dann sind wir fertig«, sagte Paula, als sie Finn auf den Hof folgte.

»Das übernehme ich für heute, denn morgen würde ich gern etwas früher gehen. Äh, und zum Abendessen bin ich heute auch nicht da.«

Paula lachte, als Finn bedeutungsvoll mit den Augenbrauen wackelte.

»Ist sie nett?«, fragte sie mit süffisantem Unterton.

»Und nicht nur das«, gab Finn mit einem breiten Grinsen zurück. »Also, geht das für dich in Ordnung?«

»Sicher, dann kümmere ich mich nur noch um die Pferde und die Hühner und mache anschließend Schluss.«

Finn nickte ihr zu und ging in Richtung Ziegenstall davon, während sie das Scheunentor verschloss. Der Riegel klemmte heftig und fiel nur mit viel Gefühl ins Schloss. Darum würde sie sich dringend kümmern müssen.

Da sie jede Muskelfaser ihres Körpers spürte, ließ sie sich Zeit mit ihren Arbeiten. Sie verschloss die Hühner in ihrem Stall, säuberte die Pferdeboxen und Tränken, ehe sie Salim und Pirko von der Weide holte und fütterte. Sie beobachtete voller Freude, wie die beiden sich über ihre Mahlzeit hermachten, und schmuste anschließend noch ausgiebig mit ihnen.

Als sie den Pferdestall schließlich verließ, freute sie sich auf ein kräftiges Abendessen und ein ausgiebiges Schaumbad. Der Gedanke daran, wie glatt die Arbeiten an den Blockhäusern verliefen, ließ ihre Laune weiter steigen. Die Arbeiter hatten den Hof inzwischen verlassen, das erste Haus stand, und morgen kam der nächste Tieflader mit der zweiten Hütte, wie Theo so schön sagte.

Allein die Vorstellung von ihm ließ ihren Magen hüpfen, und sie überquerte mit federnden Schritten den Hof.

Als sie das Haus betrat, sah sie schon vom Flur aus, dass die Küche im Dunkeln lag. Normalerweise würde Großmutter Claire um diese Uhrzeit bereits am Tisch sitzen und auf sie warten.

»Mémère?«, rief sie ins Haus hinein. Keine Antwort. Wo war sie bloß hingegangen?

Da sie die Arbeitsschuhe bereits ausgezogen hatte, schlüpfte sie rasch in die Gummistiefel und ging zurück auf den Hof. Alle Gebäude lagen im Dunkeln, nur bei den Ziegen brannte noch Licht. Ob ihre Mémère dort nach dem Rechten sah? Das hatte Finn doch bereits erledigt, und der war absolut zuverlässig.

Paula überquerte den Hof und ging hinüber zum Stall. Dort war schon Ruhe eingekehrt. Viele Tiere hatten sich bereits einen bequemen Schlafplatz im Heu oder im Stroh gesucht, während andere noch an den Heuraufen oder Tränken standen. Nur ein paar Unermüdliche kletterten noch auf den terrassenförmig angelegten Holzbänken herum, die sie gemeinsam mit Finn an der Kopfseite des Stalls montiert hatte.

»Mémère?«, rief sie erneut, doch wieder kam keine Antwort.

Da sie sie im vorderen Stalltrakt nicht sehen konnte, ging Paula in den hinteren Bereich, wo die Mutterziegen mit ihren Kitzen standen. Dort war auch ihre Großmutter. Paula beobachtete einen Moment, wie sie den neugierigen jungen Tieren sanft über die Köpfe strich.

»Mémère, was machst du hier?«

»Mattes' letzter Gang am Abend führte ihn immer hierher.«

»Ich weiß«, antwortete Paula leise. Genau an dieser Stelle hatte sich vor Kurzem noch der Stalltrakt befunden, in dem die Kälber mit den Mutterkühen standen.

Sie trat an ihre Großmutter heran und legte ihr einen Arm um die Schultern. Wann war sie bloß so alt geworden? So zerbrechlich?

»Ich vermisse ihn so.«

Die Stimme ihrer Großmutter brach, und Paula schossen die Tränen in die Augen. Wie hatte sie bloß denken können, dass sie schon einen Großteil der Trauer durchlebt hatten? Gerade jetzt schnürte ihr der bloße Gedanke an Grandpère Mattes die Luft ab. Jeden Abend hatte er seine Runde durch den Stall gedreht, ein waches Auge auf jedes Tier, um sofort reagieren zu können, wenn ihm etwas Ungewöhnliches auffiel. Aber die Kälbchen hatten es ihm immer besonders angetan, und so schloss er jeden dieser Rundgänge bei ihnen ab, strich ihnen über die Köpfe und wünschte ihnen eine gute Nacht. An den Tagen, an denen diejenigen vom Viehhändler abgeholt wurden, die zum Mästen kamen, war er niemals auf dem Hof. Mit Leib und Seele Milchbauer, hatte er sein großes Herz besonders an die jungen Tiere verloren, weshalb auch niemals Kalbfleisch auf dem Speiseplan stand.

»Ich vermisse ihn auch.« Inzwischen liefen auch Paula die Tränen über die Wangen. »Und ich hoffe, ich werde seine Fußstapfen eines Tages zumindest zur Hälfte ausfüllen können.«

»Das wirst du, mein Kind.« Großmutter Claire wandte sich ihr zu, wischte ihr die Tränen von den Wangen und lächelte sie an. »Er hat dich nicht nur geliebt, er hat dich auch bewundert. All das, was du an der Universität gelernt hast, dieses ganze Zahlenzeug, wie er es nannte, war für ihn unverständlich. Und wie schnell du dich in diesen ganzen neumodischen Technikkram eingearbeitet hast, mit dem die Traktoren jetzt ausgestattet sind, hat ihn schwer beeindruckt.«

»Wir sind mit diesem ganzen Technikkram aufgewachsen, deshalb ist es für uns nicht so schwer, bei all den Neuerungen Schritt zu halten. Aber Grandpères Pfund war nicht nur seine immense Erfahrung, sondern vor allem sein Gespür für die Natur. Das kann man nicht lernen, das hat man oder eben nicht. Er hatte einfach im Gefühl, wie das Wetter wird, wann welche Kuh kalbt oder ob es einem der Tiere schlecht geht. Das habe ich an ihm bewundert.«

»Siehst du, so habt ihr euch gegenseitig geschätzt und ergänzt. Du hast im letzten Jahr noch viel von ihm gelernt, er war so stolz auf dich. Schon früher, als du noch klein warst und dich voller Stolz um die Eier im Hühnerstall gekümmert oder die Kaninchen gefüttert hast. Damals hat er schon immer zu mir gesagt: Unsere Paula wird mal eine kluge Frau, die gut anpacken kann.«

Paula lachte unter Tränen. »Wirklich?«, schniefte sie. »Das hat er gesagt?«

»Diese Intuition, von der du eben gesprochen hast, die kann man nur mit viel Erfahrung entwickeln. Aber sie liegt in der Familie, und Mattes hätte dich nicht den Hof führen lassen, wenn er dich nicht dazu für fähig gehalten hätte. Auch wenn du sicher noch viel lernen kannst, du wirst das ganz wunderbar machen. Und Mattes wird von oben runterschauen und vor lauter Stolz gar nicht wissen, wohin damit.«

Paula drückte ihre Mémère an sich und genoss die Wärme und Verlässlichkeit, die sie ausströmte. Es tat gut, diese Bestätigung von ihr zu erfahren, trotzdem hatte sie einen gewaltigen Respekt vor dem, was vor ihr lag. Wenn doch nur Jakob ...

»Jakob braucht noch Zeit.«

Sie löste sich von Großmutter Claire und schaute sie verwundert an. »Woher weißt du, dass ich gerade an ihn gedacht habe?«

»Ich habe gehört, wie sich die Rädchen in deinem Kopf drehen.«

»Wenn er doch nur runterkommen würde«, seufzte Paula. »Ich bin überzeugt davon, dass es ihm guttun würde. Und mir auch.«

»Bestimmt, aber du darfst ihn nicht drängen. Erst, wenn er selbst davon überzeugt ist, dass es für ihn und Felix das Richtige ist, sollte er sich auf den Weg machen. Ansonsten wird er ewig zweifeln.«

»Du hast ja recht, aber in den nächsten Monaten kommt so

viel Arbeit auf uns zu, ich hätte einfach gern jemanden, der hilft.« Dass ihr die Zusage ihres Bruders auch ein großes Gewicht an Sorgen abnehmen würde, sprach sie nicht aus. Sie wollte ihre Großmutter nicht mit ihren finanziellen Schwierigkeiten belasten. Die Blockhäuser waren ihre Entscheidung gewesen, und sie würde das auch stemmen, egal, ob mit oder ohne Jakob.

»Du weißt, die ganze Familie würde dich gern unterstützen«, sagte Großmutter Claire in diesem Moment.

Woher kannte sie sie so gut? »Ich weiß, aber das ist mein Projekt. Und so, wie die Dinge liegen, ist mein Vater der Letzte, mit dem ich über eine Finanzierung sprechen würde.«

»Auch wenn ich euren Zwist nicht gutheiße, müsst ihr das miteinander ausmachen. Aber dann lass wenigstens mich dir finanziell unter die Arme greifen.«

»Du bist die Beste. Ich überlege es mir«, versprach Paula, obwohl sie bereits wusste, dass sie dieses Angebot niemals annehmen konnte. Sie wusste, dass ihre Großmutter keine großen Reserven hatte, und sie würde nicht zulassen, dass sie damit anfing, ihr Pachtland in Belgien zu verkaufen.

Erneut umarmte sie ihre Mémère, legte die Wange auf ihren Scheitel und schloss die Augen. Was hatte sie für ein Glück, so eine Großmutter zu haben!

Sie küsste sie auf die Wange, richtete sich auf und trat einen Schritt zurück. »Lass uns reingehen. Ich habe ein riesiges Loch im Bauch, und im Kühlschrank steht noch der Rest vom Tiramisu von gestern.«

Erfreut sah sie, wie die Augen ihrer Großmutter wieder aufleuchteten. »Nicht nur das. Vorher gibt es eine Salade Liègeoise und frisches Baguette, da hat Finn schon ordentlich zugegriffen.«

Paula lief das Wasser im Mund zusammen. »Du verwöhnst uns mal wieder maßlos.«

Sie wusste, dass es für ihre Großmutter nichts Schöneres gab, als ihre Lieben zu umsorgen, und so hakte sie sie unter und machte sich mit ihr gemeinsam auf den Weg ins Haus.

Als sie später im Bett lag, dachte Paula an das Leben ihrer Großeltern zurück. Die beiden hatte eine tiefe Liebe verbunden. Ihre Großmutter war damals zarte achtzehn gewesen und Mattes gerade vierundzwanzig Jahre alt, als er sie bei der Höfener Kirmes kennenlernte. Sie war mit ihren beiden Cousins aus Robertville gekommen, einem kleinen Städtchen in Ostbelgien, kurz hinter der deutschen Grenze. Obwohl Französisch ihre Muttersprache war, sprach sie schon damals sehr gut Deutsch, so wie viele Einwohner dieser Region. Beim abendlichen Kirmesball war ihr der fesche junge Bauer sofort aufgefallen. Nicht nur, dass er sehr gut tanzen konnte, er stand auch zeitweise mit auf der Bühne und spielte Trompete. Großmutter Claire hatte ihren Cousin gebeten, sie auf der Tanzfläche immer wieder an ihm vorbeizuführen, damit sie ein wenig mit ihm flirten konnte. Aus dem kleinen Flirt war eine knapp sechzigjährige glückliche Ehe entstanden, auch wenn sie so manchen Schicksalsschlag hinnehmen mussten.

Paulas Herz zog sich zusammen, als sie an die ersten beiden Jahre nach dem furchtbaren Unfall dachte, bei dem Onkel Bernard sein Leben verloren hatte. Ihre Mémère sah in dieser Zeit mehr aus wie ein Gespenst denn wie ein menschliches Wesen und war kaum ansprechbar. Aber sie hatte den Tod ihres Sohnes schließlich überlebt, so wie sie letztlich alles akzeptiert hatte, was ihr vom Leben vor die Füße geworfen worden war.

Von fünf Fehlgeburten hatte ihre Mutter erzählt. Paula schauderte. Kaum vorstellbar, wie eine Frau so etwas verarbeiten konnte. Damals steckte die Psychotherapie noch in den Kinderschuhen, da konnte man von Glück sagen, wenn es gute Freundinnen gab, denen man sein Herz ausschütten konnte. Aber den Großteil musste man schlicht mit sich selbst ausmachen.

Großmutter Claire hatte es geschafft, trotz aller Schicksalsschläge eine optimistische, fröhliche Frau zu bleiben, die das Leben und die Menschen liebte und die von allen geliebt wurde, die sie näher kannten.

Paula kuschelte sich tiefer in die Kissen und seufzte entspannt auf. In diesem Zimmer hatte sie schon übernachtet, wenn sie als kleines Mädchen zu Besuch kam. Wie alle anderen Räume des Hauses war es großzügig geschnitten. Die Tapete mit dem Rosenmuster stammte noch aus den Achtzigern. Drucke von Dürer hingen rechts und links von der Tür, während der Kleiderschrank aus dem Art déco von bäuerlichen Szenen umrahmt wurde. Sicher, es war nicht das Schlafzimmer ihrer Träume, aber es war so ein beständiger Faktor in ihrem Leben, dass sie es noch nicht über sich gebracht hatte, es zu verändern. Nur die Wand, an der ihr Bett stand, war über und über mit Fotos bedeckt. Erinnerungen an Reisen, Schnappschüsse ihrer Freunde und Bilder von Familientreffen. Direkt über dem Flur lag das Schlafzimmer ihrer Großeltern, zu denen sie sich damals geflüchtet hatte, wenn ein Gewitter über dem Dorf stand. Opa Mattes und Onkel Bernard waren dann meistens auf und schauten auf dem Hof und im Stall nach dem Rechten. Aber Großmutter Claire hatte ihre Decke gelupft, und sie war reingeschlüpft in diese allumfassende Wärme und Geborgenheit. Noch heute zehrte sie von diesen Erinnerungen, wenn sie sich mal wieder selbst bemitleidete, weil sie einsam und verlassen in ihrem Bett lag.

Wobei sie wieder einmal bei Alex wäre, an den sie heute Abend aber ganz bestimmt nicht denken wollte. Laut Mariele war er ein selbstgerechtes Arschloch, und die kannte noch nicht einmal die ganze Geschichte. Nicht, dass sie ihr die jemals erzählen würde, Mariele würde ausflippen. Aber sie hatte Alex geliebt – zumindest dachte sie das noch vor ein paar Monaten. Was war sie doch bescheuert gewesen!

Und jetzt war sie nicht minder von der Rolle, denn augenblicklich schoben sich Bilder eines attraktiven Lockenkopfs vor Alex' gleichmäßige Züge. Theo mit seinen stahlblauen Augen hatte sich innerhalb weniger Augenblicke in ihr Herz geschlichen, obwohl sie ihn dort gar nicht wollte.

Doch ob sie es wollte oder nicht, interessierte ihren Körper nicht die Bohne. Allein bei dem Gedanken an ihn begann er, überall zu kribbeln und zu flattern, als wäre sie schon mitten in einer Liebesgeschichte.

Eine gute Woche später schien sich die Sonne bereits am Vormittag von ihrer besten Seite zu zeigen. Es war fast Mai, und die Temperaturen lagen satt über zwölf Grad. Ziegen und Pferde standen schon auf den Weiden, und auch das Kleinvieh genoss seinen Auslauf. Bei diesem blauen Himmel hatte sie sich entschieden, auf der Bank im Kräutergarten darauf zu warten, dass das Lab die Milch in der Käserei eindickte.

Gut eingepackt in ihre dicke Fleecejacke, atmete sie ein und nahm den würzigen Geruch der Eifelluft in sich auf. Auch wenn bisher nur der Huflattich blühte, brachte die strahlende Sonne seine gelbe Farbe heute besonders zum Leuchten und verstärkte das Gefühl eines rundum perfekten Morgens. Bestens gelaunt biss sie in ihr Butterbrot, das sie mit ihrem Walnuss-Frischkäse bestrichen und mit Honig beträufelt hatte. Die pure Sinnlichkeit.

Langsam ließ sie ihren Blick schweifen und blieb bei ihren geliebten Streuobstwiesen hängen. Schon ihre Urgroßmutter hatte diese Wiesen bewirtschaftet, und jetzt bereitete Großmutter Claire die herrlichsten Köstlichkeiten aus den Früchten zu, und der Vorratskeller war gut gefüllt. Noch war es zu früh für die Blüte, aber in knapp vier Wochen würden die ersten Knospen aufbrechen und diesen Ort in ein Paradies verwandeln.

Paula dachte voller Liebe an die winzige Frau, die schon immer ein Fixpunkt in ihrem Leben gewesen war. Bereits als Paula noch ein kleines Mädchen war, hatte sie ihre Ferien meist in dem markanten Dorf Höfen in der Eifel verbracht, das berühmt für seine ausladenden Buchenhecken war. Großmutter Claire hatte sie damals noch auf einen Küchenstuhl gestellt, damit sie ihr beim Kochen, Backen oder Einmachen von Obst und Gemüse helfen konnte. Dabei wurde genascht und gelacht, während ihre Mémère von früher erzählte, den Zeiten, als sie selbst noch ein Kind und die Arbeit auf einem Hof eine ganz andere gewesen war.

Wobei sich die Mitarbeit eines Kindes von damals gar nicht so sehr von dem unterschied, was auch Paula noch kennengelernt hatte. Sie durfte bei ihren Großeltern schon früh die Verantwortung dafür übernehmen, Hühner und Kaninchen zu füttern oder die Eier einzusammeln. Eine Tätigkeit, die ja auch heute noch zu ihrem festen Morgenritual gehörte.

Träge ließ sie ihre Gedanken treiben und genoss seliges Nichtstun, doch die Uhr tickte, und die freie Zeit war rasch wieder vorbei. Etwas wehmütig verließ sie ihren Sonnenplatz und ging hinüber zur Käserei, die sie im alten Schweinestall eingerichtet hatte. Als sich Onkel Bernard dazu entschloss, in Pferde zu investieren, wurde die Schweinezucht aufgegeben, und nur noch einige Tiere wurden für den Hausgebrauch gehalten. Aber auch das hatte Großvater Mattes vor ein paar Jahren beendet, sodass der Schweinestall bislang ein einsames Dasein fristete. Doch damit war nun Schluss.

»Paula?«

Sie drehte sich um und sah Theo auf sich zukommen.

»Guten Morgen!«, rief er ihr entgegen. »Gehst du in die Käserei? Darf ich mich anschließen?«

»Ja und ja. Hast du nichts zu tun?«

»Das ist das Schöne daran, wenn man sein eigener Chef ist. Niemand da, der mir vorschreibt, wann ich zu arbeiten habe.«

Er zwinkerte ihr zu, und Paula atmete tief durch, um sich nicht durch irgendwelche unangebrachten Seufzer zu verraten.

»Also gut, auf geht's.« Sie öffnete die Tür des ehemaligen Stalls und betrat die Schleuse.

»Zuerst bitte gründlich die Hände waschen. Dort drüben im Regal liegen Overalls, und darunter stehen Finns Gummischuhe, die müssten passen.«

Als sie schließlich gemeinsam mit Theo die Käserei betrat, betrachtete sie voller Stolz die funkelnden Stahlbottiche und Käsekessel. Sie konnte von Alex denken, was sie wollte, aber seine Großzügigkeit hatte es ihr letztlich ermöglicht, sich diesen Raum einzurichten. Da er während ihrer Beziehung für alle Kosten aufgekommen war und sich geweigert hatte, ihr Geld mit einfließen zu lassen, hatte sie genug auf der Bank gehabt, um all die Gerätschaften zu kaufen, die sie brauchte. Größtenteils gebraucht, aber voll funktionsfähig.

»Eigentlich gibt es gar nicht so viel zu sehen«, begann sie ihre Führung. »Dies hier ist der Pasteur.« Sie wies auf den bulligen Stahlkasten, der auf der rechten Seite stand. »Der erhitzt die Milch auf 72 Grad und kühlt sie anschließend wieder runter. Danach kommt sie hier in die Wanne.«

Theo trat an den Bottich mit der dickgelegten Milch heran. »Die hast du aber schon vorbereitet.«

»Genau. Das Lab hat die Milch bereits eingedickt, jetzt ist sie fertig zum Schneiden. Dafür brauchen wir die Käseharfe.«

Er griff nach dem ausladenden Gerät und wog es in der Hand. »Sieht aus wie ein überdimensionaler Eierschneider.«

Paula lachte. »Stimmt. Und eigentlich ist ihre Aufgabe ja auch genau die gleiche.«

Sie nahm ihm die Käseharfe ab und fuhr damit langsam durch die dickgelegte Milch. Das war für sie jeden Morgen aufs Neue ein ganz besonderer Moment. Zu sehen, wie alle Herstellungsvorgänge ineinandergriffen, und mitzuerleben, wie am Schluss so etwas Besonderes wie ihre Käse daraus entstand, erfreute sie Tag für Tag.

»Darf ich auch mal?«, bat Theo.

»Klar, einfach nur waagerecht und senkrecht hindurchziehen, so werden die Stücke immer kleiner.«

Er nahm ihr die Harfe ab, tauchte sie senkrecht in die Wanne und zog sie hindurch. Ein erfreutes Lächeln erschien auf seinem Gesicht. »Fühlt sich an, als zieht man durch Vanillepudding.«

»Und sieht fast genauso aus«, lachte Paula. »Riecht nur etwas anders. Nicht so süß.«

»Aber auch appetitlich. Wie groß müssen die Stücke werden?«

»Heute mache ich Frischkäse, also ungefähr Walnussgröße.«

Paula tauchte ihre Hand in die Molke, nahm etwas Käsebruch heraus und ließ die Stückchen von oben in die andere Hand fallen. Keines der Bröckchen platzte. »Ich denke, so ist es gut.«

Theo nahm die Käseharfe aus dem Bottich und hängte sie zurück. »Und jetzt?«

»Jetzt wird es nass und matschig.«

Paula deutete auf die Becher, die auf dem verchromten Arbeitstisch bereitstanden. »Einfach nur becherweise herausschöpfen, die Molke läuft dann durch die Löcher ab. Und nein, dabei musst du keine Rücksicht auf einen trockenen Fußboden nehmen.«

Einträchtig arbeiteten sie nebeneinander und füllten nach und nach alle Becher auf dem Arbeitstisch.

»Das macht Spaß. Erinnert an den Sandkasten.« Mit zufriedenem Blick betrachtete Theo ihr Werk.

»Wir sind noch nicht fertig«, mahnte Paula. »Jetzt werden noch die Gewürze beigemischt. Meine Großmutter hat gestern eine Wanderung ins Urfttal zum ›Grünen Pütz‹ gemacht, um Bärlauch zu sammeln. Den können wir jetzt prima verarbeiten.« Paula holte die große Schüssel mit fein gehackten Bärlauchblättern, die sie vorhin schon vorbereitet hatte.

»Duftet«, murmelte Theo und streckte automatisch eine Hand nach den Kräutern aus.

»Ja, aber Finger weg!« Paula wedelte mit der Hand über dem Bärlauch hin und her und grinste. Dadurch wurde der verlockende Duft noch intensiver, und sie nahmen die würzigen Aromen tief in sich auf.

Theo schüttelte nur den Kopf.

Sie gaben außer den gehackten Kräutern noch groben Pfeffer und Meersalz hinzu und fanden innerhalb kurzer Zeit einen gemeinsamen Rhythmus, sodass auch dieser Teil der Arbeit rasch erledigt war.

»Das war wirklich ein Erlebnis«, sagte Theo, als sie sich anschließend die Hände wuschen.

»Es war mir eine Freude«, sagte sie. Und das stimmte tatsächlich. Es war von Beginn an ein harmonisches Miteinander gewesen. Theo anzuleiten hatte sie in keiner Weise in ihrer Arbeit behindert, und durch sein kräftiges Mitanpacken war sie deutlich früher fertig als sonst.

Sie gingen hinaus in die Schleuse und zogen die Overalls aus.

»Und wie geht es jetzt weiter?«, wollte Theo wissen.

Irritiert schaute sie zu ihm hinüber.

Er grinste sie an: »Mit dem Käse.«

»Ach so.« Paula spürte, wie eine zarte Röte ihre Wangen überzog. Er zeigte schlicht freundliches Interesse, und ihre Gefühle schlugen Flickflacks.

»Der wird jetzt noch ein paarmal gewendet«, erklärte sie nüchterner, als ihr zumute war. »Dann muss er ein paar Stunden nachreifen und kommt anschließend ins Salzbad. Morgen kannst du dir gern ein paar Stücke holen kommen.«

»Das mache ich.« Theo legte seinen Overall zurück ins Regal.

Nach dem Mittagessen hatte sie eine Weide geglättet und belüftet und zum Düngen vorbereitet und anschließend ein weiteres unerfreuliches Gespräch mit ihrem Finanzberater gehabt. Obwohl er ihr nicht mehr mitteilen konnte, als sie bereits wusste, drückten diese Gespräche immer auf ihre Stimmung. Sie bräuchte dringend zahlende Gäste und musste mehr Umsatz mit ihrem Käse machen, sonst sah es düster aus.

Als sie hinüber zu den Blockhäusern ging, drehten sich ihre Gedanken noch immer um das Gespräch, aber es war weit und breit keine Lösung ihrer Finanznöte in Sicht. Noch war die Auftragslage schlecht, und bis die Blockhäuser fertig waren, würden noch Monate ins Land gehen. Sie brauchte dringend weitere Abnehmer für ihren Käse. Heute Abend musste sie eine weitere Einheit am Computer einschieben, um nach potenziellen Geschäftskunden Ausschau zu halten.

Seufzend und ohne einen Blick für die Frühlingssonne zu haben, betrat sie das Haus, mit dem Theo beginnen würde. Endlich konnte sie die trüben Gedanken verdrängen und sich schlicht darüber freuen, wie sich die Puzzlesteine langsam zusammensetzten und ein großes Ganzes erahnen ließen.

Zwischen den vier Fenstern an der Giebelseite sollte Theo eine

Wand einziehen, dort waren die beiden Schlafzimmer geplant. Rechts von der Haustür entstand das Duschbad, und linker Hand führte eine massive Kiefernholztreppe auf die offene Galerie.

Sie stieg die Stufen hinauf und war einen Moment lang überwältigt von dem Ausblick, der sich ihr bot. Die Wiese, auf der die Hütten standen, führte sanft bergab, und sie hatte die Standorte so geplant, dass keines der Häuser einem der anderen die Sicht nahm. Dadurch sah sie von hier aus weit über das Perlenbachtal hinaus bis hinüber zu den dichten Wäldern hinter der belgischen Grenze. Auch hier hatte die Sonne ganze Arbeit geleistet und die sanft abfallenden Wiesen inzwischen mit einem kräftigen Frühlingsgrün geschmückt.

Es kribbelte in ihrem Bauch vor Vorfreude, denn sie konnte sich sehr gut vorstellen, dass sich zukünftige Gäste hier sehr wohlfühlen würden. Vielleicht Theo auch, gönnte sie sich einen weiteren Gedanken an den Mann, der ihr ständig im Kopf herumspukte. Während der Zeit des Umbaus bekam er solch eine Aussicht geboten, und sie konnte dafür den ein oder anderen Blick auf ihn werfen – natürlich nur, um seine Arbeit zu begutachten.

Sie durchschritt den Raum, betrachtete die großen Giebelfenster und die massiven Balken der Dachkonstruktion. Theo hatte kaum etwas zu bemängeln gefunden, und selbst das waren eher Kleinigkeiten gewesen.

Nachdem sich unten die Haustür öffnete, erschallte kurz darauf Theos Stimme durch das leere Gebäude: »Bist du hier oben, Paula?«

»Jep!« Sie ging zurück zum Treppenaufgang.

»Finn meinte, ich solle mich nicht erschrecken, wenn ich ins Haus komme, du seist auf Kontrollgang«, erklärte er, während er die Treppe heraufkam.

»Kontrollgang ist gut. Ich habe vom Hausbau keine Ahnung,

aber ich wollte mir noch mal ein genaueres Bild machen. Hallo, Theo.«

»Hi!« Er reichte ihr die Hand. »Die haben gut gearbeitet, da musst du dir keine Sorgen machen.«

Sie genoss einen Moment die Wärme, die von ihm ausging, dann zog sie ihre Hand zurück. »Ja, scheint wirklich ein gutes System zu sein, das hatte ich gehofft. Hier oben wirkt zumindest alles dicht und passend.«

Theo strich über das Geländer der Galerie. »Du hast da wirklich höchste Qualität ausgesucht.«

Das Funkeln seiner blauen Augen zeigte wahre Begeisterung, die sich sofort auf Paula übertrug. Es war schön, wenn jemand für etwas schwärmte, das man selbst liebte. Dieser Mann ließ sie alles andere als kalt, das konnte sie nicht leugnen. Er war ausnehmend gut aussehend, voller Elan und Energie, und heute Morgen hatte er gezeigt, dass er gut mit anpacken konnte. Vor ein paar Jahren wäre sie einem Flirt sicher nicht abgeneigt gewesen. Aber sie war lernfähig und würde sich nicht noch einmal die Finger verbrennen. Sie hatte von Beziehungen die Nase voll, vor allem von solchen, die im Arbeitsverhältnis stattfanden. Und da sie Theo in den nächsten Monaten immer wieder über den Weg laufen würde, schied ein One-Night-Stand per se aus …

»Ich denke, ich könnte morgen Nachmittag mit dem Erdgeschoss anfangen«, erklärte er und unterbrach ihre kruden Gedanken.

»Wow, das geht ja schneller als erhofft«, freute sich Paula. »Ich sehe alles schon genau vor mir.«

Sie ging wieder hinüber zum Giebelfenster und schaute in die Ferne. »So eine Aussicht hätte ich auch gern vom Haus aus.«

»Dann musst du aufstocken.«

Paula lachte und wandte sich zu Theo um. »Ich sehe schon die

Dollarzeichen in deinen Augen!«, grinste sie. »Aber das Haus ist jetzt schon riesig und kaum zu bewohnen.«

»Deine Entscheidung. Du kannst die Option ja im Hinterkopf behalten. Vielleicht ist das nächste Projekt ja erst mal das äußere Treppenhaus für deinen Bruder.«

Von einem Moment zum anderen war ihre gute Stimmung verflogen, und sie war wieder auf dem harten Boden der Realität gelandet. Sie versuchte standhaft, den kalten Klumpen in ihrem Bauch zu ignorieren, der sich dort umgehend breitmachte, aber sie wusste, sie hatte keine Chance. Sie brauchte jetzt einen Augenblick für sich, um in Ruhe ihre Wunden zu lecken.

»Im Moment sieht es nicht danach aus, als ob wir es brauchen würden«, wiederholte sie sich. »Also, vielen Dank, dass du das hier in Angriff nimmst, ich freue mich schon darauf, wenn alles fertig ist. Ich bin dann mal wieder bei meiner Arbeit.«

Ohne ein weiteres Wort lief sie die Treppe hinunter und stürmte aus dem Haus.

Draußen hatten sich schwarze Wolken vor die Sonne geschoben. Es schien, als habe ihr der Wettergott bis in die Seele geblickt. Missmutig schaute sie in den Himmel und verfolgte den gemächlichen Weg der dicken Regenwolken. Im Moment sah es so aus, als reihe sich ein Scheißtag an den nächsten, dabei hatte er heute doch so gut angefangen. Paula stupste mit dem Fuß ein Steinchen zur Seite, das auf ihrem Weg über den Hof lag. Aber dabei war es leider nicht geblieben. Am Mittag hatte ihre Mutter angerufen und freudestrahlend erzählt, dass Jakob Felix endlich im Fußballverein angemeldet habe. Obwohl ihr Bruder nach Kräften versuchte, Felix für Pferde und das Reiten zu begeistern, hatte der Knirps seinen eigenen Kopf und wollte lieber Fußball spielen. Eigentlich war er nie ohne Ball anzutreffen und erzählte jedem, der ihm über den Weg lief, wie gut er schon schießen könne und ob er eine Runde mit ihm spielen würde. Sie hatte schon Stunden mit ihm im Garten ihrer Eltern verbracht, in dem kleinen Fußballtor, das ihre Eltern ihm dorthin gestellt hatten, und seine Schüsse abgehalten. Inzwischen war er wirklich schon recht gut, und sie musste sich tatsächlich anstrengen, wenn der Ball nicht ins Netz gehen sollte.

Aber sosehr sie ihrem Neffen auch gönnte, endlich im Verein Fußball zu spielen, war es doch ein unzweifelhaftes Indiz dafür, dass ihr Bruder nicht zu ihr ziehen würde. Bisher hatte er sich ihr gegenüber noch nicht dazu geäußert, aber das war sicher nur eine Frage von Tagen.

»Mist, Mist, Mist!«, schimpfte sie vor sich hin, während sie hinüber auf die Koppel ging. Sie brauchte jetzt dringend den Blick in große braune Pferdeaugen, das Gefühl samtener Mäuler und warmer Körper unter ihren Fingern. Vielleicht sah die Welt dann wieder ein bisschen besser aus.

Wobei ihre Stimmungslage doch eben noch in deutlich höheren Sphären angesiedelt war. Allein der Anblick von Theos Auto hatte ihr Herz höherschlagen lassen, sodass sie ihre Füße, anstatt in den Ziegenstall zu gehen, wie von allein hinüber zu den Blockhäusern getragen hatten. Auch wenn sie jetzt daran zurückdachte, wie er da oben gestanden hatte, sandte ihr Körper ein sehnsuchtsvolles Ziehen aus, das sie im Moment überhaupt nicht gebrauchen konnte.

Als sie kurze Zeit später zurück ins Haus kam, zog sie sich im Vorraum ihre Gummistiefel aus und stapfte hinüber in die Küche.

»Salut, Mémère«, begrüßte sie ihre Großmutter, die am Esstisch saß und in einer Zeitschrift blätterte. »Alles klar bei dir?«

»Sehr gut, danke«, erwiderte ihre Großmutter. »Wie sieht es bei den Ziegen aus?«

»Finn ist gerade im Stall, sicher kommt er gleich rein.« Sie schenkte sich einen Becher Kaffee ein, gab genau den richtigen Schuss Milch hinzu und lehnte sich gegen die Arbeitsplatte.

»Was ist passiert? Du siehst schlecht aus.«

Sie war jetzt dreißig Jahre alt, und trotzdem konnte ihre Großmutter noch in ihr lesen wie in einem Buch. Sie schloss die Augen, um den ersten Schluck zu genießen, ehe sie antwortete:

»So, wie es aussieht, werden Jakob und Felix nicht in die Eifel kommen.«

»Hat er angerufen?«

»Nein. Mama. Sie ist ganz begeistert, weil Jakob Felix im Fußballverein angemeldet hat und sie berechtigterweise hofft, dass die beiden nun in Düsseldorf bleiben.«

»So leid es mir für sie tut, aber ich denke, sie irrt sich.«

Paula richtete sich auf. »Wie kommst du darauf?«

»Ich kenne Jakob. Es wird ihm schwerfallen, all das hinter sich zu lassen, aber seine Liebe zu den Pferden wird letztlich den Ausschlag geben, du wirst sehen. Hab noch eine Weile Geduld. Bedräng ihn nicht. Ich bin mir ganz sicher, dass er kommt.«

Großmutter Claire hatte schon immer ein gutes Gespür für ihre Enkelkinder gehabt, und natürlich war es richtig, dass Jakob von klein auf eine große Liebe für die Pferde empfunden hatte. Jede freie Minute war er auf dem benachbarten Reiterhof zu finden gewesen, hatte an unendlich vielen Turnieren teilgenommen und schließlich während seiner Schulzeit noch eine Reitlehrerausbildung gemacht.

Und damit während des Studiums nicht schlecht verdient, sinnierte sie. Vielleicht hatte ihre Mémère recht, und es würde sich noch alles zum Guten wenden. Wenn sie doch nur ein wenig mehr mit Geduld gesegnet wäre.

»Es geht los!«, rief Finn schon, bevor er die Küche betrat. »Das letzte Kitz für dieses Frühjahr.«

Paula merkte, wie augenblicklich ein aufgeregtes Kribbeln einsetzte. Jede Geburt war für sie ein kleines Wunder, das sie in den letzten Wochen hatte bestaunen dürfen.

»Es ist kaum zu fassen, wie immer wieder alles ineinandergreift«, raunte auch Finn ehrfürchtig.

Paula betrachtete den stämmigen Zweiundzwanzigjährigen, die verträumten braunen Augen, die jede Kleinigkeit, die sich im Stall oder auf dem Feld ereignete, sofort erfassten. Er war wirklich mit Herz und Seele dabei, und sie profitierte jeden Tag aufs Neue von seinem immensen Wissen. In seiner freien Zeit hockte er über Fachbüchern und Fachzeitschriften und diskutierte lebhaft mit jedem, der sich bequatschen ließ, über Innovationen in artgerechter natürlicher Tierhaltung oder landwirtschaftlichen Maschinen und schonendem Anbau.

Dabei kam Finn nicht einmal vom Land. Er war mitten in Köln aufgewachsen. Seine Eltern waren beide Büromenschen, aber Finn hatte wohl schon von klein auf gewusst, dass dieses Leben nichts für ihn war. Glücklicherweise machte die Familie gern Urlaub in der Eifel, ging wandern und erschloss dem kleinen Finn die Natur. So war es für ihn ganz selbstverständlich, dass er sich einen Ausbildungsbetrieb in der Eifel gesucht hatte. Und zum Glück hatte er sich für ihren Hof entschieden, nachdem ihr Onkel gestorben war.

In welche Richtung er später einmal gehen wollte, war ihm noch nicht so ganz klar. Noch schreckten ihn die hohen Kosten für die Finanzierung eines eigenen Betriebs. Aber Paula war überzeugt, dass er irgendwann auch die Meisterschule besuchen würde.

Auf jeden Fall konnte sie sich gut vorstellen, langfristig mit ihm zusammenzuarbeiten, denn neben seiner Begeisterung für die Landwirtschaft war er zuverlässig und absolut loyal. In den letzten Monaten waren sie Freunde geworden, und sie hoffte, dass er ihr zumindest noch für ein paar Jahre erhalten bliebe.

»Wir werden sehen«, murmelte Paula vor sich hin, während sie ihm zum Ziegenstall folgte.

Zwei Tage später saß sie abends gemeinsam mit Jule beim Schmitze Jupp an der Theke, wo sie sich schon minutenlang damit abmühte, zumindest das erste Stockwerk eines Kartenhauses zu fabrizieren.

»Lass mich mal ran«, sagte Jupp, als ihr Konstrukt zum wiederholten Male zusammenstürzte. »Von dir kann das arme Kind ja nichts Vernünftiges lernen.«

»Das sollten wir erst mal ausdiskutieren«, schmollte sie, denn Marieles Tochter lachte sich bereits scheckig, weil Paula immer wieder von vorn anfangen musste. Aber Gott vergab eben unterschiedliche Talente, und Kartenhäuser zu bauen gehörte ganz offensichtlich nicht zu den ihren.

Jule legte eine Hand auf ihren Arm. »Sei nicht traurig, gegen Jupp komme auch ich nicht an.«

»Mit mir hast du es ja auch mit einem wahren Meister der Kartenhausbaukunst zu tun«, prahlte Jupp und begann mit sicherer Hand, bereits das zweite Stockwerk zu positionieren.

»Es ist immer wieder schön zu hören, wie bescheiden und demütig du bist«, stänkerte Paula immer noch leicht genervt.

Jupp schenkte ihr ein träges Lächeln und erwiderte trocken: »Bescheidenheit ist eine Zier, doch besser lebt man ohne ihr.«

»Kaum lässt man euch mit dem Kind allein, bringt ihr ihm schon die verkehrten Sachen bei«, schimpfte Mariele, als sie durch die Verbindungstür zur Küche hinter die Theke trat, mit der Faust auf die Thekenfläche schlug und die ganze Pracht, die Jupp bereits errichtet hatte, zerstörte.

»He! Jetzt muss ich wieder ganz von vorne anfangen!«

»Mama, du bist gemein«, stimmte Jule in Jupps erboste Worte mit ein. »Das hier ist ein Wettbewerb.«

»Ein Wettbewerb?« Mariele lehnte sich mit der Hüfte gegen die Theke und nippte an einem Glas Wasser. »Und was ist der Preis?«

»Der Gewinner darf das nächste Bier zapfen.« Jule strahlte voller Vorfreude, da sie genau wusste, dass Jupp sie letztlich gewinnen lassen würde.

Als sich die Tür zum Gastraum öffnete, sah Paula automatisch auf. Ein älteres Ehepaar betrat die Wirtschaft, niemand aus dem Dorf, vielleicht Touristen.

Jupp ließ die Karten liegen und wandte sich den neuen Gästen zu, während Mariele ihre Tochter ermahnte, Jupp in Ruhe seine Arbeit machen zu lassen. Ein Ritual, das sich Freitag für Freitag wiederholte, da Jule diese Abende beim Schmitze Jupp verbrachte, weil ihre Großeltern zum Bogenschießen gingen.

Die Unterstützung, die Mariele durch ihre Eltern erfuhr, hätte Paula im letzten Jahr auch gern gehabt. Versonnen zupfte sie an einer Papierserviette herum. Ihre Ambitionen, in die Landwirtschaft einzusteigen, wurden hingegen heftig infrage gestellt. Besonders von ihrem Vater, der das Ende der Klein-Landwirtschaft in Deutschland prophezeite und mit düsterer Miene schimpfte, dass sie ihre besten Jahre an diese naive Träumerei verschwendete, anstatt vernünftig Karriere zu machen.

Aber auch ihre Mutter hatte anfangs Vorbehalte gegen Paulas Entscheidung gehabt, in die Landwirtschaft des Großvaters mit einzusteigen. Sie hatte den elterlichen Hof damals gar nicht schnell genug verlassen können und verstand einfach nicht, was Paula an der harten körperlichen Arbeit und dem einfachen Leben gefiel, dem sie bewusst entflohen war.

»Erde an Paula? Warum hast du diese arme Serviette nicht leben lassen? Nun sind es nur noch Fetzen.«

Sie hob den Kopf und sah Marieles und Jules interessierte Blicke auf sich gerichtet.

»Wo warst du denn gerade?«, fragte ihre Freundin und grinste ihr zu.

»Offensichtlich nicht dort, wo du denkst«, brummte Paula.

»Kann ich heute bei dir schlafen?« Jule hatte augenscheinlich nicht mitbekommen, was da zwischen den beiden Frauen vor sich ging.

Paula, froh über den Themenwechsel, dachte kurz nach, überschlug die Aufgaben für den morgigen Tag und meinte: »Von mir aus gern, dann kannst du morgen mit aufs Feld fahren.«

Jule war begeistert. »Nehmen wir den großen Trecker?«

»Klar, wo willst du sonst sitzen?«

»Yeah!«, rief Jule und ballte die Faust.

»Also gut.« Mariele nahm noch einen Schluck Wasser und wandte sich dann wieder der Küche zu. »Dann müsst ihr nachher aber noch bei uns vorbei und alte Klamotten holen. Ihr habt ja die Schlüssel.«

Paula und Jule klatschten sich ab.

»Meinst du, Mémère Claire macht uns ihre leckeren Crêpes zum Frühstück?« Die Kleine fuhr sich bereits genießerisch mit der Zunge über die Lippen.

»Wenn du sie ganz lieb darum bittest, wird sie das ganz bestimmt tun. Willst du ausschlafen, oder kommst du mit in den Stall?«

»Ich bin bestimmt früh wach, da komme ich gern mit. Darf ich den Eierkorb tragen?«

»Klar.«

Wieder öffnete sich die Tür zum Gastraum, wieder schaute sie auf. Hermann Kell kam auf sein allabendliches Bierchen vorbei und setzte sich ans andere Ende der Theke.

Erst jetzt wurde ihr ihre leichte Enttäuschung bewusst. Wartete sie tatsächlich darauf, dass Theo vorbeikam? Als wenn der nichts Besseres zu tun hätte, als freitagabends beim Jupp vorbeizukommen. So dicke waren die beiden nun auch nicht miteinander.

Paula schüttelte den Kopf, um sich selbst zu maßregeln. Es konnte doch wohl nicht sein, dass sie ihr Leben schon wieder nach einem Mann ausrichtete. Einmal auf die heiße Herdplatte zu fassen, sollte doch eigentlich ausreichen.

Nach einem Blick auf die Uhr wandte sie sich wieder Jule zu. »Zeit zu gehen, meine Süße.«

»Och, schon?« Jule zog einen Schmollmund.

»Ich dachte, ich sollte dir noch aus *Hanni und Nanni* vorlesen?«, fragte Paula.

Jule begann zu strahlen. »Ja klar!« Sie stapelte die Bierdeckel ordentlich aufeinander und flitzte anschließend in die Küche, um sich von ihrer Mutter zu verabschieden.

»*Hanni und Nanni?*« Jupp zog kritisch eine Augenbraue hoch. »Also wirklich. Kannst du nicht etwas Vernünftiges mit dem Kind lesen?«

»Etwas Vernünftiges?«, lachte Paula. »Zum Beispiel *Superman* oder *Lucky Luke*?«

»*Lucky Luke*, das ist ein Mann ganz nach meinem Geschmack. Es ist nie zu früh, auch Mädchen an die Weltliteratur heranzuführen.«

Paula prustete los. »Es ist nur ein Übernachtungsbesuch, Jupp. Du wirst also noch genug Gelegenheit bekommen, ihr deine Sicht auf das Leben zu vermitteln.

»Ja, ja«, grummelte Jupp und zapfte ein weiteres Bier für Hermann Kell.

Bis sie gestern Abend im Bett gelegen hatten, war es bereits fast zehn gewesen, was Paula allerdings nicht davon abgehalten hatte, ihr Versprechen einzulösen, Jule aus *Hanni und Nanni* vorzulesen. Bücher, die schon seit ihrer Kindheit im Regal standen und in deren Geschichten sie immer wieder voller Freude eintauchte. Jule hatte jedoch nicht sehr lange durchgehalten und war bald eingeschlafen.

Am nächsten Morgen hatten sie eine weitere Stunde mit Kuscheln und Vorlesen im Bett verbracht, ehe sie frühstückten und danach hinaus zum Pflügen fuhren. Hinter dem kleinen Wäldchen, das auf dem Hügelkamm am Ende des lang gestreckten Feldes stand, strahlte die Sonne zwischen dem zart sprießenden Grün der Bäume hindurch. In den letzten Tagen hatte sich der Frühling mit Macht seinen Platz erobert und ihn nicht wieder hergegeben. Der lange Winter war endgültig vorbei, und Paula freute sich schon darauf, auch die nächsten Tage auf den Feldern zu verbringen und sie für die Aussaat vorzubereiten.

»Und dann hat die Livia gesagt, es stimmt gar nicht, was die Emma erzählt hat, die lügt.« Jules eindringliche Stimme riss sie aus ihren Gedanken.

»Und was meinst du? Wer hat die Wahrheit gesagt?« Paula wendete den Trecker und begann mit der nächsten Geraden.

»Ich glaube, die Livia, die ist meine Freundin. Außerdem habe ich schon gesehen, dass sie ihre Hausaufgaben ganz alleine macht. Wenn ich sie nämlich abhole, sitzt sie am Küchentisch, und ihr Bruder ist dann gar nicht dabei. Und manchmal«, fuhr Jule aufgebracht fort, »manchmal machen wir auch zusammen die Hausaufgaben, und ich muss Livia überhaupt nicht helfen!«

»Warum, meinst du, hat Emma dann erzählt, dass Livias Bruder ihr die Hausaufgaben macht?«

»Weil die Emma neidisch ist. Weil die Livia so gut in der Schule ist und von Frau Dierkoven immer gelobt wird. Dabei kann die Livia doch gar nichts dafür, dass sie so klug ist. Das liegt an den Hormonen, hat Mama gesagt.«

Paula verkniff sich ein Lachen. »An den Hormonen? Oder meinst du an den Genen?«

»Was sind Gene?«

»Die Gene sitzen in jeder deiner Körperzellen. Sie tragen die Erbinformationen, also alles, was du von deiner Mama geerbt hast. Oder von Oma Kathrinchen oder Opa Alo. Also zum Beispiel deine roten Haare, die hast du von deiner Mama geerbt, und das Grübchen am Kinn hast du von deinem Opa.«

»Und was habe ich von meinem Papa?«

Oho, dachte Paula, ganz gefährliches Terrain. Auch wenn sie Marieles beste Freundin war, schwieg sich diese über den Kindsvater beharrlich aus. Paula wusste so gut wie gar nichts von ihm, kannte nur das alte Foto, das Mariele in einer Schublade aufbewahrte, damit Jule zumindest eine gewisse Vorstellung von ihm hatte. Ansonsten war Heiner Schindler in der Familie Woffelsbach kein Thema.

»Ich denke, von deinem Vater hast du dein handwerkliches Geschick. Mama hat mir erzählt, dass er Tischler ist.« Genau wie Theo, schoss es ihr durch den Kopf. Sie schaute hinüber zu Jule, deren Stirn in sanften Falten lag.

»Ja, das stimmt«, antwortete die Kleine schließlich nach einigem Überlegen. »Und wenn die Hormone tanzen, dann nennt man das Pubertät.«

Noch ganz verwirrt von Jules Gedankensprüngen, musste Paula lachen. »Wo hast du das denn her?«

»Das sagt Opa immer, und dabei wackelt er ganz lustig mit den Augenbrauen. Können Hormone tanzen?«

»Keine Ahnung, damit bin ich überfragt. Ich schätze, eher nicht.«

»Warum sagt Opa das dann so?«

Paula wendete den Trecker erneut und fuhr die letzte Gerade für diesen Morgen. »Weil bei Jugendlichen im Kopf so viel durcheinanderwirbelt, dass man meinen könnte, die Hormone tanzen darin herum?«

»Und was wirbelt da drin durcheinander? Das Gehirn?«

»Hast du Fragewasser getrunken? Ich bin doch kein Lexikon.« Spielerisch knuffte sie Jule gegen die Schulter.

»Mama sagt immer, Frauengespräche seien wichtig.«

»Und damit hat Mama auch recht. Ist es jetzt Zeit für ein Frauengespräch?«

»Das haben wir doch schon«, insistierte Jule. Dann seufzte sie auf. »Kann ich dich noch was fragen?«

»Klar.«

»Warum sind Jungs eigentlich so blöd?«

Ach, Mäuschen, dachte Paula und musste sich bemühen, mit den Gedanken nicht abzuschweifen, die Zeit wird so schnell vergehen, bis du deine Meinung dazu änderst.

Als sie schließlich in den Hof einfuhren, fühlte sich Paula ein bisschen erschöpft. Jules Mund hatte auch auf der Rückfahrt nicht stillgestanden, und sie fragte sich zum wiederholten Male, wie Mariele das Tag für Tag schaffte.

Sie lenkte den Trecker über den Hof und stellte den Pflug auf seinen Platz. Jule hüpfte bereits aufgeregt herum.

»Ich freu mich, ich freu mich!«, juchzte die Kleine.

»Ich mich auch, denn du machst das schon ganz toll.«

»Ich weiß, ich habe ja auch schon viel geübt.«

»Ach, deshalb kommst du also immer zu mir zu Besuch.« Paula zwinkerte ihr zu.

»Quatsch, hier ist alles toll, nicht nur das Treckerfahren. Aber das mache ich am liebsten.«

»Na, dann komm, auf geht's.«

Paula stieg zurück in die Fahrerkabine, und Jule kletterte auf ihren Schoß. Während sie den Trecker startete, griff Jule bereits zum Lenkrad.

»Du weißt ja, wo du hinmusst.«

»Klar«, antwortete die Kleine abgeklärt. »In die Fahrzeugscheune. Mit Einparken?«

»Du kannst es versuchen.«

Während Paula alles genau im Blick hatte, tuckerten sie im Schneckentempo los. Jule hatte diese Prozedur schon Dutzende von Malen durchgeführt, und inzwischen musste Paula nur noch ab und an ins Lenkrad greifen, um sie zu korrigieren.

Auch heute schaffte die Kleine schon ein ganz ordentliches Einparkmanöver. Auf jeden Fall war sie am Ende stolz wie Oskar.

»Das habe ich richtig gut gemacht!«, lobte sie sich selbst.

Paula gab ihr einen anerkennenden Klaps auf die Schulter. »Ja, das klappt schon echt prima, du hast wirklich Gefühl dafür.«

»Was ist das für ein Auto?«

Paula wandte den Kopf. Der beige Transporter stand vor der ersten Hütte. Theo hatte also bereits mit dem Innenausbau weitergemacht.

Während sie noch mit sich kämpfte, ob sie hinübergehen sollte, nahm Jule ihr die Entscheidung ab. »Wer ist das? Und was macht der da? Sollen wir mal gucken gehen?«

Paula stieß den Atem aus und stiefelte gemeinsam mit Jule in Richtung Wiese. »Der Wagen gehört Theo Freimuth. Der macht den Innenausbau der Ferienhäuser.«

»So was habe ich schon mal gesehen, das schaut Opa Alo immer im Fernsehen. Das sind Handwerker in Amerika, die möbeln alte Häuser auf. Aber Opa sagt immer, das ist alles nur Holz und Pappe, da hörst du jeden Pups.«

Jule kicherte, als hätte sie einen großen Witz gemacht, und Paula ließ sich von ihrer guten Stimmung anstecken. »Nun, ich hoffe, dass man in meinen Häusern nicht jeden Pups hören wird. Lass uns mal sehen, wie Herr Freimuth das macht.«

Als sie das Blockhaus betraten, sah Paula erfreut, wie rasch die Arbeit hier voranging. Theo hatte schon etliche Metallstreben aufgebaut, von denen sie annahm, dass daran der Rigips befestigt würde.

»Was baut der hier, ein Labyrinth?«

Paula zog neckend an Jules Pferdeschwanz. »Das wäre super, was? Dann kämst du jeden Tag zum Spielen.«

»Aber ganz bestimmt!«

»Leider werden zwischen diese Metallstreben die Rigipsplatten gesetzt, und damit werden aus dem Labyrinth einzelne Räume«, antwortete Theo und bestätigte damit ihre Vermutungen.

»Besuch?« Er legte seinen Bohrhammer ab und gesellte sich zu ihnen.

»Hallo, Theo, das hier ist Jule, die Tochter von Mariele Woffelsbach.«

»Hallo, Jule, schön, dich kennenzulernen.«

»Hallo«, antwortete das Mädchen. »Haben Sie das alles alleine gemacht?«

Theo schaute im Erdgeschoss umher und schien zufrieden mit dem, was er sah. »Hier drinnen schon. Es nimmt langsam Formen an.«

Jules Blick war skeptisch. »Also, für mich sieht das ziemlich durcheinander aus.«

»Komm mit, ich zeige dir mal, wo die einzelnen Räume sein werden.«

Da sich offensichtlich niemand weiter um sie kümmerte, schloss sich Paula den beiden an, nicht ohne währenddessen ausgiebig Theos knackigen Hintern zu bewundern.

»... und dann nimmt man einen Akkuschrauber und dreht die Drehstiftdübel in die Löcher«, sagte Theo gerade, als die beiden vor einer am Boden festgeschraubten Leiste stehen blieben.

»Kann ich dabei helfen?«, fragte Jule aufgeregt. »Mein Opa hat auch einen Akkuschrauber, damit habe ich ihm schon viel geholfen.«

»Nein, Jule, diese Geräte sind zu groß und zu schwer für dich«, mischte Paula sich ein, ehe Theo antworten konnte. »Mémère Claire ist sicher auch gleich mit dem Mittagessen fertig, und Herr Freimuth muss sich auf seine Arbeit konzentrieren.«

Theo schaute sie mit einem amüsierten Lächeln an. »Also zuerst einmal kann Jule mich ruhig Theo nennen, und zum anderen könnte ich eine Praktikantin gut gebrauchen.«

Ohne eine Erwiderung abzuwarten, ging er hinüber zu seinen Werkzeugen, suchte einen ganz kleinen Akkuschrauber heraus und kam zu ihnen zurück. »Mit dem müsste es doch gehen?«, wandte er sich fragend an Paula, die schließlich widerwillig nickte, und drückte einer strahlenden Jule das Gerät in die Hand.

»Danke schön!«, jubelte das Mädchen.

»Gern geschehen, dann lass uns mal arbeiten.«

»Ich bin demnach überflüssig?«, fragte Paula ein wenig perplex.

»Sieht ganz so aus, wir kommen schon klar.« Mit einem Augenzwinkern wandte Theo sich ab und erklärte Jule das weitere Vorgehen.

Paula wusste nicht so genau, ob sie sich freuen sollte, dass er so offensichtlich keine Probleme im Umgang mit Kindern hatte, oder ob sie beleidigt sein sollte, weil sie keinerlei Beachtung fand. Sie entschied sich fürs Schmollen und stapfte mit großen Schritten zurück über den Hof. Dann würde sie eben schauen, wie weit ihre Großmutter mit dem Essen war. Vielleicht könnte sie noch ein wenig beim Kochen helfen, dann käme sie auf andere Gedanken.

Als sie in die Küche kam, duftete es herrlich nach gegrilltem Hähnchen.

»Mir läuft das Wasser im Mund zusammen. Was machst du denn Gutes?«

Ihre Großmutter stand am Herd und rührte in einem großen Topf. »Rosmarinkartoffeln mit Grillhähnchen und Ratatouille.«

»Lecker!« Paula lief das Wasser im Mund zusammen. »Wie lange brauchst du noch?«

»Die Hähnchen brauchen noch eine knappe halbe Stunde. Die Kartoffeln sind vorbereitet und können in fünf Minuten in den Ofen. Das Gemüse ist so weit geschnitten.«

»Kann ich dir helfen?«

»Machst du die Ratatouille?«

»Liebend gern.« Paula wusch sich rasch die Hände, nahm den flachen, gusseisernen Bräter aus dem Schrank und stellte ihn auf den Herd.

»Wo ist Jule?«, fragte Großmutter Claire, die sich an den Tisch gesetzt hatte, um die *Eifeler Zeitung* zu lesen.

»Die hilft Theo Freimuth in einem der Blockhäuser«, antwortete Paula, während sie Zwiebeln, Knoblauch und Zucchini anbriet, die sofort ihren einzigartigen Duft in der Küche verbreiteten.

»Na, das wird ja eine großartige Hilfe sein«, meinte ihre Mémère skeptisch.

Paula zuckte mit den Schultern. »Es schien ihm nicht viel auszumachen.« Sie gab Paprika und Auberginen hinzu und stellte die Flamme auf volle Stärke, und rasch trugen weitere Röstaromen zum Duftpotpourri bei.

»Er hat heute Morgen schon viel geschafft«, fuhr sie fort. »Mit ein bisschen Fantasie kann man sich die Wände schon vorstellen, aber noch herrscht das reinste Chaos.« Sie schob das Blech mit den Kartoffeln in den Ofen und stellte ihn an.

»Jule hatte schon die Hoffnung, dass es ein Labyrinth wird.« Paula wandte sich um und zwinkerte ihrer Großmutter zu.

Die lachte. »Dieses Kind hat eine blühende Fantasie.«

»Da hast du wohl recht.« Paula rührte Tomatenmark unter das Gemüse und würzte mit Salz und Pfeffer. Schließlich gab sie noch die geschälten Tomaten und getrockneten Rosmarin aus dem Kräutergarten dazu, verrührte alles gut miteinander und stellte die Flamme kleiner.

Während das Gemüse garte, deckte Paula den Tisch.

»Deck ruhig einen Teller mehr«, meinte ihre Großmutter und warf einen Blick über den Rand der Zeitung, in der sie las. »Der junge Mann hat doch sicher auch Hunger, und es ist genug für alle da.

Paula verharrte in ihrem Tun. Mit Theo an einem Tisch zu sitzen, war das Letzte, was sie jetzt wollte. »Ich weiß nicht, vielleicht wäre ihm das unangenehm.«

»Warum? Es ist doch nur ein Mittagessen.«

»Vielleicht will er ja lieber weiterarbeiten.«

»Vielleicht, vielleicht, vielleicht. Vielleicht will er ja auch einfach mit uns zu Mittag essen. Frag ihn, und mach es nicht so kompliziert, Kind.«

Heute war offensichtlich nicht Paulas Tag. Mürrisch ging sie hinüber in den Vorraum, zog ihre Gummistiefel an und stapfte zurück zum Blockhaus. Salim begrüßte sie mit einem Wiehern, als sie an der Koppel vorbeiging, und zwang sie, innezuhalten. Sie atmete tief durch, konzentrierte sich einen Moment lang auf den leuchtenden Löwenzahn auf der Wiese und fuhr Salim schließlich zärtlich über den Kopf. »Na, mein Alter, das ist ein herrliches Wetterchen heute, was? Nachher bringe ich euch noch einen schönen Apfel vorbei. Bis später, mein Schöner.«

Sie klopfte ihm liebevoll den Hals und wandte sich anschließend den Blockhütten zu. Was nutzte es schon, unangenehme Situationen aufzuschieben? Außerdem war das Essen gleich fertig, und es wäre zu schade, wenn es kalt würde.

Als sie die Tür zur Hütte öffnete, hörte sie bereits das Surren des Akkuschraubers. Demnach waren die beiden wirklich bei der Arbeit. Als sie eintrat und sah, wie Jule und Theo dicht nebeneinander auf dem Estrich hockten und eine Bodenplatte montierten, schoss es wie ein Blitz durch ihren Körper. Allein die Vorstellung, an Jules Stelle neben Theo zu sein, war so plastisch, dass sie seine Körperwärme und seinen Geruch wahrnahm, obwohl das auf diese Entfernung überhaupt nicht möglich war.

Sie war wirklich rettungslos verloren.

Er hob seinen Kopf und schaute ihr entgegen.

»Da bist du ja wieder!«, rief er gut gelaunt.

»Hi.« Paula ging mit entschlossenen Schritten zu den beiden hinüber. »Und? Hat es mit deiner Praktikantin bisher geklappt?«

»Ich habe das ganz toll gemacht! Die Bodenplatte ist schon fest«, erklärte Jule im Brustton der Überzeugung.

»Wirklich, alles bestens«, bestätigte Theo. »Das Mädchen kann man brauchen.«

»Und wie sieht es mit Mittagessen aus? Das Essen ist fertig, und meine Großmutter lässt fragen, ob du eventuell mit uns essen möchtest?«, wollte Paula wissen. »Wir haben aber vollstes Verständnis, wenn du lieber weiterarbeiten willst«, schob sie rasch hinterher.

»Zu einem Essen, das ich mir nicht selbst kochen muss, sage ich niemals Nein. Vielen Dank.« Er stand auf und schlug sich den Staub aus der Hose.

Nicht, dass sie spannen würde, aber einen kurzen Blick auf seine kräftigen Armmuskeln unter den halb hochgezogenen Ärmeln gönnte sie sich.

»Och menno«, jammerte Jule, »jetzt waren wir gerade so schön dabei.«

»Du kannst mir ja nach dem Essen weiterhelfen. Wie du siehst, gibt es noch eine Menge zu tun«, beschwichtigte Theo sie.

»Nein, für heute ist Schluss«, widersprach Paula. »In einer Stunde kommt Mama dich abholen. Du bist noch zum Geburtstag eingeladen.«

Sofort hellte sich Jules Miene auf. »Ach ja, das hatte ich total vergessen!« Sie legte den Akkuschrauber auf den Boden und stand auf. »Was gibt es denn Leckeres zu essen?«

»Grillhähnchen mit Ratatouille und Rosmarinkartoffeln.«

»An einem Samstagmittag?«, fragte Theo erstaunt.

Paula schaute ihn an. »Warum nicht?«

»Samstag ist doch typischer Eintopftag. Zumindest bei meiner Tante.«

»Nun, meine Großmutter ist Belgierin, und die Belgier wissen gutes Essen zu schätzen, egal, an welchem Tag.«

»Und bei Großmutter Claire ist es immer superlecker«, ergänzte Jule. »Also, lasst uns gehen, ich habe Hunger.«

Theo zog neckend an ihrem Pferdeschwanz. »Eben wolltest du doch noch weiterarbeiten.«

»Da wusste ich ja auch noch nicht, was es gibt«, erklärte das Mädchen.

»Logisch.« Kopfschüttelnd schlüpfte er in seine Jacke.

Er konnte offenbar gut mit Kindern umgehen. Ein angenehmer Wesenszug, nicht, dass das irgendwie von Belang wäre. Paula wandte sich um und beeilte sich, zum Haus zurückzukehren, bevor sie noch schrägere Anwandlungen bekam.

Als sie die Küche betrat, duftete es köstlich, und die Anspannung fiel ein wenig von ihr ab. Dieser Raum strahlte für sie eine schlichte und behagliche Gastlichkeit aus. Schon als Kind hatte sie sich hier immer wie in einem Kokon gefühlt.

»Guten Tag, Herr Freimuth, wie nett, dass Sie uns Gesellschaft leisten«, begrüßte ihn ihre Großmutter.

»Vielen Dank für die Einladung, aber nennen Sie mich doch bitte einfach Theo.«

»Sehr gern, Theo, dann sagst du zu mir Großmutter Claire, so wie alle hier auf dem Hof.«

»Danke, das mache ich gern. Wo soll ich sitzen?«

»Setz dich ruhig hinten auf die Bank zu Paula, ich nehme hier vorne den Stuhl, und Jule kommt zu mir. Sie ist heute meine Sklavin und sorgt während des Essens für unsere Getränke«, fügte sie mit einem Zwinkern hinzu.

»Genau!«, verkündete Jule stolz. »Du musst dich nur hinsetzen, den Rest bringen wir.«

»Macht mir irgendwie ein schlechtes Gewissen«, erklärte Theo.

»Keine Sorge«, lachte Finn, der inzwischen hinzugekommen

war, »hier dürfen normalerweise auch die Männer in der Küche helfen. Aber heute bist du offensichtlich unser Gast. Hallo«, fügte er hinzu und rutschte neben Theo auf die Bank. »Ich bin Finn.«

»Theo. Hallo, Finn.«

»Dann sind ja alle da.« Großmutter Claire wandte sich zum Herd, schöpfte die Ratatouille in eine große Terrine und brachte sie zum Tisch. Dann faltete sie die Hände zum Gebet. Theo schaute kurz irritiert drein, schloss sich ihnen aber an und senkte den Kopf.

»Komm, Herr Jesus, sei unser Gast, und segne, was du uns bescheret hast. Amen.«

»Amen«, schlossen alle unisono.

Dann hob Jule ihre Hände, reichte eine Großmutter Claire und die andere Finn.

»Du musst Paula und Finn deine Hände geben«, flüsterte sie Theo zu, da sie offensichtlich sah, dass er nicht wusste, was nun kam.

Paula hätte sehr gern auf dieses ganze Ritual verzichtet, aber sie wusste, wie wichtig es Großmutter Claire und auch Jule war, und machte mit.

Wie erwartet spürte sie ein heftiges Kribbeln in ihrer Handfläche, als sie Theos Hand berührte und er ihr dazu noch ein schiefes Lächeln schenkte. Doch sie mimte die Unbeeindruckte und ließ sich nichts anmerken, vermied aber jeden Blickkontakt. Einzig ein kurzes Räuspern gestattete sie sich, als sie ihrer Großmutter die andere Hand gab, um den Kreis zu schließen.

Obwohl sie Jules Blick auf sich spürte, hatte die Kleine nichts mitbekommen, denn sie sagte nur mit fester Stimme: »Gesegnete Mahlzeit!«

»Das hast du schön gesagt«, lobte Großmutter Claire, bevor sie das Gemüse auf die Teller schöpfte.

»Ich habe einen Riesenhunger«, meinte Jule.

Die alte Frau lächelte sie an. »Dann lasst es euch schmecken.«

Die Runde verfiel in genüssliches Schweigen, und niemand bekam mit, wie Paulas Magen auf Theos Anwesenheit mit lebhaften Kapriolen reagierte. Aber um jetzt darüber nachzudenken, war nicht der richtige Zeitpunkt, also beherzigte sie das beste Mittel, um ihren Magen zu beruhigen: ein leckeres Essen. Die Düfte der Ratatouille und des Grillhähnchens vermischten sich perfekt mit dem Rosmarinaroma der Kartoffeln und ließen ihr das Wasser im Mund zusammenlaufen. Was gab es Besseres als ein gutes Essen in geselliger Runde? Mit Bedacht tauchte sie ihre Gabel in die Ratatouille und lauschte den Gesprächen der anderen.

»Was machst du eigentlich hier an einem Samstag? Habt ihr eine Sechstagewoche in der Landwirtschaft?«, wollte Theo von Finn wissen.

»Oh nein«, antwortete der Geselle. »Meine Stunden für diese Woche habe ich bereits voll. Aber meine Chefin erlaubt mir, die Wochenenden auch auf dem Hof zu verbringen, wenn ich möchte. Und ich möchte.«

»Finn hat immer Angst, irgendetwas Spannendes zu verpassen, wenn er mal zu Hause oder im Urlaub ist«, erklärte sie.

»Ist doch auch wahr. Als ich letztes Mal im Urlaub war, habe ich bei den Kühen die Zwillingsgeburt verpasst.« Da er seinen Teller bereits leer gegessen hatte, schöpfte Finn sich schon eine zweite Portion.

»Und jetzt wirst du nie mehr in Urlaub fahren?«, neckte Theo ihn.

»Ich werde es mir auf jeden Fall genau überlegen.«

»Wenn du die Wochenenden auf dem Hof bleibst und auch keinen Urlaub nimmst, wirst du uns noch die Haare vom Kopf fressen«, murmelte Paula und war froh über das entspannte Gespräch.

»Ich bin noch im Wachstum, ich brauche Energie.«

Theo schmunzelte, was die Kapriolen in ihrem Magen wieder verstärkte.

»Du kannst dir gern nachnehmen, Theo«, meinte Paula in dem Bemühen, ihre Gedanken beisammenzuhalten.

»Sehr gern, vielen Dank.« Er griff nach den Rosmarinkartoffeln und langte kräftig zu.

»Und wie kommst du mit deiner Arbeit voran, Theo?«, wollte Großmutter Claire wissen.

»So langsam kann man erkennen, was es wird. Die meisten Decken- und Bodenplatten sind befestigt. Jule hat mir toll geholfen.«

»Ich bin eine gute Akkuschrauberin«, erklärte Jule stolz.

»Das ist wohl wahr«, bestätigte Theo lachend und zwinkerte ihr zu.

»Darf ich mir nachher mal ansehen, was du so machst?«, fragte Finn, während er seinen Teller zum dritten Mal füllte.

»Gern, aber bisher ist noch nicht viel mehr als ein Gerippe zu erkennen.«

»Ich stelle mir das ein wenig wie die Arbeit vor, die wir hier auf dem Hof leisten. Manchmal erkennt man bei den einzelnen Schritten nicht, wo es eigentlich hinführen soll, aber letztlich greift alles ineinander.«

»Wobei wir wieder bei Finns Lieblingsthema wären.« Paula grinste, was Finn gegenüber in keiner Weise abschätzig gemeint war.

Ihre Mémère legte den Löffel beiseite und griff nach dem frischen Baguette. »So schafft eben ein jeder mit seinen Talenten kleine Wunder, vor denen diejenigen Menschen staunend verharren, denen wieder andere Talente gegeben sind.«

»Das hast du schön gesagt, Mémère.« Liebevoll legte Paula ihre Hand auf den Arm der alten Frau.

»Und wie machst du es eigentlich, dass man nicht jeden Pups hört?«, fragte Jule und riss Paula aus ihren sentimentalen Gedanken.

»Wie bitte?«, fragte Theo perplex.

Paula musste lachen. Das war Jule, wie sie leibte und lebte.

»Sie möchte wissen, wie du es machst, dass man später im Nachbarzimmer nicht alle Geräusche hört«, erklärte sie Theo.

»Ach so.« Nun lachte er ebenfalls. »Dafür kleben wir Dichtband auf alle Rahmenprofile, das wirkt schalldämmend. Sieht aus wie richtig dickes Isolierband. Hast du so was schon mal gesehen?«

»Klar, das gibt es in verschiedenen Farben. Ist fast so was wie Tesafilm.«

»Genau, Dichtband ist dicker, fetter Tesafilm. Man kann also demnächst in den Blockhäusern pupsen, ohne dass es jemand hört.«

Als alle anderen in das Gelächter einstimmten, überkam Paula plötzlich ein warmes Gefühl von Zusammenhalt. Ein Gefühl, wie es hier auf dem Hof immer wieder entstand. Oft hier in der Küche oder im Sommer im Garten, wenn sie an langen Tischen gemeinsam beim Essen saßen. Auch wenn sie manchmal bedauerte, all ihre früheren Freundschaften hinter sich gelassen zu haben, war sie doch dankbar für die Gemeinschaft, die sie hier aufgenommen hatte.

In der ersten Maiwoche hatte sich der Frühling mit aller Macht durchgesetzt. Viele Bäume trugen bereits zarte Blätter, und auch die Obstbäume im Garten zeigten erste Sprossen. Es war immer wieder ein Wunder, wie schnell sich die Landschaft in dieser Jahreszeit veränderte, sinnierte Paula, während sie ihren Trecker durch die Monschauer Serpentinen lenkte. Wie wach geküsst und aus dem Bett gehüpft, dachte sie schmunzelnd. Das kräftige Grün um sie herum war eine Wohltat für Auge und Seele und verstärkte ihre gute Stimmung noch.

Sie war so stolz auf sich. Hätte sie die Hände nicht am Lenkrad halten müssen, hätte sie sich selbst auf die Schulter geklopft. Seit einer guten Woche hatte sie jeden Kontakt zu Theo gemieden. Sobald sie sein Auto auf dem Hof sah, machte sie einen großen Bogen um die Blockhäuser und huschte erst am nächsten Morgen hinüber, wenn sie ihn an seiner anderen Baustelle wusste. Inzwischen hatte er bereits mit dem Boden im Dachgeschoss begonnen. Das Ferienhaus nahm wahrlich Gestalt an. Im Erdgeschoss waren bereits die Elektriker am Werk, sodass er als Nächstes dort die Wände schließen konnte.

Ein kurzer Seufzer war bei den Gedanken an ihn erlaubt, aber danach räusperte sie sich, setzte sich aufrecht und konzentrierte sich auf den Verkehr. Jedoch nur kurz. Sie musste unwillkürlich wieder an das Mittagessen vom Samstag zurückdenken. Mit großer Anstrengung hatte sie es geschafft, das Essen locker hinter sich zu bringen und Jule an ihre Mutter zu übergeben. Erst anschließend, allein in ihrem Zimmer, war sie aufs Bett gefallen und hatte ihren Frust in die Matratze geschrien. Danach ging es ihr ein Stück weit besser, und sie konnte zurück in die Küche, um ihrer Großmutter beim Aufräumen zu helfen. Ja, dachte sie gut gelaunt, sie war wirklich schon ein großes Mädchen.

Als ihr Handy klingelte, schaltete sie die Freisprechanlage an und meldete sich mit ihrem Namen.

»Hallo, Paula, hier ist Jakob.«

»Brüderchen. Ist was passiert?«, fragte sie besorgt.

»Nein, nein, alles gut. Ich habe ein bisschen Leerlauf, bevor der nächste Klient erscheint, und keine Lust, irgendwelche Akten zu wälzen.«

Dann solltest du endlich auf den Hof kommen, dann müsstest du gar keine Akten mehr wälzen, dachte Paula, während sie durch Alzen fuhr.

Allerdings hütete sie ihre Zunge und sagte nur: »Kann ich verstehen. Da hätte ich bei diesem Wetter auch keine Lust zu. Ich komme gerade vom Düngen und bin auf dem Weg nach Hause.«

»Was gibt es bei euch zu Mittag?«

»Grandmère wollte Schmorbraten machen, worauf ich mich schon freue.«

»Schmorbraten von Großmutter Claire, du führst wahrlich ein Leben im Luxus.«

Paula musste lachen. »Ja, ganz sicher. Zumindest, was das Essen angeht.«

»Was gibt es Neues bei dir, außer, dass du düngen warst?«, wollte er wissen.

»Vor einer Woche wurde unser letztes Kitz für dieses Frühjahr geboren, damit ist meine Herde auf 42 Tiere angewachsen. Wir haben also reichlich zu tun.«

»Und, hast du dir schon einen Namen überlegt?«

»Speedy Gonzales.«

Jakob gluckste. »Was? Die schnellste Ziege vom Eichenhof?«

»Könnte der kleine Knirps wirklich mal werden. Sobald er halbwegs sicher stand, ist er auf seinen staksigen Beinchen schon durchs Gehege getobt.«

»Scheint wirklich immer was los zu sein bei euch.«

»Ich kann nicht klagen.« Paula lenkte den Trecker bergauf, an der Ortseinfahrt nach Höfen vorbei.

»Was macht Felix?«, fragte sie. »Immer noch seinen Geburtstag im Sinn?«

»Gestern hat er einen Legokatalog studiert und sämtliche Teile angekreuzt, die er sich wünscht. Einziges Ausschlusskriterium war, wenn ein Fitzelchen Pink zu sehen war.«

Paula lachte. »Was die richtigen Farben angeht, werden die Mäuse echt schon früh geprägt.«

Sie lenkte den Trecker auf den Hof und wurde in ihrer eben getroffenen Aussage bestätigt. Direkt neben der Hintertür parkte der lilafarbene Mini Cooper ihrer Mutter.

»Wusstest du, dass Mama mich besuchen kommt?«, fragte sie Jakob. »Ihr Auto steht auf dem Hof.«

»Nein, keine Ahnung. Ein besonderer Anlass?«

»Keinen Schimmer. Ich mach mal Schluss, bis demnächst.«

»Bis dann«, antwortete ihr Bruder und legte auf.

Nachdenklich parkte sie den Frontlader in der Fahrzeugscheune und ging hinüber ins Haus. Warum war ihre Mutter bloß schon wieder hier? Sie hatten sich doch gerade erst auf der Beerdigung von Grandpère Mattes gesehen.

Bereits im Flur hörte sie die Stimme ihrer Mutter aus der Küche. Einen Moment lang war sie versucht, sich in ihr Zimmer zu schleichen, aber da sie sich gerade erst selbst gelobt hatte, wollte sie das schöne Gefühl nicht völlig zunichtemachen. Also ging sie entschlossenen Schrittes hinüber.

In der Küche herrschte geschäftiges Treiben. Ihre Grandmère saß am Tisch und zerpflückte einen prächtigen Kopfsalat aus ihrem kleinen Gewächshaus, während ihre Mutter am Herd stand. Die Töpfe dampften, es duftete nach dem Schmorbraten und Erbsengemüse. Paulas Magen reagierte sofort, sie hatte seit dem Frühstück nichts mehr gegessen.

»Hallo, Mama!«, begrüßte sie sie. »Was machst du denn hier?«

Kaum zwei Sekunden später war Paula in einer mütterlichen Umarmung versunken. »Kind, es ist so schön, dich zu sehen!«

Und es fühlte sich gar nicht schlecht an. Paula atmete den intensiven Geruch nach Wildrosen ein, einen Duft, den ihre Mutter trug, solange sie zurückdenken konnte. Sofort entspannte sie sich etwas und erwiderte die herzliche Umarmung.

Dann trat sie einen Schritt zurück. »Wie kommt es, dass du schon wieder hier bist?«

»Ich hatte Sehnsucht nach euch. Die Tage rund um die Beerdigung waren so vollgestopft mit Erledigungen, dass wir kaum dazu gekommen sind, uns ein wenig zu unterhalten. Deshalb habe ich mich heute Morgen in meinen kleinen Flitzer gesetzt, und da bin ich.«

Der kleine Flitzer war so eine Ungereimtheit im Leben ihrer Mutter. Ansonsten immer darauf bedacht, eher im Hintergrund zu stehen und ihrem erfolgreichen Mann den Rücken freizuhalten, fuhr sie ein wahrlich auffallendes Auto.

Aber trotz aller widersprüchlichen Gefühle, die ihre Mutter manchmal in ihr auslöste, liebte Paula genau diese kleinen Verrücktheiten an ihr.

»Ich soll dir auch schöne Grüße von deinem Vater bestellen.«

Paula wandte sich ab, ohne auf das Gesagte einzugehen, und nahm sich ein Stück von den frisch geputzten Pastinaken aus dem Garten.

»Wie lange willst du bleiben?«, fragte sie, bevor sie hineinbiss.

»Ach, Kind, jetzt sei doch nicht so. Wie lange willst du diesen blöden Streit denn noch beibehalten? Ihr seid beide solche Sturschädel!« Der Emaildeckel schepperte, als ihre Mutter ihn zurück auf den Topf knallte.

»Da ist das Kind wohl zweifach gesegnet«, warf nun Großmutter Claire ein, die bis eben ruhig dagesessen hatte.

Paula und ihre Mutter wandten sich gleichzeitig um.

»Wie meinst du das?«, nuschelte Paula mit einem Stück Pastinake im Mund.

»Nun, von deinem Vater hast du die Sturheit und von deiner Mutter das Temperament.«

»Ich habe Temperament? Ist mir ja ganz neu«, stellte Paula verwundert fest.

Ihre Großmutter lachte. »Ach ja? Dann wird es Zeit, dass du es entdeckst.«

»Bist du dann mit dem Salat so weit?«, fragte ihre Mutter. »Die Kartoffeln sind gleich fertig.«

»Wir müssen nur noch die Pastinaken drüberraspeln und die Nüsse dazugeben.«

»Das mache ich schnell«, bot sich ihre Mutter an.

»Und ich gehe mir die Hände waschen«, erklärte Paula und verließ die Küche.

Auf dem Weg zurück in den Vorraum dachte sie darüber nach, was ihre Großmutter eben gesagt hatte. Sie und Temperament? Das war eher etwas gewesen, das Alex bei ihr vermisste. Als Kind, ja, da hatte sie des Öfteren Dampf abgelassen und war draußen ausgelassen herumgesprungen. Aber diese Zeit war längst vorbei. Sie hatte sich ehrgeizig in ihr Studium gestürzt, und spätestens, seitdem sie den Hof übernommen hatte, blieb kein Raum mehr für Sperenzchen. Sie war da rausgewachsen. Erwachsen geworden.

Nachdenklich trocknete sie sich die Hände ab. Vielleicht sollte sie wirklich einmal darüber nachdenken, wo ihre Ausgelassenheit geblieben war, ihre stürmische Begeisterung für Ideen und Träume. War es damit wirklich vorbei, wenn man erwachsen wurde?

Kurz darauf saßen sie gemeinsam mit Finn am Tisch und ließen es sich schmecken. Während ihre Großmutter ebenso in sich gekehrt wirkte, wie sie selbst sich fühlte, unterhielt sich ihre Mutter mit Finn über die Aussaat in Alzen.

Das war auch eines der großen Talente ihrer Mutter, sie unterhielt sich genauso ungezwungen mit dem Aufsichtsratsvorsitzenden von SAP wie mit ihrer jüngsten Enkeltochter über ihren Ballettkurs. Eine Gabe, um die Paula sie beneidete. Vor allem, wenn sie mal wieder bei einem dieser grässlichen Geschäftsessen von Alex gesessen hatte und nicht wusste, wie sie am Gespräch teilnehmen sollte. Obwohl ihr nicht alles Fachliche fremd war, um das sich die Unterhaltungen drehten, hatte sie doch Schwierigkeiten, abzuschätzen, inwieweit ihre Meinung oder bloß oberflächliches Geplänkel gefragt war. Da ihr oberflächliches Geplänkel überhaupt nicht lag, hielt sie lieber den Mund, bevor sie etwas Falsches sagte. Unnötig, sich daran zu erinnern, dass Alex von ihr da mehr Flexibilität erwartet hatte.

Was hatte sie eigentlich an diesem selbstgerechten Arschloch gefunden?

Die Gabel noch mitten in der Luft, hielt Paula inne. Wo kam denn dieser Gedanke her? Bis vor Kurzem hatte Alex noch ihr komplettes Denken bestimmt, obwohl die Trennung bereits mehr als ein Jahr her war. Genauer gesagt, vor siebzehn Monaten – die Wochen und Tage fielen ihr nicht mehr ein. Auch das war neu.

Während sie langsam weiteraß, versuchte sie dahinterzukommen, was sich plötzlich verändert hatte. Es war, als hätte jemand die Scheibenwischer angestellt und als könnte sie plötzlich wieder klar sehen. Alex hatte sich wirklich wie ein selbstgerechter Arsch benommen, und es verursachte ihr ein gutes Gefühl, dass das endlich in ihrem Bauch angekommen war.

»Paula, hilfst du mir abräumen?«, fragte ihre Mutter und riss sie so aus ihren Gedanken.

Verwundert registrierte sie, dass alle ihre Teller geleert hatten und Finn bereits aufstand, um wieder aufs Feld zu fahren.

»Ich lege mich ein wenig aufs Ohr«, meinte Großmutter Claire und erhob sich etwas mühsam von ihrem Stuhl.

Paula verspürte keinerlei Lust auf das Gespräch, das gleich folgen würde, aber es war so unausweichlich wie der Anbruch der Nacht am Ende des Tages.

Schließlich hatten sie die Spülmaschine gefüllt und angestellt, die Töpfe gespült und den Tisch abgewischt. Es gab nichts mehr zu tun, das dem Aufschieben gedient hätte. Auch wenn sie bereits mehr als drei Jahrzehnte auf dieser Erde weilte, hochqualifiziert war und einen großen Hof führte, blieb sie offensichtlich in den Augen ihrer Mutter immer ein Kind.

»Welchen Tee möchtest du?«

Paula musste sich auf die Backe beißen, um nicht laut loszulachen. »Ähm, Ostfriesentee bitte.«

Sophie Sassendorf stellte den Wasserkocher an, nahm zwei große Becher aus dem Schrank und suchte den Tee heraus. Solange Paula denken konnte, hatte ihre Mutter von der speziellen Assam-Mischung, die sie so gern trank, auch einen Vorrat im Teefach ihrer Großmutter deponiert.

Die Teestunden ihrer Mutter waren ebenso legendär wie berüchtigt – zumindest innerhalb der Familie. Immer wenn es schwierige Themen zu besprechen gab, zitierte ihre Mutter sie zum Tee. Vor allem während ihrer Pubertät hatte Paula becherweise Kräutertee in sich hineingeschüttet, aber ihren ältesten Bruder hatte es besonders oft getroffen, hatte er während seiner Schulzeit doch nahezu jedes Fettnäpfchen genutzt, um hineinzutreten. Seitdem er erwachsen war, lehnte er Tee kategorisch ab.

Ihre Mutter kam mit den beiden Bechern hinüber zum Tisch.

»Nun lass uns mal vernünftig über diese Sache reden«, meinte sie und setzte sich übereck auf einen Stuhl. »Ich wünsche mir, dass du dich mit deinem Vater aussöhnst.«

»Von mir aus. Sobald Papa sich bei mir entschuldigt hat.« Paula nahm sich den Zucker und rührte einen gehäuften Teelöffel davon in ihren Tee.

»Dein Vater leidet unter dieser Situation.«

Paula lachte trocken auf. »Das habe ich gesehen, als er zur Beerdigung hier war. Es war kaum mit anzusehen, wie gramgebeugt er war.«

»Sei nicht so sarkastisch, das passt nicht zu dir.«

»Warum soll wieder ich diejenige sein, die nachgibt?«, brauste Paula auf. »Seit Jahren muss ich mir von ihm anhören, wie ich mein Leben zu führen habe, und ernte Kritik, wenn ich es anders anpacke. Nur ihm zuliebe habe ich überhaupt studiert, trotzdem erkennt er mein Studium nicht als gleichwertig zu dem meiner Brüder an, weil es nicht Jura war. Jetzt arbeite ich hier seit einem guten Jahr auf dem Hof, und noch nie habe ich von ihm gehört, dass er diese Arbeit für etwas anderes als eine kindische Flucht vor Verantwortung hält. All das habe ich geschluckt, genauso wie die Tatsache, dass er die Idee mit den Blockhäusern für eine Spinnerei hält. Aber«, jetzt fuchtelte Paula mit dem Zeigefinger vor dem Gesicht ihrer Mutter herum, »aber, dass er meint, ich hätte Alex während unserer Beziehung nicht genug unterstützt, das ging eindeutig zu weit! Viel zu weit! Ich habe mir den Arsch für ihn aufgerissen. Ich habe neben meiner eigenen Arbeit den Haushalt gemacht, gekocht und seine Reisen vorbereitet, habe ihn begleitet, wann immer es ging, und alles andere hintangestellt. Meine eigene Karriere auch. Seine versnobte Mutter habe ich ertragen, ohne eine Miene zu verziehen. Ich habe mich so bemüht, so zu sein wie du, aber offensichtlich ist mir das nicht gelungen.«

Puh. Paula sackte in sich zusammen. Das hatte mal gutgetan.

»Du wolltest so sein wie ich?« Ihre Mutter wirkte verwirrt. »Warum?«

»Warum? Weil ich bewundere, was du tust.« Sie begann aufzuzählen: »Aus all deinen Kindern ist etwas geworden, obwohl Papa hauptsächlich durch Abwesenheit geglänzt hat. Du bist aus dem Dorfleben überhaupt nicht wegzudenken, weil du dich so engagierst. Und nebenbei begleitest du Papa zu wichtigen Geschäftsterminen oder richtest selber festliche Dinner bei uns zu Hause aus.«

»Aber das ist mein Job, Paula. Der Job, den ich mir ausgesucht habe. Ich führe genau das Leben, das ich mir gewünscht habe, und das solltest du auch tun. Du hast doch völlig andere Träume als ich. Du möchtest deine Zukunft selbst bestimmen, baust dir gerade erst ein weiteres Standbein auf. Du hast eine völlig andere Lebensplanung als ich, und das ist gut so. Ein Mann, der deine Eigenständigkeit nicht akzeptiert, der passt einfach nicht in dein Leben. Punkt. Und das meine ich genau so, wie ich es sage, auch wenn es mir natürlich lieber wäre, wenn dein Lebensmittelpunkt nicht so weit entfernt wäre und du finanziell abgesichert wärst.«

Paula musste sich bemühen, dass ihr nicht der Mund offen stand. »So siehst du das?«

Sophie Sassendorf nahm ihren Becher und blies über das heiße Getränk. Dann stellte sie ihn wieder ab und schaute Paula in die Augen. »So sehe ich das, und so sieht dein Vater das auch.«

»Seit wann?«, fragte Paula perplex.

»Seitdem wir neulich miteinander Tee getrunken haben.«

Paula lachte laut auf, und die Spannung löste sich. »Du hast ihn bearbeitet?«

»Ich habe ihm nur klargemacht, wie ich die Dinge sehe. Du bist eine begabte junge Frau, auf die wir stolz sein können. Obwohl du gerade erst dreißig bist, hast du schon so viel geschafft und kümmerst dich nebenbei noch um deine Großeltern. Wer sollte sich nicht solch eine Tochter wünschen?«

»Papa«, bemerkte Paula trocken.

»Ich liebe ihn von Herzen, aber manchmal kann er wirklich engstirnig sein. Er hat einfach nie verwunden, dass er dich nicht für die Juristerei begeistern konnte und du jetzt auch noch einen Weg gewählt hast, der mit deinem Studium nichts zu tun hat. Du warst seine Prinzessin. Er hat Angst, dass du dich abrackerst und am Ende finanziell scheiterst. In seiner Kanzlei wärst du weit gekommen.«

»Er hat zwei Söhne in seiner Kanzlei.«

»Von denen einer lieber woanders wäre.« Ihre Mutter stand auf, ging hinüber zur Spüle und lehnte sich dagegen.

»Ich kenne meine Kinder«, fuhr sie fort, als Paula schwieg. »Ich wünsche jedem von euch alles Glück auf der Welt, trotzdem wäre es mir lieber, ihr würdet es nicht ausgerechnet in der Eifel finden. Das ist so schrecklich weit weg und so provinziell.«

Es waren zwar nicht einmal zwei Stunden Fahrt, und Paula liebte gerade das Provinzielle, aber sie verstand, was ihre Mutter meinte. Sie stand auf, ging hinüber zur Spüle und nahm ihre Mutter in den Arm. »Ich vermisse dich auch oft. Das einzig Blöde an der Landwirtschaft ist, dass man so angebunden ist. Außerdem dachte ich, Jakob hätte sich für Düsseldorf entschieden?«

Sie trat einen Schritt zurück und beobachtete den Gesichtsausdruck ihrer Mutter. Ihre Stirn lag in Falten, und um ihren Mund bildeten sich scharfe Linien.

»Ich bin mir nicht so sicher«, sagte sie schließlich. »Okay, als er Felix beim Fußball anmeldete, war ich ein wenig euphorisch, weil ich dachte, der Knoten wäre geplatzt. Aber es hat sich nichts geändert, er ist nach wie vor viel zu ruhig und in sich gekehrt. Inzwischen bin ich so weit, dass ich es begrüßen würde, wenn er hierherkäme und dadurch endlich ein Stück weit mit seiner Trauer abschließen könnte. Es zermürbt ihn zusehends und nimmt dem Kleinen ein wichtiges Stück von seinem Vater.«

Paula war erstaunt und erleichtert zugleich, als sie die Worte ihrer Mutter hörte, und doch mischte sich eine gehörige Portion Traurigkeit unter ihre freudige Hoffnung. Traurigkeit in Hinsicht auf ihre Mutter, die ein zweites Kind und einen Enkel ziehen lassen müsste.

»Genug Trübsal geblasen!« Ihre Mutter legte das Geschirrhandtuch zur Seite, stieß sich von der Spüle ab und nahm ihren Teebecher vom Tisch. »Wir haben besprochen, was besprochen werden musste. Jetzt werde ich es mir im Wohnzimmer ein wenig gemütlich machen, ich habe nämlich einen spannenden Krimi dabei, auf den ich mich schon seit Tagen freue.«

Paula sah ihrer Mutter hinterher und hoffte, sie hätte wirklich eine gehörige Portion von ihrem Charakter geerbt. Dann wäre sie eine liebenswerte, starke und durchsetzungsfähige Frau.

Am Abend war es noch fast so warm wie am Nachmittag, sodass sie ohne Jacke rausgehen konnte. Als sie das Haus verließ, pfiff sie auf zwei Fingern, und Muffin kam um die Ecke gejagt. »Komm mit, wir gehen den Zaun der großen Weide inspizieren.«

Als hätte die Hundedame sie verstanden, trottete sie hinter ihr her, nur um bald darauf an ihr vorbeizuschießen und eine Ringeltaube zu verjagen, die gemütlich auf der Weide vor sich hin pickte.

Paula schüttelte grinsend den Kopf. Dieses Tempo sollte Muffin mal morgens an den Tag legen, wenn es ums Aufstehen ging. Aber das würde sie wohl nicht mehr erleben.

Als sie die Weide betrat, trotteten sofort die ersten neugierigen Ziegen auf sie zu, stupsten sie an und forderten ihre Aufmerksamkeit. Paula streckte die Hand aus und fuhr ihnen liebevoll durchs Fell, lachte, als lange Ziegenzungen begannen, sie abzuschlabbern.

»So, genug jetzt«, sagte sie schließlich und klopfte einem der hübschen braunen Tiere den Hals, »jetzt wird gearbeitet.«

Mit großen Schritten ging sie hinüber zum Zaun, schritt ihn entlang und achtete auf lockere Drähte, faulende Pfähle oder gar ganze Löcher, da gerade eben eine der Ziegen im Hof herumspaziert war. Zum Glück war nichts passiert, aber sie musste nachsehen, wo sie entwischen konnte. An dem Zaun, der die Weide hinüber zur Streuobstwiese begrenzte, fand sie eine kleine Öffnung, durch die sich die junge Abenteurerin hindurchgezwängt haben musste. Sie konnten von Glück sagen, dass die Ziege auf dem Weg in den Hof nicht noch einen Abstecher in den Bauerngarten gemacht hatte. Verwüstete Gemüsebeete hätten ihrer Großmutter mit Sicherheit kein Lächeln entlockt.

Paula hockte sich hin, was eine besonders vorwitzige Ziege dazu nutzte, an ihren Haaren zu knabbern.

»He, du, lass das!«, lachte Paula. Energisch schob sie die junge Ziege zur Seite, ehe sie mit ein paar Handgriffen die Stelle wieder verdrahtete, um eventuelle Nachahmer an weiteren Abenteuern zu hindern.

Muffin war inzwischen wieder zu ihr zurückgekehrt und schnüffelte wie wild um sie herum. Sie war jedes Mal erstaunt, dass es offensichtlich täglich neue aufregende Spuren gab, die erkundet werden mussten.

Gemächlich kontrollierte Paula den Rest des Zauns und musste daran denken, wie selbstbewusst die kleine Draufgängerin vorhin über den Hof stolziert war.

Sie konnte ein Grinsen nicht unterdrücken. Sie liebte ihre Tiere und fand es immer wieder spannend, wie unterschiedlich sie in ihren Charakteren waren. Da unterschieden sie sich nicht so sehr von den Menschen. Schon manches Mal hatte es sie aufgebaut, wenn sie Leute, die ihr blöd gekommen waren, mit einem ihrer Viecher vergleichen konnte. Wobei ihr das Vieh immer lieb und teuer war, selbst wenn es keinen einwandfreien Charakter hatte.

Vielleicht sollte sie sich mal Gedanken darüber machen, welcher Ziege Alex' Charakter am meisten entsprach. Wobei, vielleicht zeigte sich auch, dass eines ihrer neugeborenen Böckchen an heilloser Selbstüberschätzung litt. Mit einem Lächeln auf den Lippen ging sie hinüber zur Streuobstwiese. Das Wetter war so großartig, dass sie sich noch ein wenig auf ihren Lieblingsplatz setzen und die Aussicht genießen wollte. Der Mai war so weit vorangeschritten, dass die Obstbäume voller Knospen hingen. Noch ein paar Tage Sonne, dann würden sie aufbrechen und die Wiese in ein Meer von Weiß und Rosa verwandeln. Aus den oberen Etagen der Blockhäuser hätte man einen guten Blick darauf. Vielleicht sollte sie ein paar Fotos machen, für die zukünftige Website. Außerdem könnte sie noch ein wenig an ihrer Idee feilen, die Streuobstwiesen zu verjüngen, um im größeren Stil Apfelsaft und Marmeladen herzustellen. Sie hatte es von klein auf geliebt, mit ihrer Mutter oder Mémère Claire in der Küche zu stehen und einzumachen oder zu kochen. Hier in der Gegend gab es etliche Hotels und Restaurants, die sie mit ihren Produkten beliefern könnte. Was sie in ihrem Wunsch bestärkte, auch den Hühnerbestand aufzustocken. Die frischen Eier schmeckten einfach traumhaft gut, warum nicht auch andere damit verwöhnen? Und dabei gutes Geld verdienen.

Geld, Geld, Geld. Nur gut, dass ihre Gedanken auch immer wieder zu Theo wanderten, sonst hätte sie sicher schon ein Magengeschwür. Zentnerschwer lastete der Schuldenberg auf ihr und wurde leider auch durch weitere Gespräche mit dem Finanzberater nicht leichter. Sie hatte viel investiert: in die Ziegen, die Käserei, die Blockhäuser. Ihre Rücklagen waren aufgebraucht, die laufenden Kosten blieben, aber ein Einkommen warf der Hof noch nicht ab. Dabei hatte sie noch so viele Träume und Wünsche, die sie aber so lange nicht umsetzen konnte, wie der Betrieb noch keine stabilen Profite abwarf. Wenn das noch lange dauerte, würde sie sich hoffnungslos verschulden. Ihr Vater hatte recht, sie ging damit ein enormes Risiko ein, ein Risiko, an dem schon ganze Existenzen gescheitert waren. Aber Gedanken an die Gefahr, den ganzen Hof an die Bank zu verlieren, verdrängte sie, so rasch sie konnte, ihr blieb nichts anderes übrig, als ihre Arbeit zu machen und das Beste zu hoffen.

Sie rieb sich über das Gesicht und richtete ihre Überlegungen wieder auf das, was sie beeinflussen konnte. Wenn erst die Ferienhäuser in der Vermietung wären, würden sich ihre Gäste sicher über frische Eier und selbst gemachte Marmeladen freuen. Zudem gab es Märkte in der Umgebung, und auch Aachen war nicht zu weit, um Bioäpfel, Saft oder selbst angesetzten Likör zu vermarkten. Die Kontakte der Händler hatte sie ja bereits über ihren Käse. Sie würde erneut eine Nachtschicht einlegen und noch einmal gründlich das Internet nach weiteren Absatzmöglichkeiten durchforsten.

Sie warf einen Blick über die Obstbäume und sah sie vor ihrem geistigen Auge bereits Früchte tragen. Die Äste der Apfelbäume würden sich unter ihrer Last biegen, und die Kirsch- und Mirabellenbäume müsste sie mit Netzen vor den Schnäbeln der frechen Spatzen und ihrer Freunde schützen. Zufrieden und nur ein bisschen beunruhigt über ihre Zukunft, setzte sie sich auf den wackeligen Gartenstuhl und betrachtete den Sonnenuntergang, der rot, gelb und orange über den Eifelhimmel strahlte. Sie seufzte auf. An Abenden wie diesem fragte sie sich, warum die Menschen weite

Reisen auf sich nahmen, um genau das zu fühlen, was sie in diesem Moment empfand.

Doch trotz aller Entspannung kehrten ihre Gedanken rasch zu dem Gespräch mit ihrer Mutter und unweigerlich auch zu ihrem Vater zurück. Es stimmte, sie war über viele Jahre seine Prinzessin gewesen. Zu ihren schönsten Erinnerungen gehörten die Momente, in denen sie auf dem blauen Wollteppich in seinem Arbeitszimmer gesessen und mit ihren Puppen gespielt hatte. Selbst in diesem Moment erzeugte allein der Gedanke an diese Zeit ein behagliches Gefühl in ihr.

Paula ließ ihren Blick über die Obstbäume, die Wiesen und das Tal schweifen. Ihr Vater liebte klassische Musik, und so hatte sie während ihrer Arbeitszimmerspielzeiten die großen alten Musiken aufgesaugt wie ein Schwamm. Bach, Mozart, Beethoven, Brahms. Nicht zu vergessen die *Deutsche Messe* von Schubert. Sie liebte die klassischen Messen. Auch wenn sie sich nicht zu den Kirchgängern zählte, waren das für sie reine Meisterwerke, die es noch verstanden, auf der Klaviatur der Gefühle wahre Sessions zu veranstalten.

Ja, ihr Vater hatte ihr die alten Komponisten nahegebracht, Geschichten über deren Leben erzählt, während er eine seiner Kaffeepausen einlegte. So wie ihre Mutter immer eine Tasse Tee zur Hand hatte, sah man ihn nur selten ohne seinen Kaffeepott. In seinem Arbeitszimmer stand ein hochfunktionaler Kaffeeautomat, da ihre Mutter dieses Teufelsding auf gar keinen Fall in ihrer Küche haben wollte. Den Duft nach frisch gemahlenen Kaffeebohnen, das zischende Geräusch von kochendem Wasser und das herrliche Aroma des aufgebrühten Kaffees verband sie heute noch unweigerlich mit ihrem Vater.

Paula seufzte erneut. Es fiel ihr zunehmend schwer, das Schweigen ihm gegenüber aufrechtzuerhalten, aber dieses Mal würde sie nicht nachgeben. Sie liebte ihren Vater von ganzem Herzen, aber sie würde sich niemals wieder von ihm kleinmachen lassen. Er musste endlich begreifen, dass sie eine erwachsene Frau war, die ihr Leben im Griff hatte. Die eigene Entscheidungen traf. Und die eigene Fehler machte.

Vielleicht war ihre Entscheidung, die Gästehäuser bauen zu lassen, wirklich nicht gut durchdacht. Aber dann war es ihr Fehler, und sie musste mit den Konsequenzen leben. Sie wäre die Letzte, die bei ihm anfragen würde, ob er ihr aus der Patsche half.

Aber Paula war natürlich klar, dass das nicht der eigentliche Knackpunkt ihres Streits war. Ihr Vater war in seiner Ansicht, was die Rolle der Frau in einer Beziehung anging, wahrlich noch vom alten Schlag, und das, obwohl er nichts lieber gesehen hätte, als dass sie Jura studiert hätte und mit in seine Kanzlei eingestiegen wäre. Das nannte man dann wohl widersprüchlich.

Aber diesen Knoten würde sie heute nicht mehr lösen können. Langsam wurde es dunkel, sie sah kaum noch etwas. Paula stand auf, pfiff nach Muffin und machte sich auf den Rückweg, als plötzlich ein großer dunkler Schatten vor ihr auftauchte und ein anderer an ihr vorbeischoss. Erschrocken schrie sie auf.

»Sorry, das tut mir echt leid! Titus! Bei Fuß!«

»Mann, Theo! Wieso schleichst du dich denn so an?«

»Ich bin nicht geschlichen, im Gegenteil, aber leider ist Titus in dem Moment losgeprescht, in dem du gepfiffen hast. Zum Glück hat er dich nicht angesprungen.«

»Ja, welch ein Glück«, bemerkte sie ironisch, während sie darauf wartete, dass ihr Herzschlag sich wieder normalisierte.

»Mein Gott, dieser Hund ist wirklich ein Riese. Wo hast du ihn eigentlich im Winter?«

»In meinem Sprinter oder mit auf der Baustelle.«

»Bei der Kälte?«, fragte sie fassungslos.

Theo lachte. »Ja, auch bei Kälte. Und auf seinem Schlafplatz im windgeschützten Auto hat er es mit seiner dicken Wolldecke oftmals behaglicher als ich auf zugigen Baustellen.«

»Die beiden scheinen sich bereits gut zu verstehen«, fügte er mit Blick auf die zwei Hunde hinzu.

Paula schaute über ihre Schulter und sah, dass die Hunde kräftig mit der Rute wedelten und Muffin übermütig um ihren großen Freund herumhüpfte.

»Lass uns auf den Hof gehen, hier kann man ja kaum noch etwas sehen«, sagte sie zu Theo.

Der nickte, pfiff nach seinem Hund und setzte sich in Bewegung. Kurz darauf tobten die beiden Hunde haarscharf an ihr vorbei.

Spätestens jetzt war der Schreck verflogen, und sie lachte laut auf. »He, ihr Rabauken, passt auf, wo ihr hinlauft!«

»Tut mir echt leid. Titus ist erst anderthalb und noch mitten im schönsten Flegelalter.«

»Den Eindruck habe ich auch, er nimmt keine Rücksicht auf eventuelle Verluste.«

»Stimmt, er hat noch ein paar Probleme, Größe und Gewicht richtig einzuschätzen. Erinnert manches Mal an eine mittelgroße Dampfwalze.«

»Hoffentlich macht er Muffin nicht platt«, unkte sie, machte sich aber nicht wirklich Sorgen um ihre Hündin.

»Keine Sorge. Die beiden kennen sich ja nun schon einige Zeit. Muffin kommt immer mal wieder zum Spielen vorbei oder begleitet uns auf einer kurzen Runde über die Wiesen.«

»Jetzt weiß ich endlich mal, was sich auf meinem Hof so abspielt, wenn ich unterwegs bin«, spottete sie.

Sie betraten den Innenhof, der von einem Flutlicht ausgeleuchtet wurde. Mittendrin sprangen die Hunde umeinander, Titus in gebührendem Abstand zu der kleinen Rauhaardackeldame, die immer wieder hochsprang, um die Nase ihres neuen Freundes zu erreichen.

Paula blieb stehen und wandte sich an Theo. »Bist du für heute fertig?« Sie strich sich die Haare aus dem Gesicht und versuchte standhaft, das heftige Herzklopfen zu ignorieren, das sie jetzt eindeutig nicht mehr dem Schreck zuschreiben konnte.

»Ja, für heute habe ich Schluss gemacht. Der Boden im Obergeschoss ist fertig und scheint gut gelungen. Du kannst es dir morgen früh ja mal anschauen.«

Seine blauen Augen funkelten in dem hellen Licht des Scheinwerfers, und Paula musste sich zwingen, ihre Hände bei sich zu behalten, die unbedingt durch seine dichten Locken fahren wollten. Energisch schob sie sie in die Hosentaschen.

Schön beim Small Talk bleiben, dachte sie. Noch zwei, drei Sätze, dann könnte sie sich sicher verabschieden, das würde sie locker schaffen. »Mache ich gern«, antwortete sie souverän. »Heißt das, dass du als Nächstes die Küche aufbaust? Oder machst du erst unten weiter?«

»Zuerst die Küche. Dann ist oben alles fertig, und es geht unten weiter.«

Er schien über etwas nachzudenken, ehe er sagte: »Hast du am Wochenende schon etwas vor?«

Perplex starrte Paula ihn an. »Am Wochenende?«

Theo grinste. »Ja, am Wochenende. Samstagabend zum Beispiel?«

»Samstagabend.« Sein sexy Grinsen machte es ihr nicht leichter, ihre Gehirnzellen zu sortieren. »Samstagabend wollte ich nur zum Jupp.«

»Ich habe eine andere Idee. Sagen wir so gegen sieben? Bist du dann mit der Arbeit durch?«

Sie nickte. »Klar, das kann ich mir so einteilen.«

»Dann hole ich dich ab.«

»Und was hast du vor?«

»Lass dich überraschen.«

»Irgendeine Kleiderordnung?«

»Nein, einfach das, worauf du Lust hast.« Er pfiff nach Titus, der auch dieses Mal sofort angaloppiert kam. Theo nahm ihn am Halsband, wozu er sich kaum zu bücken brauchte, und wandte sich noch einmal an Paula. »Ich freue mich drauf. Schönen Abend noch.« Damit drehte er sich um und ging hinüber zu seinem Sprinter.

Verdattert schaute Paula ihm hinterher. »Schönen Abend noch«, sagte sie mehr zu sich selbst.

Was, bitte schön, war das denn gewesen? Ein bisschen Small Talk, und dann gehe ich ins Haus? Der Schuss war ja wohl danebengegangen. Warum hatte sie überhaupt Ja gesagt, sie dumme Nuss? Wollte sie sich das wirklich einen ganzen Abend lang antun? Dieses Ziehen und Schmachten? Es war echt anstrengend, diese Gefühle permanent zu unterdrücken. Wie sollte ihr das gelingen, wenn er stundenlang neben ihr saß?

Paula schüttelte den Kopf. Das waren alles nur Emotionen, sprach sie sich gut zu. Chemie, nichts weiter. Sie war eine erwachsene Frau und würde sich mit einem netten Kerl einen schönen Abend machen. Warum auch nicht? Vielleicht konnten sie Freunde werden. Vielleicht auch mehr? Freunde mit gewissen Vorzügen? Warum nicht? Auch wenn sie keine neue Beziehung wollte, müsste sie ja nicht den Rest ihres Lebens in langweiliger Keuschheit verbringen.

Ja, der Gedanke gefiel ihr ausnehmend gut. Freunde mit gewissen Vorzügen, das konnte sie sich mit Theo wirklich gut vorstellen. Mal schauen, was er vorhatte. Vielleicht fuhren sie ja nach Aachen. Ein bisschen Großstadtluft würde ihr gefallen.

Was hieß, dass sie als Nächstes Lisa eine WhatsApp schreiben musste. Vielleicht hatte ihre Freundin ja Zeit für eine Kaffeepause, denn Paula hatte keine Ahnung, was sie am Samstag anziehen sollte, und musste das dringend mit ihr besprechen. Ein Teil ihres früheren Ich kam bei dieser Gelegenheit zum Vorschein. In Düsseldorf hatte sie es ab und an genossen, sich für bestimmte Anlässe schick zu machen. Bevor es ihr zu viel geworden war.

Als sie das Haus betrat, traf sie auf ihre Großmutter, die wissen wollte, was sie am nächsten Tag kochen sollte. Es war mehr ein Ritual, denn letztendlich hatte ihre Mémère schon immer ganz genau im Kopf, was sie am nächsten Tag auf den Tisch bringen wollte. Aber Paula ließ ihr den Spaß und spielte das Spiel mit. Also machte sie einen Vorschlag, der von Großmutter Claire kurz überdacht und dann verworfen wurde. Danach schlug ihre Mémère etwas vor, dem Paula zustimmte, doch auch das wurde wieder verworfen. Nach längerem Überlegen entschied Paula sich für ein weiteres Gericht, das ihrer Großmutter sehr gut gefiel, aber aus diesen oder jenen Gründen am nächsten Tag schlecht in den Plan passte. Stattdessen machte Großmutter Claire einen Gegenvorschlag, der schließlich ihrer beider Zustimmung fand. Zufrieden mit der allabendlichen Diskussion, verabschiedete sich ihre Mémère für die Nacht und zog sich zurück.

Auf dem Weg in ihr Zimmer schaute Paula noch kurz im Wohnzimmer vorbei, wo ihre Mutter, ganz vertieft in ihren Krimi, auf der Couch lag.

»Spannend?«, fragte sie, als sie das Zimmer betrat.

Ihre Mutter legte das Buch aufgeschlagen auf ihren Bauch, streckte die Arme in die Höhe und reckte sich. »Herrlich spannend und entspannend zugleich«, seufzte sie. »Hier herrscht immer so eine himmlische Ruhe. Obwohl ich gerade noch ein Auto gehört habe.«

»Das war Theo Freimuth, der Handwerker, der mir die Häuser ausbaut. Ich habe ihn eben noch getroffen, als er einen kurzen Gang mit seinem Hund machte.«

»Er bringt seinen Hund mit zur Arbeit?«

»Ja, das ist so abgesprochen. Wobei, er ist eher ein Pony als ein Hund. Was Muffin allerdings in keiner Weise gestört hat. Scheint, als hätte sie einen neuen Freund gefunden.«

»Und geht die Arbeit in den Häusern gut voran? Bist du zufrieden?«

Paula setzte sich auf die Armlehne des breiten Polstersessels. »Heute ist der Boden im Obergeschoss verlegt worden. Wenn du Lust hast, zeige ich dir morgen früh, wie weit wir sind.«

»Entschuldige, aber ich bin heute überhaupt nicht auf die Idee gekommen, rüberzugehen und es mir anzuschauen.«

»Gar kein Problem, ich kann verstehen, dass du es nach den Aufregungen der letzten Wochen genossen hast, einfach mal die Seele baumeln zu lassen.«

Sophie strahlte sie an. »Ja, das war wie ein Kurzurlaub, ich habe das Buch schon fast durch. Vorhin hatte ich es mir auf der Bank im Kräutergarten gemütlich gemacht und gedacht, dass er schon was hat, dein neuer Arbeitsplatz, auch wenn er für mich nur für den Urlaub taugt. Dabei ist mir aufgefallen, wie schön sich die Blockhäuser in die Umgebung einfügen. Ich würde sie mir gern noch von innen anschauen, bevor ich fahre.«

»Nichts lieber als das. Nach dem Frühstück gehen wir rüber. Du wirst überrascht sein, wie schön alles wird. Aber jetzt gehe ich ins Bett, gute Nacht.« Paula stand auf, ging hinüber zu ihrer Mutter und gab ihr einen Kuss auf die Wange.

»Schlaf schön, mein Schatz. Ich hab dich lieb.«

»Ich dich auch«, antwortete Paula auf dem Weg zur Tür.

In ihrem Zimmer schrieb sie als Erstes die WhatsApp an Lisa. Hoffentlich hatte sie Zeit für eine kurze Pause. Während sie auf eine Antwort wartete, inspizierte sie ihren Kleiderschrank. Von vielen ihrer Designersachen hatte sie sich im Laufe des letzten Jahres getrennt. Im Internet fanden solche Klamotten auch secondhand noch reißenden Absatz. Von dem eingenommenen Geld hatte sie sich dann praktische Kleidung für die Eifel gekauft, von festem Schuhwerk über Jeans bis zur dreiteiligen Funktionsjacke. Aber von manchen ihrer Kleider hatte sie sich doch nicht trennen können. Und siehe da, frau wusste eben nie, ob sie sie nicht noch einmal gebrauchen könnte. Das Problem war nur, dass sie keine Ahnung hatte, wo Theo mit ihr hingehen wollte, und overdressed wollte sie keinesfalls sein.

Ihr Handy gab ein leises »Ping« von sich, und sie las Lisas Nachricht: Bin noch busy, brauche eine gute halbe Stunde.

Nun gut, dann hätte sie genügend Zeit, um sich in Ruhe fertig zu machen. Sie ging hinüber ins Badezimmer, duschte ausgiebig, föhnte ihre Haare und verrieb duftende Lotion auf ihrer Haut. Zähneputzen musste warten, denn sie hatte eine schöne Flasche Rotwein aufgemacht, von dem sie sich noch ein Glas schmecken lassen wollte.

Gut gelaunt, mit einem breiten Grinsen und einer dicken Schicht Nachtcreme auf dem Gesicht, ging sie zurück in ihr Zimmer. Kaum hatte sie die Tür hinter sich geschlossen, blieb sie stehen. Nicht, dass sie etwas dagegen hatte, gut gelaunt zu sein, und tatsächlich freute sie sich auch auf das Gespräch mit ihrer besten Freundin, aber dieses Grinsen hatte eindeutig einen anderen Ursprung: Sie freute sich auf den kommenden Samstag!

Aber das war auch legitim, verteidigte sie ihre Gefühle, während sie sich in ihr Bett kuschelte. Theo war nett, ausgesprochen nett sogar, warum sollte sie nicht mit ihm befreundet sein? Schließlich war sie auch mit Jupp befreundet, und das schon fast ihr ganzes Leben lang.

Das Teufelchen auf ihrer Schulter, das ihr einflüstern wollte, dass zwischen ihren Gefühlen für Jupp und denen für Theo ein himmelweiter Unterschied war, ignorierte sie geflissentlich. Die letzten Monate waren wirklich schwer gewesen, nicht zu reden vom ganzen letzten Jahr, in dem sie nicht nur eine Trennung verarbeiten, sondern auch noch einen komplett neuen Beruf lernen musste. Sie hatte es sich wirklich verdient, wieder einmal richtig auszugehen, eine neue Umgebung und neue Menschen kennenzulernen. Vor allem, wenn sie an die besonderen Vorzüge dachte, die eine Freundschaft mit Theo eventuell mit sich bringen würde, wurde ihr ganz heiß.

Rasch griff sie zu ihrem Glas und nahm einen großen Schluck. Dass sofort ein Bild von Theo auftauchte, als sie voller Genuss die Augen schloss, störte sie nicht im Geringsten.

Das Klingeln ihres Handys riss sie aus ihrem wohligen Gefühl. Sie stellte das Glas auf den Nachttisch und griff zum Telefon. »Hi!«

»Selber hi! Alles klar?«

»Und bei dir?«

»So lala. Anscheinend habe ich mir den Rücken verdreht, weshalb ich hier schon den ganzen Morgen vor mich hin ächze.«

»Mist, das tut mir leid. Hast du ein Schmerzmittel genommen?«

»Wärme tut gut. Ich habe mir eins von diesen Pflastern gekauft und draufgeklebt. Jetzt graut mir allerdings davor, dass das heute Abend auch wieder runter muss.«

»Autsch, das klingt ätzend.«

»Ja, weshalb ich heute leidend bin. Und bei dir?«

Paula überlegte, was sie sagen sollte.

»Hallo, bist du noch da?«

»Ja, Moment, ich sammle mich gerade.«

»Du sammelst dich? Warum? Ist was passiert? Deine Stimme klang doch eben ganz gut? Also, was ist los? Bist du deinem Traummann begegnet?«

»Nun ja, Traummann wäre wohl ein bisschen hoch gegriffen.«

Lisa quietschte: »Es geht tatsächlich um einen Mann? Hey! Ich freu mich! Erzähl mir alles! Hast du schon ein Foto?«

»Nein, Quatsch, so weit sind wir noch lange nicht.« Paula griff nach ihrem Weinglas und nippte daran. »Er heißt Theo und ist Tischler. Er baut mir die Blockhäuser aus.«

»Ein heißer Handwerker also.«

»Nun, heiß, na ja, er sieht schon echt gut aus, dunkle Locken, dazu stahlblaue Augen, schöne, starke Hände.« Allein beim Gedanken an ihn kribbelte es in ihrem ganzen Körper. »Aber vor allem ist er echt nett.«

»Nett?«, entfuhr es Lisa. »Nett ist die kleine Schwester von scheiße.«

»Also bitte! Nett im absolut positiven Sinn. Er ist höflich, freundlich, humorvoll, und wenn er dieses freche Grinsen aufsetzt, bekomme ich weiche Knie.«

»Hört, hört! Paula, die den Männern für alle Zeit abgeschworen hat, bekommt tatsächlich wieder weiche Knie. Höre ich da Hochzeitsglocken im Hintergrund?«

Paula lachte. »Du bist ein Biest. Nein, keine Sorge, keine Hochzeitsglocken. Aber ich dachte mir, so etwas wie Freunde mit gewissen Vorzügen – warum nicht?«

»›Freunde mit gewissen Vorzügen‹ klingt gut. Genau so läuft

das auch zwischen Jake und mir. Alles easy. Von daher kann ich dir aus Erfahrung sagen: Nur zu, das ist eine Win-win-Situation.«

»Mal abwarten, ich weiß ja noch gar nicht, ob er wirklich interessiert ist. Erst einmal will er nur mit mir ausgehen.«

»Glaub mir, wenn ein Mann mit dir ausgehen will, dann hat er auch Hintergedanken. Der macht das nicht aus reiner Menschenfreundlichkeit.«

»Seit wann bist du so furchtbar zynisch?« Paula stellte ihr Glas zurück auf den Nachttisch und lehnte sich gegen die Kissen.

»Ich bin überhaupt nicht zynisch«, entgegnete Lisa mit einem Lachen. »Ich bin realistisch. Bisher waren wir uns da doch immer einig.«

»Klar, du hast ja recht. Wahrscheinlich habe ich durch die vielen Hormone einen rosarot verschleierten Blick. Aber weshalb ich anrufe: Was soll ich bloß anziehen?«

»Wo wollt ihr hin?«

»Ich habe keine Ahnung, das ist ja das Problem. Er hat nur gesagt, dass er mich um sieben abholt.

»Ein Macho?«

Paula konnte Lisas Grinsen quasi durch die Leitung hören. »Natürlich nicht!«, widersprach sie heftig. »Er will mich überraschen. Also, was ziehe ich am besten an?«

»Das kleine Schwarze passt immer. Hast du so was noch im Schrank?«

»Klar, auch wenn es nicht schwarz ist, sondern grün. Aber wenn er mich in irgendeine Spelunke ausführt, wäre ich damit komplett overdressed, und dazu habe ich nun überhaupt keine Lust.«

»Also Top und Jeans, dazu ein paar schicke Schuhe. Hast du noch deine tolle Lederjacke? Die ist doch ein Hingucker, und overdressed bist du damit auf gar keinen Fall.«

Paula kaute auf ihrer Unterlippe. »Top und Jeans klingt gut. Bei den Schuhen muss ich mal überlegen. Hohe Absätze empfehlen sich gar nicht, falls er mit mir in die Aachener Altstadt will. Ich sage nur: Kopfsteinpflaster.«

»Schade. Du hast so tolle Beine, die solltest du ruhig unterstreichen.«

»Vor allem würde das eventuell von meinen absolut verhunzten Händen ablenken.«

»Kein Nagellack?«, säuselte Lisa ironisch.

»Haha, nein, kein Nagellack. Ich muss diese Katastrophe ja nicht noch betonen.«

»Ich denke nicht, dass sich ein Handwerker an Händen stört, die gut zupacken können.«

»Danke, das baut mich auf. Zurück zu den Klamotten. Die Lederjacke habe ich der Heilsarmee gespendet, die hatte mir Alex geschenkt, wobei er mehr als einmal betonte, wie teuer sie gewesen sei. Ich habe tatsächlich keine vernünftige Jacke, die ich zum Ausgehen anziehen könnte.«

»Das heißt: Shopping ist angesagt! Zu schade, dass ich so weit weg wohne.«

»Ja, das ist wirklich blöd, da hätte ich dich echt gern dabei. Aber bei meinem vollen Arbeitsplan diese Woche muss ich sowieso sehen, wie ich das irgendwie dazwischenquetsche.«

»Du machst das schon. Hör mal, ich muss auflegen, die Arbeit ruft. Schick mir mal ein Foto von deinem Outfit, damit ich es absegnen kann.«

»Mach ich. Wann kommst du eigentlich das nächste Mal rüber? Ich würde dich gern mal wieder in den Arm nehmen.«

»Vorläufig ist nichts geplant. Hier im Hotel ist gerade Hochzeitssaison, die nächsten Wochen besteht absolute Urlaubssperre. Vielleicht im Hochsommer, dann ist hier nicht so viel los.«

»Das wäre prima! Also gut, dann lasse ich dich mal arbeiten und entschwinde selbst gleich ins Reich der Träume. Mach es gut.«

»Mach es besser, meine Liebe.«

Paula legte das Handy beiseite und kuschelte sich in die Kissen. Sosehr sie die Gespräche mit Lisa auch genoss, machte sich anschließend immer eine gewisse Leere in ihr breit. Auch wenn sie mit Jupp und Mariele tolle neue Freunde gefunden hatte, vermisste sie Lisa sehr. Sie hoffte immer noch, dass es ihre Freundin irgendwann wieder in die heimischen Gefilde zöge oder zumindest ins nähere europäische Ausland. Aber bis jetzt liebte Lisa ihre Weltenbummelei, und ein Ende war nicht in Sicht.

Als sie Samstagabend einen Wagen auf den Hof rollen hörte, stand sie gerade vor dem Spiegel und musterte ihr Outfit. Sie hatte sich zu dunkelroten Jeans ein frühlingsgrünes Shirt und einen passenden Blazer gekauft. Die Haare trug sie offen. Paula genoss das leichte Wirbeln ihrer offenen Haare, wenn sie sich bewegte, vor allem, weil sie zum Arbeiten immer einen Pferdeschwanz trug.

Ja, sie war zufrieden, so konnte sie sich sehen lassen. Sie machte noch kurz ein Foto und schickte es an Lisa und Mariele, ehe sie nach draußen ging.

Theo war bereits ausgestiegen, und es verschlug ihr kurz den Atem. Bisher kannte sie ihn ja nur in seinen ausgebeulten Arbeitshosen, mit Sicherheitsschuhen und Flanellhemden; außer an dem einen Abend beim Jupp, an dem er schlichte Jeans und Boots getragen hatte. Der Theo allerdings, der jetzt auf sie zukam, hatte mit dem Tischler-Theo nur wenig zu tun. Zu schwarzen Jeans, die seinen knackigen Hintern bestens in Szene setzten, trug er schicke schwarze Monkstraps und ein luftiges hellblaues Hemd, das das Blau seiner Augen noch intensiver wirken ließ. Wow, der Abend würde noch interessanter, als sie angenommen hatte.

»Hallo, Paula!«, begrüßte er sie.

»Hi!«

»Gut siehst du aus.«

Das Lächeln auf seinem Gesicht wertete sie als Kompliment.

»Danke, das gebe ich gern zurück.«

»Bist du fertig?«

»Sieht so aus.«

»Dann los.« Er öffnete die Beifahrertür des Caddys, den er heute offensichtlich gegen seinen Sprinter getauscht hatte.

»Und wo fahren wir hin?«

»Wie wäre es mit Aachen?«, fragte er, als er sich neben sie auf den Fahrersitz setzte. »Da gibt es eine urige Kneipe, den Domkeller. Kennst du die?«

Sie schüttelte den Kopf. »Ich kenne kaum etwas in Aachen. Düsseldorf und Köln, das war mein Revier.«

»Also dann.« Er startete den Motor, ergriff mit beiden Händen das Lenkrad und fuhr vom Hof.

Sein überaus attraktives Auftreten täuschte sie nicht darüber hinweg, dass Theo heute Abend einen leicht zerstreuten Eindruck machte. Sie warf einen kurzen Blick zu ihm hinüber, doch er schaute nur konzentriert auf die Straße. War er ansonsten locker und humorvoll, wirkte er jetzt in sich gekehrt und nachdenklich.

Während sie noch überlegte, ob sie ein Gespräch beginnen oder lieber nur schweigend neben ihm sitzen sollte, fragte er plötzlich: »Hattest du einen schönen Tag?«

Okay, also erst einmal ein wenig Small Talk, vielleicht taute er dann etwas auf.

»Danke, bei dem herrlichen Wetter habe ich eben noch die Zeit genutzt und einen Rundgang bei den alten Apfelbäumen im

Garten gemacht. Wenn das Wetter weiter mitspielt, wird es ein gutes Apfeljahr, die Knospen stehen dicht an dicht. In ein paar Tagen werden sich die ersten Blüten zeigen.«

»Was für Arbeit fällt auf dem Hof eigentlich so an?«

»Ganz unterschiedliche. Die Käserei hast du ja schon kennengelernt. Heute Morgen habe mich an einem neuen Frischkäse probiert, Koriander mit gehackten Walnüssen. Ich bin schon gespannt, wie er schmeckt, wenn er durchgezogen ist. Der Nachmittag war weniger kreativ. Einer der Anhänger hatte einen platten Reifen, der musste gewechselt werden. Und danach habe ich noch die Greifschaufel des Radladers geschweißt.«

»Du kannst schweißen?«

Hörte sie da etwa einen fassungslosen Unterton in seiner Stimme? Oder war er wirklich interessiert? Sie musterte ihn von der Seite, ehe sie antwortete: »Ich lerne es gerade. Finn ist sehr geschickt in solchen Dingen und hat mir schon viel beigebracht.«

»Und das macht dir Spaß?«

Okay, das klang nicht fassungslos, er wirkte tatsächlich interessiert. Wenn Alex sie heute mit dem Schweißgerät gesehen hätte, wäre er aus dem Lachen sehr wahrscheinlich nicht mehr herausgekommen, ehe er sie gefragt hätte, ob sie noch ganz bei Sinnen war. Nein, Alex hätte keinerlei Verständnis dafür gehabt. Für Reparaturen hatte man Leute, die dafür ausgebildet waren. Damit beschäftigte man sich nicht einmal in seiner Freizeit. Und dass sich eine Frau mit solchen Arbeiten befasste, diesen Gedanken würde sein beschränkter Horizont sicher gar nicht erst aufkommen lassen. Theo tickte da glücklicherweise ganz anders.

Paula lehnte sich entspannt zurück und antwortete: »Ja, das macht mir sogar großen Spaß. Ich habe schon immer gern etwas mit meinen Händen gemacht. Wenn es früher auch mehr ums Striegeln von Pferden oder Misten ging. Auch damals habe ich schon gern den Handwerkern über die Schulter geschaut, wenn es bei uns im Haus etwas zu reparieren gab. Und jetzt sind die Maschinen nicht nur mein Arbeitsgerät, sondern auch mein Kapital, mit dem ich sorgfältig umgehen muss. Die Gerätschaften auf dem Hof kosten ein Heidengeld, und ich darf überhaupt nicht darüber nachdenken, was passieren würde, wenn etwas kaputtginge. Und damit meine ich keine Reparatur wie das Schweißen eines kleinen Risses.«

»Ich dachte, dafür gibt es günstige Kredite?«

Paula lachte. »Klar, aber was heißt schon ›günstiger Kredit‹? Das Geld muss ich doch trotzdem irgendwann bezahlen, also muss es irgendwo herkommen. Der Hof brachte nicht mehr genug ein, um ausreichende Rücklagen zu bilden, und ich fange erst an, ihn umzustellen, und musste investieren. Die Ersparnisse meiner Großmutter sind für mich tabu, das ist ihre Altersvorsorge. Mit der Käserei und den Blockhäusern habe ich einen Schritt vorwärts gemacht. Und natürlich mit der Umstellung auf Ziegenhaltung. Bei den schlechten Milchpreisen war die Milchkuhhaltung auf lange Sicht keine wirkliche Alternative mehr, zumindest nicht, wenn man kaum fünfzig Kühe im Stall stehen hat, so wie ich. Zukünftig sollen aber vor allem die Obstbäume für eine solide finanzielle Grundlage sorgen. Damit baue ich mir gerade ein weiteres Standbein auf.«

»Klingt so, als hättest du das bereits gut durchdacht. Aber mit den Ziegen und der Käserei kommst du doch sicher schon ganz gut über die Runden.«

»Leider nicht.« Paula sah wieder zu ihm hinüber. »Es müsste noch einiges modernisiert werden. Aber mir fehlt das Kapital, denn ich zahle noch immer Investitionen ab, die mein Onkel bereits vor Jahren getätigt hat. Wie zum Beispiel diesen Luxustrecker, der sein letztes großes Projekt war. Sorry, ich schätze, so genau wolltest du es gar nicht wissen.«

»Doch.« Er schaute kurz zu ihr rüber und schenkte ihr wieder eines seiner umwerfenden Lächeln. »So genau wollte ich es wissen, sonst hätte ich nicht gefragt.«

»Auch wenn der Ziegenstall von außen keinen besonders schönen Eindruck macht, ist er solide gebaut und wurde den letzten Winter über von Finn und mir auf den neuesten Stand gebracht. Aber das Scheunendach zum Beispiel muss dringend erneuert werden. Nur wenn ich mir die Kostenvoranschläge dafür anschaue, wird mir ganz schummerig.«

»Ich bin froh, dass ich nicht mehr brauche als meinen Sprinter und die Werkzeuge. Da haben sich die Investitionen sehr in Grenzen gehalten. Wie bist du eigentlich auf die Idee gekommen, eine eigene Käserei zu gründen?«

»Durchs Skifahren.«

Theo grinste. »Durchs Skifahren?«

»Genau. Seit ich denken kann, fuhren meine Eltern mit uns in ein kleines österreichisches Bergdorf zum Skifahren. Dort haben wir auf einem Bauernhof gewohnt, mit großer Milchwirtschaft und eigener Käserei. Als ich älter wurde, fand man mich häufiger in der Käserei als auf der Piste. Die Bäuerin ist auch heute noch ein großes Vorbild für mich: zupackend, herzlich und kreativ. Sie war offen für mein Interesse, leitete mich an und übertrug mir zunehmend kleinere Aufgaben. Vor einigen Jahren hat sie ihren Hofladen um ein Café erweitert. Davon träume ich auch auf meinem Hof. Ein kleines Café mit Holzstühlen, Spitzengardinen und bauchigen Teetassen, in dem ich die Köstlichkeiten verkaufe, die ich selbst hergestellt habe. Ein ziemliches Hirngespinst, was?«

»Überhaupt nicht. Ich sehe es schon vor mir, mit Blick auf die Streuobstwiesen hinunter ins Tal.«

»Genau!«, stimmte ihm Paula begeistert zu. »Genau dort soll es irgendwann stehen.«

Sie verfielen in ein angenehmes Schweigen und hingen beide ihren Gedanken nach. Paula genoss es, endlich wieder als Beifahrerin in einem Auto zu sitzen und die Landschaft an sich vorüberziehen zu lassen. Die Bundesstraße nach Aachen führte durch dichte Waldgebiete, immer entlang der belgischen Grenze. Für eine kurze Strecke kreuzten sie die Grenze sogar, sodass man auf dem Weg nach Aachen auch immer für ein paar Minuten die Gastfreundschaft des Nachbarlandes genoss. Schnurgerade zog sich die Landstraße kilometerlang dahin, und weil es in Richtung Aachen stetig bergab ging, hatte man an manchen Stellen einen phänomenalen weiten Blick hinunter in die Ebene; ganz in der Ferne ragte die Silhouette der Stadt empor. Ähnliche Erfahrungen hatte sie auf Highways in Kanada gemacht. Als sie das erste Mal dort drüben war, hatten sie diese schier endlos langen Straßen schwer beeindruckt. Manches Mal war sie sich vorgekommen wie im sprichwörtlichen Nirgendwo. Rechts und links unendliche Wälder, vor sich flimmernder Asphalt bis zum Horizont.

Sie hatten gerade das Ende der lang gezogenen Bundesstraße erreicht und tauchten in die zunehmende Bebauung ein, als Theo das Schweigen brach. »Diese Strecke erinnert immer ein wenig an die Highways in Übersee, oder?«

»Genau daran habe ich auch gedacht«, lachte Paula. »Bist du schon in Kanada gewesen?«

»Mehrmals.«

Interessiert wandte sie sich ihm zu. »Kanada ist mein absolutes Traumland, da möchte ich unbedingt noch einmal hin. Und nach New York, das steht als Nächstes auf meiner Liste.«

»New York ist beeindruckend, aber auch sehr voll. Kanada dagegen ist wirklich traumhaft schön. Ich habe eine Motorradtour durch den Indian Summer gemacht, das war wirklich beeindruckend. Der Herbst in der Eifel erinnert mich jedes Jahr daran.«

»Wir wohnen hier wirklich auf einem schönen Fleckchen Erde«, stimmte Paula ihm zu. »Obwohl ich das Reisen ein wenig vermisse. Früher war ich viel unterwegs. Mein Ex-Freund ist ständig auf internationalen Geschäftsreisen, zu denen ich ihn oft begleitet habe. Während er sich mit seinen Kunden traf, hatte ich Zeit, mir die Gegend anzuschauen.«

»Hast du schon mal darüber nachgedacht, irgendwo anders auf der Welt zu leben?«

»Auswandern? Nein, darüber habe ich mir noch nie Gedanken gemacht. Ich bin da angekommen, wo ich mich rundum wohlfühle. Außer auf Reisen zieht es mich nirgendwo anders hin. Und du? Wohin würde es dich ziehen?«

»Nach Kanada«, antwortete er prompt.

»Klingt so, als hättest du darüber schon einmal nachgedacht.«

»Hin und wieder.« Theo bog von der Bundesstraße ab und fuhr in Richtung Zentrum. »Ich habe mich sogar vor ein paar Monaten auf eine Stelle in Toronto beworben. Bin aber leider nicht genommen worden. Der Chef hat einen erfahreneren Kollegen bevorzugt.«

»Und du würdest hier alle Zelte abbrechen und für immer bleiben wollen?«

Er zuckte mit den Schultern. »Solange ich einen Job habe.«

Paula war fasziniert, gleichzeitig gab es ihr einen kleinen Stich in der Brust. Obwohl sie Theo noch gar nicht so gut kannte, machte sie die Vorstellung, er könnte von heute auf morgen einfach so in ein anderes Land verschwinden, ein bisschen traurig. Die andere Seite der großen Freiheit des Traums vom Auswandern war eben auch eine große Unverbundenheit.

»Das ist etwas, was ich mir überhaupt nicht vorstellen kann. Für ein, zwei Jahre, okay, das wäre vielleicht machbar, aber so ganz auf meine Familie zu verzichten? Da wird mir allein bei dem Gedanken daran ganz unbehaglich«, sagte sie schließlich ehrlich.

»Mit den Jahren hast du dich eingelebt und neue Freunde«, entgegnete er.

Zur Familie sagte er nichts weiter. Doch bevor sie weiter darüber nachdenken konnte, hatten sie die Aachener Innenstadt erreicht. Und hatten Glück. Direkt vor ihnen wurde gerade eine der begehrten Parkbuchten in der Nähe des Münsterplatzes frei, und Theo lenkte den Caddy hinein.

Als sie ausstieg, spürte sie ein Kribbeln der Vorfreude. Es war so schön, wieder einmal in einer großen Stadt zu sein. Es roch ganz anders als in der Eifel – und die vielen Menschen!

Als sie zu Theo hinüberschaute, sah sie, dass er einen Korb aus dem Kofferraum nahm.

»Was hast du denn damit vor? Picknick?«, fragte sie mit einem Augenzwinkern. »Ich dachte, wir gehen in den Domkeller?«

»Machen wir auch, da entlang.« Er deutete mit dem Kinn in Richtung Dom.

So schlenderten sie am Dom vorbei über den Münsterplatz in Richtung Hof, und Paula versuchte, das sehnsuchtsvolle Ziehen in ihrem Bauch zu ignorieren. Er ging locker, aber mit festen Schritten neben ihr her und verströmte seine ruhige Kraft wie ein schieres Aphrodisiakum. Sie versuchte, sich auf ihre Umgebung zu konzentrieren. An diesem lauen Frühlingsabend war in der Innenstadt viel los, und wie jedes Mal bei ihren seltenen Besuchen in Aachen genoss sie das Stimmengewirr um sich herum. Ob Hochdeutsch, Öcher Platt, Niederländisch oder Französisch, sie mochte den Klang verschiedener Sprachen im Ohr.

»Sieh mal, da vorne ist es schon.«

Theo zeigte mit dem Finger auf einen alten Backsteinbau, in dessen Fassade große Fenster mit unzähligen Butzenscheiben eingelassen waren. Vor den Fenstern hingen bunt bepflanzte Blumenkästen, und auf dem Platz davor standen Tische und Stühle unter ausladenden hellen Sonnenschirmen.

Sie schlängelten sich zwischen den gut besetzten Tischen hindurch und ergatterten den Tisch tatsächlich, bevor sich jemand anders hinsetzen konnte.

»Glück gehabt«, freute sich Paula. »Hier ist ja die Hölle los.«

»Was möchtest du trinken, magst du belgisches Bier?«

Sie grinste ihn über den Rand der Karte hinweg an. »Meine Großmutter ist Belgierin, was denkst du denn?«

Er grinste zurück, und ihr Herz geriet plötzlich ins Stolpern. Mist, warum war sie in letzter Zeit bloß so anfällig?

Theo gab die Bestellung auf, zwei Chimay rouge, verneinte jedoch die Frage nach etwas Essbarem. Paula wunderte sich, schließlich hatte sie nicht nur Durst, sondern auch Hunger. In der Hoffnung auf ein leckeres Abendessen hatte sie sich vorhin nur ein Butterbrot gemacht.

Bevor sie sich jedoch dazu äußern konnte, nahm Theo den ominösen Korb auf den Schoß und begann, ihn auszupacken. Zuerst kamen zwei Teller zum Vorschein, gefolgt von Besteck und rot-weiß gemusterten Servietten. Danach ein großes Einmachglas mit Kartoffelsalat, ein Glas Frankfurter Würstchen und mehrere Riesenbrezeln. Ganz zum Schluss zauberte er noch einen kleinen Keramikkrug mit Rieslingsenf aus den Tiefen des Korbs hervor.

Ihre Augen wurden immer größer, und ihre hochgezogenen Brauen legten ihre Stirn in Falten. »Du willst das jetzt nicht ernsthaft hier verzehren«, raunte sie wehmütig, da der Kartoffelsalat wirklich lecker aussah.

»Warum denn nicht?« Mit einem unschuldigen Gesichtsausdruck stellte er den Korb zurück auf den Boden.

»Wir sind hier in einem Restaurant!« Sie deutete auf die Menüaufsteller, die mitten auf dem Tisch standen.

»Falsch, wir sind hier in einer Kneipe, die haben keine eigene Küche. Die Menüs, die dort auf den Aufstellern stehen, liefern benachbarte Restaurants. Also, keine Sorge, hier darf jeder sein eigenes Essen mitbringen, wenn er möchte.«

»Echt jetzt?« Erstaunt sah sie sich um, konnte an den umliegenden Tischen aber nichts Auffälliges entdecken.

»Echt jetzt«, beruhigte er sie. »Keine Sorge. Magst du Kartoffelsalat? Du kannst dir sonst auch gern etwas anderes bestellen.«

»Ganz bestimmt nicht«, protestierte sie. »Ich liebe Kartoffelsalat und Würstchen zum Bier. Hast du den selbst gemacht?«

»Ja, altes Familienrezept.« Er zwinkerte ihr zu.

Paula lachte. »Großes Geheimnis?«

»Genau.«

»Demnach kannst du kochen?«

»Ich bin gern in der Küche. So wie du deine Großmutter Claire hast, habe ich meine Tante Theres.«

»Tante Theres, soso.« Sie griff nach dem großen Löffel, den er ihr hinhielt, und schöpfte sich Salat auf den Teller.

Als sie den ersten Bissen probierte, schloss sie genussvoll die Augen. Das war schlicht und einfach lecker. Wer brauchte schon ein Fünfsternemenü, wenn er an einem warmen Frühlingsabend zum kühlen Bier Kartoffelsalat bekam.

»Das Rezept brauche ich auf jeden Fall«, nuschelte sie mit vollem Mund. »Was ist da dran? Die Mayonnaise schmeckt total anders.«

Theo legte ihr ein Frankfurter Würstchen auf den Teller und sagte: »Zum einen ist die Mayonnaise selbst gemacht, mit bestem

Rapsöl und Bio-Eiern, und außerdem mit einer Winzigkeit von diesem Rieslingsenf aromatisiert.«

»Das schmeckt wirklich himmlisch«, sagte sie.

Der Kellner kam mit den Getränken, und sie stießen an.

»Auf einen schönen Abend«, prostete Theo ihr zu.

»Auf einen schönen Abend.«

Irrte sie sich, oder sah sie tatsächlich Verlangen in seinen Augen? Das Kribbeln in ihrem Bauch potenzierte sich. Rasch nahm sie noch einen Schluck Bier, damit er nicht sah, wie ihr die Röte ins Gesicht schoss, ein Umstand, der sie seit Kindesbeinen an immer wieder in den unpassendsten Momenten in Verlegenheit brachte.

»Schön, dass man dir mit so etwas Einfachem wie Kartoffelsalat eine Freude machen kann«, unterbrach er das kurze Schweigen.

Dankbar dafür, dass er von ihrem Erröten nichts bemerkt zu haben schien, antwortete sie, so locker sie konnte: »Mir kommt es auf Qualität an, nicht auf Kosten.«

»Das heißt, wenn du zwischen Chateaubriand und Fritten wählen könntest, würdest du vielleicht die Fritten nehmen?«, fragte er grinsend.

Da musste sie nicht lange überlegen. »Ich liebe Chateaubriand, aber es geht nichts über gute belgische Fritten. Am besten nature, damit nichts den Geschmack verfälscht. Wie ist es mit dir?«

»Ich hoffe auf eine weitere Essenseinladung deiner Großmutter. Ich denke, sie macht ihre Fritten selbst?«

»Klar. Und sie sind wirklich die besten diesseits der Grenze.«

»Meine Arbeit bei euch gefällt mir immer besser«, lachte Theo.

»Apropos: Ich muss noch einiges für die Inneneinrichtung einkaufen. Willst du mit, und könntest du nächste Woche?«

»Ganz bestimmt. Bis dahin arbeite ich sowieso nur noch für dich.«

Paula grinste. »Das klingt gut, darauf trinke ich.« Sie nahm ihr Glas und prostete ihm zu. »Und jetzt erzähl mir ein bisschen über dich. Du weißt schon so viel über mich, aber von dir weiß ich noch kaum etwas. Wo kommst du her? Hast du noch mehr Familie außer deiner Tante Theres? Liest du? Singst du? Mit wem gehst du normalerweise ein Bier trinken? Hast du irgendwelche Hobbys? Oder Leichen im Keller?«

»Ganz schön viele Fragen auf einmal.«

»Nun, nachdem Jupp aus dem Nähkästchen geplaudert und meine ganze Geschichte vor dir ausgebreitet hat, habe ich in dieser Beziehung Nachholbedarf.«

»Aber über mich gibt es gar nicht viel zu erzählen.« Er stellte sein Bierglas wieder ab und griff nach seinem Besteck. »Geschwister habe ich keine. Aufgewachsen bin ich bei meinem Vater, nachdem uns meine Mutter verlassen hat. Damals war ich neun.«

Paula spürte Mitleid mit dem kleinen Jungen von damals in sich aufsteigen. »Das tut mir leid. Habt ihr noch Kontakt?«

Theo schüttelte den Kopf. »Nein. Seit dem Frühstück an jenem Morgen habe ich sie nicht mehr gesehen.«

»Was? Sie ist einfach so verschwunden? Seid ihr sicher, dass ihr nichts passiert ist? Welche Mutter lässt ihr Kind ohne ein Wort zurück?«, fragte sie fassungslos.

»Jep, sie ist einfach so verschwunden, und nein, ihr ist nichts passiert. Zumindest damals nicht. Sie hat einen Koffer gepackt, das Haus verlassen und ist als Erstes zur Bank gegangen, um das gemeinsame Konto abzuräumen. Das war die letzte Handlung von ihr, die wir nachvollziehen konnten.«

Paula ließ sich gegen die Rückenlehne ihres Stuhls sinken. »Das kann ich fast nicht glauben. Hat es in der Ehe deiner Eltern gekriselt? Entschuldige«, meinte sie und richtete sich wieder auf, »das geht mich überhaupt nichts an.«

»Doch, doch, frag ruhig. Nein, mein Vater behauptet, alles wäre bestens gewesen, so sah es zumindest für ihn aus. Er hatte keine Erklärung für ihr Verhalten.«

Theo legte den Kopf schief und schaute sie aufmerksam an. »Du brauchst gar nicht so traurig zu gucken«, erklärte er schließlich. »Das Ganze ist inzwischen über zwanzig Jahre her. Glaub mir, ich bin darüber hinweg.«

»Trotzdem.« Mehr fiel ihr dazu nicht ein. Was sollte sie auch sagen? Vor ihr saß kein Neunjähriger, sondern ein Mann, der mit beiden Beinen im Leben stand. Aber dennoch berührte sie seine Geschichte.

»Am besten wechseln wir das Thema.« Theo wischte mit einer Hand durch die Luft. »Das ist alles Schnee von gestern. Du wolltest wissen, was ich für Hobbys habe. Also, zuerst natürlich meinen Hund Titus. Ohne den läuft gar nichts. Nun ja, bis auf solche Treffen wie heute Abend natürlich. Aber ansonsten habe ich ihn eigentlich immer dabei. Ich mache gern ausgedehnte Spaziergänge, auf denen er mich mit Freuden begleitet. Außerdem bin ich gern in der Küche zugange.«

»Du kochst tatsächlich? Nicht nur das Kartoffelsalatrezept, um irgendwelche Frauen damit zu beeindrucken?«, neckte sie ihn.

Theo lachte, und plötzlich war alles Schwere wieder verschwunden. »Nein, ich arbeite tatsächlich gern mit Lebensmitteln. Wie schon gesagt, Tante Theres hat mir einiges gezeigt, und es macht mir Spaß, alte Rezepte weiterzuentwickeln.«

»Also ist der Rieslingsenf in der Mayonnaise deine Idee gewesen«, vermutete Paula.

»Zum Beispiel.«

»Eine wirklich gute Idee. Deine Tante hat gute Arbeit geleistet. Wie ist sie so?«, wollte sie wissen.

»Tante Theres ist eine Nummer für sich.«

Paula beobachtete, wie sein Gesicht einen amüsiert-zärtlichen Ausdruck annahm.

»Sie ist bei uns eingezogen, nachdem meine Mutter gegangen war. Mein Vater hat keine Familie hier vor Ort, und die Familie mütterlicherseits hat sich komplett zurückgezogen, da besteht keinerlei Kontakt mehr. Aber Tante Theres, die eigentlich meine Großtante ist, wollte davon nichts wissen. Sie war alleinstehend, stand beruflich auf eigenen Beinen und hat unseren Männerhaushalt immer nach Kräften unterstützt. Auch finanziell.«

Sie merkte, dass er sich zurückzog, und schätzte, dass das für ihn ein unangenehmes Thema war.

»Was machte sie denn beruflich?«, fragte Paula, um ihn auf andere Gedanken zu bringen.

Und so erzählte er ihr von Tante Theres' Arbeit als Fleischereifachverkäuferin, von den Wurstresten, die abends immer auf dem Tisch standen und die er nach kurzer Zeit nicht mehr sehen konnte, woraufhin sie ihm versprach, ihm etwas anderes zu zeigen. Danach hatte Theo viele Stunden gemeinsam mit ihr beim Kochen und Backen verbracht, in denen er seine Leidenschaft für die feine Küche entdeckte. Er erzählte voller Zuneigung von dem Leben mit Tante Theres, seinen Vater erwähnte er mit keinem Wort.

Sie genoss es, seiner ruhigen Stimme zu lauschen und ihn dabei zu beobachten. Er stellte aber auch viele Fragen und konnte aufmerksam zuhören.

Theo erzählte von seinen Abenteuern mit einer selbst gebauten Seifenkiste und Paula von den Zeiten auf dem Reiterhof, als sie sich mit Jakob noch Schlachten auf dem Heuboden geliefert hatte.

Sie lachten viel, blödelten herum und nahmen sich gegenseitig auf den Arm. Es war herrlich unkompliziert.

Paula seufzte.

»Woran denkst du?«

Nun, das würde sie ihm ganz bestimmt nicht auf die Nase binden. »Ich denke, es wird langsam Zeit zu gehen. Leider. Ich muss morgen früh raus.«

»Stimmt, entschuldige, aber ich habe total die Zeit vergessen.« Er winkte nach einem der Kellner und bezahlte, gemeinsam packten sie die leeren Teller zurück in den Korb.

Als sie aufstand, hatte sie einen Moment die Befürchtung, die schöne Stimmung könne durch den Aufbruch verflogen sein, doch dem war nicht so. Einträchtig schweigend gingen sie nebeneinander her zum Auto. Hatte sie vorher noch das Stimmengewirr genossen, blendete sie jetzt alles um sich herum aus und fühlte sich wie in einem Kokon. Es gab nur sie und ihn. Noch mehr als auf dem Hinweg war sie sich seiner starken Ausstrahlung bewusst, seiner geschmeidigen Bewegungen, des Dufts seines Aftershaves. Es war, als drängte sich ihm jede Faser ihres Körpers entgegen. Wie von selbst verringerte sich der Abstand zwischen ihnen, und irgendwann fühlte es sich ganz selbstverständlich an, dass er ihre Hand nahm.

Sie blieb stehen und wandte sich ihm zu. In seinen Augen stand jetzt eindeutig Verlangen, und auch sie machte sich keinerlei Gedanken mehr darüber, ob irgendetwas gegen einen Kuss sprach. Sie stellte sich auf die Zehenspitzen und reckte sich seinem Mund entgegen.

Mehr war nicht nötig. Er umschlang sie mit seinen Armen und zog sie an sich. Sein Mund war weich und warm, sein Körper muskulös und kraftvoll. Es war schon viel zu lange her, dass ein Mann sie so im Arm gehalten hatte, weshalb ihr Hirn seinen Dienst jetzt komplett versagte. Sich ganz dem Gefühl hingebend, ließ sie sich in diesen Kuss fallen, reizte ihn mit ihrer Zunge, genoss seinen herben und zugleich süßen Geschmack. Sie wollte mehr von ihm, viel mehr, doch als sie sich voller Begehren an ihn schmiegte, zog er sich plötzlich von ihr zurück. Erst jetzt hörte sie das Klingeln seines Handys.

»Sorry«, murmelte er und zog das Telefon aus der Hosentasche.

Paula war so perplex, dass sie das Gespräch nicht verfolgte. War das jetzt wirklich passiert? Wie konnte er denn in so einem Moment ans Handy gehen?

Bevor jedoch Ärger in ihr aufsteigen konnte, legte er auf. »Wir müssen uns beeilen, komm.«

Mit großen Schritten lief er voraus zum Wagen, und Paula blieb nichts anderes übrig, als ihm zu folgen.

»Was ist denn passiert?«, wollte sie wissen, als sie am Auto waren.

»Nichts.« Er stellte den Korb zurück in den Kofferraum und stieg ein.

»Nichts?« Paula konnte nicht verhindern, dass nun doch Ärger in ihr brodelte, als sie sich neben ihn setzte. »Und wegen nichts müssen wir uns hetzen?«

Er antwortete nicht darauf, sondern startete den Motor und lenkte den Wagen auf die Straße.

»Also?«, fragte sie erneut.

»Ich will nicht darüber reden«, brummte er.

»Aber ich will darüber reden! Was ist das denn hier jetzt für ein

Mist?« Fragend breitete sie die Arme aus. Nicht, dass er es hätte sehen können, schließlich starrte er stur geradeaus auf die Straße.

»Tut mir leid.«

Paula schaute ihn an, während sie durch die hell erleuchtete Stadt fuhren. Er regte sich keinen Millimeter, schien wie versteinert. Sein Kopf war hoch aufgerichtet, der Körper steif, und die Hände umfassten das Lenkrad mit so viel Kraft, dass die Fingerknöchel weiß hervortraten. Die Zähne hatte er dabei so fest aufeinandergepresst, dass sein Kiefermuskel sich nach außen wölbte.

»Sagst du mir zumindest noch, wohin wir fahren?«, fragte sie in einem bewusst ruhigen Ton.

»Roetgen«, presste er hervor.

»Und was machen wir da?«

Er knirschte mit den Zähnen, sagte aber kein weiteres Wort.

Sie stöhnte unwillig, hin- und hergerissen zwischen Frust und Irritation. Da schaute er kurz zu ihr herüber, und was sie in seinen Augen sah, ließ sie allen Ärger vergessen. Er wirkte verletzlich, hatte fast etwas Flehendes im Blick. Sie hatte keine Ahnung, was hier lief, aber er litt ganz offensichtlich darunter.

Deshalb wandte sie den Blick ab und schaute ebenfalls nach draußen. Was blieb ihr anderes übrig? Schließlich konnte sie die Antworten nicht aus ihm herausprügeln. Aber was brachte ihn dermaßen aus dem Gleichgewicht, dass er von einem Moment zum anderen komplett umschaltete?

Es war so ein schöner Kuss gewesen, nein, falsch, es war ein fantastischer Kuss gewesen. Sofort flammten die Gefühle von vorhin in ihr auf, und eine Hitzewelle durchströmte ihren Körper. Leider war dies aber nicht der richtige Moment, sich diesen Gefühlen hinzugeben, das würde sie auf später verschieben müssen. Wenn ihr dann noch danach sein sollte. Wer wusste schon, was in der nächsten Stunde passierte? Ob etwas mit seiner Tante war? Nein, das glaubte sie nicht, er wirkte nicht traurig oder besorgt. Eher schien eine heftige Wut unter der angespannten Oberfläche zu lauern.

Paula schüttelte den Kopf. Es nutzte gar nichts, sich jetzt den Kopf zu zerbrechen, sie würde sich in Geduld üben müssen. Doch leider hatte sie immer noch keinen Weg gefunden, wie ihr das leichter fallen könnte.

Die Strecke zog sich endlos dahin, und auch Theos angespannte Haltung trug nichts zur Entspannung bei. Unruhig rutschte sie auf dem Beifahrersitz herum und war froh, als sie endlich die Ortsgrenze von Roetgen überfuhren.

Kurze Zeit später hielten sie vor einer Gaststätte. Theo stellte den Motor ab und war schon ausgestiegen, als sie noch dabei war, ihren Sicherheitsgurt zu lösen.

»Warte hier«, wies er sie barsch an, ehe er mit langen Schritten auf die Tür der Wirtschaft zuschritt.

»Na gut«, sagte Paula zu sich selbst und schloss den Sicherheitsgurt wieder. »Bleibe ich eben hier sitzen.«

Neugierig schaute sie sich um, aber um diese Zeit gab es nicht mehr viel zu sehen. Hinter den meisten Fenstern der benachbarten Häuser herrschte Dunkelheit, ab und zu brauste hinter ihr ein Auto die Bundesstraße entlang. Dörfliche Tristesse nachts um halb zwölf, nichts, was man erlebt haben musste.

Gerade als sie überlegte, ob sie Theo vielleicht doch folgen sollte, öffnete sich die Gasthaustür, und er kam wieder heraus. Allerdings nicht allein. Er stützte einen älteren Mann, der offensichtlich zu viel getrunken hatte. Viel zu viel. Er konnte sich kaum auf den Beinen halten, und Theo hatte Mühe, ihn zum Auto zu bugsieren. Als sie näher kamen, erkannte sie, dass es sich bei dem Mann um Theos Vater handeln musste. Auch wenn seine Haare bereits ergraut waren, hatte er doch denselben Lockenkopf wie sein Sohn. Eine große, kräftige Statur ließ sich erahnen, obwohl er jetzt in sich zusammengesackt über das Pflaster schlurfte.

Theo öffnete die Tür zur Rückbank und schob seinen Vater in den Wagen.

»Esch dut mir scho leid«, nuschelte dieser.

»Ich weiß«, presste Theo zwischen den Zähnen hervor, schnallte ihn an und schlug die Tür zu.

»Johaaaaannaaaaaa!«, erschallte es von der Rückbank, und eine Dunstwolke aus schierem Alkohol waberte zu ihr nach vorn. Paula unterdrückte den Impuls, die Alkoholwolke mit der Hand wegzuwedeln, sie wollte Theo nicht noch mehr in Verlegenheit bringen.

»Es tut mir leid«, sagte Theo, der inzwischen wieder neben ihr saß, den Blick stur geradeaus, als traue er sich nicht, sie anzusehen.

Paula legte ihm die Hand auf den Arm und wartete, bis er den Blick auf sie richtete. »Es muss dir überhaupt nicht leidtun. Dein Vater hat einen über den Durst getrunken, das kann jedem mal passieren.

Theo lachte gequält auf. »Der hat keinen über den Durst getrunken, der ist sternhagelvoll. Und es ist nicht das erste Mal.«

»Johaaaaannaaaaaa!«

Paula sah, dass Theo einmal tief durchatmete, ehe er den Motor startete und den Wagen zurück auf die Straße fuhr.

Offensichtlich hatte Theos Vater ein massives Alkoholproblem.

Bereits nach wenigen Metern bog Theo ab ins Roetgener Wohngebiet und hielt wenige Kreuzungen später vor einer schlichten Doppelhaushälfte. Auf den Fensterbänken standen Blumenkästen mit violetten und weißen Begonien, die einen verspielten Kontrast zum einfachen weißen Putz boten. Die Fenster im Erdgeschoss waren hell erleuchtet, und kaum hatte er den Motor ausgestellt, öffnete sich auch schon die Haustür.

Eine alte Frau trat heraus, Resignation im Blick, die Hände ineinander verschlungen. »Es tut mir so leid, mein Junge«, sagte sie, als Theo ausstieg.

»Muss es nicht, ich war sowieso gerade auf dem Heimweg«, brummelte er als Antwort.

Nun, das war zwar nicht unbedingt eine Lüge, aber auch nicht die ganze Wahrheit. Paula verbannte jedoch alle Emotionen in Bezug auf den Kuss streng in ihren Hinterkopf und schnallte sich los.

»Soll ich dir helfen?«, fragte sie, als Theo die hintere Tür öffnete.

»Nein danke, bleib sitzen, wir sind ein eingespieltes Team.« Seine Stimme troff vor Sarkasmus, und sie konnte es ihm nicht verübeln.

»Juuuuter Schooohn bischt du«, lallte Theos Vater. »Schon immer jewesen, jawoll!«

Aber Theo reagierte nicht darauf, er zog seinen Vater von der Rückbank, als wöge er nicht mehr als ein Sack Mehl, fasste ihn unter die Schultern und führte ihn ins Haus. Die alte Frau, die sicher seine Großtante war, folgte ihnen und schloss die Haustür hinter sich.

Erneut saß sie allein in der Stille der Nacht und machte sich Gedanken. Auch wenn sie Krach mit ihrem Vater und zudem einen finanziellen Engpass hatte, schienen sich ihre Erfahrungen mit Familie deutlich von Theos zu unterscheiden. Sie war behütet und geliebt aufgewachsen, hatte neben ihren Eltern noch zwei Brüder, die Freud und Leid mit ihr teilten. Auch wenn sie nicht immer einer Meinung waren, wusste sie doch, dass sie immer einen Platz in ihrer Mitte hatte.

Ob es für Theo außer seiner Großtante noch jemanden gab, den es kümmerte, wie es ihm ging?

Bevor sie weiter darüber nachdenken konnte, öffnete sich die Haustür erneut, und Theo kam wieder heraus. Ohne ein Wort zu sagen, stieg er ein und fuhr los. Paula akzeptierte sein Schweigen. Sie konnte verstehen, dass er sich erst einmal sammeln musste, auch wenn sie innerlich mit den Hufen scharrte, weil sie gern mehr über ihn und sein Leben erfahren wollte.

So waren sie schon fast zehn Minuten unterwegs, ehe er das Wort an sie richtete. »Es ist so ätzend.«

Paula schaute zu ihm hinüber, sagte jedoch nichts.

»Eigentlich will ich nicht darüber reden. Ich rede mit niemandem darüber. Aber da du die Show nun live miterlebt hast – mein Vater ist das, was man landläufig einen Quartalssäufer nennt. Anfangs, kurz nach dem Weggang meiner Mutter, kam es eher selten vor. Da ging er nur Samstagabends in die Kneipe und trank sich seine Welt rosarot. Aber dabei blieb es nicht. Irgendwann verlor er seinen Job und wachte auf. Wenigstens etwas, könnte man meinen, oder?« Er lachte trocken auf. »Nun, unsere Hoffnung, dass er mit dem Trinken aufhören würde, erfüllte sich nicht. Aber zumindest hat er seither längere Phasen, in denen er trocken bleibt und Aufträge ausführt. Aber die legt er sich so, dass er dazwischen Zeiten hat, in denen er von morgens bis abends an der Flasche hängt.«

»Das tut mir leid«, sagte Paula ernst.

»Muss es nicht, ich bin dran gewöhnt.«

Den Eindruck hatte sie nicht, seine Schultern wirkten verkrampft und starr.

Er schaute kurz zu ihr herüber. »Ich hatte mir schon gedacht, dass es heute so weit kommen könnte. Also, dass ich ihn abholen muss. Aber als mir das heutige Datum bewusst wurde, hatten wir das Date schon ausgemacht, und ich wollte nicht wieder absagen.«

Paula blieb stumm, da sie den Eindruck hatte, dass er noch nicht fertig war.

Theo kratzte sich verlegen am Kopf, ehe er fortfuhr. »Heute jährt es sich zum vierundzwanzigsten Mal, dass meine Mutter uns verlassen hat. An diesen Tagen trinkt er immer besonders schlimm und schafft es meist nicht mehr allein nach Hause. Es tut mir so leid, dass du das alles mit ansehen musstest. Wahrscheinlich hätte ich doch besser abgesagt.«

Nun hielt sie nicht mehr an sich. »Quatsch! Entschuldige, aber wir sind doch erwachsen. Ist schließlich nicht so, als hätte ich noch niemals einen betrunkenen Mann gesehen.«

Er zuckte mit den Schultern. »Wahrscheinlich fragst du dich, ob ich vielleicht auch schon an der Flasche hänge?«

Langsam wurde sie sauer, aber sie beherrschte sich, weil sie wusste, dass dieser Blödsinn nur seiner Unsicherheit geschuldet war. »Theo, ich hasse kaum etwas mehr, als wenn Menschen in Schubladen gesteckt werden. Die blöden Fragen wie: ›Welchen Beruf hat denn dein Vater?‹, oder: ›Und was macht deine Mutter so?‹, konnte ich noch nie ausstehen. Als wenn ein Mensch darüber definiert würde. Was macht es aus mir, dass mein Vater Rechtsanwalt ist? Oder meine Mutter nur Hausfrau?«, fragte sie und setzte das »Nur« mit beiden Händen in Gänsefüßchen.

»Überhaupt nichts«, fuhr sie fort, ohne eine Antwort zu erwarten. »Es gibt unzählige Kinder von Rechtsanwälten, und die sind alle verschieden. Ich weiß, ich weiß«, erklärte sie ungeduldig, »natürlich hatte ich durch die finanzielle Sicherheit eine andere Kindheit als diejenigen, deren Eltern ihnen diese nicht bieten konnten, aber du weißt, was ich meine. Mir geht es um den Menschen, der vor mir steht. Ich bin neugierig auf seine Persönlichkeit.«

»Sehr edel von dir, aber du hast mich auch nach meiner Geschichte gefragt, als wir vorhin essen waren«, entgegnete er nicht ohne Humor.

»Touché. Du hast recht. Aber das ist ja nicht alles. Natürlich interessiert mich auch die Geschichte des einzelnen Menschen, aber deshalb stecke ich ihn nicht in eine Schublade. Das musst du mir glauben.«

»Ich glaube es ja«, bestätigte er und schenkte ihr ein kleines Lächeln.

Das Paula nur zu gern erwiderte. Endlich hatte sich die Anspannung zwischen ihnen gelöst, und sie konnte sich entspannt in ihrem Sitz zurücklehnen. Jedoch kam sie nicht dazu, noch lange über den vergangenen Abend nachzudenken, denn bereits kurze Zeit später lenkte er den Wagen auf ihren Hof.

Nun war es an Paula, sich unsicher zu fühlen. Sollte sie einfach Gute Nacht sagen und aussteigen? Oder würde er sie noch zur Tür begleiten? Die Fragen beantworteten sich in dem Moment, in dem er den Motor ausstellte, sich abschnallte und ausstieg.

Paula tat es ihm gleich. Um Lässigkeit bemüht, obwohl ihr das Herz bis in den Hals schlug.

»Vielen Dank für den Abend«, sagte sie, als sie die Autotür schloss. Sie hörte selbst, wie heiser sie klang, und spürte unverzüglich diese verflixte Röte über ihr Gesicht ziehen. In diesem Moment verfluchte sie das Flutlicht, das den Hof komplett ausleuchtete und Theo sicher deutlich zeigte, wie es um sie stand.

»Ich fürchte, der Abend war nicht so schön, wie ich es gehofft hatte.« Theo kam auf sie zu und griff nach ihrer Hand.

Hatte sie gedacht, ihr Herz könnte nicht stärker schlagen,

wurde sie nun eines Besseren belehrt. Sie blieb stehen und wandte sich ihm zu. »Mach dir bitte keine Vorwürfe wegen des Verhaltens deines Vaters. Dafür kannst du nichts, und es muss dir auch nicht peinlich sein. Sicher hätte ich es mir auch anders gewünscht, aber das nennt sich Leben.«

Sie zuckte mit den Schultern, unsicher, was er von ihr erwartete.

Wie sich rasch herausstellen sollte, wollte er nicht weiterreden. Er fasste ihr unters Kinn, hob es an und berührte ihre Lippen mit seinen. Mehr war nicht nötig, um sie in einen Gefühlswirrwarr zu stoßen, aus dem sie nie mehr hinauswollte. Sie ließ sich gegen ihn sinken, genoss die Kraft und Wärme seiner breiten Brust und umschlang ihn mit beiden Armen, um ihm noch näher zu sein.

Ihre Zungen tanzten einen heißen Tanz, und leises Stöhnen brach sich bei ihr Bahn, als er mit einer Hand ihren Po umfasste. Am liebsten hätte sie ihn jetzt sofort mit ins Haus gezerrt, aber leider war augenscheinlich doch noch ein winzig kleiner Rest Vernunft vorhanden, da sich ein klarer Gedanke in den Vordergrund drängte: Was, wenn ihre Großmutter in diesem Moment aus dem Fenster sah?

Als hätte sie jemand mit einem Eimer kalten Wassers übergossen, kehrte sie schlagartig in die Gegenwart zurück.

»Was ist los?«, fragte er verwirrt, als sie sich brüsk von ihm löste.

»Falscher Ort«, krächzte sie. »Ich fühle mich beobachtet.« Verlegen zuckte sie mit den Schultern.

»Um diese Zeit? Deine Großmutter wird sicher längst schlafen.«

»Die Wahrscheinlichkeit ist hoch. Trotzdem.«

»Dann müssen wir uns demnächst einen anderen Ort suchen.«

Verlangen brannte in seinen Augen, und Paula schätzte, dass sie im Moment nicht anders aussah.

»Dann gibt es also ein Demnächst?« Vor lauter Vorfreude erschien ein breites Grinsen auf ihrem Gesicht .

»Von mir aus ganz sicher. Was meinst du?«

Erneut streifte er ihre Lippen, und ihr entfuhr ein tiefer Seufzer, als er wieder von ihr abließ. »Ganz bestimmt. Wann bist du morgen früh da?«

»Sieben Uhr? Würde Madame das passen?«

»Ich werde zusehen, dass Finn die Morgenrunde übernimmt, und stehe pünktlich auf der Matte.«

»Ich kann es kaum erwarten«, raunte er. »Gute Nacht!«

Er drückte ihr noch einen zarten Kuss auf die Lippen und ging zurück zum Wagen.

»Schlaf gut«, rief sie ihm mit gedämpfter Stimme hinterher.

»Werd's zumindest versuchen, aber leicht wird's wohl nicht«, antwortete er lachend, als er einstieg.

Paula sah ihm hinterher, als er vom Hof fuhr. Dann legte sie ihre Hand auf ihren aufgewühlten Bauch. Er hatte recht. Sie war sich auch nicht sicher, ob sie heute Nacht zur Ruhe käme. Deshalb ging sie anstatt in Richtung Haus am Ziegenstall vorbei hinüber zu den Streuobstwiesen. Es war eine klare Nacht. Der Mond stand hoch über dem Perlenbachtal und beschien die Kronen der Obstbäume mit ihren prall gefüllten Knospen. Voller Stolz ließ sie ihren Blick schweifen und konnte ihr Glück kaum fassen, dass dieses herrliche Fleckchen tatsächlich ihr gehörte. Sie würde alles in ihrer Macht Stehende tun, um es zu erhalten. Es pflegen und hegen, stetig erweitern. Sie würde alles dafür tun, dass ihre Träume in Erfüllung gingen. Seufzend lehnte sie ihre heiße Wange an die glatte, kühle Rinde eines Kirschbaums. Gehörte Theo auch dazu?

Eine gute Woche später hatte sich bereits eine gewisse Routine eingespielt, wobei ihr die morgendlichen Dates mit Theo das Aufstehen phänomenal erleichterten. Da ihre Großmutter länger schlief und Finn sowieso ein ausgesprochener Morgenmuffel war, wurde sie am Frühstückstisch nicht weiter vermisst. Von daher packte sie bereits morgens um sechs den Picknickkorb mit Leckereien sowie einer Kanne frischem Kaffee und zog gemeinsam mit Muffin los. Gestern hatte es geregnet, da hatten sie es sich im Heu gemütlich gemacht, aber über Nacht hatte es aufgeklart, und so würden sie sich gleich im Kräutergarten treffen.

Eine leichte Brise spielte mit den ersten Schatten im weichen Licht der Morgensonne, während sie über den Hof ging. Selbst die Vögel in der alten Eiche stimmten in ihre gute Stimmung mit ein und sangen für sie um die Wette. Der perfekte Beginn eines warmen Frühlingstages.

Sie legte eine dicke Wolldecke über die feuchte Bank, stellte den Korb neben sich ab und nahm sich einen Becher dampfenden Kaffee. Der Blick hinunter ins Tal war heute schlicht atemberaubend, denn die Knospen der Obstbäume waren in den letzten Tagen aufgesprungen und hatten die Streuobstwiesen in ein rosaweißes Spitzenmeer verwandelt. Rundherum glitzerte die Nässe von Tau und Regen auf dem hohen Gras, sodass die Umgebung nahezu etwas Mystisches bekam. Glücklich schloss sie die Augen und atmete tief die würzigen und süßlichen Gerüche der Natur.

Im Moment lief wirklich alles gut. Theo kam mit der Arbeit gut voran, das erste Häuschen war bereits fertig. Vorgestern waren sie in einem Möbelgeschäft gewesen und hatten die Möbel und auch einiges an Deko eingekauft. Obwohl ihr bei den weiteren Ausgaben ganz übel wurde, wenn sie an ihr Konto mit den tiefroten Zahlen dachte. Aber ohne Investitionen konnte man eben auch keinen langfristigen Gewinn machen.

Ihr Magen flatterte immer noch, als sie an ihren gemeinsamen Ausflug zum Möbelhaus dachte, und nicht nur wegen des Geldes, das sie ausgegeben hatte. Es war alles so entspannt, so harmonisch abgelaufen. Kein Schimpfen über die vielen Leute, die unterwegs waren, kein Ich-hab-es-doch-gewusst, als sie sich beim Hot-Dog-Essen bekleckerte. Und vor allem keine Gespräche über Autoersatzteile oder Tricks, wie man den Kunden am besten irgendetwas verkaufte.

Mit Theo konnte sie sich ganz locker über Gott und die Welt unterhalten. Egal, ob über den Ost-West-Konflikt oder Paulas Ziegenherde oder die schwierige Frage, ob es sich wohl lohnen würde, den zweiten Teil der *Sch'tis* zu sehen, ohne enttäuscht zu werden. Die Zeit verging wie im Flug, und sie genoss jede einzelne Minute. Sie konnte sich nicht daran erinnern, sich jemals so gut mit Alex verstanden zu haben.

»Wenn das keine tolle Begrüßung am Morgen ist: eine glückliche Frau und heißer Kaffee!«

Noch ehe sie die Augen öffnete, spürte sie Theos weiche Lippen auf ihrem Mund. »Dito«, seufzte sie zufrieden.

Als Titus sie voller Wiedersehensfreude mit der Schnauze gegen die Rippen stupste, öffnete sie die Augen und kraulte ihn hinter den Ohren. »Na, mein Großer? Hast du Muffin schon gesehen? Sie müsste da hinten bei den alten Apfelbäumen sein.«

Als hätte er sie verstanden, setzte sich der Hund umgehend in Bewegung und stürmte hinüber zu den Streuobstwiesen.

»Muss wahre Liebe sein«, lachte Theo. Er nahm sich ebenfalls einen Becher Kaffee und setzte sich neben sie. »Hast du gut geschlafen?«

»Bestens.« Sie wandte den Kopf und betrachtete ihn. Frisch wie der junge Morgen funkelten seine blauen Augen sie an, als er den Kaffeebecher an die Lippen setzte. »Du bist aber auch schon gut drauf.«

»Stimmt. Ich habe gestern Abend noch den Wohnzimmerschrank in der Hütte aufgebaut.«

»Was?« Paula richtete sich kerzengerade auf. »Der Schrank ist fertig? Den muss ich mir sofort ansehen!«

Doch als sie Anstalten machte, aufzustehen, hielt Theo sie zurück. »Moment, Moment, lass uns doch erst in Ruhe frühstücken. Dann gehen wir gemeinsam rüber.«

»Hatte ich schon mal erwähnt, dass Geduld nicht gerade zu meinen Tugenden gehört?«

»Ich meine, mich dunkel daran zu erinnern«, grinste er. »Was hast du uns denn eingepackt? Ich habe einen Riesenhunger.«

»Kräuterfrischkäse, frisches Bauernbrot, hart gekochte Eier und kalte Pfannkuchenröllchen mit Johannisbeergelee.«

»Wow, das klingt ja nach Dreisterneküche. Da könnte ich mich glatt dran gewöhnen.«

Paula lachte. »Gewöhn dich nur nicht zu früh dran. Nächste Woche bist du mit Frühstückmachen dran.«

»Solche Köstlichkeiten werde ich um diese Uhrzeit aber noch nicht zuwege bringen.«

»Nur keine Ausreden, ich bin auch mit einem schlichten Marmeladenbrötchen zufrieden.«

Genüsslich teilten sie sich zuerst die Pfannkuchenröllchen, ehe sie das frische Bauernbrot mit dem Frischkäse bestrichen. Sie unterhielten sich über die Arbeiten, die sie heute erledigen wollten, nutzten die ruhigen Momente für leidenschaftliche Küsse und machten sich schließlich Arm in Arm auf den Weg hinüber zu den Blockhäusern.

Als sie die erste Hütte erreichten, gab es für Paula kein Halten mehr. Sie eilte, immer zwei Stufen auf einmal nehmend, die

Treppe hinauf und blieb oben wie angewurzelt stehen. Da stand er, der Schrank. Aus glänzend poliertem Akazienholz füllte er die komplette hintere Giebelwand.

Staunend stand sie davor, streckte ihre Hand aus und strich andächtig über das warme Holz. »Wow! Das ist so toll geworden! Du hast wirklich noch den kleinsten Winkel genutzt. Trotz deiner Skizze habe ich mir das nicht so schön vorgestellt.«

»Freut mich, dass es dir gefällt.«

»›Gefällt‹ ist gar kein Ausdruck«, erwiderte sie enthusiastisch. »Da sieht man erst, was einen Profi ausmacht.«

Um einen mächtigen Vitrinenschrank, in dessen Glasscheiben sich die Morgensonne spiegelte, hatte Theo Regale aus demselben Holz geschreinert, die mit dem Schrank eine harmonische Einheit bildeten. Nun würde sie ihn mit Gläsern und Geschirr und die Regale mit Büchern, Spielen und allerlei Nützlichem und Schönem füllen können.

»Es ist alles so schön geworden. Perfekte Wahl, der Kontrast zu dem Kiefernholz drum herum«, murmelte sie.

»Die Einrichtung passt wirklich gut, aber ich liebe besonders diesen Ausblick.« Theo hatte sich auf die schokoladenfarbene Ledercouch gesetzt und schaute durch das Giebelfenster.

Paula setzte sich neben ihn und gönnte sich noch diesen Moment des Kuschelns, bevor sie in ihrem Kopf gleich wieder mit ihrer Arbeit begann. Die roten Zahlen ihres Kontos lasteten einfach zu schwer auf ihr, sodass sie ihr Gewicht selbst in den schönsten Momenten spürte.

»Ich habe gesehen, dass du unten bereits die Betten bezogen hast«, raunte Theo ihr da ins Ohr. »Was meinst du, sollen wir sie mal ausprobieren?«

»Nichts da«, protestierte Paula lachend. Sie schob ihn ein Stück weg, um nicht doch noch in Versuchung zu kommen. »Da werden nachher noch ein paar frische Blumen hingestellt, und dann gibt es ein erstes Fotoshooting für die Website.«

»Schade, aber man wird ja Träume haben dürfen.«

»Darfst du, die habe ich auch.« Sie strich ihm zärtlich über die Wange. »Wie wäre es, wenn ich dich heute Abend zum Essen einlade? Hier bei mir? Großmutter Claire hat ihren Canastaabend, und Finn hat heute Abend eine Schulung in Aachen.« Sie musste schlucken, als sich das Verlangen, das augenblicklich in Theos Augen aufflammte, in ihrem Körper spiegelte.

»Immer gern«, antwortete er. »Wirst du uns etwas kochen?«

»Mal sehen, ich habe da so eine Idee.«

Spielerisch boxte sie ihm gegen die Schulter, in der Hoffnung, so ein wenig ihrer überschüssigen Energie abzubauen. »Ich muss los, die Tiere wollen versorgt werden.«

»Alles klar.«

Theo zog sie an sich, und Paula genoss seine leidenschaftlichen Küsse. Am liebsten wäre sie geblieben und hätte zu Ende gebracht, was sich jetzt schon seit Tagen zwischen ihnen anbahnte, aber ein Rest von Vernunft brachte sie dazu, sich aus seinem Arm zu lösen und aufzustehen.

»Sieben Uhr?«, fragte sie.

»Sieben Uhr ist gut.«

»Bis dahin also. Und danke, dass du hier gestern Abend noch so geschuftet hast.«

Er lächelte sie an. »Für das Leuchten in deinen Augen hat sich der Aufwand dreimal gelohnt.«

Dieser Mann wusste einfach, was sie umhaute. Paula drückte ihm noch einen herzhaften Abschiedskuss auf die Lippen, wich dabei lachend seinen flinken Händen aus und machte sich endlich auf den Weg.

Ihr ganzer Körper kribbelte vor Erwartung. Kurz nach dem Mittagessen, als Großmutter Claire ihren wohlverdienten Mittagsschlaf hielt, schlich sie sich in den Geräteschuppen und suchte die alte Sense sowie die Grasharke ihres Großvaters hervor. Bereits seit Jahren wurde das hohe Gras zwischen den Apfelbäumen statt mit der Sense mit einem Balkenmäher geschnitten, aber das stand erst nächste Woche auf dem Plan. Außerdem war der elektrische Mäher seit letztem Frühjahr defekt, und für die Reparatur fehlte ihr das Geld. Aber in diesem Moment machte das nichts. Für heute hatte sie etwas anderes im Sinn.

Mit den Geräten in den Händen bahnte sie sich einen Weg durch das kniehohe Wiesengras den Hügel hinab zu den jüngeren Bäumen, die allerdings auch schon fast ein Vierteljahrhundert auf dem Buckel hatten. Unter einem besonders üppigen Exemplar, dessen Blüten ihren filigranen Schleier über ihr ausbreiteten, blieb sie stehen und ließ ihren Blick schweifen. Ja, hier war es genau richtig.

Sie setzte die Sense an und mähte mit gleichmäßigen Schnitten eine quadratische Fläche frei. Der Duft nach frisch gemähtem Gras stieg ihr in die Nase, und sie empfand ein unbeschreibliches Glücksgefühl. Sie freute sich auf den Abend, hatte Mühe, ihr Verlangen nach Theo zu zügeln. Gleichzeitig erfüllte sie die Arbeit in der Natur mit einer solchen Freude, dass sie kaum wusste, wohin mit dem Glück.

Nachdem sie das geschnittene Gras an die Seite geharkt hatte, setzte sie sich hin, lehnte sich zurück und überkreuzte die Beine. Am liebsten wäre sie vorläufig gar nicht aufgestanden, so gemütlich war es, inmitten des hohen Grases zu liegen, nur umgeben von brummenden Ackerhummeln und Honigbienen. Sie fühlte sich an ihre Kindheit erinnert, als sie mit ihren Brüdern hier Verstecken gespielt hatte. Auch jetzt konnte sie von ihrer Position kaum über die Blüten des Wiesenkümmels hinwegsehen.

Sie gönnte sich noch einen kurzen Moment, in dem sie die Augen schloss und verweilte, ehe sie sich wieder erhob und die Geräte zurück in den Schuppen brachte.

Kurz vor sieben war sie mit allem fertig. Finn hatte nach der Stallarbeit den Hof verlassen, und Großmutter Claire war bereits seit zwei Stunden unterwegs, sodass sie die letzte Stunde nutzen konnte, um das Essen vorzubereiten. Neben einer Quiche flamande, die sie nach dem Rezept ihrer Mémère gebacken hatte, legte sie noch die anderen Leckereien, die sie vorbereitet hatte, in den ausladenden Korb. Der Duft nach Lauch und geräuchertem Schinken erfüllte die Küche, während sie noch einmal nachsah, ob sie auch alles beisammenhatte.

Als Theos Caddy pünktlich vorfuhr, machte ihr Herz einen Satz. Sie würde sich wirklich zusammenreißen müssen, damit sie sich heute Abend nicht völlig zum Narren machte.

»Freunde mit gewissen Vorzügen, mehr ist nicht drin«, murmelte sie wie ein Mantra vor sich hin. Sie packte noch die Servietten ein, dann trug sie den Korb nach draußen.

»Hallo!« Theo begrüßte sie deutlich reservierter, als sie sich das die letzten Stunden über ausgemalt hatte.

»Ebenso«, erwiderte sie leicht verunsichert, als sie auf ihn zuging.

Kein leidenschaftlicher Begrüßungskuss. Er drückte nur kurz seine Lippen auf ihre, bevor er sich wieder zurückzog.

Paula war völlig perplex. Was hatte sich seit heute Morgen verändert? Er hatte doch eindeutig signalisiert, wonach ihm der Sinn stand?

Männer! Nur gut, dass sie genau wusste, was sie wollte. Ihre Sehnsüchte und Gefühle behielt sie besser für sich, bei einem

Mann, der so schnell zwischen heiß und kalt umschwenken konnte. Sie würde sich ihr Herz kein zweites Mal brechen lassen, schließlich stand nicht das Wort »blöd« in Großbuchstaben auf ihrer Stirn. Und wer wusste schon, wie lange dieses Gefühlschaos anhielt? Vielleicht war es nur ein Strohfeuer, auf das heute Nacht die Ernüchterung folgte. Vielleicht fand es sogar schon vor Beginn der Nacht sein Ende, so merkwürdig, wie Theo sich verhielt.

»Wohin gehen wir?«, fragte er und riss sie so aus ihren Überlegungen. »Ich dachte, wir wären heute bei dir.«

»Sind wir ja auch«, erwiderte Paula. »Ich habe uns einen besonderen Platz ausgesucht. Wir gehen hinüber zu den Streuobstwiesen.«

Ihr sank das Herz, als er neben sie trat und schweigend den Korb aufhob.

»Ich hoffe, du magst Quiche flamande?«, fragte sie, um ein Gespräch in Gang zu bekommen.

»Was ist das?«

Sie trat neben ihn und lupfte das Geschirrhandtuch, unter dem die Quiche verborgen lag. Sein ureigener herber Duft, vermischt mit dem würzigen Rasierwasser, stieg ihr sofort in den Kopf. Am liebsten hätte sie sich an ihn geschmiegt, die Arme um seine Hüften geschlungen und ihre Nase in seiner Halsbeuge vergraben.

Aber sie trat lieber ein kleines Stück zurück und konzentrierte sich auf die Quiche im Korb. »Die Quiche ist mit Lauch und geräuchertem Schinken belegt, abgelöscht mit hellem belgischen Bier.«

»Sieht wirklich gut aus«, brummte er.

»Sie schmeckt auch fantastisch, du wirst sehen.« Sie zwang sich zu einem Lächeln, das mit Sicherheit nicht ihre Augen erreichte. Was war bloß mit ihm los?

Obwohl sie sich gar nicht mehr so sicher war, ob der Platz, den sie heute Morgen noch total romantisch fand, für diesen Abend der richtige war, ging sie mit großen Schritten voran.

Sie war hin- und hergerissen, ob sie ihn auf sein distanziertes Verhalten ansprechen sollte, aber sie fühlte sich noch nicht sicher genug in ihrer Beziehung, um auf ihr Bauchgefühl zu hören.

Beziehung? Fast hätte sie laut aufgelacht. Von Beziehung konnte nun wirklich keine Rede sein. Bisher hatten sie heftig herumgeknutscht, sich bestens unterhalten, und sie fühlte sich zu ihm hingezogen. Aber zu einer Beziehung gehörte wahrlich einiges mehr.

»Woran erkennt man eigentlich die unterschiedlichen Apfelbäume?«, fragte er, als sie zur oberen Streuobstwiese kamen.

Apfelbäume? Darüber wollte er jetzt sprechen? Dieser Mann war ein Rätsel.

Sie antwortete ebenso nüchtern, wie er sich verhielt. Dabei konnte sie aber nicht ganz verhindern, dass man ihr die Liebe zu diesem Fleckchen Erde anhörte. »Die Sorten meiner Bäume kenne ich natürlich von klein auf, aber im Allgemeinen musst du die verschiedenen Kriterien wie die Blätter des Baumes, die Größe der Äpfel, ihre Farbe, die Beschaffenheit ihrer Schale und ihren Duft als Gesamtheit betrachten, um die Sorte zu definieren. Ein Hinweis ist zum Beispiel auch die Blütezeit des Baumes, wie du siehst.«

Paula deutete auf eine kleine Baumgruppe weiter unten auf den Wiesen, deren Knospen sich bisher noch nicht geöffnet haben.

»Wie zum Beispiel der Boikenapfel?«

Jetzt sah Paula erstaunt zu ihm hinüber. »Genau, das sind Boikenäpfel. Kennst du dich damit aus?«

Theo lachte. »Ich kenne mich überhaupt nicht damit aus. Aber den Boiken haben wir bei uns im Garten stehen, und ich weiß, dass er beim Blühen immer ein bisschen hinterherhinkt. Glückstreffer.«

Er zwinkerte ihr zu, und Paula sah plötzlich wieder den Theo vor sich, den sie heute Abend eigentlich erwartet hatte.

Trotzdem schaute sie, als sie den vorbereiteten Picknickplatz erreichten, unsicher zu ihm hinüber. Was würde er darüber denken, dass sie alles mit so viel Liebe vorbereitet hatte? War es zu viel? Rund um die weiche Wolldecke, die sie ausgebreitet hatte, standen Windlichter mit dicken Kerzen, die sie bereits entzündet hatte, und auf der Decke lagen dicke Kissen, auf denen sie es sich gemütlich machen konnten. Falls er das überhaupt noch wollte.

»Sehr hübsch«, brachte er schließlich hervor, als er den Korb abstellte.

Er setzte sich im Schneidersitz auf die Decke und schaute zu ihr hoch. »Wir müssen reden.«

Paula fühlte sich, als habe sie einen Schlag in den Magen bekommen. »Das hatte ich mir schon gedacht.«

Sie setzte sich ihm gegenüber und zog fragend die Brauen hoch. »Was ist los? Stimmt etwas nicht?«

Theo wirkte irritiert. »Wie kommst du denn darauf?«

»Du bist schon die ganze Zeit so distanziert, nicht einmal einen vernünftigen Begrüßungskuss habe ich bekommen.« Um ihren Händen etwas zu tun zu geben, packte sie Teller und Gläser aus dem Korb.

»Entschuldige. Aber nein, es ist nichts Schlimmes. Mir lag nur dieses Gespräch auf der Seele.«

»Was ist passiert?« Um Ruhe bemüht, hörte sie auf, herumzukramen, und schaute ihn an.

»Ich habe mir Gedanken darüber gemacht, wie unsere Beziehung weitergehen soll.«

Also doch, dachte Paula. Ihr Herz sank ihr bis zu den Knien.

»Ich möchte dir nichts vormachen, du sollst wissen, woran du bist. Ich bin kein Typ für etwas Dauerhaftes«, erklärte er knapp. »Ich habe einfach nicht das Zeug zu einer richtigen Beziehung.«

Er setzte ein verrutschtes Lächeln auf und fuhr sich mit der Hand fahrig durch seine Locken.

Am liebsten wäre sie aufgestanden und hätte ihn in den Arm genommen. Da er sie erwartungsvoll ansah, war sie offensichtlich an der Reihe.

»Okay«, begann sie langsam, »dann darf ich also nicht mit einem Antrag deinerseits rechnen. Klingt es sehr verrucht, wenn ich sage, dass mir das sehr gut in den Kram passt?«

Die Anspannung in seinem Gesicht löste sich, und er schenkte ihr endlich ein herzliches Lächeln. »Nein. Nein, überhaupt nicht.«

Sie grinste zurück. »Du hast genau das gesagt, was mir durch den Kopf geht, aber ich wusste nicht, wie ich es am besten formulieren sollte. Mir ist auch nach keiner festen Beziehung, meine letzte steckt mir noch in den Knochen. Lass uns doch einfach schauen, was zwischen uns passiert, ohne dass wir das Ganze gleich als Beziehung definieren. Was meinst du?«

»Klingt fabelhaft.« Er stand auf und kam zu ihr herüber. »Hast du noch Hunger?«

»Ja!«, erklärte sie rundheraus. »Aber ich habe gelernt, Prioritäten zu setzen.«

Sie stand ebenfalls auf, schlang ihm endlich die Arme um den Hals und schmiegte sich an ihn. »Das habe ich vermisst.«

»Was?«, lachte er und strich ihr mit den Händen über den Rücken. »Wir haben uns doch erst heute Morgen gesehen.«

»Eben. Das ist schon ganz schön lange her.«

Sie hob ihr Gesicht und musste nicht lange warten, bis er seinen Kopf senkte und ihre Lippen sich trafen. Das Verlangen schoss wie ein heißer Strahl durch ihren Körper. Begierig öffnete sie den Mund, und ihre Zungen begannen einen leidenschaftlichen Tanz.

Als er sich schließlich von ihr löste, war sie ganz außer Atem. Mit seinen blauen Augen taxierte er sie, und ein verschmitzter Ausdruck zog plötzlich über sein Gesicht.

»Was?«, fragte sie nervös. »Habe ich mich bekleckert?«

»Nein«, lachte er, und seine Augen sprachen eine klare Sprache.

Sie nahm seine Hand und zog ihn neben sich auf die Decke. Hastig schob sie Teller und Gläser an die Seite, ehe ihre Hände sich eine aufregendere Beschäftigung suchen durften. Endlich konnten sie auf Wanderschaft gehen und jeden Zentimeter von Theos Körper erforschen. Sie setzte sich rittlings auf ihn, fuhr unter sein Shirt, schob es hoch und fand nackte Haut. Die Muskulatur seiner Brust und seines Bauches war hart und dennoch so elastisch, dass sie dem Bedürfnis nachgab, zärtlich darüber zu streichen. Langsam bewegten sich ihre Hände nach unten, bis sie schließlich den Bund seiner Jeans erreichten. Theo atmete zischend ein und reagierte mit einer Gänsehaut.

»Nicht so schnell«, raunte er mit heiserer Stimme. Er griff in ihren Nacken und zog sie zu sich hinunter. »Wir haben doch gerade erst angefangen. Lass uns Zeit für den ersten Gang.«

»Wir essen ein Menü?«, fragte sie keuchend, weil seine Lippen gerade einen empfindlichen Punkt hinter ihrem Ohr gefunden hatten.

»Also, ich habe das vor. So viele Gänge wie möglich.«

Auch wenn Paula hoffte, dass er damit genau das meinte, was ihr durch den Kopf schoss, war sie jetzt nicht mehr in der Lage, darüber nachzudenken. Sie überließ die Regie mit Vergnügen ihrem Körper und stürzte kopfüber in den weiten Ozean der Empfindungen.

Eine knappe Woche später hatte sie immer noch das Gefühl zu fliegen. Ihr Körper wirkte so leicht und entspannt wie schon lange nicht mehr. Jede ihrer letzten Begegnungen war genauso erfüllend gewesen wie die erste. Theo war ein äußerst aufmerksamer Liebhaber, der es bestens verstand, ihr Lust zu bereiten. Aber auch er schien nicht unzufrieden zu sein, denn er wirkte ebenso unersättlich wie sie selbst. Inzwischen hatten sie nicht nur die Betten im Blockhaus eingeweiht, sie waren auch einmal in der Scheune übereinander hergefallen und im Heu gelandet, gerade als Finn hereinkam, um frisches Stroh für die Pferde zu holen. Theo hatte ihr den Mund zuhalten müssen, damit sie sie durch ihren Lachanfall nicht verriet. Kaum musste sie sich abends von ihm trennen, verspürte sie auch schon das Bedürfnis, zu ihm zurückzukehren. So verbrachten sie meist noch eine gemeinsame Stunde am Telefon, ehe sie sich wohlig wie eine Katze in ihre Kissen kuschelte und schlief.

Das war der einzige Wermutstropfen in ihrem Arrangement: Sie würden nicht beieinander übernachten. Auf diese Abmachung hatten sie sich geeinigt, um die Beziehung wirklich locker zu halten. Aber sie vermisste beim Einschlafen seine Wärme und das Gefühl der Geborgenheit, wenn sie in seinen Armen lag.

Paula seufzte und lenkte den Trecker durch den Kreisverkehr und anschließend den Berg hinauf in Richtung Mützenich. Manchmal verfluchte sie ihre Vernunft. Aber die Vergangenheit hatte sie gelehrt, nicht so sehr ihrem Bauch zu vertrauen, sondern mehr auf ihren Kopf zu hören. Und der riet ihr, bloß nichts zu überstürzen. Obwohl sie sich genau danach fühlte. Am liebsten wäre sie lieber heute als morgen mit Sack und Pack bei ihm eingezogen. Oder umgekehrt. Wobei sie keine Ahnung hatte, wie ihre Großmutter auf so ein Arrangement reagieren würde.

Sie kicherte bei der Vorstellung, ihrer Großmutter mitzuteilen, dass sie in Zukunft einen neuen Hausgenossen hätte. Nein, das wäre unmöglich. Ihre Mémère war an die achtzig. Sie stammte noch aus einer Zeit, in der die Hochzeitsnacht eine ganz andere Bedeutung hatte als heutzutage. Paula wusste, dass Großmutter Claire nie gutgeheißen hatte, dass sie mit Alex zusammengezogen war. Sie hatten sogar in verschiedenen Zimmern übernachten müssen, wenn sie zu Besuch nach Höfen gekommen waren.

Aber egal. Das war sowieso kein Thema; noch hatte sie ihr nicht einmal erzählt, dass sie jetzt mit Theo zusammen war, deshalb bräuchte sie sich darüber erst recht keine Gedanken zu machen. Gerade, als sie das Radio einschalten wollte, klingelte ihr Handy.

»Hi!«, rief sie gut gelaunt in die Freisprechanlage in der Hoffnung, Theos Stimme zu hören.

»Ebenso, du treuloses Nachtschattengewächs!«

»Mariele! Wie schön, dich zu hören!«

»Ach ja? Warum hast du nicht einfach angerufen, dann hättest du mein zartes Stimmchen schon viel früher vernehmen können?«

»Sorry.« Paula war ehrlich zerknirscht. Sie hatte sich wirklich seit Tagen nicht mehr bei ihr gemeldet. »Irgendwie war so viel los«, erklärte sie hilflos, obwohl sie wusste, dass das eine lahme Ausrede war.

»Ach, und du meinst, ich sitze bloß rum und drehe Däumchen, oder was?«, rief ihre Freundin am anderen Ende der Leitung.

»Nein, natürlich nicht, ich weiß, dass du eine viel beschäftigte Frau bist. Wieso also hast du mitten am Tag Zeit, mich anzurufen?«

»Schwebst du dermaßen auf Wolke sieben, dass du nicht mehr weißt, welcher Wochentag heute ist?«

Paula prustete los und hörte erleichtert, dass ihre Freundin mit einstimmte.

»Sorry, aber ich habe gerade darüber nachgedacht, dass sich mein Körper schon lange nicht mehr so entspannt angefühlt hat wie in den letzten Tagen. Da arbeitet offensichtlich das Hirn nicht mehr so gut.«

»Bah, bist du gemein!«, maulte Mariele. »Du weißt genau, dass ich da als alleinerziehende Mutter einer Neunjährigen kaum Möglichkeiten habe!«

»Ich kann dich ja an meinem Glück zumindest telefonisch teilhaben lassen.«

»Darum möchte ich auch gebeten haben. Schließlich ist heute mein freier Tag, und da habe ich Anrecht auf ein wenig Unterhaltung. Wo treibst du dich rum?«

»Ich fahre gerade auf ein Grundstück in Mützenich. Habe über den Bekannten eines Bekannten einen Auftrag an Land gezogen, nämlich ein Baugrundstück in Hanglage zu mähen. Lukrativer Nebenjob, den ich mir nicht durch die Lappen gehen lassen wollte.«

»Kann ich verstehen. Pass auf, ich bin gerade in Imgenbroich zum Einkaufen und wollte gleich losfahren. Ich mache einen Schlenker rüber nach Mützenich und komme bei dir vorbei. Dann steigst du von deinem Monstrum von Trecker und erzählst mir alles. Und ich meine wirklich alles. In allen Einzelheiten«, fügte sie hinzu. »Schließlich bin ich auf Entzug.«

»Alles klar«, lachte Paula. »Bis gleich!«

Inzwischen hatte sie das große Baugrundstück erreicht. Es lag direkt am Ortseingang und stieg zum Ende steil an. Das Gras stand hoch, und auch jetzt noch, Anfang Juni, übersäten die fliederfarbenen zarten Blüten des Wiesenschaumkrauts das Grundstück, und es wirkte, als habe ein Riese gerade erst sein Schaumbad verlassen.

Paula staunte, als sie das Mähwerk in Position brachte. Die Natur schaffte wirklich einzigartige Kunstwerke.

Doch jetzt musste sie sich auf ihren Auftrag konzentrieren. Der Bauherr hatte ihr schriftlich bestätigt, dass das Grundstück von Steinen befreit sei, nun musste sie sich noch vergewissern, dass sich keine Tiere im hohen Gras versteckten. Sie stieg vom Trecker, machte einen aufmerksamen Rundgang, konnte aber zum Glück nichts finden, weder ein Reh noch ein Kitz, das sich im tiefen Gras verbarg. Zurück in der Fahrerkabine, startete sie den Motor und fuhr los. Es war eine entspannte Arbeit an einem sonnigen Tag wie diesem, dazu der sonore Klang der leistungsstarken Maschine, die ihre Arbeit so spielend leicht verrichtete, als hätte sie nicht mehr als einen Sack Kartoffeln zu ziehen. Tief sog Paula den Duft des frisch geschnittenen Grases ein und fühlte sich wirklich glücklich.

Sie stellte das Radio an und summte mit, als die ersten Klänge von Tim Bendzkos *Keine Maschine* aus den Lautsprechern schallten.

Das passte doch, lachte Paula, und das i-Tüpfelchen war, dass Mariele gleich vorbeikommen wollte. Sie konnten sich am anderen Ende des Grundstücks auf den Berghang in die Sonne legen und die Seele baumeln lassen. An Tagen wie diesem liebte sie ihren Job noch mehr als sonst. Ihr eigener Herr zu sein, ohne Stechuhr oder Chef.

Während ihre Gedanken vorüberzogen, arbeitete sich der Trecker mühelos den steilen Abhang hinauf. Doch gerade als sie das Mähwerk anheben wollte, um zu wenden, schoss eine Katze aus dem Gebüsch, direkt vor die Maschine. Erschrocken zog sie das Lenkrad nach links, um ihr auszuweichen, spürte noch, wie der

Trecker ruckte, das schreckliche Gefühl, als die riesige Maschine auf zwei Rädern fuhr, kippte – und dann wurde alles schwarz.

Das Erste, was sie sah, als sie wieder aufwachte, war Marieles besorgtes Gesicht.

»Was ist passiert?«, fragte sie und erschrak über ihre schwache Stimme.

»Dieses verdammte Monstrum ist mit dir umgekippt! Tut dir irgendwas weh? Kannst du mich deutlich sehen? Ist dir übel? Hast du Kopfweh?«

Paula versuchte, sich zu sortieren. Sie lag seitlich auf der Wiese, so weit, so gut. Ihr war ein wenig schwindelig, von daher war das Liegen von Vorteil. Tat ihr etwas weh? Sie spürte in ihren Körper hinein, aber alles fühlte sich normal an.

»Ich glaube, es ist alles okay«, meinte sie schließlich.

Als sie sich aufrichten wollte, hielt Mariele sie am Boden.

»Nichts da! Du bleibst hier liegen, bis der Rettungswagen da ist!«

»Ach, Quatsch«, ächzte Paula, die sich plötzlich sehr schwach fühlte und froh war, liegen bleiben zu dürfen. »Mit mir ist alles in Ordnung. Nur ein bisschen flau.«

»Frag mich mal!«

Ihr fiel auf, dass auch Mariele etwas blass um die Nase war. »Tut mir leid, wenn ich dich erschreckt habe.« Müde schloss Paula die Augen, der Schrecken des kippenden Fahrzeugs steckte auch ihr noch in den Knochen. Ihr Schädel brummte. Ein Wunder, dass die große Maschine sie nicht einfach unter sich zerquetscht hatte, dachte sie benommen.

»Was heißt hier erschreckt?« Marieles Stimme klang weit weg. »Du hast mir den Schreck meines Lebens verpasst! Gerade, als ich aussteigen wollte, sehe ich etwas Braunes aus dem Gebüsch hervorschießen, und schon überschlägt sich dieser verdammte Trecker. Ich dachte, du wärst tot!«

»Mein Gott, die Katze!« Paula rappelte sich hoch, nur um sich gleich wieder in der Horizontalen vorzufinden. Heftiger Schwindel ließ sie aufstöhnen und raubte ihr jegliche Orientierung.

»Ich habe dir doch gesagt, du sollst liegen bleiben!«, fauchte ihre Freundin.

»Mariele, da war eine Katze. Ist sie tot? Habe ich sie erwischt? Kannst du bitte nachschauen?«, flehte sie.

Da erklang plötzlich eine männliche Stimme hinter ihr: »Ich gehe nachschauen, bleiben Sie besser bei Ihrer Freundin.«

Dann hörte sie, wie sich jemand entfernte.

»Wer war das?«

»Woher soll ich das wissen? Der Mann war so nett, mir dabei zu helfen, dich aus dem Trecker zu ziehen und hierhin zu legen. Du warst ja schlaff wie ein zerplatzter Luftballon, dabei wiegst du fast eine Tonne.«

»Na, vielen Dank«, murmelte Paula. Sie schloss die Augen, das Licht war ihr zu grell. Gleichzeitig bemühte sie sich, Bilder von zerfetzten Katzenleibern auszublenden, die sich gnadenlos in ihr geistiges Blickfeld schoben.

»Keine Katze da, alles in Ordnung«, erschallte von weiter hinten die Stimme des Fremden.

Gott sei Dank! Erleichterung durchströmte ihren Körper. Demnach war das Vieh ebenso schnell wieder verschwunden, wie es aufgetaucht war. Blieb nur die Frage, was aus ihrem Trecker geworden war. Bei dem Gedanken an die teure Maschine drehte sich ihr Magen um, und sie verdrängte ihn schnell.

»Was ist mit Muffin?« Marieles Stimme klang verhalten.

Muffin! Erneutes Entsetzen machte sich in ihr breit, und sie wurde stocksteif, bis ihr geschundenes Hirn signalisierte, dass sie Muffin heute gar nicht dabeihatte.

»Die war nicht mit«, brachte sie gerade noch heraus, bevor sie sich in einem großen Schwall erbrach.

»Tut mir leid.« Ihre Stimme war ein einziges Krächzen. Sie zitterte am ganzen Körper.

Mariele zog ein Taschentuch aus ihrer Hosentasche und wischte ihr vorsichtig den Mund ab. »Schsch, schon gut. Alles wird gut.«

»Ich habe Decken im Auto, bin gleich wieder da.«

Das war wieder die Stimme des Mannes. Sie klang irgendwie beruhigend. Paula versuchte, sich zu entspannen.

»Ich höre schon den Rettungswagen«, riss Mariele sie sofort wieder aus ihrem Dämmerzustand. »Du musst wach bleiben, hörst du?«

Plötzlich spürte sie, wie sie zugedeckt wurde, und fühlte sich gleich ein wenig besser. Während sie sich noch bemühte, darüber nachzudenken, wie sie ihren Auftrag jetzt noch erledigen sollte, wurden die Martinshörner deutlich lauter, und kurz darauf leuchtete ein wahres Blaulichtmeer am Rand der Wiese auf. Rettungswagen, Polizei und Feuerwehr kamen fast zeitgleich an.

»Mein Gott«, stöhnte Paula, »hast du die alle gerufen?«

Mariele schüttelte den Kopf, offensichtlich auch beeindruckt von diesem Großaufgebot. »Ich habe nur die eins-eins-zwei gewählt und erzählt, was passiert ist.«

»Die brauchen die Feuerwehr, um den Trecker wieder aufzurichten, und die Polizei kommt zu jedem Verkehrsunfall. Das veranlasst alles die Leitstelle«, ertönte wieder die tiefe Stimme im Hintergrund.

Doch Paulas Hirn arbeitete noch nicht gut genug, um sich darüber Gedanken zu machen, vor allem, weil sich in diesem Moment eine Frau vom Roten Kreuz in ihr Blickfeld schob.

»Guten Tag, Küster, ich bin die Notärztin. Gibt es noch weitere Verletzte?«, wollte sie von Mariele wissen.

»Nein, nur sie.« Mariele stand auf und überließ ihren Platz der jungen Ärztin.

»Wie heißen Sie?«, fragte diese freundlich, als sie sich neben sie kniete.

»Paula Sassendorf.«

Alle weiteren Untersuchungen ließ Paula widerstandslos über sich ergehen, beantwortete die Fragen, so gut sie konnte.

»Wir werden Sie jetzt ins Krankenhaus bringen«, sagte die junge Frau schließlich.

»Okay«, stimmte Paula ihr zu. Sie merkte, dass es keinen Sinn hatte, sich dagegen zu wehren, denn sie fühlte sich so kraftlos wie ein Wackelpudding auf Drogen.

»Ich fahre hinter Ihnen her«, hörte sie Marieles Stimme aus dem Hintergrund.

Paula war erleichtert und versuchte, vorerst nicht mehr gegen den Dämmerzustand anzukämpfen, der sie zu überwältigen drohte. Zu wissen, dass sie den ganzen Apparaten und Instrumenten im Krankenhaus nicht allein gegenübertreten musste, beruhigte sie ungemein.

Als sie knapp drei Stunden später wieder zu Hause in ihrem eigenen Bett lag, fühlte sie sich schon bedeutend besser. Im Krankenhaus hatte man sie gründlich durchgecheckt, aber bis auf eine Gehirnerschütterung, etliche Prellungen und ein verstauchtes Handgelenk keine schwerwiegenden Verletzungen gefunden.

»Du hast so ein Glück gehabt«, fasste Mariele alles, was dazu zu sagen war, zusammen.

»Ich weiß, und ich bin echt froh, dass nicht mehr passiert ist.

Ich habe das Gefühl, mir geht es inzwischen besser als dir. Du bist immer noch blass um die Nase.«

»Wenn ich gleich zu Hause bin, werde ich mir einen doppelten Whisky genehmigen, das kann ich dir sagen. Damit lege ich mich auf die Couch und werde Jule erlauben, so lange fernzusehen, bis sie viereckige Augen hat. Ich brauche sicher noch eine Weile, um mich von dem Schrecken zu erholen.«

»Tut mir echt leid, dass du das mit ansehen musstest.«

»Du kannst dir nicht vorstellen, was das für ein Bild ist, wenn so ein Monstrum plötzlich umkippt. In meiner Fantasie warst du sofort tot, oder zumindest eingequetscht und schwer verletzt. Du glaubst gar nicht, wie schnell ich diese Wiese überquert habe. Mein Sportlehrer wäre wie von Sinnen gewesen, wenn er gesehen hätte, wie schnell ich laufen kann, wenn ich nur will.«

Paula gluckste. »Schade, das hätte ich wirklich gern gesehen.«

Mariele war nicht gerade für ihre Sportlichkeit bekannt. Sie war eher eine stille Genießerin des Lebens und pflegte ihre weiblichen Kurven.

Plötzlich fiel Paula etwas ein. »Da war doch noch ein Mann dabei. Weißt du, wie der hieß? Ich würde mich gern bei ihm bedanken, wenn ich wieder fit genug bin.«

»Mathias soundso. Irgendwas mit -mann.« Marieles Stirn legte sich in Falten. »Irgendwas Holländisches. Ich hab's! Huisman! Scheint niederländische Vorfahren zu haben.«

»Oder belgische. Also Mathias Huisman aus Mützenich? Da müsste doch irgendwas rauszukriegen sein.«

»Werden wir sicher, aber für heute hatte dein Hirn Aufregung genug. Ich gehe nur, wenn du mir versprichst, zu schlafen.«

Das versprach Paula nur zu gern. Obwohl es ihr eben noch so gut ging, fühlte sie sich plötzlich wie ausgelutscht.

Als Paula wieder aufwachte, spürte sie langsam ihre Lebensgeister zurückkehren. Muffin lag vor dem Bett und schnarchte, durch die Fenster schien das weiche Licht der Spätnachmittagssonne. Am liebsten wäre sie sofort aufgestanden, aber da sie fürchtete, dass ihr Körper vor Entsetzen aufschrie, lupfte sie lieber vorsichtig die Bettdecke und schob die Beine ganz, ganz langsam über die Bettkante.

Sie kicherte leise. Sie kam sich vor wie ihre eigene Großmutter. Wobei Grandmère Claire noch deutlich eleganter aufstand. Aber egal, sie brauchte jetzt ein bisschen Bewegung, und außerdem hatte sie Durst.

Beim Anziehen des Bademantels schaffte sie es, nur einmal zischend einzuatmen, als ihre verstauchte Hand gegen den Stoff stieß. Trotz der Schmerzmittel zog es in ihrem Gelenk noch heftig.

Als sie den Flur betrat, in Gedanken ganz bei Finn und der Überlegung, wie er all die Arbeit allein bewältigen sollte, hörte sie schon Stimmen aus der Küche.

Theo! Völlig entgeistert blieb sie stehen. Sie hatte überhaupt noch nicht an Theo gedacht. Wahrscheinlich hatte er den ganzen Tag versucht, sie zu erreichen. Aber ihr Handy hatte sie seit dem Unfall nicht mehr gesehen, und leider war sie überhaupt nicht auf die Idee gekommen, ihn zu informieren. Ihr Hirn war zu rein gar nichts in der Lage gewesen. Hoffentlich war er nicht sauer.

Sie ging in die Küche und sah ihn dort mit Finn und ihrer Großmutter sitzen, jeder einen Becher Kaffee vor sich, einen Teller selbst gebackener Speculoos mitten auf dem Tisch.

»Paula! Du solltest doch liegen bleiben, hat der Arzt gesagt!«, schimpfte ihre Mémère.

»Ich gehe ja auch gleich wieder ins Bett«, beruhigte sie sie,

»aber ich musste mir kurz die Beine vertreten, und außerdem habe ich Durst.«

»Dann geh wieder zurück, ich bringe dir etwas.«

»Vielen Dank, aber ich denke, es wird mir nicht schaden, wenn ich mich einen Moment zu euch setze.«

Statt auf ihren Platz am Kopfende des Tisches rutschte sie neben Theo auf die Bank und schmiegte sich an ihn. Die erstaunten Blicke von Finn und ihrer Großmutter waren ihr egal. Irgendwann hätte sie ihr Geheimnis sowieso lüften müssen, und nun war es eben schon früher so weit.

Wie selbstverständlich legte Theo ihr den Arm um die Schultern und küsste sie sanft auf den Kopf. »Ich habe mir Sorgen gemacht.«

»Tut mir leid. Ich weiß auch nicht, warum, aber ich habe überhaupt nicht darüber nachgedacht, dich anzurufen.«

»Ich denke, du hattest mehr als genug mit dir selbst zu tun, also gar kein Problem. Hauptsache, dir geht es schon besser.«

»Ich fühle mich noch ein wenig wie durch die Mangel gedreht, aber es ist schon deutlich besser als vorhin.« Sie kuschelte sich noch fester an ihn.

Das Kopfweh war völlig verschwunden, und auch von den Prellungen war dank des Schmerzmittels kaum etwas zu spüren, es fühlte sich tatsächlich fast so an, als wäre nichts gewesen. Nur noch etwas wattig und benommen, das war alles.

»Ich bin einfach nur froh, dass alles so glimpflich abgelaufen ist«, seufzte sie zufrieden.

»Das sind wir alle«, bemerkte ihre Großmutter. »Und nun marsch, zurück ins Bett mit dir. Was möchtest du trinken?«

Grandmère Claire musste gewusst haben, worauf sie hinauswollte, und schüttelte resolut den Kopf. »Oh nein! Du bekommst keinen Kaffee! Du kannst Wasser haben oder ein Glas Saft.«

»Auch keine Cola?«, maulte Paula. Sie kam sich vor wie ein Kleinkind, aber das war ihr gleich.

»Dann eben ein Glas Saft! Bitte«, schob sie gerade noch rechtzeitig hinterher, bevor ihre Mémère die Augenbrauen heben konnte. Krank sein war furchtbar. Vor allem, wenn man sich gar nicht so fühlte.

Grandmère Claire stand auf, füllte ein Glas mit Orangensaft und brachte es zurück zum Tisch. »Möchtest du auch etwas essen?«

Paula trank einen großen Schluck und spürte, wie der Zucker augenblicklich seine Wirkung tat. »Nein danke, ich habe keinen Hunger.«

»Also gut, dann kann Theo dich in dein Zimmer zurückbringen und vielleicht noch ein bisschen darauf achten, dass du dich wirklich ausruhst.«

Paula klappte vor Erstaunen fast die Kinnlade runter. Theo sollte sie in ihr Zimmer bringen? Und er durfte bei ihr sitzen bleiben? Auch wenn ihre Großmutter so tat, als sei nichts Besonderes an ihrer Anweisung, und ohne eine weitere Gemütsregung ihren Kaffee trank, kam sie für Paula einem Erdrutsch gleich.

Doch Theo hatte offensichtlich nichts von ihren Gedanken mitbekommen. »Also los, bringen wir dich zurück ins Bett«, sagte er schlicht. »Brauchst du Hilfe?«

»Nein. Nein. Geht schon«, stammelte sie, immer noch verblüfft.

Als sie schließlich wieder im Bett lag, fühlte sie sich doch besser aufgehoben. Ihr kleiner Ausflug in die Küche hatte mehr Kraft gekostet, als sie gedacht hatte.

»Als ich den Trecker gesehen habe, ist mir ganz anders geworden«, erzählte Theo, nachdem er sich einen Stuhl an ihr Bett gezogen hatte. Er ergriff ihre gesunde Hand und verschränkte ihre Finger mit seinen.

»Ich habe ihn noch gar nicht gesehen, hat er viel abbekommen?«

»Ich fürchte, vor allem das Mähwerk hat einen schweren Schaden. Aber auch das Treckerdach sah verzogen aus, und einige Scheiben sind kaputt. Ob mehr dran ist, weiß ich nicht, da müsstest du Finn fragen.«

»Ich weiß gar nicht, wie wir mit der Arbeit zurechtkommen sollen, wenn das Mähwerk ausfällt. Ausgerechnet jetzt.«

»Darüber solltest du dir heute keine Gedanken machen. Ich denke, Finn hat erst einmal alles im Griff. Und morgen kannst du dich mit ihm zusammensetzen und in Ruhe besprechen, wie ihr weiter vorgeht.«

»Zum Glück haben wir noch den alten Deutz. Nur die Mähmaschine wird nicht so leicht zu ersetzen sein. Aber du hast recht«, fügte sie hinzu, als sie seinen mahnenden Gesichtsausdruck sah, »ich werde morgen mit Finn darüber sprechen.«

Erschöpft lehnte sie sich zurück und schloss die Augen. »Bleibst du noch ein wenig sitzen?«

»Klar, ich habe Zeit. Titus ist heute bei Tante Theres, und ich habe nichts Besseres vor.«

Sie schaute ihn an. Sein verschmitztes Grinsen ging ihr durch und durch. Am liebsten hätte sie die gemeinsame Zeit anders genutzt, aber dazu war sie schlicht zu müde. Also schloss sie die Augen, genoss die Geborgenheit, die sie in seiner Nähe empfand, und schlief ein.

Am nächsten Tag fühlte sie sich wund und zerschlagen. Aber die Kopfschmerzen blieben weiterhin aus, sodass sie gegen neun nichts mehr im Bett halten konnte. Ihre Gedanken drehten eine

Schleife nach der anderen, wie sie alles am besten organisieren sollte.

Nach einem großen Glas Saft machte sie sich auf die Suche nach Finn. Sie fand ihn bei den Pferden, die in ihrem Paddock standen und sich die frischen Äpfel schmecken ließen, die der Geselle ihnen hinhielt.

»Guten Morgen!«, rief sie ihm schon von Weitem zu.

Er hob den Kopf und schaute ihr entgegen. »Hi, darfst du schon aufstehen?«

»Ich fühle mich gut. Kein Schwindel, keine Kopfschmerzen, keine Übelkeit. Ein bisschen steif. Ich denke, morgen könnte ich bereits die Pferde übernehmen.«

»Du übernimmst morgen noch überhaupt nichts. Auch wenn es die linke Hand ist, die verstaucht ist, braucht sie ein paar Tage Ruhe. Ich habe hier alles im Griff, keine Sorge.«

»Es tut mir so leid, dass ich gerade jetzt ausfalle. Meinst du, wir brauchen eine Betriebshilfe?«

Finn schüttelte den Kopf. »Nein, die paar Tage schaffe ich das schon.«

»Hattest du nicht am Wochenende etwas vor?«

»Das lässt sich verschieben, keine Sorge.«

Erleichtert lehnte sie sich gegen das Gatter. Da die Äpfel verfüttert waren, wandten sich die Pferde nun hoffnungsvoll an Paula.

»Nein«, lachte sie. Nacheinander strich sie den beiden liebevoll über die Köpfe. »Keine Chance, ich habe nichts zu futtern dabei.«

Dann schaute sie wieder hinüber zu Finn. »Wie steht es um das Mähwerk?«

»Das ist bereits beim Techniker. Dauert aber knapp zwei Wochen, bis es fertig ist.«

Paula zog die Stirn in Falten. »Und jetzt? Maschinenring?«

»Genau. Ich habe schon angerufen, und sie haben noch eins in der Vermietung. Heute Nachmittag fahre ich es holen. Du siehst, es ist alles im grünen Bereich, und du kannst dich in Ruhe erholen.«

»Ich weiß echt nicht, was ich ohne dich machen sollte«, sagte sie erleichtert.

Finn grinste verschmitzt. »Wir könnten uns ja mal über eine kleine Gehaltserhöhung unterhalten.«

Eine Gehaltserhöhung für Finn, überlegte Paula, als sie sich wieder auf den Rückweg machte, war eigentlich lange überfällig. Vielleicht wäre das eine Möglichkeit, den Gesellen etwas länger zu binden. Finn war wirklich ein exzellenter Landwirt, und ohne ihn wäre sie aufgeschmissen. Sie hatte noch so viel zu lernen, bis sie irgendwann einmal behaupten konnte, so etwas wie Routine zu haben. Aber Finn erarbeitete alle Arbeitsabläufe mit ihr zusammen und leitete sie geduldig in all den Dingen an, die noch Neuland für sie waren. Wenn es nach ihren Vorstellungen ginge, käme noch Etliches an Neuland hinzu, um den Hof wirklich auf sichere Füße zu stellen, allerdings fehlte ihr schlicht und ergreifend das Geld dafür. Schon jetzt war sie durch ihre Investitionen hoch verschuldet, mit den Reparaturen für das Mähwerk und den kaputten Trecker würden die roten Zahlen auf ihrem Konto in schwindelerregende Höhen schießen. Ihr wurde ganz schlecht bei dem Gedanken. Ausgerechnet jetzt musste sie noch so einen teuren Unfall bauen! Sie konnte nur hoffen, dass die Versicherung den Großteil des Schadens abdeckte.

Zurück im Haus, ging sie schnurstracks ins Büro. Wenn sie schon nicht für körperliche Arbeiten taugte, konnte sie sich zumindest um den Papierkram kümmern. Die Versicherung für das Mähwerk hatte sie schnell gefunden, da ihr Großvater damals alles fein säuberlich in Ordnern sortiert hatte. Allerdings fehlte die Versicherungspolice für den Trecker. Die Haftpflicht steckte dort, wo sie sein sollte, aber die Kaskoversicherung suchte sie vergeblich.

Nachdem sie sämtliche Ordner durchgesehen hatte, wurde sie langsam ein wenig nervös. Es konnte doch wohl nicht sein, dass dieses Monstrum von Traktor keine Kaskoversicherung hatte, schließlich war ihr Onkel bis zu seinem Unfall im Vollbesitz seiner geistigen Kräfte gewesen.

Trotzdem rumorte es in ihrem Bauch, als sie schließlich zum Telefon griff und bei der Versicherungsgesellschaft anrief, bei der auch die anderen Fahrzeuge versichert waren.

Knappe fünf Minuten später legte sie auf. Keine Versicherung. Sie klammerte sich an den winzigen Strohhalm, dass ihr Onkel für den Trecker vielleicht eine andere Versicherung gewählt haben könnte.

»Mémère!«, rief sie durchs Haus, als sie aus dem Büro stürmte. »Mémère!«

»Was schreist du denn so, ich bin doch nicht taub!« Ihre Großmutter stand erbost in der Küchentür.

»Könnte es sein, dass Onkel Bernard den Trecker bei einer anderen Gesellschaft versichert hat als sonst?«, fragte sie, ohne auf den Unmut ihrer Großmutter einzugehen.

»Warum sollte er? Mattes und er waren immer sehr zufrieden. Hat bisher nie irgendwelche Querelen gegeben, wenn etwas kaputt war.«

Paula spürte, wie alle Farbe aus ihrem Gesicht wich.

»Was ist los, Kind?« Großmutter Claire betrachtete sie besorgt. »Du bist weiß wie die Wand. Komm, setz dich zu mir in die Küche. Ist dir wieder schwindelig? Willst du dich hinlegen?«

Paula ging hinüber in die Küche, ließ sich auf einen Stuhl sinken und starrte fassungslos vor sich hin. »Ich kann keine Versicherung finden. Ich habe alle Ordner zweimal durchgeschaut, aber ich finde keine Versicherung.«

»Dafür gibt es sicher eine ganz einfache Erklärung«, versuchte Großmutter Claire sie zu beruhigen. Sie setzte sich ihr gegenüber auf die Bank und griff nach Paulas Hand. »Jedes Fahrzeug ist versichert, sonst wird es doch gar nicht zugelassen.«

»Haftpflichtversichert, Grandmère! Jedes Fahrzeug muss haftpflichtversichert sein, damit es zugelassen wird. Die Haftpflichtpolice habe ich auch gefunden. Aber keine Kaskoversicherung.«

»Was ist da der Unterschied?«

»Nur die Vollkasko zahlt Schäden am eigenen Fahrzeug, wenn ich selbst den Unfall verursacht habe. Da es ein Kleintier war, dem ich ausgewichen bin, ist das selbst verschuldet. Ich verstehe einfach nicht, warum Onkel Bernard keine Vollkaskoversicherung für so einen teuren Trecker abgeschlossen hat.«

Großmutter Claire ließ ihre Hand wieder los, stand auf und ging hinüber zum Vertiko. Sie nahm zwei der geschliffenen Likörgläschen und die Karaffe mit Mirabellenlikör heraus und stellte sie vor Paula auf den Tisch. »Schenk ein.«

Besorgt betrachtete Paula ihre Großmutter, die sich schwerfällig zurück auf die Bank setzte und der sie plötzlich jedes einzelne ihrer achtundsiebzig Lebensjahre ansah.

»Der Trecker kam nur wenige Tage vor dem Unfall«, sagte ihre Mémère schließlich mit leiser Stimme. »Bernard war so glücklich. So glücklich.« Sie schüttelte den Kopf, griff nach ihrem Glas und leerte es in einem Zug. »Dieser Trecker war die Erfüllung eines Lebenstraums. Stolz wie Oskar saß er da oben in der Kabine, als er uns seine neueste Errungenschaft vorführte, und strahlte gleichzeitig, als wären Weihnachten und Ostern auf einen Tag gefallen.« Sie fuhr sich mit beiden Händen über das müde Gesicht. »Mit Engelszungen hatte Mattes auf ihn eingeredet, den Hof nicht mit einer solchen Investition zu belasten, aber du kanntest ja Bernard. Er hat immer gern noch aus dem Vollen geschöpft, wenn der Topf schon längst leer war.«

Großmutter Claire hob den Kopf und suchte ihren Blick. »Ich schätze, er ist schlicht nicht mehr dazu gekommen, den Trecker auch entsprechend zu versichern. Er dachte ja, er hätte alle Zeit der Welt. Wer sollte auch ahnen, dass er wenige Tage später schon tot war?«

Nun griff auch Paula zu ihrem Glas und leerte es in einem Zug. Die Erklärung ihrer Mémère klang schlüssig. Onkel Bernard hatte das Leben geliebt und seine Annehmlichkeiten genossen, den Papierkram dagegen schon mal gern vor sich hergeschoben. Aber was sollte sie jetzt machen? Für die Kosten der Reparatur hatte sie keinerlei Reserven! Und der Mechaniker hatte sie bereits mit gut dreißigtausend Euro veranschlagt. Wahrscheinlich mit deutlich Luft nach oben. Wo sollte sie nur das Geld hernehmen? Einen weiteren Kredit würde sie nicht bekommen.

Sie füllte die Gläser erneut und leerte ihres ohne Zögern. Sie saß in der Klemme. Das Horrorszenario, das sie ganz bewusst ausgeblendet hatte, war eingetreten.

Sie fröstelte. Sie strich sich mit den Händen über die Arme und schaute hinüber zu ihrer Großmutter. In sich zusammengesunken saß sie ihr gegenüber.

»Wir bekommen das schon hin«, sagte Paula und griff nun ihrerseits nach der Hand ihrer Mémère. Doch sie hörte selbst, dass ihre Stimme nicht aufmunternd, sondern eher kläglich klang.

»Ich gebe dir das Geld.«

Paula schüttelte den Kopf. »Kommt überhaupt nicht infrage! Deine Altersvorsorge ist absolut tabu. Das habe ich nicht nur Grandpère versprochen, das ist auch meine persönliche Meinung.

Ich habe den Hof mit allem Drum und Dran übernommen, ich finde schon eine Lösung.«

»Aber Bernard hat den Fehler gemacht, also ist es meine Pflicht«, beharrte ihre Mémère.

»Du hast überhaupt keine Pflichten mehr. Du bist im Ruhestand, auch wenn ich sehr dankbar bin für alles, was du noch für mich tust. Mach dir bitte keine Sorgen, irgendwie treibe ich das Geld schon auf.«

Großmutter Claire lachte auf. »Als wenn das so einfach wäre.«

»Trink deinen Likör, und dann freue ich mich schon auf ein gutes Mittagessen von dir. Das würde uns doch beide aufbauen, was meinst du?«

Ein leichtes Lächeln umspielte Großmutter Claires Lippen. »Ich mache uns Fritten, die sind gut für die Seele. Dazu Endiviensalat mit Bananen-Joghurt-Soße und frische Bratwurst. Das isst du doch so gern.«

Paula war beruhigt, wieder das gewohnte Funkeln in den Augen ihrer Großmutter zu sehen. »Lecker.« Sie bemühte sich, ihre Stimme erfreut klingen zu lassen, auch wenn ihr der Sinn jetzt so gar nicht nach Essen stand.

»Ich brauche einen Moment, um über alles Weitere nachzudenken, bis später«, fügte sie betont locker hinzu.

Sie stand auf, drückte ihrer Großmutter einen Kuss auf die Wange und war froh, als sie die Küche endlich hinter sich ließ.

Mit langen Schritten ging sie hinüber zur oberen Streuobstwiese, klappte den klapprigen Gartenstuhl auf und setzte sich hinein. Doch heute konnte ihr der alte Apfelbaum keinen Trost spenden, dazu war die Situation einfach zu verfahren.

Paulas Blick schweifte in die Ferne, und sie ließ ihren Tränen freien Lauf. Sie hatte so viele Pläne, so viele Träume. Mit dem Kredit war sie ein hohes Risiko eingegangen – was, wenn sie ihn nicht zurückzahlen konnte und man ihr den Hof wegnahm? Das wagte sie gar nicht auszusprechen. Sie könnte ihrer Großmutter nie wieder in die Augen schauen, wenn die alte Frau durch ihre Schuld ihr Zuhause verlor.

Und jetzt auch noch dieser vermaledeite Trecker! Nein, rief sie sich ins Bewusstsein, es lag ja nicht am Trecker, es war ein Unfall. Unfälle passierten, so war das Leben. Das Problem war, dass sie ganz genau wusste, dass es nur einen Weg gab, die Kosten zu kompensieren. Sie müsste den Gang nach Canossa auf sich nehmen und zu ihren Eltern fahren. Ansonsten könnte sie den Kredit nicht weiter abzahlen und würde den Hof verlieren. Allein bei dem Gedanken daran wurde ihr schlecht, aber es musste sein. Sie musste um Hilfe bitten. Sie hatte bereits im Ohr, wie selbstzufrieden ihr Vater sagen würde, dass er doch genau diese Situation vorhergesehen habe. Dass der Hof einfach zu alt, zu heruntergekommen und schlicht nicht mehr wirtschaftlich sei.

»Wusste ich doch, dass ich dich hier finde«, erklang plötzlich Theos Stimme hinter ihr.

Hastig wischte sie sich die Tränenspuren von den Wangen.

»Hi«, sagte sie, als er sich zu ihr herunterbeugte.

»Du hast geweint? Was ist los? Geht es dir nicht gut? Deine Großmutter sagte nur, du seist irgendwo auf dem Hof unterwegs.« Er hockte sich vor sie und schaute ihr besorgt ins Gesicht.

Paula bemühte sich, ein wackeliges Lächeln aufzusetzen. »Mir geht es gut. Zumindest habe ich keinerlei Kopfschmerzen oder Ähnliches.«

»Was ist es dann?«

»Der Trecker war nicht versichert.« Unvermittelt brach sie in Schluchzen aus.

Theo zog sie vom Stuhl auf seinen Schoß. Er legte die Arme

um sie und schaukelte sie sanft hin und her. »Wie kann es sein, dass das Fahrzeug nicht versichert ist?«

Paula schniefte und wischte sich erneut die Tränen weg. »Mein Onkel starb, bevor er ihn versichern konnte. Mein Großvater war in der Zeit danach natürlich völlig durcheinander, und später nahm er sicher an, dass das bereits erledigt war. Er war in solchen Dingen immer sehr gewissenhaft. Onkel Bernard allerdings …« Hilflos zuckte sie mit den Schultern.

»Was für ein Mist. Und nun? Weißt du schon, wie teuer es wird?«

»Nach einer ersten groben Schätzung gut dreißigtausend Euro mit viel Luft nach oben.«

»Also Worst-Case-Szenario?«

»Ja. Genau das ist eingetroffen.«

»Soll ich dir das Geld leihen?«

»Was?!« Paula wandte sich zu ihm um und schaute ihm in die Augen. »Auf gar keinen Fall!«

»Warum nicht? Ich habe einiges gespart, schließlich wollte ich nach Kanada. Aber da sich das zerschlagen hat, wäre es überhaupt kein Problem.«

»Danke, aber nein. Geldgeschäfte unter Freunden sind für mich tabu. Ich habe keine Ahnung, wie lange ich brauchen werde, um das zurückzuzahlen, und wir wissen beide nicht, wie wir in einem Jahr zueinander stehen – oder früher.«

Unbehagliches Schweigen breitete sich zwischen ihnen aus.

»Du hast recht«, sagte er schließlich. »Aber woher willst du das Geld bekommen?«

»Wohl oder übel von meiner Familie«, antwortete sie knapp. »Wobei ich meine Brüder damit nicht behelligen werde. Jan hat gerade gebaut und ist sicher nicht flüssig, und Jakob möchte ich nicht das Gefühl geben, in den Hof eingebunden zu sein, bevor er sich überhaupt entschieden hat. Bleibt also mein Vater.«

»Oh!«, war alles, was Theo dazu sagte.

»Ja. Oh!«, stimmte sie ihm zu. »Ich werde gleich nach dem Mittagessen nach Düsseldorf fahren. Solche Angelegenheiten bringe ich am liebsten rasch hinter mich.«

»Du wirst ganz bestimmt nicht nach Düsseldorf fahren. Du hast eine Gehirnerschütterung. Außerdem braucht deine Hand noch Schonung.«

»Das ist genau das, was ich jetzt brauche!«, fauchte Paula. Sie löste sich von ihm und sprang auf. »Bevormundung werde ich genug bekommen, wenn ich bei meinem Vater zu Kreuze krieche, die brauche ich ganz bestimmt nicht auch noch von dir!«

Abwehrend hob er die Hände und stand ebenfalls auf. »Sorry, ich habe mich falsch ausgedrückt. Ich wollte damit eigentlich nur sagen, dass du nicht alleine fahren solltest. Ich nehme mir heute Nachmittag frei und bringe dich hoch.«

Plötzlich fühlte Paula sich erschöpft und ließ sich wieder auf den Gartenstuhl sinken. »Das würdest du tun?«

»Na klar. Selbst wenn wir nur befreundet wären, würde ich das tun.«

Er zwinkerte ihr zu, und Paula spürte, wie sich ein Lächeln auf ihrem Gesicht ausbreitete. Sie stand auf, legte ihm die Arme um die Hüften und schaute zu ihm auf. »Du hast mich heute noch gar nicht geküsst.«

»Nun, wenn das alles ist. Das ist eine meiner leichtesten Übungen.«

Zärtlich senkte er seine Lippen auf ihre, knabberte an ihrer Unterlippe, ehe er den Kuss intensivierte und sie fest an sich zog. Sehnsüchtig schmiegte sie sich an ihn und fühlte sich zumindest für diesen Moment sicher und getröstet.

Gleichmäßig schwenkten die Scheibenwischer hin und her, während sie sich unaufhaltsam der Düsseldorfer Innenstadt näherten. Über Mittag hatte sich der Himmel bezogen. Dichte graue Regenwolken zogen träge dahin, und ein steter Strom von Regentropfen klatschte gegen die Windschutzscheibe. Wie in Trance beobachtete Paula die schwarzen Wischblätter von Theos Van, bemüht, ihren Magen zu beruhigen. Allein bei dem Gedanken, gleich bei ihrem Vater kleine Brötchen backen zu müssen, wurde ihr schlecht, denn heute war keine Zeit für falschen Stolz. Heute ging es um ihre Existenz. Es würde ihr nichts nutzen, ihre Würde zu wahren, die Kanzlei dafür aber ohne Geld zu verlassen.

Als sie wieder einmal seufzte, legte Theo seine Hand auf ihren Oberschenkel. »Soll ich nicht doch lieber mitkommen?«, fragte er.

»Nein. Danke. Aber nein. Ich weiß, du meinst es gut, aber da muss ich alleine durch. Unter der Kanzlei ist ein wirklich schönes Café, da kannst du auf mich warten. Es dauert bestimmt nicht lange.«

»Meinst du?«, fragte er skeptisch.

Paula lachte humorlos auf. »Da bin ich ganz sicher. Mein Vater und ich sind uns nicht grün, von daher wird es kaum mehr als ein bisschen Small Talk geben, gefolgt von einem kurzen Streitgespräch. Er hasst es, wenn etwas seinen Zeitplan durcheinanderbringt. Deshalb wird er darauf drängen, schnell fertig zu werden.«

»Klingt nicht so, als sei er ein freundlicher Vertreter seiner Art.«

»Das kommt jetzt falsch bei dir an. Mein Vater kann auch sehr mitfühlend, charmant und zuvorkommend sein. Es sei denn, du handelst wider seinen Willen, dann wird er stur wie ein alter Ziegenbock.«

»Dann weiß ich ja jetzt, woher du deinen eisernen Willen hast.«

Paula boxte ihm spielerisch gegen die Schulter. »Pass auf, was du sagst, mein Freund.«

Theo grinste. »Auch wenn ich recht habe, wechsele ich freiwillig das Thema. Also, was ist mit deinen Brüdern? Willst du ihnen nicht wenigstens Hallo sagen?«

»Da habe ich schon Frau Ludwigs gefragt, die sind beide nicht im Haus. Jakob hat seinen freien Nachmittag, und Jan ist auf Dienstreise in Shanghai.«

»Shanghai? Ganz schön weit weg.«

»Im IT-Geschäft musst du mobil sein, und Jan liebt es zu reisen.«

Wenig später hatten sie den Wagen in der Tiefgarage des Geschäftshauses geparkt. Nachdem Theo den Fahrstuhl im Erdgeschoss verlassen hatte, fuhr sie weiter in die oberste Etage. Als sich die Aufzugtüren öffneten, prangte in großen silbernen Buchstaben auf der gegenüberliegenden, mit dunklem Holz vertäfelten Wand: Kanzlei Sassendorf, Internationales Wirtschaftsrecht, IT-Recht.

Hin- und hergerissen zwischen ihrer Nervosität und dem vertrauten Gefühl, zu Hause zu sein, öffnete sie die breite Eingangstür in dem Moment, in dem zwei Herren in gut sitzenden Anzügen die Kanzlei verlassen wollten.

»Danke schön«, murmelten sie unisono, als Paula ihnen die Tür aufhielt.

Nachdem die beiden an ihr vorbeigegangen waren, betrat sie den weitläufigen Eingangsbereich, der mit einem weichen cremefarbenen Teppichboden ausgelegt war. In einer Sitznische befanden sich vier rotbraune Ledersessel. Rechts von ihr erstreckte sich der lange Gang zu den verschiedenen Büros, und geradeaus befand sich eine geschwungene Theke aus rötlich schimmerndem Pflaumenholz. Alles war elegant und gediegen, doch sie sehnte sich jetzt schon nach ihren Gummistiefeln und den Wasserpfützen auf dem Pfad zur Streuobstwiese.

Doch es nützte alles nichts, da musste sie jetzt durch. Sie atmete tief ein und aus und schaute hinüber zu den beiden Rezeptionistinnen der Kanzlei, die an ihrem PC arbeiteten und gleichzeitig telefonierten. Nachdem eine von ihnen ihr Telefonat beendet hatte, trat Paula an den Tresen heran. »Hallo, Frau Ludwigs.«

»Frau Sassendorf!« Frau Ludwigs lächelte sie freundlich an. »Das ist aber schön, Sie mal wieder hier zu sehen.«

»Danke. Hat mein Vater schon Zeit?«

»Ja, Sie sind ja pünktlich. Die letzten Klienten sind gerade gegangen, die nächsten kommen erst in einer Viertelstunde. Gehen Sie einfach durch oder soll ich Sie begleiten?«

»Nein danke, ich kenne mich ja aus.« Mit einem freundlichen Nicken in Frau Ludwigs' Richtung machte Paula sich auf den Weg. Dass sie hier wie ein x-beliebiger Klient behandelt wurde, machte ihr schon zu schaffen, aber darüber wollte sie jetzt nicht nachdenken. Das Herz klopfte ihr bis zum Hals, und diese blöde Übelkeit wallte auch schon wieder auf.

Bevor sie an der Bürotür klopfen konnte, wurde sie auch schon von ihrem Vater geöffnet. »Paula! Wie schön, dich zu sehen!«

Das Lächeln auf seinem Gesicht erreichte nicht ganz seine Augen, und so versteifte sie sich bei seinem Versuch, sie zu umarmen.

Halbherzig brach er ab und tätschelte ihr ein wenig unbeholfen die Schultern. »Komm doch rein.«

Er machte einen Schritt zur Seite, und Paula betrat den Raum, den sie als Kind so sehr geliebt hatte. Ähnlich wie in seinem Arbeitszimmer zu Hause lag auch hier ein dicker blauer Wollteppich unter dem wuchtigen Schreibtisch. Auf einem der vielen Regale stand die obligatorische Kaffeemaschine in direkter Nachbarschaft zu einer in die Jahre gekommenen Musikanlage.

Anstatt zur gemütlichen Sitzgruppe führte ihr Vater sie zu dem Besucherstuhl vor seinem Schreibtisch und setzte sich dahinter. Deutlicher konnte er ihre derzeitigen Positionen nicht machen.

»Möchtest du etwas trinken?«, fragte er. »Einen Kaffee vielleicht? Oder ein Wasser?«

»Nein danke.«

»Nun.« Ihr Vater lehnte sich bequem zurück, sein Blick fiel auf ihre Schiene. »Was hast du mit deiner Hand gemacht?«

Paula räusperte sich. »Nur verstaucht, das wird wieder. Ähm.« Sie räusperte sich erneut. »Ich hatte einen Unfall mit dem Trecker.«

Nun trat echte Sorge in die Augen ihres Vaters. »Was ist passiert?«

»Eine blöde Sache, aber nichts Schlimmes. Nur der Sachschaden ist recht heftig«, sagte sie knapp.

Ihr Vater winkte ab. »Was ist mit dir? Geht es dir gut?«

»Alles okay«, spielte sie ihre Verletzungen herunter. Dass ihr ganzer Körper schwarz und blau war und jede Bewegung wehtat, musste sie ihm ja nicht erzählen.

»Eine Gehirnerschütterung?«

»Ja«, erwiderte sie und rutschte unruhig auf dem Stuhl hin und her. Sie wollte eigentlich nicht ins Detail gehen.

Ihr Vater kniff die Augen zusammen. »Warst du bewusstlos?«

»Nur ein paar Minuten«, wehrte sie seine Besorgnis ab.

»Vielleicht hättest du besser deinen Gesellen fahren lassen, du hast einfach noch nicht genug Erfahrung.«

Paula ballte ihre gesunde Hand zur Faust und biss die Zähne zusammen. Jetzt bloß ruhig bleiben und nichts Falsches sagen.

»Danke für deinen Rat, aber das hätte Finn genauso passieren können.«

»Und was führt dich zu mir?« Offensichtlich spürte ihr Vater, dass es besser war, nicht weiter auf diesem Thema herumzureiten.

»Der Trecker war nicht versichert.«

»Nicht versichert? Wie das?«

»Onkel Bernard hat damals keine Kasko für ihn abgeschlossen. Der Trecker wurde erst wenige Tage vor seinem Tod ausgeliefert, und offensichtlich ist er nicht mehr dazu gekommen, sich um die Versicherung zu kümmern.« Paula zuckte mit den Schultern und zwang sich, den Augenkontakt mit ihrem Vater zu halten.

Der wartete einen Moment, ehe er antwortete: »Das heißt, du brauchst Geld.«

Sollte sie so leicht davonkommen? Sie war so angespannt, dass ihr der Schweiß den Rücken hinunterlief. »Ich denke, mit 30 000 Euro müsste ich auskommen. Natürlich nur leihweise und mit einer angemessenen Verzinsung.«

»Soso«, sagte er und lehnte sich im Stuhl zurück, nur um sich im nächsten Moment wieder nach vorn zu beugen. »Du glaubst doch nicht im Ernst, dass ich dir einfach so Geld leihe?«, fragte ihr Vater gefährlich leise. »Für einen Unfall, von dem du deiner Mutter übrigens ganz offensichtlich noch nichts erzählt hast!«

Seine Stimme war laut geworden, und Paula musste sich bemühen, diesen Ausbruch so emotionslos wie möglich zu überstehen. Ein flaues Gefühl breitete sich in ihrem Magen aus. Von daher sagte sie gar nichts, sondern wartete einfach ab.

»Hättest du uns auch davon erzählt, wenn du kein Geld gebraucht hättest?« Er schüttelte den Kopf. »Paula, Paula, was ist bloß los mit dir? Seitdem du Alex verlassen hast, scheinst du alle

Bodenhaftung verloren zu haben. Du lebst in Wolkenkuckucksheim und verschließt deine Augen vor dem realen Leben.«

»Wie bitte?« Jetzt brauste auch Paula auf. »Ich arbeite jeden Tag von morgens früh bis abends spät! Ich liege nicht nur auf der Wiese herum und faulenze! Nur weil die Arbeit, die ich mache, dir nicht passt, ist es noch lange keine Faulenzerei!«

Ihr Vater winkte ab. »Natürlich arbeitest du. Und wahrscheinlich wirklich viel. Aber wofür? Das ist doch ein Hirngespinst, mit diesem alten Hof noch einmal ordentlich Geld zu verdienen. Die Zeiten sind lange vorbei. Wir wissen beide, dass Bernard nicht gut gewirtschaftet hat. Und dein Großvater war zu alt, um das Steuer noch einmal herumzureißen.«

Paula bemühte sich, die Fassung zu bewahren, und antwortete ganz ruhig. »Ich weiß, der Hof hat derzeit keine solide Grundlage. Aber ich habe ein Konzept und auch schon mit der Umsetzung begonnen. Außerdem ist viel Geld nicht alles, was im Leben zählt.«

»Du hättest bei Alex bleiben sollen«, sagte ihr Vater. »Ihr hattet so ein schönes Leben. Dir hat es an nichts gemangelt, Alex war immer großzügig.«

»Falls es dir entgangen sein sollte, Alex hat mich verlassen, nicht umgekehrt«, presste Paula hervor.

»Na und? Du hättest um ihn kämpfen können. Sicher wäre er zu dir zurückgekehrt.«

»Ich weiß, dass du nichts von meinen Ideen hältst und offensichtlich auch nicht viel von mir als Frau, denn sonst würdest du nicht auf die Idee kommen, ich sollte lieber um einen Mann kämpfen, der mich nicht will, anstatt mich auf eigene Füße zu stellen und mein Leben selbst zu gestalten!« Die letzten Sätze hatte sie fast geschrien.

Ihr Vater musterte sie kühl. »Dann solltest du auch jetzt zusehen, wie du ohne die Unterstützung eines Mannes weitermachst.

Nämlich ohne meine. Ich werde dir das Geld nicht geben, Paula. Und wenn du den Hof an die Bank verlierst, wird dir das eine Lehre sein, wie man mit Geld umgeht und welche Investitionen man besser nicht tätigt.«

Sie schaute ihn fassungslos an. Benommen richtete sie sich auf. Das hätte sie nie von ihm erwartet.

»Ist das dein letztes Wort?«, fragte sie.

»Ja«, sagte er und sah dabei aus, als würde es ihm Schmerzen bereiten und nicht ihr.

Paula drehte sich wortlos um und verließ den Raum. Eine Angst, wie sie sie noch nicht gekannt hatte, machte sich in ihrem Herzen breit: Sie würde den Hof verlieren, den Hof ihrer Großeltern.

»Was hat er gesagt?« Theo schaute ihr besorgt entgegen, als sie das Café betrat.

»Er hat abgelehnt.« Paula ließ sich neben ihn auf die gepolsterte Bank fallen und lehnte ihren Kopf an seine Schulter.

»Er hat abgelehnt? Einfach so?«

»Nicht einfach so.« Sie lachte trocken auf. »Es soll mir eine Lehre sein, damit ich lerne, mit Geld umzugehen.«

»Das hat er gesagt?«

Paula nickte. Der Kloß in ihrem Hals hatte inzwischen gigantische Ausmaße angenommen, und sie fürchtete, jeden Augenblick in Tränen auszubrechen.

»Können wir bitte zurückfahren?« Sie schämte sich dafür, wie unsicher ihre Stimme klang.

»Klar.« Theo legte ihr einen Arm um die Schulter und drückte sie an sich. »Wir kriegen das schon hin.«

Nur zu gern hätte sie Theos Zuversicht geteilt, aber da war kein Drandenken. Wenn sie Glück hätte, würde die Bank den Kreditrahmen erhöhen, aber sicher nur zu einem saftigen Zinssatz. Sie hatte keine Ahnung, wie sie diese Kosten in Zukunft stemmen sollte. Nur langsam fand sie regelmäßige Abnehmer für ihren Käse, aber ihre Kunden brauchten jeweils nur relativ kleine Mengen, weshalb es ein großer Aufwand war, den Käse für den geringen Umsatz überhaupt auszufahren.

Aber sie war bereit, alles an Kraft aufzubringen, was sie zu bieten hatte, und glaubte fest daran, weitere Abnehmer zu finden und ihre Produktpalette auszubauen. Wenn erst die Apfelernte begann und die Blockhütten vermietet wären ...

Nur – könnte sie bis dahin überleben? Würde sie zumindest so viel verdienen, um die Zinsen zu bezahlen? An Tilgung wagte sie gar nicht erst zu denken.

Die Website für die Blockhäuser hatte sie vorgestern online gestellt. Sie hatte stundenlang recherchiert, welche Plattformen sich am besten für die Vermarktung anboten. Nun hoffte sie inständig, dass sie sich richtig entschieden hatte und schon recht bald erste Buchungen erfolgten.

Wieder setzte sich das Gedankenkarussell in Bewegung, und sie jonglierte mit den Zahlen, die sie seit Monaten begleiteten. Wenn, ja wenn alles so liefe, wie sie geplant hatte, dann wäre sie in wenigen Jahren aus den roten Zahlen raus. Aber wie sagte Mariele immer so schön? Willst du Gott lachen sehen, dann mach einen Plan. Und das hatte sich gerade erst wieder bewahrheitet.

»Wir können los.«

»Bitte?« Verwirrt schaute sie zu Theo hinüber.

»Ich habe bezahlt, wir können gehen«, wiederholte er.

Mühselig sortierte sie ihre ramponierten Knochen und stand auf. Schmerzen, die sie bis eben noch gar nicht wahrgenommen hatte, brachen sich plötzlich einer Flutwelle gleich Bahn und ließen sie mit zusammengebissenen Zähnen durch das Café Richtung Ausgang humpeln. Manchmal konnte das Leben wirklich ein Arschloch sein, und sie verspürte im Moment keinerlei Lust darauf, aus irgendwelchen Zitronen Limonade zu machen.

Acht Tage später hatte sich ihre Stimmung immer noch nicht gebessert. Das Gespräch mit den Bankmenschen war ein einziges Desaster gewesen. Wie erwartet, hatten sie ihr einen weiteren Kurzkredit bewilligt, allerdings zu einem saftigen Zinssatz. Wenn sie nicht schon in den Sommermonaten Urlaubsgäste auf dem Hof beherbergen konnte, bliebe ihr nichts anderes übrig, als Finn zu entlassen. Und wie sie die ganze Arbeit dann allein bewältigen sollte, stand in den Sternen.

Das Horrorszenario, das ihr Vater ihr am Tag der Beerdigung ihres Großvaters in den Kopf gepflanzt hatte, erschien ein weiteres Mal vor ihr. Sie sah deutlich vor sich, wie die Banker sich bereits während dieses Gesprächs unter dem Tisch die Hände rieben, in froher Erwartung einer baldigen Übernahme ihres Hofes und des wertvollen Grundstücks.

Paula seufzte, wie so oft in den letzten Tagen. Mit gleichmäßigen Strichen trug sie den Kalkanstrich auf die jungen Stämme der Apfelbäume auf, die sie im letzten Herbst gepflanzt hatte. Auch wenn jetzt eigentlich nicht die richtige Jahreszeit war, war dies eine der wenigen Arbeiten, die sie auch mit einer Hand erledigen konnte. Und selbst wenn sie diese Arbeit zum Winter wiederholen müsste, waren die empfindlichen Stämme zumindest schon vor Wildverbiss geschützt.

Sie hielt inne, trat einen Schritt zurück und lenkte ihren Blick den Hang hinauf, über die Apfelbäume hinweg, die seit Anfang Juni langsam, aber stetig ihre üppigen grünen Kronen ausgebildet hatten. Schon bald gab es die ersten Früchte, und es würde sich zeigen, ob es dieses Jahr eine gute Ernte gab. Bis die jungen

Bäume trugen, würde es noch ein paar Jahre dauern, aber mit einem reichhaltigen Ertrag der älteren Bäume wäre sie in diesem Herbst schon beschäftigt genug. In den nächsten Tagen musste sie sich dringend an ihren Computer setzen und weitere Abnehmer für ihre Produkte finden, dazu hatte sie sich die letzten Tage nicht aufraffen können. Sie konnte sich einfach nicht konzentrieren, weil in den Momenten, in denen sie sich nicht mit körperlicher Arbeit ablenkte, immer wieder heiße Panik in ihr aufstieg, die ihren Brustkorb wie ein Schraubstock umklammerte.

Allein der Gedanke daran ließ ihre Atmung stocken, sodass Paula rasch mit dem Anstrich fortfuhr. Morgen kam die blöde Schiene ab, und sie würde endlich wieder ordentlich mit anpacken können. Eigentlich hatte sie schon vorgestern kaum noch Schmerzen gehabt, als sie bei der Untersuchung gewesen war. Aber der Arzt hatte verordnet, die Schiene weitere drei Tage zu tragen, damit sich das Handgelenk in Ruhe erholen konnte. Und was war mit ihrer Ruhe? Nahm irgendjemand Rücksicht darauf, ob sie auch zur Ruhe kam?

Wütend klatschte sie den Pinsel in den Farbtopf, sodass die Kalk-Kleister-Mischung in alle Richtungen spritzte. Doch das war ihr egal. Paula nahm den Eimer und stapfte mit festen Schritten den Hang hinauf. Sie brauchte jetzt dringend eine Pause, um wieder runterzukommen, und die bekäme sie am besten auf ihrem klapprigen Gartenstuhl unter ihrem Lieblingsbaum.

Schon in dem Moment, in dem sie sich hinsetzte, spürte sie, wie alles Schwere, aller Ärger langsam von ihr abfielen. Sie schloss die Augen und lehnte ihren Kopf an den knorrigen Stamm. Hier konnte sie stundenlang sitzen und nichts tun, ohne dass sich die Panik ihres Körpers bemächtigte. Hier konnte sie ihre Gedanken loslassen und einfach nur sein.

Für so ein Erlebnis flogen andere Leute bis nach Indien, sie selbst fand es in den Höhenlagen der Eifel.

Plötzlich erklang Theos Stimme hinter ihr. »Störe ich?«

Ja, dachte sie brummig, du störst. Am liebsten wollte sie niemanden sehen und hören, sondern einfach nur genießen, dass ihre Gedanken endlich zur Ruhe kamen. Aber in den letzten Tagen war sie bereits zur grummeligen Einsiedlerin mutiert, und vor allem Theo hatte das zu spüren bekommen.

Also öffnete sie widerwillig die Augen und zwang sich sogar zu einem kleinen Lächeln, als sie sich zu ihm umwandte. »Nein, nein, alles gut, ich ruhe mich nur ein bisschen aus.«

Theo hockte sich neben sie. »Wie geht es dir heute?«

»Wenn du meine Hand meinst, die macht mir keine Probleme mehr, der Rest ...« Sie schnaubte und zog die Mundwinkel nach unten.

»Es nutzt nichts, wenn du dir dauernd Vorwürfe machst oder dich damit marterst, wie du das Geld aufbringen sollst ...«

»Ach?«, unterbrach sie ihn heftig. »Das ist ja mal was ganz Neues. Meinst du, ich solle lieber tanzend und pfeifend durch die Gegend hüpfen, bis mir die Bankleute den Hof unterm Hintern wegziehen?«

Aber Theo ließ sich durch ihren Groll nicht aus der Ruhe bringen. »Nein, ich meine, du solltest endlich das Geld annehmen, das ich dir schon seit Tagen anbiete.«

»Ach, Theo, das hatten wir doch schon hundertmal! Ich möchte mir von dir kein Geld leihen! Auch, wenn es total nett von dir ist, dass du mir das anbietest«, beschwichtigte sie ihren Ausbruch.

»Ich verstehe einfach nicht, warum du lieber der Bank hohe Zinsen in den Rachen schmeißt, anstatt das Geld von mir zu nehmen«, verteidigte er sein Angebot mit Nachdruck.

»Weil ich keine Geldgeschäfte mit Freunden mache. Nenn es spinnert oder weltfremd, aber mir sind meine Freundschaften zu wichtig, als dass sie plötzlich in Streitereien ausarten, weil irgendwas mit den Finanzen ist.«

»Bei mir wäre das doch was anderes«, brummte Theo. »Das Geld liegt nur auf dem Konto herum, und vorläufig habe ich überhaupt keine Verwendung dafür.«

»Das kann sich aber schlagartig ändern, und dann stehst du da und überlegst, wie du das Geld am besten von mir zurückbekommen kannst. Nein, glaub mir, so ist es am besten.«

Theo rollte mit den Augen, erwiderte aber nichts. Dann setzte er sich im Schneidersitz ihr gegenüber aufs Gras und schaute sie nachdenklich an.

»Was ist los?«, fragte sie irritiert. »Habe ich Kalkreste im Gesicht?«

»Nein, ich überlege nur, wie wir deine Stimmungslage ändern könnten. Ich denke, es wäre an der Zeit, mal wieder zu feiern.«

Erst wollte sie die Augen verdrehen, denn nach Feiern war ihr jetzt gerade nun wirklich nicht zumute. Dann blitzte jedoch in ihrem Kopf ein Gedanke auf – doch bevor sie ihn fassen konnte, war er schon wieder in der Dunkelheit ihrer Gedankenwelt verschwunden.

»Feiern?« Irritiert von dem, was sich eben in ihrem Kopf abgespielt hatte, ließ sie es bei dieser Gegenfrage bewenden.

»Ja, feiern. Einen draufmachen. Am besten mit viel Alkohol. Beim Jupp. Oder wir fahren nach Aachen und ziehen durch die Kneipen, gehen tanzen und übernachten in einem schönen Hotel. Ich lade dich ein«, schob er schnell hinterher.

»Theo«, sagte sie mit dem letzten bisschen Geduld, das sie noch aufbrachte, »ich bin wirklich nicht in der Stimmung, um ausgelassen zu feiern. Aber danke für das Angebot.«

Er schwieg einen Moment, dann sagte er sanft: »Egal, was passiert, ich bin für dich da. Aber es macht mich traurig, dich so mutlos zu sehen. Willst du diesen Zustand tatsächlich so lange pflegen, bis sich die Situation in die eine oder andere Richtung entscheidet?«

»Es ist nun wirklich nicht so, als würde ich diesen Zustand pflegen«, entgegnete sie heftig. Mit Menschen, die sich in Selbstmitleid suhlten, hatte sie noch nie etwas anfangen können. Wobei, wenn sie recht überlegte, war an Theos Behauptung vielleicht doch etwas dran. Sie hatte wirklich miese Laune und gab sich keinerlei Mühe, sie vor ihren Mitmenschen zu verbergen.

Sie atmete tief durch, als sie erschrocken feststellte, dass sie tatsächlich mitten in einem tiefen Schlamm aus Selbstmitleid, Wut und Trauer steckte.

»Du kannst nichts verändern, wenn du immer nur das bedauerst, was du nicht haben kannst.«

»Ja, ja. Du hast ja recht«, stimmte sie ihm zähneknirschend zu.

»Also gut. Dann lass uns zumindest heute Abend zum Jupp gehen. Wir essen ein leckeres Schnitzel, trinken ein Glas Wein und reden mal über etwas anderes als Käse, Äpfel oder Blockhütten.«

Käse, Äpfel und Blockhütten, war alles, was ihr Hirn registrierte, und plötzlich schien es, als würden sich alle Puzzleteilchen zusammenfügen.

»Theo!«, schrie sie und sprang auf. »Du bist grandios!«

Sie stürzte sich auf ihn, schlang ihre Arme um seinen Hals und bedeckte sein Gesicht mit Küssen.

Schließlich lagen sie im Gras, und Theo grinste sie an. »Womit habe ich das verdient?«

Paula richtete sich auf und blieb mit gegrätschten Beinen auf ihm sitzen. »Du hast mich auf eine Idee gebracht. Wir werden feiern!«

»Ach?«

»Wir feiern ein Hoffest!«

»Ein Hoffest?«

»Ja! Meine Produkte brauchen Abnehmer, aber die müssen erst einmal wissen, dass man diese leckeren Sachen bei mir kaufen kann.«

Sie sah, wie Theo seine Stirn in Falten zog. »Wird das nicht sehr teuer?«

Paula ließ sich neben ihm ins Gras fallen und schaute nachdenklich in die Baumkrone. »Wir müssen es irgendwie schaffen. Das wäre die Chance für mich.«

»Also gut.« Theo wandte sich ihr zu, stützte sich auf seinen Ellbogen und lächelte sie an. »Dann schaffen wir das. Heute Abend gehen wir zum Jupp, und da halten wir eine Krisensitzung ab – in Feierlaune«, betonte er und hob drohend den Zeigefinger.

»Versprochen. Nennen wir es Brainstorming anstatt Krisensitzung, und schon fühlt es sich besser an.«

Sie schlang ihm erneut einen Arm um den Hals und zog ihn zu sich heran. »Was meinst du, wie könnten wir den Rest meiner Pause am besten nutzen?«

»Ich denke, dazu fällt mir spontan etwas ein.« Er beugte sich über sie und küsste sie zärtlich auf den Mund.

Als sich gegen zehn die Wirtschaft geleert hatte, kamen auch Jupp und Mariele zu ihnen an den Tisch. Da sie bereits ihre Schnitzel gegessen und schon ein wenig mehr als nur ein Glas Wein getrunken hatten, fühlte sich Paula deutlich entspannter als am Vormittag. Der Tag war stetig besser geworden, seit Theo gekommen war.

»Also, was ist los? Krisensitzung?«, fragte Jupp und zog einen Stuhl heran.

»Brainstorming«, verbesserte Paula zwinkernd. Dann atmete sie tief durch und erklärte mit fester Stimme: »Ich möchte ein Hoffest machen.«

»Ein Hoffest?« Mariele setzte sich ihr gegenüber. »Wann?«

Paula freute sich, dass Mariele gar nicht nach dem Wie und Warum fragte, sondern sofort bei der Sache war. »Nun, ein paar Wochen brauchen wir schon, um es vorzubereiten. Mitte Juli?«

»Mitte Juli? Das klingt gut. Dann hätten wir noch knapp vier Wochen Zeit für die Vorbereitungen«, stimmte Mariele ihr zu.

»Und außerdem sind da bereits die ganzen Sommertouristen unterwegs«, warf Theo ein.

»Es darf leider nicht viel kosten, denn in meinem Portemonnaie ist nun mal Ebbe. Deshalb brauche ich Tipps, wie wir das am besten aufziehen, und so viel Hilfe, wie ihr geben könnt – vorausgesetzt, ihr seid dabei.«

»Aber klar doch! Hast du dir denn schon irgendwelche Gedanken gemacht, wie das Fest aussehen könnte?«, wollte Jupp wissen.

»Ich würde auf jeden Fall meine Käserei zeigen, damit die Leute sehen können, wo der Käse hergestellt wird, den sie dann auch bitte kaufen sollen. Außerdem natürlich die Ziegen. Wenn das Wetter schön ist, könnten die Besucher sie auf der Weide beobachten, die Kinder könnten die Tiere streicheln, und es macht wirklich Spaß, ihnen beim Herumtollen zuzuschauen.«

Während sie weiter nachdachte, trank sie einen weiteren Schluck von ihrem Wein. »Außerdem würde ich natürlich die Blockhütten öffnen. Bis dahin bin ich sicher auch mit der letzten fast fertig.«

»Und beim Bau der Terrassen könnten mir die Gäste während der Arbeit über die Schulter schauen«, warf Theo ein.

»Und natürlich die Streuobstwiesen. Dort müsst ihr auch irgendeinen Stand hinstellen«, warf Mariele ein. »Schließlich sollen sie sich dort auch aufhalten und sehen, wo dein Obst wächst, das du in deinen Produkten verarbeitest.«

Paula nickte zustimmend. »Ganz genau. Aber wäre es nicht schön, wenn wir dort auch ein paar Pavillons aufbauten? Das stelle ich mir so richtig romantisch vor.«

Sie schloss die Augen und hatte sofort den Blick vom Rand der Streuobstwiesen hinunter ins Tal vor Augen. Die kräftig grünen Baumkronen mit den reifenden Früchten, dazwischen die Beerensträucher, an denen sich die Gäste bedienten, und ganz vereinzelt die Dächer der Pavillons, unter denen man im Schatten verweilen und den Ausblick genießen könnte. »Für den Abend könnten wir noch Lichterketten und Laternen in die Bäume hängen.«

»Das sind ja schon ganz schön viele Ideen, die du da hast.« Jupp strich ihr freundschaftlich über die Wange, ehe er einen Schluck von seinem Bier nahm. »Was haltet ihr davon, wenn ich ein paar von meinen Schmugglergeschichten aus dem Monschauer Land erzähle?«, fragte er schließlich.

Mariele verdrehte die Augen, aber Paula gefiel die Idee sehr gut. »Bloß, weil wir die Geschichten schon kennen, heißt das nicht, dass die Idee schlecht ist. Wir könnten eine Ecke für Kinder einrichten, in der Jupp seine Geschichten erzählt«, wandte sie sich an ihre Freundin. »Kinder lieben Schmugglergeschichten, und ihre Eltern könnten in Ruhe Kaffee trinken.«

Nachdenklich zog sie die Stirn in Falten. Zu schade, dass sie ihr Hofcafé noch nicht hatte, das wäre jetzt ideal, vor allem, wenn das Wetter nicht mitspielte.

»Wie wäre es mit der Fahrzeugscheune?«

Sie schaute Theo an. »Was meinst du?«

»Da wäre mehr als genug Platz. Den Maschinen macht es nichts aus, wenn sie im Sommer im Freien stehen, und du hättest genug Platz für Tische und Stühle, um die Leute zu bewirten.«

»Die Fahrzeugscheune.« Das war wirklich eine gute Idee. »Da hätten wir massig Platz, um Bierbänke und Tische aufzustellen.«

»Warum machst du nicht gleich ein richtiges Café daraus?« Verwirrt schaute sie Mariele an.

»Du wolltest doch immer schon ein Hofcafé«, sprach Mariele einen ähnlichen Gedanken aus, wie Paula ihn eben gedacht hatte. Das wäre doch eine prima Möglichkeit, auszuprobieren, wie es funktioniert!«

»Wie soll ich denn in der Fahrzeugscheune ein Café einrichten? Ohne Geld für Möbel, einen Tresen oder Schränke? Für einen Tag lohnt sich das doch überhaupt nicht. Und vorläufig kann ich mir nicht leisten, irgendjemanden einzustellen.«

»Ganz einfach. Im Internet werden ganz viele Sachen zum Verschenken angeboten. Du wirst dich wundern, was da alles angeboten wird. Du brauchst nicht mehr als einen Hänger oder einen Transporter, um die Sachen abzuholen. Und nach dem Hoffest kannst du die Sachen in der Fahrzeugscheune lagern, bis dein Café tatsächlich steht.«

Paula spürte, wie es in ihrem Bauch zu kribbeln begann. Ihr Hofcafé könnte Wirklichkeit werden!

Sie sprang spontan auf und fiel ihrer Freundin um den Hals. »Du bist einfach die Beste! Genial! Ein Hofcafé, ich fasse es nicht!« Ausgelassen hüpfte sie durch die Gaststube.

»Schön zu sehen, wie du dich freust.« Auch Mariele grinste übers ganze Gesicht.

»Da hat sich der Abend doch schon gelohnt.« Jupp hob sein Glas und prostete ihr zu.

»Das klingt alles schon gut, aber wir brauchen irgendwie noch ein spezielles Angebot.« Paula setzte sich wieder auf ihren Platz.

Theo sah sie an. »Wie meinst du das? Einen speziellen Kuchen, oder was?«

»Nein, irgendetwas, das die Leute animiert, auch von weiter her zu kommen. Irgendetwas Besonderes.«

»Die Besonderheit auf deinem Hof ist doch die Käserei«, meinte Jupp. »Was hältst du davon, den Leuten zu zeigen, wie du den Käse machst?«

Paula dachte einen Moment darüber nach, ehe sie rief: »Noch besser, ich lasse sie mitmachen! Jupp, was für eine Idee!« Sie drückte ihm spontan einen herzhaften Kuss auf den Mund. »Ich werde alles so vorbereiten, dass unsere Besucher ihren Käse selber machen können. Denn …«, Paula machte eine Kunstpause und fuchtelte bedeutungsschwer mit dem Zeigefinger, »denn um den Käse abzuholen, müssen sie ein weiteres Mal kommen!«

Mariele klatschte in die Hände. »Grandios!«

»Klingt wirklich nach einem guten Plan«, stimmte auch Theo zu, wobei Jupp sie einfach nur an sich drückte.

»Es kommt viel Arbeit auf uns zu, seid ihr dabei?«, fragte Paula schließlich in die Runde.

»Klar! Natürlich. Sicher«, stimmten alle zu.

»Ich werde mich morgen gleich hinsetzen, recherchieren und einen Plan machen. Dann sehen wir, wer von euch mir wann wobei helfen kann.«

»Klingt vernünftig«, meinte Jupp und trank sein Glas leer.

Es war spät geworden, und so machten sie sich bald darauf auf den Heimweg. Paula ließ in ihren Gedanken das Gespräch mit ihren Freunden Revue passieren. Es waren viele gute Ideen zusammengekommen, und sie sah bereits lebhaft vor sich, wie ihr Café aussehen würde. Man konnte die Fahrzeugscheune mit Apfelzweigen und Lichterketten schmücken, mit alten Lampenschirmen und gemütlichen Sofas. Gefüllt mit fröhlichen Menschen, Stimmengewirr, Kaffeeduft und dem betörenden Aroma frisch gebackener belgischer Waffeln, würde dort eine ganz besondere Atmosphäre entstehen. Ja, belgische Waffeln, die sollte es auf jeden Fall geben. Und vielleicht hatten sie Glück und konnten bereits die ersten Brombeeren ernten. Dann bekämen die belgischen Waffeln noch ein Häubchen aus Brombeersahne. Mmh, ihr lief jetzt schon das Wasser im Mund zusammen. Natürlich durften auch Monschauer Dütchen nicht fehlen. Dazu frische Beeren und ein mittlerer Berg Schlagsahne. Einfach nur lecker. Sie merkte schon: Kalorienarm wäre ein Besuch in ihrem Café nicht.

Dann schweiften ihre Gedanken wieder zur Bewirtung. Sie sollten eisgekühlten Pfefferminztee anbieten, ihr Lieblingsgetränk an heißen Sommertagen. Vielleicht hätte sie ja Glück und fände noch eine günstige Cafetière, um auch ihren geliebten Espresso anbieten zu können, dessen Zubereitung sie zumindest sonntags morgens immer voller Vorfreude zelebrierte. Zudem würde sie einen kleinen Gaskocher aufstellen und den Kaffee ganz einfach filtern, so schmeckte er schließlich am besten. Für den Notfall, wenn zu viele Gäste auf einmal kämen, würde sie sich einfach ein paar normale Kaffeemaschinen leihen. Dabei fiel ihr ein, dass sie sich noch um die Stromversorgung kümmern müsste. Es wäre eine Katastrophe, wenn die Geräte plötzlich keinen Saft mehr hätten. Am besten rief sie gleich morgen früh beim Hubert an, damit er sie beraten konnte.

Das war der große Vorteil, wenn man in einem Dorf wohnte: Elektriker, Dachdecker, Installateur oder Rechtsanwalt, alles traf sich abends in der Kneipe oder auf den verschiedenen Dorffesten, die während der Sommermonate im ganzen Umkreis stattfanden. So hatte man rasch ein ganzes Netzwerk an guten Bekannten, von denen man wusste, dass sie einen nicht über den Tisch zogen. Wobei sie natürlich besonders von dem Netzwerk profitieren konnte, das ihre Großeltern über Jahrzehnte gepflegt hatten.

Jupp würde zum Fest sogar seine Wirtschaft schließen, damit er und Mariele helfen konnten, hatte er vorhin versprochen. Ein warmes Gefühl breitete sich in ihr aus. Es tat so gut, Freunde zu haben, auf die sie sich blind verlassen konnte.

Erst als Theo und sie den Hof betraten, fiel ihr auf, dass sie auf dem ganzen Weg kein Wort miteinander gewechselt hatten. Offenbar schien er ebenso in Gedanken versunken zu sein wie sie.

»Das war wirklich ein erfolgreicher Abend, oder?«, fragte sie ihn schließlich, als sie vor der Haustür standen.

»Hm«, brummte er.

»Stimmt irgendwas nicht?«

»Was sollte denn nicht stimmen?«

Irrte sie sich, oder klang seine Stimme sarkastisch?

»Ist dir irgendeine Laus über die Leber gelaufen?«

»Kannst du dir das nicht denken?«

Oh ja, Theo war eindeutig verstimmt, das spürte sie jetzt ganz genau. Er hatte die Augenbrauen hochgezogen und schaute sie mit durchdringenden Blicken an.

Obwohl sie sich bemühte, das Haar in der Suppe zu finden, fiel ihr nichts ein. »Wir hatten doch einen schönen Abend, und das Gespräch mit Jupp und Mariele war äußerst effektiv.«

»Nicht nur das, oder?«

Inzwischen standen sie vor der Haustür, und sie wandte sich um, damit sie ihm ins Gesicht sehen konnte. Theo machte einen weiteren Schritt auf sie zu und lehnte sich mit einer Hand gegen die Tür. Dabei kam er ihr mit seinem Gesicht so nah, dass sie den Kopf unwillkürlich ein Stück zurückzog.

»Was ist bloß mit dir los?«, fragte sie verwirrt.

Mit jeder Faser ihres Körpers spürte sie seine Anspannung. Wie ein wildes Tier vor dem Sprung baute er sich vor ihr auf, die Augen funkelnd vor Begehren, während eine steile Zornesfalte seine Stirn durchfurchte.

Wohlige Schauer der Erregung schossen durch ihren Körper und schränkten ihr Denken deutlich ein.

»Ich nehme an, es fällt dir überhaupt nicht auf.«

»Wie bitte?« Paula versuchte, sich zu konzentrieren, ohne dem Impuls nachzugeben, die Hände an seine Brust zu legen und ihn an sich zu ziehen. »Was sollte mir denn auffallen?«

»Wie Jupp dich die ganze Zeit anbaggert.«

»Was?«, lachte sie. »Jupp ist mein Freund, er ist einfach nur nett.«

»Nett, von wegen!« Theo schnaubte ungehalten. »Meine Süße hier, ein Wangenstreichler da. Dazu noch ein Küsschen, eine Umarmung und ein tiefer Blick. Merkst du wirklich nicht, was da läuft?«

Inzwischen hatte er auch seine linke Hand auf der anderen Seite ihres Kopfes abgestützt und stand breitbeinig und muskulös im Türrahmen.

Paula fiel das Atmen zunehmend schwer. Dieser Mann machte sie völlig kirre. Was hatte er gesagt? Ihr Hirn wirkte plötzlich wie mit Nebelschwaden durchsetzt und erlag einem kompletten Blackout. Sollte sie nicht etwas erwidern?

Als er seinen Kopf plötzlich senkte und sie küsste, setzte ihr Gedankenkarussell völlig aus, während sie sich instinktiv an ihn drückte und mit den Händen in seine Haare fuhr.

Es ließ sich kaum als einfachen Kuss bezeichnen, was sich in diesem Moment zwischen ihnen abspielte. Die pure Energie tobte zwischen ihnen und schien sich im Spiel ihrer Münder zu entladen. Wut, Irritation und Lust verbanden sich zu einem Orkan der Gefühle, die nun ein Ventil suchten. Aber ein Kuss würde nicht reichen. Sie zogen und zerrten bereits an der Kleidung des anderem herum, als Paula plötzlich merkte, wie sich die Tür hinter ihr öffnete. Ohne sie loszulassen, dirigierte Theo sie durch den Flur in ihr Zimmer. Ihr blieb gerade noch genug Zeit, die Tür hinter ihnen zu schließen, gegen die Theo sie sanft, aber mit Nachdruck presste, um ihren Hals zu küssen. Sie stöhnte, öffnete mit flinken Fingern sein Hemd und streichelte seine nackte Brust. Doch für Theo war dies offenbar nicht der Moment für Feinheiten, denn er zog sie weiter ins Zimmer hinein und gab ihr einen leichten Stoß, sodass sie gemeinsam aufs Bett fielen. Bevor sie sich über seine Ungeduld wundern konnte, fand ihr Körper instinktiv in denselben Rhythmus, und sie fielen übereinander her. Für die nächsten paar Stunden stellte ihr Gehirn die Arbeit ein, während die Leidenschaft die Regie übernahm.

Einige Tage später spürte sie immer noch ein lustvolles Sehnen, wenn sie an diese denkwürdige Nacht zurückdachte. Selbst jetzt, wo sie gemeinsam mit ihrer Großmutter in der Küche stand und den durchgezogenen Kräuterlikör in Flaschen füllte, erlaubte sie ihren Gedanken nur zu gern, zu jenem Abend zurückzukehren. Zuerst hatte sie gar nicht verstanden, was Theo für ein Problem mit Jupp hatte, bis ihr schließlich aufging, dass er schlicht eifersüchtig war. Eifersüchtig bis unter die Haarspitzen.

Ein breites Grinsen zog sich über ihr Gesicht, als sie daran dachte, wie sehr Theo sich ins Zeug gelegt hatte, um ihr zu beweisen, dass er der Richtige für sie war. Auch jetzt wieder beschleunigte sich ihr Puls, als die Bilder auftauchten, die sich in jener Nacht in ihr Hirn gebrannt hatten. Dass Theo ein einfühlsamer, leidenschaftlicher und einfallsreicher Liebhaber war, hatte er spätestens da unter Beweis gestellt.

»Denkst du gerade an etwas Schönes?«, fragte ihre Mémère und riss sie unsanft aus ihrem Schwelgen.

»Äh … ja«, gab sie zu, wobei sie spürte, wie eine flammende Röte über ihr Gesicht zog.

»Den Eindruck hatte ich auch.« Ihre Großmutter schenkte ihr ein verschmitztes Lächeln. »Und demnächst, wenn Theo so lange bleibt, schick ihn nicht ohne Frühstück weg. Wir führen schließlich ein gastfreundliches Haus, das sollte dir eigentlich schon deine Mutter beigebracht haben«, fügte sie trocken hinzu.

Paula musste sich zusammenreißen, damit ihr nicht die Kinnlade runterfiel. Sie sollte Theo Frühstück anbieten? Nach einer gemeinsamen Nacht? Wo war die Großmutter geblieben, die sie bisher gekannt hatte, die jeden Jugendfreund nach dem Abendessen mit Nachdruck vor die Tür setzte?

»Ist es nicht erstaunlich, was die Leute heutzutage alles wegwerfen?«, fragte die Großmutter, als ob sie nicht gerade Paulas Welt zum Wanken gebracht hätte. »Wenn du diese Flaschen neu kaufst, kostet eine allein mehrere Euro.«

Paula räusperte sich und beschloss, erst einmal den Mund zu halten. Vielleicht hatte sie damals ja auch die Meinung ihrer Großmutter ihrem Ex-Freund Alex gegenüber falsch gedeutet. Sie hatte schlicht angenommen, dass ihre Mémère eben aus einer anderen Zeit stammte und zudem streng katholisch war, weshalb sie ihn in einem anderen Zimmer einquartierte, weil sie ja nicht miteinander verheiratet waren. Jetzt war sie sich da überhaupt nicht mehr sicher. Doch bevor sie sich noch lange darüber den Kopf zerbrach, sollte sie dieses Geschenk wohl lieber annehmen, anstatt es weiter zu hinterfragen.

»Ganz recht«, stimmte sie Großmutter Claire von daher zu und freute sich, das Thema wechseln zu können, »es ist wirklich kaum zu fassen, dass diese ganzen Sachen sonst im Müll gelandet wären.«

In den letzten drei Tagen war schon einiges für ihr Café zusammengekommen, aber gestern hatten sie das beste Schnäppchen gemacht. Nachdem ihre Freunde sämtlichen Bekannten erzählt hatten, wonach sie suchte, hatten schon bald die Ersten angerufen und Möbel und Geschirr zum Abholen bereitgestellt. Gestern meldete sich bei Jupp schließlich der Vater des Schwagers eines Freundes und erklärte, sie würden das Haus der Großmutter ausräumen, und im Keller stünden noch viele Gläser, ob sie die gebrauchen könnten?

Als sie gemeinsam mit Mariele hinfuhr, um sich diese Gläser näher anzuschauen, stellten sie sich als gigantisches Konvolut an Einmachgläsern und Flaschen heraus. Offenbar hatte ebenjene Großmutter ebenfalls die Früchte ihres Gartens eingekocht oder zu Likör verarbeitet, und Paula konnte ihr Glück kaum fassen.

Mehr als eine Kofferraumladung voll hatten sie mitnehmen dürfen, und der Sohn der Verstorbenen wollte dafür nicht mehr als ein paar Gläser selbst gemachte Marmelade.

»Für mich hat sich das Internet wirklich als wahrer Segen herausgestellt. Und die Dorfgemeinschaft natürlich.« Paula verschloss die letzte Flasche Kräuterlikör und stellte sie zu den anderen auf die Arbeitsplatte. »Auch die Stühle und der Tisch, die wir gestern Morgen in Kalterherberg abgeholt haben, sind ein wahrer Traum.«

»Das wird ein ganz schönes Sammelsurium werden.«

»Ja, aber genau das macht auch den Charme aus. Vor allem, wenn die Sachen vom Charakter her zusammenpassen. Und bisher habe ich wirklich Glück gehabt mit dem, was ich gefunden habe.«

Sie hörte einen Wagen auf den Hof vorfahren, schaute aus dem Fenster und war erstaunt, einen lilafarbenen Mini Cooper vor der Hintertür parken zu sehen. Ihr Herz schlug plötzlich schneller. »Wusstest du, dass Mama kommt?«

Ihre Großmutter schaute ebenfalls hinaus. »Nein, als wir heute Morgen miteinander telefonierten, hat sie mir nichts davon erzählt.«

»Hallo?«, tönte es da schon aus dem Flur. »Jemand zu Hause?«

»Wo sollte ich um diese Zeit wohl sonst sein?«, fragte ihre Großmutter mit einer Spur Sarkasmus in der Stimme.

»Zum Beispiel bei deinen Canastafreundinnen«, erklärte ihre Mutter, als sie die Küche betrat. »Ah, gleich beide Damen des Hauses versammelt«, fügte sie gut gelaunt hinzu und begrüßte sie nacheinander mit einem herzhaften Kuss auf die Wange.

»Was machst du denn hier?«, wollte Paula wissen.

»Meinst du, ich will mir den ganzen Spaß entgehen lassen?« Ihre Mutter stemmte die Hände in die Hüften und blitzte sie unternehmungslustig an.

Paula lachte. »Den ganzen Spaß?«

»Klar! Als ich von Maman gehört habe, dass ihr hier Party macht, habe ich lange Zähne gekriegt, meinen Terminkalender entrümpelt und mich ins Auto gesetzt.«

In Paula breitete sich ein ungutes Gefühl aus. Ausgerechnet jetzt wollte ihre Mutter ihre Solidarität beweisen? Wenn das mal nicht mehr Ärger als Hilfe war.

Ihre Mutter rieb sich die Hände und ließ ihre Blicke über das Bataillon von Kräuterlikör schweifen. »Wie ich sehe, wart ihr schon fleißig.«

»Wir haben gestern Abend einen riesigen Posten Gläser und Flaschen bekommen, das haben wir gleich für den Likör genutzt«, sagte Paula lahm.

Dann kam ihr ein Gedanke, und sie grinste ihre Mutter an. »Dass du jetzt hier auftauchst, bringt mich auf eine gute Idee: Du hast doch so eine ordentliche Schrift. Würdest du die Etiketten beschriften?«

Das würde ihre Mutter hoffentlich beschäftigen, vielleicht sogar dazu veranlassen, wieder nach Hause zu fahren. Sie liebte ihre Mutter von Herzen, aber sie hatte noch einen riesigen Berg Arbeit vor sich und konnte dabei keine ausufernden Gespräche über den Zwist mit ihrem Vater gebrauchen.

Wie erhofft entglitten ihrer Mutter die Gesichtszüge. »Ich dachte, ich dürfte Marmelade kochen?«

»Darfst du ja auch. Und die Etiketten beschriften. Bitte?«, fügte Paula hinzu.

»Also gut.« Sophie Sassendorf seufzte. »Ich will ja helfen, da darf ich mir wohl nicht nur die Rosinen herauspicken. Aber Etiketten beschriften ist wirklich wahre Sklavenarbeit, da brauche ich erst einmal einen Tee. Sonst noch jemand?«

Paula und ihre Mémère schauten sich an und verdrehten die Augen. »Nein danke«, antworteten beide gleichzeitig.

Ihre Mutter zuckte mit den Schultern. »Wer nicht will, der hat schon.« Sie wandte sich um, öffnete einen Hängeschrank und nahm sich ihren Tee heraus. »Was habt ihr denn heute noch Schönes vor?«

»Erdbeer-Rhabarber-Marmelade«, erklärte Großmutter Claire. »Die Erdbeeren sind schon geputzt, gezuckert und mit Zitrone beträufelt und ziehen seit heute Morgen im Keller durch.«

»Und den Rhabarber habt ihr vorhin erst geerntet?« Sophie deutete auf den mittleren Rhabarberberg, der auf dem Küchentisch lag.

»Genau«, stimmte Paula zu. »Den wollte ich mir jetzt als Nächstes vornehmen.«

In diesem Moment hörten sie die Hintertür ins Schloss fallen.

»Hier geht es ja zu wie auf dem Hauptbahnhof in Düsseldorf.« Sophie begoss ihre Teeblätter mit heißem Wasser und stellte die bauchige Teekanne auf ein Stövchen.

»Das ist sicher Finn. Der kommt sich noch einen Kaffee holen, ehe er zu den Ziegen geht«, mutmaßte Paula.

Doch Finn war nicht allein, Theo folgte auf dem Fuß.

»Hallo«, begrüßten die beiden sie unisono. Paulas Herz rutschte in die Hose. Sie hatte überhaupt nicht darüber nachgedacht, dass ihre Mutter von Theo ja keine Ahnung hatte.

»Hallo, Finn«, antwortete ihre Mutter. Dann ging sie auf Theo zu und reichte ihm die Hand. »Ich bin Sophie Sassendorf, ich glaube, wir kennen uns noch nicht.«

»Nett, Sie kennenzulernen, ich bin Theo, ich baue Ihrer Tochter die Blockhütten aus.«

Paulas Herz machte einen schnellen Hüpfer, aber bevor sie sich weitere Gedanken machen oder etwas dazu sagen konnte, übernahm Finn das Gespräch.

»Ich wusste gar nicht, dass sich für heute Besuch angekündigt hatte.«

Großmutter Mémère ging hinüber zur Kaffeemaschine und stellte sie an. »Sophie ist doch kein Besuch. Sie will uns helfen, die Sachen fürs Hoffest vorzubereiten.«

»Apropos Sachen«, hakte Paula nach. »Hat irgendeiner von euch eine Idee, wo wir die lagern könnten? Der Vorratsraum ist gut gefüllt und Keller so gut wie keiner vorhanden.« Fragend schaute sie in die Runde und bemühte sich dabei, mit ihrem Blick nicht zu lange auf Theo zu verweilen, der mit seinen verstrubbelten Locken mal wieder zum Anbeißen aussah.

»Wie wäre es mit dem Pferdestall?«, schlug nun genau jener vor, den sie am liebsten ignoriert hätte. »Da ist doch genug Platz.«

Paula war skeptisch. »Lebensmittel in einem Stall? Ich weiß nicht. Vielleicht sollten wir die Sachen lieber nach oben bringen.«

»Du hältst selbst die leeren Boxen so sauber, da kann man vom Boden essen, das ist also kein Argument, zumal die Lebensmittel alle in fest verschlossenen Flaschen und Gläsern sind. Was soll denn da drankommen? Außerdem liegt der Pferdestall genau gegenüber der Fahrzeugscheune, und ihr müsst das Zeug zum Hoffest nur hinübertragen, anstatt Treppen zu laufen.«

Paula gab sich geschlagen. »Okay, also in den Pferdestall.«

Finn hatte inzwischen für Theo und sich einen Kaffee eingeschenkt, und die beiden setzten sich an den Tisch. »Hast du im Internet noch gute Angebote gefunden? Sollen wir gleich noch mal losfahren?«

»Nein, nichts Neues, leider. Ich werde heute Abend noch einmal surfen. Ich bräuchte zumindest noch drei weitere Tische mit passenden Stühlen. Gehst du gleich zu den Ziegen?« So lässig wie möglich goss sich Paula ebenfalls einen Kaffee ein und setzte sich zu den Männern an den Tisch.

»Jep, und Theo geht mit.«

Fragend zog sie die Augenbrauen hoch und schaute zu Theo hinüber.

»Ich wollte mir mal anschauen, wie das mit dem Melken so funktioniert«, erklärte er ihr.

»Theo wird noch ein richtig guter Bauer«, erklärte ihre Grandmère. »Dich kann man wirklich gut gebrauchen«, fügte sie an ihn gewandt hinzu.

Aus dem Mund ihrer Großmutter war das ein großes Kompliment. Schmunzelnd nippte Paula an ihrem heißen Getränk. Dass Theo gut zu gebrauchen war, hatte sie ja auch gerade erst gedacht. Vor Schreck über die heiße Welle, die ihren Körper direkt wieder überflutete, verschluckte sie sich und begann zu husten.

»Na, na.« Theo klopfte ihr zärtlich auf den Rücken, was die Sache nicht gerade einfacher machte.

Großmutter Claire schien von ihren Nöten nichts mitzubekommen. »Ich gehe jetzt ins Wohnzimmer, meine Sendung fängt gleich an. Ich denke, die Marmelade bekommt ihr auch gut ohne mich hin.«

Auch Finn erhob sich und boxte Theo zwischen die Rippen. »Trink aus, die Ziegen warten schon. Ich habe gleich Feierabend und wollte noch zum Jupp.« Er räumte die beiden Becher in die Spülmaschine. »Bis später«, brummelte er.

»Danke für den Kaffee.« Theo zwinkerte Paula zu, ehe er hinter Finn den Raum verließ.

»Und da waren es nur noch zwei.« Ihre Mutter stellte Stövchen samt Teekanne auf den Tisch und setzte sich ihr gegenüber. »Theo also, hm?«

»Was meinst du?«, fragte Paula. Ihre Stimme klang plötzlich so hoch wie die eines Schulmädchens.

»Du und Theo, ihr seid ein Paar.«

Sie räusperte sich. »Wie kommst du denn darauf?«

Sophie lachte. »Der ganze Raum sprühte vor Energie zwischen euch beiden, als Theo in die Küche kam. Warum tust du so merkwürdig, ist da irgendetwas Geheimes dran?«

»Nein, natürlich nicht.« Paula stand auf und holte sich nun ebenfalls eine Teetasse aus dem Schrank, um sich einen Moment Bedenkzeit zu verschaffen. »Aber wir sind kein Paar in dem Sinne.«

»Wie kann man denn ein Paar und gleichzeitig doch keines sein? Ist er etwa verheiratet?«

»Nein, natürlich nicht! Aber es ist ein wenig kompliziert. Oder eigentlich auch gar nicht.« Paula setzte sich wieder auf ihren Platz und schenkte sich eine Tasse Tee ein.

Sie rührte sich einen gehäuften Löffel Zucker in ihren Tee, ehe sie weitersprach: »Wir wollen das Ganze einfach locker halten. Nichts Festes eben. Solange es gut läuft, okay, wenn nicht mehr, dann eben nicht.«

»Ganz locker, ja?« Sophie nippte an ihrem Tee und sah ihre Tochter nachdenklich an.

»Ich habe keine Lust auf eine feste Beziehung und Theo auch nicht. Mir reicht meine Erfahrung mit Alex fürs Erste, und Theo hat offensichtlich auch sein Päckchen zu tragen. Wir sind uns da einig. Alles ganz easy.«

»Ganz easy?«

»Mama! Warum wiederholst du ständig, was ich sage?«, fragte Paula genervt.

»Ich hatte eben einen völlig anderen Eindruck, aber wenn du es so sagst, wird es wohl stimmen. Haben wir noch Speculoos?«

»Na klar! Grandmère hat erst letztes Wochenende welche gebacken.« Paula stand auf und holte die große, runde Keksdose aus dem Küchenschrank. Als sie den Deckel öffnete, strömte sofort der intensive Duft von Zimt und einer Prise Anis durch die Küche. Verzückt schloss sie die Augen und atmete tief ein. »Immer wieder ein Gedicht.«

»Du lenkst vom Thema ab«, unterbrach Sophie ihr Schwelgen brüsk, griff nach der Dose und nahm sich ein Plätzchen heraus.

Auch Paula langte zu und biss in das knusprige Gebäck. »Da gibt es nichts weiter zu sagen«, nuschelte sie mit vollem Mund.

»Nun gut, wenn du meinst. Dann werde ich schlicht abwarten und meine Ungeduld zügeln müssen. Wobei wir beim nächsten Thema wären.«

»Mama! Nein!« Paula wusste genau, was nun kam. »Auch dazu habe ich nichts weiter zu sagen!«

»Aber ich. Dein Vater hat sich in Schweigen gehüllt, aber er hat mir zumindest erzählt, dass du bei ihm warst und um Geld gebeten hast. Weil du einen Unfall mit dem Trecker hattest.« Ihre Mutter machte eine bedeutungsschwere Pause.

»Es tut mir leid. Wirklich. Ich hätte dich anrufen sollen, um davon zu erzählen, aber ich war so durch den Wind.«

»Und deshalb bist du gar nicht auf die Idee gekommen, dass deine Mutter gern von dir gehört hätte, ob es dir gut geht? Wie ich sehe, trägst du keine Schiene mehr, also ist wieder alles in Ordnung?«

Peinlich berührt, schaute Paula auf ihr Handgelenk. »Es tut mir wirklich leid. Du hast völlig recht. Danke, es geht mir wieder gut.« Zumindest körperlich, schob sie in Gedanken hinterher.

»Was das Geld betrifft«, fuhr ihre Mutter fort, »brauchst du noch was?«

Paula schaute sie konsterniert an. »Papa hat mir jegliche Unterstützung verweigert.«

»Ich weiß, aber du hast ja auch noch eine Mutter. Auf diese Idee bist du wohl auch nicht gekommen.«

Obwohl ihre Mutter viel Wert auf Freundlichkeit legte, hörte Paula an ihrer Stimme, wie sehr sie ihren Ärger unterdrückte. Oder war es etwas anderes, Schmerz vielleicht?

»Du hättest mir Geld geliehen? Obwohl Papa es nicht wollte?«, fragte Paula vorsichtig. Sie hatte ihre Eltern immer als Einheit gesehen. Die Worte ihrer Mutter überraschten sie.

»Natürlich hätte ich dir Geld geliehen.«

Paula sah ihre Mutter an und drückte spontan ihre Hand. Dass ihre Mutter auf ihrer Seite war, gab ihr ein gutes Gefühl. Sie hätte nicht erwartet, dass sich Sophie gegen die Meinung ihres Mannes stellen würde. Sie hätte es besser wissen sollen.

»Es ist lieb, dass du das für mich tun würdest, aber ich möchte nicht, dass das zu einem Thema in eurer Beziehung wird und eventuell zu Streit führt. Ich habe einen Kredit aufgenommen, den werde ich jetzt abstottern.«

»Paula, ich verstehe ja, dass du sauer bist, weil du das Geld nicht bekommen hast, aber meinst du nicht, ihr beide könntet diesen Streit langsam mal beenden? Ihr schaukelt euch doch nur immer weiter gegenseitig hoch.«

Paula ließ die Hand ihrer Mutter los. Jetzt platzte ihr doch der Kragen. Sie sprang auf, ging hinüber zum Fenster und lehnte sich gegen die Fensterbank. So, wie die Wut in ihr kochte, brauchte sie körperlichen Abstand zu ihrer Mutter.

»Wir schaukeln uns gegenseitig hoch? Ich wüsste zu gern, was ich Papa getan haben sollte. Diesen Streit werde ich auf jeden Fall nicht eher beenden, bis Papa sich bei mir entschuldigt hat!«

»Du kannst ihm doch nicht ewig nachtragen, dass er meint, die Zukunft für so einen alten Hof sähe nicht rosig aus, und dich lieber in gesicherten Verhältnissen sehen würde.«

»Ach nein?«, fragte Paula zynisch und verschränkte die Arme vor der Brust. »Auch dann nicht, wenn er meint, diese gesicherten Verhältnisse hätte ich nur bei Alex gefunden und ich wäre engstirnig, weil ich nicht alles versucht hätte, ihn wiederzubekommen?«

»Ich habe Alex gemocht, aber letztlich war er doch ein Idiot, entschuldige meine Offenheit. Allein schon deshalb, weil er dich verlassen hat.«

»Er hat mich nicht einfach nur verlassen.« Paula rang mit sich, ob sie ihrer Mutter die wahre Geschichte ihrer Trennung erzählen sollte. Bisher hatte sie ihre Eltern in dem Glauben gelassen, Alex hätte sich von ihr getrennt, weil er keine gemeinsame Zukunft mehr sah. Das war auch nicht gelogen, schließlich waren das genau seine Worte gewesen, als er bei einem piekfeinen Abendessen in einem angesagten Sternerestaurant mit ihr Schluss machte. Doch die Wahrheit sah ein wenig anders aus.

»Was willst du damit sagen?«, fragte Sophie.

»Er hat mich betrogen.«

»Was?« Ihre Mutter schaute sie fassungslos an.

Paula ging zurück zum Tisch und setzte sich ihr gegenüber auf die Bank. »Er hat mich schon eine ganze Weile betrogen, bevor er mich verlassen hat. Er hatte eine Affäre, die sich über Monate hinzog. Und ja, ich war eine bescheuerte Kuh, ich habe einfach weggesehen. Ich habe die verräterischen Anzeichen nicht wahrhaben wollen, bis er sich letzten Endes von mir getrennt hat. Wegen der anderen Frau.« Sie sah ihrer Mutter in die Augen. »Wenn ich heute darüber nachdenke, schäme ich mich total für mein feiges Verhalten. Aber damals wollte ich das nicht sehen, ich wollte ihn unbedingt behalten. Heute weiß ich, dass ich mich in all den Jahren dieser Beziehung absolut zum Narren gemacht habe. Ich habe ihn so sehr geliebt, dass es mir nur darum ging, dass Alex zufrieden war. Wie es mir dabei ging, darüber habe ich nie nachgedacht.« Paula lachte auf. »Und weißt du, was das Schärfste ist? Ich habe ihm noch ein ganzes Jahr lang nachgetrauert. Solch einem Arsch hinterherzutrauern, wie blöd muss man eigentlich sein?«

Sophie griff nach ihren Händen und schaute sie mitfühlend an. »Manchmal macht uns die Liebe blind.«

»Ja, ich war blind, was Alex' Schwächen anging, und trotz allem, was er sich rausgenommen hat, habe ich mich geschämt, weil er mich verlassen hat. Dass ich ihm nicht genug war.«

»Kein Wunder, dass du sauer wurdest, weil dein Vater dich in die Beziehung zurückzwingen wollte.«

Paula spürte, wie erneut Ärger in ihr hochstieg. »Mama, da geht es doch nicht nur um meine Beziehung zu Alex, es geht doch grundsätzlich darum, dass Papa mir nicht zutraut, allein im Leben zurechtzukommen! Das habe ich nach Alex erst mühsam lernen müssen, aber jetzt weiß ich, dass ich mich damals zu abhängig gemacht habe. Ich will auf eigenen Füßen stehen und mein eigenes Glück nie wieder jemand anderem derart unterordnen. Schon gar nicht jemandem, der sich im Grunde nicht so sehr für mich interessiert wie ich mich für ihn. Dem mein Glück egal ist, solange ich die brave Frau abgebe. Das muss Papa doch verstehen!«

Sophie seufzte. »Ich weiß, das ist seine große Schwäche. Für ihn wirst du immer seine kleine Prinzessin bleiben, die von einem Mann auf Händen getragen werden sollte.«

Paula war sprachlos.

»Was denkst du denn, warum er sich so verhält?«, fragte Sophie. »Er liebt dich über alles, das solltest du nie infrage stellen. Dass er sich in Bezug auf Alex irrt, wird er wohl irgendwann einsehen müssen, aber er wünscht dir ein unbeschwerteres Leben als das einer selbstständigen Bäuerin auf einem alten Hof. In seinen Vorstellungen gehört leider viel Geld zu einem unbeschwerten Leben.«

»Nun, dann hat er eine sehr merkwürdige Art und Weise, diese Gefühle auszudrücken. Als er mir das Geld verweigerte, meinte er, ich sollte dadurch endlich lernen, wie man mit Geld umgeht.«

Nun war es an Sophie, verwirrt vor ihr zu sitzen.

Doch Paula ging nicht darauf ein, sondern sprach weiter: »Ich zitiere: ›Wenn du den Hof an die Bank verlierst, wird dir das eine Lehre sein, wie man mit Geld umgeht und welche Investitionen man besser nicht tätigt.‹«

Sophie atmete tief durch und legte beide Hände auf den Tisch. »Okay, du hast recht, damit ist er eindeutig zu weit gegangen. Weißt du was? Soll er doch ruhig ein bisschen schmoren.« Sie klatschte in die Hände. »Eigentlich wollte ich nur bis zum Wochenende bleiben, aber ich denke, ich brauche dringend ausgiebig Urlaub. Bis zum Hoffest wäre dir eine Hilfe mehr doch sicher willkommen, oder?«

Als ihre Mutter ihr zuzwinkerte, hatte Paula das Gefühl, als ob ein wahres Gebirge von ihrem Herzen fiele. Sie stand auf, ging um den Tisch herum und nahm ihre Mutter in den Arm. »Natürlich freue ich mich über jede helfende Hand. Und außerdem bin ich froh, dass ich dir das mit Alex endlich erzählt habe. Ich habe mich deswegen lange geschämt.«

»Du musst dich bei mir für gar nichts schämen.« Sophie nahm Paulas Kopf in beide Hände und drückte ihr einen liebevollen Kuss auf die Stirn. »Es war ja nicht dein Fehler. Außer vielleicht, dass du Alex zu sehr vertraut hast. Und was das angeht, machen wir alle Fehler, wenn wir lieben. Aber genau das heißt leben: Fehler machen und etwas daraus lernen. Hinfallen und aufstehen. Immer wieder von vorn, egal, wie alt du bist. Du bist eine starke Frau, was dir vielleicht im letzten Jahr zum ersten Mal so richtig bewusst geworden ist. Ich habe volles Vertrauen in dich, dass dieser Hof in ein paar Jahren wieder ein richtig ertragreicher Ort sein wird. Und deshalb sollten wir jetzt loslegen. Lass uns Marmelade kochen!«

Zum Marmeladekochen war Paula jedoch nicht mehr gekommen, da am Nachmittag Klauenpflege bei den Ziegen anstand. Durch die andauernde gebückte Haltung fühlte sich ihr Rücken an wie mehrfach durch die Mangel gedreht, und sie freute sich auf eine ausgiebige Dusche, bevor sie ins Bett fallen würde.

Gerade als sie sich ausziehen wollte, klingelte ihr Handy. Endlich meldete sich mal wieder ihr Bruder Jakob!

»Hi!«, rief sie erfreut ins Telefon.

»Hallo, Schwesterchen. Wie geht's?«

Paula ließ sich trotz dreckiger Klamotten aufs Bett fallen. »Frag besser nicht, ich komme mir vor, als wäre ich achtzig. Mindestens.«

»Vielleicht doch den falschen Beruf gewählt?«, stichelte er liebevoll.

»Ganz sicher nicht. Eine heiße Dusche und eine Runde Schlaf, dann bin ich so gut wie neu. Und bei dir?«

Als Jakob nicht sofort antwortete, rutschte Paula das Herz in die Hose. Würde er ihr gleich erklären, dass er eine Entscheidung getroffen hatte und doch nicht mit bei ihrem Hof einsteigen wollte?

»Ich kann leider nicht zu deinem Hoffest kommen«, sagte er stattdessen.

Paula spürte, wie ihr der angehaltene Atem entwich. Erleichterung machte sich in ihrem Körper breit, und sie richtete sich auf. »Das ist schade. Was hast du vor?«

»Ich habe mir überlegt, ausgiebig in den Urlaub zu fahren. So langsam merke ich selbst, dass ich unausstehlich bin. Und wenn ich schon nicht meinetwegen etwas verändern will, dann wenigstens wegen Felix. Wir werden für gut drei Wochen auf einen Bauernhof an die Ostsee fahren, und ich hoffe, ich werde mir in der Zeit darüber klar, wo ich in meinem Leben noch hinwill.«

Paula musste nicht mutmaßen, was er damit meinte. Offensichtlich wollte er sich wirklich bald entscheiden.

»Ich wünsche euch beiden auf jeden Fall eine schöne gemeinsame Zeit. Gibt es auf dem Hof auch Tiere?«, fragte sie, ohne das Thema, das sie am brennendsten interessierte, weiter zu vertiefen.

»Von Kühen bis zu Kaninchen ist alles vertreten. Felix freut sich schon wie Bolle. Er hat heute ein Bild gemalt, wie er dem Bauern hilft, Kirschen zu pflücken. Dieses Mal hat er sogar bei seinem Männchen an einen Bauch gedacht.«

»Wow, er macht also Fortschritte in seiner Zeichenkunst«, spöttelte Paula.

»Ja. Leider hat er dafür die Arme vergessen. Um ihm auf die Sprünge zu helfen, habe ich ihn gefragt, womit er die Kirschen denn pflücken will? Da hat er sich vor die Stirn geschlagen und gerufen: ›Ach Mist! Ich habe die Leiter vergessen!‹«

Paula lachte aus vollem Hals. »Du hast ja wirklich Unterhaltungsprogramm vom Feinsten.«

»Kann nicht klagen. Auf jeden Fall freue ich mich darauf, ein paar Wochen mit ihm in den Tag hineinzuleben.«

Sie unterhielten sich noch eine Weile über seine Arbeit in der Kanzlei, die ihn offenbar zunehmend nervte, ehe sie sich voneinander verabschiedeten.

Paula ließ das Handy neben sich aufs Bett fallen und starrte an die Decke. Seit so vielen Wochen wartete sie auf seine Entscheidung, und jetzt, wo sie zum Greifen nah war, hatte sie plötzlich einen gigantischen Klumpen im Bauch: Es könnte sein, dass er sich gegen den Hof und für etwas gänzlich anderes entschied. Paula wurde ganz kalt bei dem Gedanken.

Schluss!, schalt sie sich selbst und stand auf. Was nutzte die Kaffeesatzleserei. Wie sagte Grandpère immer so schön? Probleme werden dann gelöst, wenn sie entstehen.

Sie zog sich aus, schlüpfte in ihren Bademantel und ging hinüber ins Badezimmer. Nach dem Duschen würde sie sich noch ein Stück Baguette mit frischer Erdbeermarmelade gönnen, das hatte sie sich heute redlich verdient.

Der Juni ging unaufhaltsam in den Juli über, und die nächsten beiden Wochen waren neben ihren normalen Hofarbeiten weiterhin angefüllt mit Marmeladekochen und Plätzchenbacken, die ebenfalls auf dem Hoffest verkauft werden sollten. Auch neue Käsekreationen wurden entwickelt und getestet, weshalb Paula jetzt gemeinsam mit Mariele in der Käserei stand und eine weitere Variation ihres Frischkäses mit getrockneten Tomaten, frischem Basilikum und gerösteten Pinienkernen zubereitete.

»Mmh«, seufzte Mariele, »da könnte ich mich reinlegen. Schmeckt nach Sonne, Meer und Italien. Das wird weggehen wie warme Semmeln.«

»Das will ich doch schwer hoffen, schließlich muss ich ordentlich Umsatz machen. Danke, dass du deinen freien Tag opferst, um mir zu helfen.«

»Das hat doch mit Opfern nichts zu tun. Ich bekomme leckeren Frischkäse, und gleich darf ich noch mit Teig matschen. Das ist Unterhaltung der Spitzenklasse. Ich habe übrigens mit deiner Großmutter besprochen, dass ich am Tag vor dem Hoffest schon morgens früh vorbeikomme und ihr bei den Reisfladen helfe. Ist dir das recht?«

Paula grinste ihre Freundin an. »Ist das eine Fangfrage? Ich bin doch froh um jede helfende Hand, schließlich fällt für mich ja nebenbei noch ein bisschen Hofarbeit an.«

Plötzlich öffnete sich hinter ihnen die Tür. Beide wandten sich um und sahen Theo hereinkommen, bekleidet mit dem obligatorischen Overall. »Hallo, die Damen.«

»Hallo, Theo, was machst du denn hier? Hast du Hunger?«, fragte Mariele.

»Immer. Was habt ihr denn im Angebot?«

»Mich!« Paula lief auf ihn zu und küsste ihn stürmisch.

»Ähem, ich kann dir nur Frischkäse mit getrockneten Tomaten anbieten. Aber er schmeckt köstlich.« Mariele hielt ihm ein Probierschälchen entgegen.

Obwohl Paula den Kuss gern noch ein wenig ausgedehnt hätte, löste sich Theo von ihr, tauchte den Finger in die Masse und probierte. »Wirklich lecker. Schmeckt nach Italien.«

Mariele grinste. »Genau das habe ich eben auch gesagt.«

»Wie weit seid ihr denn? Könnte ich Paula kurz entführen?«

»Mitten am Vormittag?«, fragte sie fassungslos. »Ich habe für heute noch so einiges auf dem Zettel. Schau dir doch mal hier die Sauerei an.«

»Stimmt, ihr habt ordentlich herumgematscht, aber das könnte doch Mariele vielleicht ...«

»Da müsste ich erst einmal wissen, um was für eine Art von Entführung es geht«, stellte Mariele klar.

»Und mich fragt niemand?«, protestierte Paula.

Ohne sie weiter zu beachten, wandte Theo sich an Mariele. »Es hat etwas mit dem Hoffest zu tun, aber ich würde Paula gern überraschen. Und da wir dafür ein wenig unter Zeitdruck sind, wäre es echt nett, wenn ich Paula gleich mitnehmen dürfte.«

Mariele machte eine weite Ausholbewegung. »Bitte schön, ihr seid entlassen. Ich mache hier klar Schiff und gehe dann rüber, um beim Backen zu helfen.«

Leicht konsterniert, weil sie niemand um ihre Meinung gebeten hatte, aber ebenso neugierig verließ Paula hinter Theo die Käserei. Wenn es ums Hoffest ging, war es sicher wichtig, da würde sie sich nicht querstellen. Um ihn dazu zu bewegen, ihr mehr zu verraten, wandte sie eine alte Taktik ihres Großvaters an und sagte keinen Ton, während sie sich umzogen, und schwieg auch noch, als sie schließlich in Theos Sprinter stiegen, an dem noch ein Hänger befestigt war. Leider schien ihr Schweigen Theo überhaupt nicht zu stören, denn er lächelte immer noch, als er den Wagen startete.

»Also gut.« Widerwillig brach sie das Schweigen. »Wo fahren wir hin?«

»Nach Eupen.«

»Nach Eupen? Fritten essen?« Paula spürte, wie ihr Magen voller Vorfreude grummelte.

»Nun, das ist nicht der Hauptgrund, aber wenn wir schon einmal da sind, sollten wir uns eine große Portion belgische Frites nicht entgehen lassen.«

Gut gelaunt nahm Paula Platz und genoss die Fahrt durch den dichten belgischen Grenzwald. Mit der Aussicht auf Fritten konnte sie sich bis zu Theos Überraschung vertrösten, ohne ihn weiter zu löchern.

Inmitten der Eupener Innenstadt parkte Theo den Sprinter vor einer Kneipe.

»Hier gibt es gute Fritten?«, fragte Paula skeptisch. Von außen machte das Gebäude einen eher verwahrlosten Eindruck. Die Fensterscheiben strotzten vor Dreck, und aus der Neonbeleuchtung war ein großes Stück herausgebrochen.

Theo stieg aus, stellte sich neben sie und betrachtete die Fassade. »Nein, keine Fritten. Ein Kumpel von mir hat das Haus erst kürzlich von seinem Großvater geerbt und will es sanieren. Deshalb steht hier die Überraschung für dich. Wenn du überhaupt daran Interesse haben solltest, also, du musst natürlich gar nichts, ich dachte nur ...« Er brach mitten im Satz ab und wirkte plötzlich verlegen.

Paula lachte, ging auf ihn zu und legte die Arme um seine Hüften. »Schon gut, egal, wie es mir gefällt, auf jeden Fall schon mal ein dickes Dankeschön, dass du an mich gedacht hast.«

Sie schmiegte sich an ihn und drückte ihm einen sanften Kuss auf die Lippen. Am liebsten wäre sie so stehen geblieben, aber wieder löste sich Theo von ihr und zog sie hinter sich her in das alte Gebäude.

Drinnen war es dunkel und roch nach schalem Bier und abgestandenem Zigarettenrauch. Paula rümpfte die Nase, während ihre Augen sich noch an das Dämmerlicht gewöhnten. Es war tatsächlich eine alte Kneipe. Überall standen Stühle und kleine Tische herum, hinten im Raum erhob sich eine ausladende Theke.

»Eric?«, rief Theo.

Paula hörte es irgendwo poltern, und kurz darauf erschien ein junger Mann. Er war kleiner als sie, hatte strahlende dunkle Augen und blondes Haar.

»Theo, schön, dich zu sehen! Und du hast Besuch mitgebracht. Sehr attraktiven Besuch«, fügte er hinzu und zwinkerte Theo verschmitzt zu, während er auf Paula zuging und sie auf typisch belgische Art mit zwei Wangenküsschen begrüßte. »Salut! Willkommen in meinem Haus.«

»Salut«, erwiderte Paula nur, erstaunt über das sympathische Temperamentsbündel.

»Ich habe Paula noch nichts verraten«, meinte Theo. »Sollen wir?«

»Gern!« Eric rieb sich die Hände und wandte sich an Paula. »Du wirst sehen, es ist wirklich ein Prachtstück.«

Er ging weiter in den Raum hinein auf die hintere Wand zu. »Und? Was sagst du dazu?«

Irritiert schaute sie zu Theo hinüber. Was genau meinte er?

»Die könntest du für dein Hofcafé doch prima gebrauchen«, erklärte er und zeigte auf die große alte Holztheke. »Schau sie dir mal genauer an, die könnte wirklich etwas für dich sein.«

Da sie sich immer noch nicht vom Fleck rührte, schob er sie sanft nach vorne. Sie ging auf die Theke zu und strich mit einer Hand über das dunkle Holz. Sie sah sofort, wie wunderschön diese alte Theke war. Ehrfürchtig strich sie weiter mit den Fingern über die klassischen Kassetten, mit denen die Vorderfront verkleidet war. Bei gutem Licht und ordentlich poliert, würde das Holz wohl rötlich schimmern, denn es sah nach Nussbaum aus. Als ihr Blick auf das Verbindungsstück zwischen Thekenplatte und Korpus fiel, blieb ihr beinahe das Herz stehen. Blau-weiße Kacheln mit unterschiedlichen Tiermotiven bildeten eine opulente Bordüre.

»Sind das etwa antike Delfter Kacheln?«, keuchte sie.

»Bien sûr«, antwortete Eric. »Für meinen Grandpère war das Beste immer gerade gut genug. Auch wenn der Raum heute nicht mehr so wirkt, war es vor sechzig Jahren eine stilvolle Kneipe.«

Paula stand auf und sah Eric voller Bedauern an. »Die Theke ist wirklich wunderschön, aber die kann ich mir leider auf gar keinen Fall leisten.«

»Ich schenke sie dir«, meinte er lapidar.

Paula schüttelte ungläubig den Kopf. »Das kann ich unmöglich annehmen. Das ist Massivholz, dazu die Kacheln, da bekommst du sicher noch einiges für!«

»Die wenigsten sind zurzeit an so einer Theke interessiert, alles soll modern und minimalistisch sein, vor allem hell und luftig. Ich würde sie gern an jemanden abgeben, der sie zu schätzen weiß.«

»Aber völlig umsonst?«, fragte Paula immer noch zweifelnd, während ihr Herz heftig zu pochen begann.

Jetzt zog sich ein breites Grinsen über Erics Gesicht. »Nun, nicht umsonst, das habe ich nicht gesagt.«

Paula hatte es geahnt, jetzt kam der Haken an der Sache.

»Theo hat mir erzählt, was du für leckere Sachen auf deinem Hof herstellst, vor allem in deiner Käserei. Ich werde hier in einigen Monaten eine Weinhandlung eröffnen, hauptsächlich belgische Weißweine, aber auch ein paar schöne rote aus Frankreich. Dazu passt hervorragend ein guter Ziegenkäse.«

Jetzt war es auch an Paula zu grinsen. Das hörte sich nach einem guten Geschäft an. »Du hast Interesse an meinem Käse?«

»Genau. Und wegen der Theke dachte ich, du machst mir dafür besonders gute Konditionen. Was meinst du?«

Paula lachte und reichte ihm die Hand. »Das klingt überaus fair.«

Eric schlug ein und zog sie anschließend in eine kurze Umarmung.

»Vielen Dank!« Paula löste sich und machte einen Schritt zurück, um Theos Hand zu nehmen. Sie drückte sie kurz und fest und versenkte ihren Blick in seinen blauen Augen. Sie hoffte, dass er die ganze Dankbarkeit und Freude spürte, die sie gerade empfand.

Als sie am Abend alle gemeinsam in der Küche saßen, schwebte Paula noch immer auf Wolke sieben. Bereits die ganze Heimfahrt über hatte sie vor sich hin gesummt, wenn sie Theo nicht gerade zum wiederholten Male bekundete, dass er der beste Freund aller Zeiten wäre und sie es ihm spätestens heute Abend in trauter Zweisamkeit vergelten würde. Am liebsten hätte sie diesen Beweis bereits in den Nachmittag vorgezogen, aber sie hatten einfach noch zu viel für das Hoffest vorzubereiten.

Paula seufzte auf, schaute in die Runde, und ein warmes Gefühl von Freude wallte in ihr auf. Spätestens in dieser schwierigen Zeit hatte sich erwiesen, dass ihre Freunde alle fest zu ihr standen und mit anpackten, jeder in dem Bereich, der ihm oder ihr am besten lag. Theo hatte heute Nachmittag schon die Theke ab- und bei ihr wieder aufgebaut. Morgen Vormittag würde er sie putzen und aufpolieren. Bereits die ganze letzte Woche hatte er Möbel abgeholt, gesäubert und zum Glänzen gebracht. Mit der Theke war das Mobiliar für ihr Café nun komplett.

Mariele hatte die frühen Morgenstunden immer genutzt, eingesammeltes Geschirr und Besteck in Jupps professioneller Spülmaschine zu spülen. Nun wartete es fein säuberlich sortiert nur noch darauf, in die neue Theke eingeräumt zu werden.

Jupp hatte sich um die Werbung gekümmert, war in seiner freien Zeit herumgefahren und hatte Flyer und Plakate verteilt, damit auch genügend Besucher kamen.

Bis zum Hoffest waren es nur noch knapp zwei Wochen, sodass sich wieder einmal alle am großen Küchentisch versammelt hatten, jeder mit seiner Aufgabe beschäftigt. Theo hatte sich auf einem Stuhl am Kopfende niedergelassen und schnitzte an einer kleinen Ziege, die sie zusammen mit anderen von ihm gefertigten Holztieren auf dem Hoffest verkaufen wollten. Mariele unterhielt sich mit Großmutter Claire, während die beiden kleine, rot karierte Stofftücher über die Deckel der Gläser mit frisch eingekochtem Kirschkompott stülpten und mit Bastbändchen festschnürten. Währenddessen saß Jule zwischen ihnen auf der Bank und beschriftete Etiketten. Es hatte sich herausgestellt, dass die Kleine diese Arbeit liebte und stolz darauf war, auch etwas zum Fest beizutragen. Deshalb hatte Paula ein paar Glitzerstifte gekauft, mit denen Jule jetzt in schönster Grundschulschrift und mit hervorblitzender Zunge ein Etikett nach dem anderen beschriftete und auf die Gläser klebte.

Während es sich die beiden Hunde mitten im Türrahmen gemütlich gemacht hatten, sodass jeder über sie hinwegsteigen musste, der den Raum betrat oder verließ, saßen Jupp und Paula einträchtig beieinander, eine große Schüssel Biscuits Speculoos vor sich, die sie in kleine Zellophantütchen packten und mit roten gefilzten Bändern verschlossen.

Wenn Paula nicht vor dem finanziellen Abgrund stünde, könnte sie sich wahrlich als Glückskind bezeichnen. Alles lief glatt. Sie hatten Berge von Marmelade eingekocht und neben dem Kräuter- noch einen Kirschlikör angesetzt. Zudem hatte Mariele ein grandioses Rezept für selbst gemachten Kirschlimes gefunden, den sie jedoch erst übermorgen ansetzen wollten, da er frisch verkauft werden musste.

Ihre Mutter half überall da, wo eine helfende Hand gebraucht wurde. Gerade jetzt stand sie am Herd und rührte in einem großen Topf Chili, das sich die Helfer gleich schmecken lassen würden. Der ganze Raum duftete bereits verführerisch nach Paprika, Kreuzkümmel und Zimt, vermischt mit dem betörenden Aroma frisch gebackener Baguettes, das aus dem Backofen strömte.

Als hätte ihre Mutter gespürt, dass sie gerade an sie gedacht hatte, rief sie in diesem Moment: »Essen ist fertig! Pause!«

»Sollen wir noch etwas mit rausnehmen?« Theo legte sein Schnitzzeug vor sich auf den Tisch und stand auf.

»Du kannst dir ein paar frische Geschirrtücher nehmen und die Baguettes darin einwickeln. Paula, nimm bitte das Schneidebrett und ein Messer mit und Jule die beiden Fässchen mit Kräuterbutter. Den Topf trage ich selbst, wenn ihr dafür sorgt, dass die Hunde ihren Platz räumen.«

Den Anweisungen ihrer Mutter folgend, machte sich die kleine Karawane auf den Weg in den Hof, wo bereits im Winkel des Hauses der Tisch für sie gedeckt war. Dies war der perfekte Platz für die Tafel, da die immer noch prächtig blühende Clematis den spektakulären Hintergrund für einen warmen Sommerabend bildete, während die dichte Krone der alten Eiche angenehme Schatten warf.

Die Hunde hatten sich die strategisch besten Plätze am Kopfende des lang gestreckten Gartentisches ausgesucht und saßen dort bereits abwartend, ob vielleicht etwas Essbares für sie abfiel. Gut gelaunt stellte Paula Brett und Schneidemesser ab und setzte sich auf die Bierbank mit Blick in den Hof. Ihr Magen grummelte schon seit einiger Zeit vor Hunger, und das Wasser lief ihr im Mund zusammen. Erst heute Morgen hatte sie die Kräuterbutter angesetzt, nachdem sie eine kurze Verschnaufpause für einen Aufenthalt im Kräutergarten genutzt hatte. Für sie war es pure Entspannung, den verschiedenen Düften nachzuspüren, die Textur der filigranen Kräuter zu ertasten und sie anschließend zu verarbeiten.

»Alles gut?«, fragte Theo, als er sich neben sie setzte.

»Alles bestens.« Sie strich mit einer Hand über seinen Oberschenkel und gab ihm einen Kuss.

»Es ist so schön, dass ich mich heute nicht um mein Essen kümmern musste«, meinte Jupp, der sich auf die andere Seite von ihr setzte.

Mariele, die ihnen gegenübersaß, zog eine Augenbraue hoch. »Du bist wirklich ein ganz armes Schäfchen, musst du dich tatsächlich an einem Tag in der Woche selbst um dein Essen kümmern?«

Marieles Sarkasmus perlte von Jupp ab wie Regen von einem Lotusblatt. »Ja, meine Liebe, ansonsten habe ich dafür meine Angestellten«, erklärte er süffisant.

»Schluss mit dem Gezanke, jetzt wird gegessen.« Paulas Mutter stellte den Chilitopf auf den Tisch. »Lasst es euch schmecken.«

Kurz darauf wurde es ganz still, und jeder konzentrierte sich auf seine Mahlzeit.

»Wirklich lecker«, durchbrach Mariele als Erste das Schweigen. »Das Rezept musst du mir unbedingt mal geben.«

»Das Geheimnis dabei ist, keine vorgefertigte Würzmischung zu nehmen, sondern sie selbst zusammenzustellen.«

Während Mariele und ihre Mutter noch über die beste Rezeptur einer Chiliwürzung diskutierten, hatte Paula eine Idee. Sie klopfte mit ihrer Gabel gegen ihr Wasserglas und stand auf.

»Eine Rede?«, fragte Jupp mit vollem Mund.

»Eine Rede«, bestätigte Paula.

Als alle still waren, begann sie: »Ich dachte, da ich euch gerade alle beieinanderhabe, nutze ich den Moment. Ich möchte euch danken für die großartige Unterstützung bei den Vorbereitungen zu diesem Hoffest. Vorhin ging mir durch den Kopf, wie viel jeder Einzelne von euch bereits dazu beigetragen hat. Ganz besonders möchte ich mich jetzt auch einmal an dich richten.«

Sie wandte sich an Finn, der sich eben erst dazugesetzt hatte und nun verwirrt den Löffel sinken ließ. »Es ist nicht selbstverständlich, dass du etliche Überstunden gemacht hast, von denen sehr wahrscheinlich keine Einzige bei deiner Stundenabrechnung auftauchen wird. Wenn du hier auf dem Hof nicht alles so gut im Griff gehabt hättest, wären die Vorbereitungen in diesem Rahmen überhaupt nicht möglich gewesen.«

Finn grinste, hob sein Glas und prostete ihr zu.

»Genau: Prost! Mehr wollte ich gar nicht sagen.« Sie hob ebenfalls ihr Glas und versuchte, das warme Gefühl in ihr irgendwie an ihre Freunde zu vermitteln, indem sie jeden in der Runde anschaute. »Danke, dass ihr meine Freunde seid und ich mich so gut auf euch verlassen kann!«

»Auf die Freundschaft!«, rief Mariele, und die anderen stimmten mit ein. Sie prosteten einander zu, und Paula spürte, dass sie sich alle noch lange an diesen Nachmittag erinnern würden.

Bevor sie sich wieder hinsetzen konnte, rollte ein weißer Ford Focus auf den Hof.

Kundschaft? Um diese Zeit? Während sie noch überlegte, hielt der Wagen neben dem Mini ihrer Mutter, und eine junge Frau mit langem braunen Haar stieg aus.

Als sie sich umdrehte, erkannte Paula sie und kreischte auf: »Lisa!«

Sie sprang von der Bank und sprintete über den Hof. »Lisa! Mein Gott, was machst du denn hier?«

Ein breites Grinsen breitete sich auf dem Gesicht ihrer Freundin aus. »Wenn hier gefeiert wird, will ich schließlich nicht fehlen!«

Sekunden später fielen sich die beiden Frauen in die Arme und hüpften miteinander herum.

»Ich kann es immer noch nicht fassen!« Paula trat einen Schritt zurück. »Komm mit, ich stelle dich den anderen vor.«

Sie hakte sich bei ihrer Freundin unter und ging mit ihr hinüber zu den anderen, die die Szene offenbar amüsiert beobachtet hatten.

»Darf ich euch Lisa vorstellen? Meine beste Freundin aus Kindertagen!«

Dieser Tag hätte kein besseres Sahnehäubchen bekommen können.

Einige Stunden später saßen Paula und Lisa zusammen auf dem französischen Doppelbett im ersten Stock des Hauses. Kurz bevor Paula auf den Hof gekommen war, hatte Großmutter Claire Onkel Bernards Wohnung komplett leer geräumt und sein ehemaliges Schlafzimmer zum Gästezimmer gemacht, das nun Lisa als Unterkunft diente. Obwohl der Raum relativ modern und komfortabel eingerichtet war, hatte sich Paula nach der Trennung von Alex dazu entschieden, wieder in ihr altes Zimmer zu ziehen. Die Erinnerungen an ihre Kindertage auf dem Hof waren vor allem in der ersten Zeit ein tröstliches Gefühl gewesen.

Inzwischen hegte sie natürlich den Gedanken, dass Jakob und Felix irgendwann hier oben einziehen würden. Aber damit wollte sie sich jetzt nicht weiter beschäftigen, denn im Moment konnte sie nach wie vor ihr Glück kaum fassen, dass Lisa sich tatsächlich neben ihr an das Kopfteil des Bettes lehnte. Auch wenn sie sich darüber freute, dass ihre Freundin sie unterstützen wollte, wusste sie doch genau, dass das nicht der einzige Grund für ihren spontanen Besuch sein konnte.

Paula musterte Lisa skeptisch von der Seite. »Spuck es aus. Jetzt, wo wir allein sind, möchte ich endlich wissen, warum es dich wirklich in die Eifel verschlagen hat?«

»Du kennst mich einfach zu gut, oder?«, fragte Lisa ausweichend.

Doch Paula ließ sich nicht ablenken und wartete ab.

»Im Moment ist einfach alles furchtbar«, fuhr Lisa schließlich fort. »Im Hotel ist miese Stimmung, weil wir eine neue Geschäftsleitung haben. Die meinen, es gäbe noch unzählige Stellen, an denen man einsparen könne, von Personalabbau ganz zu schweigen. Das zerrt ganz schön an den Nerven, wenn du an einem Tag nicht mehr weißt, ob du am nächsten überhaupt noch einen Job hast.«

»Dieses Gefühl kann ich im Moment bestens nachvollziehen.« Paula griff nach dem Weinglas, das neben ihr auf dem Nachttisch stand, und prostete Lisa zu.

»Nun ja, dich trifft es da natürlich deutlich übler als mich. Ich mache in New York nur meinen Job, wenn mir gekündigt wird, suche ich mir einfach einen neuen. Für dich ist dieser Hof eine ganz andere Kiste.«

»Das stimmt wohl. Trotzdem. Du fühlst dich doch so wohl mit deinen Kollegen, die Arbeit dort ist ein wichtiger Teil deines Lebens.«

Lisa griff ebenfalls nach ihrem Glas und drehte es nachdenklich zwischen den Fingern. »Ach, weißt du, mit den Kollegen ist das auch so eine Sache. Jake und ich haben Schluss gemacht.«

Paula riss die Augen auf. »Was? Wann?«

»Schon vor fünf Wochen.«

»Und du hast mir nichts davon gesagt?«, schimpfte Paula.

»Du hast zurzeit doch ganz andere Probleme«, verteidigte sich

Lisa. »Und schließlich war es nicht die große Liebe, die da zerbrochen ist.«

»Aber trotzdem nagt es offensichtlich an dir«, stellte Paula fest.

»Nun ja, seine Neue ist meine Kollegin an der Rezeption. Dieses ewige Geturtel kann einem schon auf die Nerven gehen.«

»Aha.«

»Was heißt hier: ›Aha‹?«

»Vielleicht waren ja doch mehr Gefühle im Spiel, als du wahrhaben wolltest.«

»Quatsch! Das war nur eine lockere Beziehung. Aber die beiden so verliebt zu sehen, macht mich ein bisschen traurig, weißt du? Es ist so, als würde man vor die Nase gehalten bekommen, was einem fehlt.«

»Zu wahr.« Paula stellte ihr Glas zurück auf den Nachttisch und rieb über ihr Gesicht. Dann seufzte sie auf und sagte: »Ich habe in den letzten Wochen nämlich festgestellt, dass diese Sache von wegen ›Freunde mit besonderen Vorzügen‹ bei mir ganz offensichtlich auch nicht so gut funktioniert.«

»Du bist verknallt?«, fragte Lisa erstaunt.

Paula schwieg einen Moment, dann wandte sie sich ihrer Freundin zu. »Ich bin nicht verknallt, ich bin verliebt.«

Jetzt war es an Lisa zu schweigen und abzuwarten.

»Ich bin richtig hin und weg«, gestand Paula nach einem weiteren, etwas sehnsuchtsvollen Seufzer schließlich. »Dahingeschmolzen wie Butter in der Sonne. All diese furchtbar kitschigen Beschreibungen aus Schundromanen treffen gerade auf mich zu. Ist das nicht schrecklich? Ich weiß einfach nicht, wie das passieren konnte. Ich hatte mir so fest vorgenommen, Theo auf Distanz zu halten, aber irgendwie funktioniert das nicht. Er ist so aufmerksam, geduldig und hat einen ausgeprägten Sinn für Humor.

Wir lachen wirklich viel zusammen, und ich kann einfach über alles mit ihm reden.«

»Vielleicht habe ich dir ja damals auch einfach den falschen Rat gegeben. Jetzt bin ich da schlauer.« Gedankenverloren nippte Lisa an ihrem Wein. »Jake war wirklich nicht meine große Liebe, und das beruhte auf Gegenseitigkeit, keine Frage. Ich dachte, wir hätten ein gutes Arrangement, und damit hatte es sich. Bloß keine Verpflichtungen eingehen, bloß nicht zu viele Gefühle investieren. Aber wenn ich jetzt sehe, wie verliebt Jake mit Rebecca umgeht, bin ich tatsächlich neidisch. Einfach darauf, dass er so etwas für sie empfinden kann und für mich nicht.«

»Wir sind schon ganz schön armselig, was? Halten uns für modern und abgebrüht, sind überzeugt, den Kerlen nie wieder auf den Leim zu gehen, und nun schau uns an: versagt auf der ganzen Linie.«

Lisa lachte, wurde aber sofort wieder ernst. »Vielleicht hast du ja mehr Glück als ich, und Theo und du passt wirklich zusammen. Vielleicht fühlt Theo ähnlich wie du.«

Paula schüttelte energisch den Kopf. »Nein, er hat mir von Anfang an klargemacht, dass eine feste Beziehung nicht für ihn infrage kommt, und daran hält er fest. Zudem spielt er mit dem Gedanken, nach Kanada zu gehen, und das passt so überhaupt nicht mit meinen Zukunftsplänen zusammen.« Paula ließ den Kopf nach hinten fallen und stöhnte. »Ich bin so eine Idiotin!«

»Nein«, erwiderte Lisa, »du bist keine Idiotin. Warum sollten wir uns nicht wünschen, geliebt zu werden?«

Paula richtete sich wieder auf. »Hallo? Das bringt doch nur dann etwas, wenn wir die Person auch wirklich zurücklieben. Und das war doch bei dir mit Jake gar nicht der Fall, oder? Und was ist eigentlich mit der Lisa passiert, die mir vor ein paar Monaten noch ganz andere Ratschläge gegeben hat?«

»Sie ist wohl erwachsen geworden.«

Paula lachte. »Wer hätte das gedacht? Auf das Erwachsenwerden«, lachte Paula, griff nach ihrem Glas und ließ es sanft gegen Lisas schwingen.

»Und die Männer!«, fügte Lisa grinsend hinzu.

»Und die Liebe.«

Die nächsten Tage vergingen wie im Flug. Großmutter Claire, Paulas Mutter und Lisa, die noch heftig vom Jetlag gebeutelt wurde, kochten eine weitere Fuhre Erdbeer-Rhabarber-Marmelade und Himbeergelee ein, während Theo die Theke aufpolierte. Paula selbst arbeitete mit Finn auf dem Hof und eilte zwischendurch zum Elektriker, der die letzten Kabelanschlüsse in der Fahrzeugscheune montierte, und kurz darauf zum Getränkelieferanten, der Softdrinks und Bier kastenweise auslud und wissen wollte, wo er sie hinkarren sollte. Nach kurzem Überlegen entschied sie sich dafür, zuerst nur einen kleinen Teil davon in der Fahrzeugscheune zu lagern, damit genug Platz für Tische und Stühle blieb. Der Rest kam, wie die ungezählten Gläser und Flaschen mit Eingemachtem, vorerst im Pferdestall unter.

Inzwischen war es früher Nachmittag geworden, und sie hatte kaum einen Moment Zeit gefunden, um etwas zu essen. Eigentlich stand ihr auch gar nicht der Sinn danach, da sie stinksauer war und ihr Magen sich wie ein einziger Knoten anfühlte. Gestern Morgen hatte Theo den Hof Hals über Kopf verlassen, ohne zu sagen, wohin. Sicher, sie hatten gesagt, sie wollten es locker angehen, und waren einander keinerlei Rechenschaft schuldig. Aber herrschte so wenig Respekt und Vertrauen zwischen ihnen, dass er nicht einmal auf eine ihrer WhatsApps reagieren konnte, damit sie wusste, dass es ihm gut ging? Zudem hatte er ihr fest zugesagt, das dritte Blockhaus bis zum Hoffest fertig zu haben, und das konnte er nun unmöglich schaffen, da er erst vor einer guten Stunde wieder aufgetaucht war.

Übrigens ohne ein Wort. Nicht einmal eine Begrüßung.

Paula atmete tief durch und versuchte, sich zu beruhigen, damit sie sich besser konzentrieren konnte. Ein Unwetter zog auf, und es gab noch einiges zu kontrollieren. Sie stand vor dem Ziegenstall und schaute besorgt in Richtung Belgien, wo sich über den Wäldern bereits dichte, dunkle Wolken türmten und rasch näher kamen. Ihre Mutter hatte gerade aus Imgenbroich angerufen und gesagt, dass sie sich mit Lisa noch auf einen Caffè Latte zum Italiener setzen wollte, um das Gewitter abzuwarten, ehe sie zurückkamen. Und da Finn seinen freien Nachmittag hatte und nach Köln zu seinen Eltern gefahren war, musste sie nun die Tiere in ihre Ställe bringen und alle Türen sicher verschließen. Die Hühner hatten sich bereits freiwillig in ihren Stall verkrochen, und die Pferde standen sicher in ihren Boxen. Jetzt hatte sie gerade mit Muffin die Ziegen in ihren Stall getrieben, die Tränken und Heuraufen kontrolliert und die Stalltür von außen fest verriegelt. Blieben nur noch der Rundgang über den Hof und vor allem das Überprüfen des Scheunentors, da sie immer noch nicht dazu gekommen war, das Schloss zu reparieren.

Paula setzte sich in Bewegung. Es war wirklich frustrierend, so viele Baustellen zu haben, aber eben nicht flüssig genug zu sein, um sie endlich in Angriff zu nehmen.

Paula rüttelte am Scheunentor, es war fest verschlossen. Sie wiederholte die Prozedur an der Tür zum Pferdestall, doch auch diese saß ordentlich im Schloss. Sie machte noch einen Abstecher in die Fahrzeugscheune, um nachzuschauen, ob Theo Tische und Stühle sorgfältig an die Rückwand verschoben hatte, damit sie so wenig wie möglich vom Regen abbekamen. Aber wie nicht anders zu erwarten hatte er seine Arbeit bestens erledigt.

Erneut wallte Ärger in ihr auf. Sie war bisher so glücklich mit ihm gewesen. Nicht nur als Freund, das war natürlich unbezahlbar, sondern auch als Handwerker. Der Ausbau der Blockhütten war wunderschön geworden, und sie freute sich bereits darauf, den Besuchern des Hoffests alles zu zeigen. Aber was nutzte ihr ein guter Handwerker, wenn sie eine vernünftige Beziehung wollte? Sie wollte Theo vertrauen, wollte sich unterstützt und geliebt fühlen. Doch davon waren sie seit gestern ein gutes Stück entfernt.

Als sie das Haus betrat, hätte sie sich am liebsten in ihr Zimmer verzogen, aber sie wusste, dass ihre Großmutter sie erwartete. »Mémère? Bist du da?«

»Natürlich, wo sollte ich sonst sein? Dass ihr das immer wieder fragt!«, brummte ihre Großmutter ungnädig, als sie die Küche betrat. Gewitter schlugen ihrer Großmutter seit dem Unfall des Onkels schwer aufs Gemüt, das wusste Paula.

»Du warst nicht zum Mittagessen hier!«, knötterte ihre Mémère weiter.

»Tut mir leid, zu viel zu tun. Aber jetzt bin ich ja hier. Es gibt Pfannkuchen?« Paula spürte nun doch einen Anflug von Appetit.

»Apfelpfannkuchen, heute musste es schnell gehen.«

Auch wenn ihre Großmutter noch immer nicht versöhnlich gestimmt war, gab sie doch eine satte Portion Teig in die heiße Pfanne. Es dampfte und zischte, und sofort erfüllte der süße Pfannkuchenduft die Küche.

Paula trat von hinten an ihre Großmutter heran, schlang die Arme um ihren Hals und schmiegte ihren Kopf an den ihrer Mémère. »Nächste Woche läuft wieder alles so wie immer, versprochen.«

»Schon gut«, antwortete ihre Großmutter schon wesentlich sanfter. »Ich weiß doch, dass es nicht anders geht. Aber ich mache mir Sorgen um dich. Es ist gleich schon halb vier, und du rennst hier seit dem Frühstück in der Gegend herum. So lange nichts zu essen ist ungesund, vor allem, wenn so ein Sturm aufzieht!«

Was Letzteres mit ihrem Essenskonsum zu tun hatte, wusste Paula zwar nicht, aber sie widersprach auch nicht. »Umso mehr freue ich mich jetzt auf zwei leckere Pfannkuchen.«

Sie löste sich von ihrer Mémère und ging hinüber zur Kaffeemaschine. »Möchtest du auch einen?«

»Gern. Extra stark.«

»Also wie immer«, lachte Paula trotz ihrer getrübten Stimmung, schließlich konnte ihre Großmutter nichts dafür.

Sie stellte die Maschine an, nahm zwei Kaffeebecher aus dem Schrank und setzte sich an den Küchentisch, auf dem bereits ein Gedeck für sie lag. »Ehrlich gesagt bin ich froh, dass ich mich jetzt erst einmal setzen kann, bis das Gewitter vorbeigezogen ist. Der Vormittag war wirklich lang und heftig. Aber ich denke, für übermorgen ist so weit alles vorbereitet. Morgen können wir die Tische und Stühle schon bereitstellen und noch einmal die Anschlüsse vom Elektriker testen, dann wären wir durch.«

Ihr Blick fiel auf den Berg Gläser mit Marmelade und Kompott, die noch zum Abkühlen auf der Arbeitsplatte standen, und die ganze Aufregung vor dem Fest machte sich in ihr bemerkbar. »Ich hoffe, es kommt überhaupt jemand, damit sich euer großartiger Einsatz auch gelohnt hat.«

»Ha!« Ihre Großmutter wendete geschickt den Pfannkuchen mit dem Pfannendeckel. »Du wirst sehen, es wird sicher voll. Am Samstag soll es nicht zu warm und trocken sein, genau richtig also für einen Ausflug mit der Familie.«

Die dunkle Wolkenmasse stand inzwischen über dem Hof, und Paula schaltete das Licht an.

Dann warf sie einen skeptischen Blick aus dem Fenster. »Es

gießt wie aus Eimern. Sind im Haus alle Fenster zu?«, fragte sie und schloss vorsichtshalber die gekippten Küchenfenster. Der Wind hatte bereits stark aufgefrischt und spielte nicht nur mit den heftig schwingenden Zweigen der alten Eiche, sondern schickte seine pfeifenden Böen bis in die Küche.

»Sophie hat sich darum gekümmert, bevor sie losgefahren ist«, erklärte ihre Großmutter.

Paula nickte. Natürlich, es war schließlich nicht das erste schwere Gewitter, das ihre Mutter hier erlebte. Besorgt schaute sie über den Hof. Dieses Mal schien es sich zu einem richtigen Sturm zu entwickeln. Sie konnte nur hoffen, dass nicht auch noch Starkregen, geschweige denn Hagel dazukamen und ihre Obsternte zerstörten. Ihr Magen machte einen kleinen Salto, als ihr erneut bewusst wurde, dass sie jetzt diejenige war, die die Verantwortung für Haus und Hof trug. Ein wenig sentimental dachte sie an ihre Kindheit zurück, als sie sich bei Gewittern noch zu ihrer Großmutter kuscheln konnte. Diese Zeiten waren jetzt endgültig vorbei.

Als Großmutter Claire ihr den ausgebackenen Apfelpfannkuchen auf den Teller gab, setzte Paula sich mit einem unguten Gefühl zurück auf ihren Platz.

»Es duftet himmlisch«, meinte sie ein bisschen abwesend, mit dem Gedanken bereits wieder bei der Planung des Festes, während sie den Pfannkuchen großzügig mit Zimt und Zucker bestreute.

Dann nahm sie ihr Besteck und langte kräftig zu. Erst jetzt spürte sie, wie ausgehungert sie war. Gefrühstückt hatte sie kurz nach sechs, und bis auf ein paar Probehäppchen in der Käserei hatte ihr Magen noch nichts weiter zu tun gehabt. Außerdem war der süße und fettige Apfelpfannkuchen jetzt die reinste Nervennahrung.

Gerade als sie anfing, sich ein wenig zu entspannen, und mit dem zweiten Pfannkuchen beginnen wollte, nahm sie aus dem Augenwinkel hinter der dichten Regenwand vor dem Fenster eine Bewegung wahr. Unwillkürlich schaute sie hinaus und fürchtete, ihr bliebe das Herz stehen: Das Scheunentor stand sperrangelweit offen!

Sie warf das Besteck auf den Tisch, sprang auf und rannte in Hausschuhen nach draußen in den peitschenden Regen, der sie sofort eiskalt bis auf die Haut durchnässte. Donner grollte in der Ferne, Blitze zuckten über den Himmel, während sie mit geducktem Kopf so schnell wie möglich gegen die Windböen ankämpfte und über den Hof lief. Als sie der Scheune viel zu langsam näher kam, sah sie bereits durch die prasselnde Regenwand hindurch, dass es zu spät war. Der Wind, der sich inzwischen zu einem kräftigen Sturm entwickelt hatte, fuhr durch die wild hin- und herschwingenden Torflügel ins Innere der Scheune und begann bereits sein Spiel mit dem Dach. Wie gelähmt blieb sie stehen und sah die leichten Schwingungen, die sich rasch immer weiter über das ganze Dach ausbreiteten. Ihr Herz stockte, bevor sie im letzten Moment die Arme nach oben riss und durch den Schlamm rutschend um ihr Leben rannte. Nur Sekunden später hob ein großer Teil des Scheunendachs einfach ab und flog mit einem eleganten Schwung durch die Luft – genau auf sie zu. Paula sprang und hörte das Dach im selben Moment mit einem enormen Krachen auf den Hof aufschlagen, als sie bäuchlings durch den Schlamm schlitterte. Sie keuchte vor Schmerz und richtete sich zitternd im eiskalten Regen auf, der ihr unaufhörlich ins Gesicht prasselte. Sie wischte sich über die Augen, doch der Anblick veränderte sich nicht. Während die Donnerschläge in kurzen Abständen die Luft um sie herum erbeben ließen, erleuchteten die über den Himmel zuckenden Blitze das ganze Ausmaß der Katastrophe.

Gerade noch rechtzeitig konnte sie sich mit ihrem beherzten Sprung hinter die alte Eiche retten, nur ihren rechten Oberarm hatte etwas getroffen. Doch anstatt dem Schmerz weiter nachzugehen, rieb sie nur teilnahmslos über die Stelle, während sie nicht fassen konnte, was sie vor sich sah. Im Scheunendach prangte ein riesengroßes Loch, und der ganze Hof war übersät mit Trümmern der heruntergefallenen Dachplatten.

Plötzlich hörte sie über den tosenden Wind hinweg das angstvolle Wiehern der Pferde und kam wieder zu Bewusstsein. Sie setzte sich sofort in Bewegung. So gut sie konnte, stemmte sie sich gegen die Sturmböen und lief hinüber zum Pferdestall, sprang dabei über Trümmer hinweg und kam beinahe zu Fall, als sich ihr Fuß in einem Gewirr aus Dachsparren und Betonteilen verhakte.

Auch ein Teil des Dachs über dem Pferdestall war Opfer des Sturms geworden, der nach wie vor beharrlich daran arbeitete, weitere Teile abzudecken. Aber bevor sie darüber nachdenken konnte, mussten die Pferde in Sicherheit gebracht werden. Ein weiterer Donnerschlag ließ sie vor Schreck zusammenzucken, und auch die Pferde wieherten panisch in ihren Boxen.

Die Stallgasse war ebenso übersät mit Trümmerteilen wie der Hof. Pirko und Salim stampften mit den Hufen, die blanke Angst stand in ihren Augen. Ihr selbst war angst und bange, als sie die unruhigen Tiere sah. Hoffentlich war keines von ihnen verletzt.

Plötzlich stand jemand hinter ihr, sie spürte eine Hand am Arm und fuhr herum. Es war Theo, ebenso klitschnass wie sie, das Wasser lief über seine dunklen Haarsträhnen in sein Gesicht.

»Wir müssen die beiden hier rausbringen! Rüber in die Fahrzeugscheune!«, rief sie ihm über den pfeifenden Wind hinweg zu. »Ich nehme Salim, kümmere du dich um Pirko!«

So behutsam es Paula in ihrem angespannten Zustand möglich war, näherte sie sich dem alten Pferd.

»Hoh, ganz ruhig, mein Lieber, ich bin jetzt da.« Langsam öffnete sie die Boxentür. Immer auf der Hut vor plötzlich ausschlagenden Hufen, griff sie vorsichtig nach Salims Halfter und zog ihn sacht zu sich herüber, während sie beruhigend auf ihn einredete. Auf den ersten Blick konnte sie keine Verletzungen ausmachen, aber als sie ihn jetzt langsam aus der Box führte, fiel ihr auf, dass er lahmte.

Eine erneute Windböe peitschte herein, wirbelte Stroh und Staub auf, und das sowieso schon nervöse Pferd begann zu tänzeln.

Paula sprach mit leiser Stimme auf ihn ein und zog ihn behutsam hinter Theo her, der vor ihnen ging; raus aus dem Stall, weg von der Gefahr weiterer herabfallender Dachteile, hinaus in den Regen. Bis sie endlich auf dem Hof waren, knirschte sie bereits frustriert mit den Zähnen und musste all ihre Ungeduld zügeln, um dem Pferd so wenig Stress wie möglich zu machen. Aber wenn sie sich nicht schleunigst um das Scheunendach kümmerte, wären ihre Heu- und Strohvorräte unwiederbringlich verloren, an die Berge von Marmelade und Liköre, die im Pferdestall gelagert waren, wollte sie gar nicht erst denken.

Es gestaltete sich weiterhin mühsam, das verängstigte, lahmende Tier mitten durch Trümmerteile, herumwirbelnde Zweige und Fetzen von Dachpappe, die wie aufgeregte Schwalben durch die Gegend flogen, auf die andere Seite des Hofs zu führen. Nach schier endlosen Minuten, die sie gegen den peitschenden Sturm und prasselnden Regen ankämpften, erreichten sie die Fahrzeugscheune erst, als Theo Pirko bereits angebunden hatte. Als auch Salim schließlich stand, warf sie einen kurzen Blick auf das verletzte Bein und erkannte eine Schwellung und ein wenig Blut an der Fessel. Wahrscheinlich war er vor Schreck gestiegen und hatte sich vertreten. Innerlich zerrissen, weil sie ihn jetzt allein lassen musste, streichelte sie ihm noch einmal beruhigend über das Maul. Sie hatte schlicht keine Wahl, da der Regen weiterhin unerbittlich vom Himmel prasselte.

Also wandte sie sich Theo zu. »Ist mit Pirko alles okay?«

»Soweit ich sehen kann, ja.«

»Wir müssen als Erstes alle Türen schließen, sonst hat der Wind zu viel Spiel mit dem Dach.«

Auch wenn sie nach wie vor nicht verstand, wie das Scheunentor überhaupt aufgehen konnte, da sie es fest verschlossen hatte. Aber jetzt war keine Zeit, um darüber nachzudenken.

Gemeinsam mit Theo lief sie mit gesenktem Kopf durch den Regen über den Hof, während der Donner unaufhörlich über ihnen grollte. Nachdem sie die Tür zum Pferdestall geschlossen hatten, stemmten sie sich mit vereinten Kräften gegen die offenen Torflügel des Scheunentors. Doch bei der Torhälfte, die gegen den Wind geschlossen werden musste, hatten sie keine Chance, sie schafften es kaum bis zur Hälfte.

»Wir brauchen den Radlader!«, rief Theo, während er mit dem Rücken versuchte, das Scheunentor zumindest an Ort und Stelle zu halten.

Paula nickte nur und sprintete zu den Fahrzeugen, die sie hinter der Fahrzeugscheune abgestellt hatten. Zuerst musste sie sich mit zitternden Händen darauf konzentrieren, die Maschine zu starten und die gewaltige Schaufel zu bedienen, um sich einen Weg durch die Trümmer zu pflügen. Zügig, aber vorsichtig bahnte sie sich ihren Weg. An der Scheune hob sie die schwere Schaufel ein wenig an, fuhr auf den Flügel des Scheunentors zu, den Theo immer noch in einem annehmbaren Winkel hielt, und schloss so sanft wie möglich den Kontakt, um das Tor anschließend Stück für Stück zuzuschieben.

Sie stellte die Maschine aus und sprang hinaus.

»Um die Plane festzuzurren, brauchen wir Stricke!«, rief sie Theo zu.

»Ich gehe welche holen, und du ziehst dir erst einmal richtige Schuhe an! So kannst du nicht aufs Dach!«

Paula schaute an sich hinunter und stellte fest, dass ihre Füße immer noch in ihren inzwischen durchweichten Pantoffeln steckten.

Während Theo zur Werkstatt lief, sprintete sie zum Haus, um sich in Rekordzeit ihre Arbeitsschuhe anzuziehen.

Kurz nach Theo erreichte auch sie die Rückwand der Scheune, wo die Planen aufgerollt nebeneinanderlagen. Klatschnass waren sie deutlich schwerer als sonst, und Paula hatte das Gefühl, jeder Tropfen, der auf dem Weg zum Hof zusätzlich daraufplatschte, vervielfachte das Gewicht. Keuchend legten sie die Plane schließlich neben dem Radlader ab.

»Wo habt ihr eine Leiter?«

Paula sparte sich die Antwort, da gerade ein ohrenbetäubender Donnerschlag die Luft zerriss, und lief hinüber zum Ziegenstall, an dessen Längswand die Leiter hing. Theo war ihr gefolgt, und sie schleppten das Ungetüm gemeinsam hinüber zur Scheune. Ein gutes Stück neben dem Scheunentor lehnten sie die Leiter an die Wand.

»Ich steige zuerst hinauf, und du folgst mir!«, rief Theo bestimmt.

Da zum Diskutieren keine Zeit blieb und selbst Paula einsehen musste, dass Theo mehr Kraft hatte, nickte sie bloß mit dem Kopf.

Theo schulterte das eine Ende der Plane und stieg die ersten

Sprossen hinauf. Doch noch bevor Paula das andere Ende greifen konnte, packte der Wind die Leiter, wehte sie um, und mit einem dumpfen Knall landete sie samt Theo auf dem geteerten Hof.

Paulas Herz raste, sie lief zu ihm und ging in die Knie. »Ist dir was passiert?«, fragte sie voller Angst, während sie die Hände nach ihm ausstreckte.

Theo verzog schmerzvoll sein Gesicht, richtete sich mit ihrer Hilfe vorsichtig auf und schüttelte den Kopf.

Paula strich sich die nassen Haare aus dem Gesicht. »Meinst du, du schaffst es, die Plane allein nach oben zu schleppen, damit ich die Leiter festhalten kann?«

»Muss ja.«

Er packte die Plane, während Paula die Leiter erneut gegen die Scheunenwand lehnte. Ein weiterer Blitz erhellte den dunklen Himmel, dicht gefolgt von einem kräftigen Donner. Ihr wurde ein wenig flau, wenn sie daran dachte, wie gefährlich die Situation für sie beide war. Sofort verdrängte sie den Gedanken wieder und konzentrierte sich auf ihre Arbeit. Sprosse für Sprosse schleppte Theo die Plane nach oben, während sie die Leiter mit eiskalten Händen umklammerte. Sie sah zu ihm hoch, während ihr der Regen ins Gesicht peitschte. Es schien eine Ewigkeit zu dauern, bis er schließlich oben war und die Plane hinterhergezogen hatte. Sobald er die Leiterstäbe an den oberen Enden festhielt, machte sie sich an den Aufstieg, mit rutschigen Fingern und einem klammen Gefühl im Bauch. In dem Moment, in dem sie sich aufrichtete, spürte sie die tödliche Wucht des Windes. Sie musste alle Kraft aufbringen, sich überhaupt auf den Beinen zu halten, und sich nicht nur gegen den Wind, sondern auch gegen die Regenfluten stemmen. Theo war bereits weiter das rutschige, löchrige Dach hinaufgestiegen und begann damit, die erste Ecke der Plane festzuzurren. Mühsam und vorsichtig tastete sie sich Schritt für Schritt über das marode Dach, immer mit der Angst im Nacken, sie könnte einbrechen und in die Tiefe stürzen – oder ausrutschen und einfach vom Wind vom Dach gefegt werden. Die Sicht war schlecht, der Boden unter ihren Füßen unsicher, und das Tosen des Sturms verhinderte, dass sie und Theo einander verstehen konnten. Irgendwie mussten sie trotzdem zusammenarbeiten. Als sie zu ihm hinübersah, rutschte plötzlich ihr rechter Fuß weg, und sie konnte sich gerade noch mit beiden Händen abfangen. Ihr Herz pochte wild, und die Hände schmerzten, aber all das verdrängte sie, ganz konzentriert auf die gefährliche Aufgabe, die vor ihr lag. Stück für Stück stieg sie weiter hinauf, bis sie endlich das andere Ende der Plane erreichte. Sie hockte sich hin und atmete schwer, als sie schließlich mit kalten, fast gefühllosen Händen an der nassen, rutschigen Plastikplane zerrte. Zuerst ließ sie sich noch gut bewegen, sobald sie jedoch gemeinsam begannen, sie auszubreiten, wurde die Sache ungleich schwieriger.

Paula kämpfte mit jeder Bewegung um ihr Gleichgewicht, die Zähne zusammengebissen gegen die Kälte, den Sturm und den Regen. Donner krachte über ihnen, und Blitze erhellten sporadisch das Dach vor ihr. Es ging alles gut, bis sie knapp die Hälfte geschafft hatten. Dann fuhr eine solch heftige Böe unter die Plane, dass sie sich entrollte und wie eine flatternde tödliche Fahne in den Wind gerissen wurde. Paula bemühte sich, den nassen, glitschigen Kunststoff mit aller Kraft zu halten, doch die Plane riss sie fast von den Beinen, und sie rutschte zwei Schritte rückwärts, der Dachkante entgegen. Ihr Herz setzte einen Schlag aus, als sie einen weiteren Schritt zurücktaumelte und bereits über den Abgrund steil nach unten schaute. Doch bevor sie fiel, wurde sie mit einem kräftigen Ruck wieder in Richtung Dach zurückgerissen – Theo hielt sie fest. Paula atmete schaudernd die nasse, kühle Luft, stabilisierte ihren Stand und trat vorsichtig ein Stück von der Kante zurück.

Um die Plane gemeinsam mit Theo Stück für Stück unter Kontrolle zu bringen, musste sie noch einmal alle Kräfte sammeln. Von Regen und Wind waren ihre Finger inzwischen eisig und klamm, durch die groben Stricke hatte sie bereits einige blutige Stellen, aber Schmerzen spürte sie nicht. Die Angst, alles zu verlieren, was ihr wichtig war, überwog jedes andere Gefühl. Ihr Herz klopfte wie wild, und in ihrem Kopf kreiste nur ein Gedanke: Wir müssen es schaffen!

Dann setzte der Hagel ein. Wie Nadeln prasselten die eisigen Körner auf ihren Kopf und ihren Rücken. Ihre Finger wurden immer steifer, das Gefühl darin ging zunehmend verloren, und sie spürte, dass sie langsamer wurde und immer öfter ausrutschte. Aber sie konnte und durfte jetzt nicht aufgeben! Sie biss fest die Zähne zusammen und arbeitete sich langsam und qualvoll von Öse zu Öse vor.

Als sie schließlich den letzten Knoten gemacht hatte, konnte sie es kaum fassen. Mühsam richtete sie sich auf. Ihre Knie schrien vor Schmerz, und ihre Oberschenkel brannten. Aber das war ihr egal. Sie sah zu Theo, der ihren Blick erwiderte. Rutschend und schlitternd bewegten sie sich zurück über das Dach zur Leiter. Fürs Erste war es dicht, und sie konnten wieder hinuntersteigen. Über ihnen donnerte es wieder, aber der Abstand zum nächsten Blitz war deutlich größer geworden, das Gewitter war weitergezogen. Der Hagel ging zunehmend wieder in kräftigen Regen über, und der Wind wehte zwar stark, aber gleichmäßig, nicht mehr wie ein Orkan.

Als sie die letzte Stufe der Leiter hinabgestiegen war, waren ihre Beine steif wie ein Brett und gleichzeitig wackelig wie ein

Gummiband. Sie streckte sich vorsichtig, machte ein paar mühsame Schritte und schob die nassen Haare aus ihrem Gesicht.

Ihr Blick fiel auf den Radlader, den musste sie nach diesem Sturm auch kontrollieren. Sie wandte sich um und bedeutete Theo, dass sie erst einmal vor dem Regen unter dem Dachvorsprung der Scheune Schutz suchen konnten.

Als er, ebenso zitternd und durchnässt wie sie, neben ihr ankam, sagte Paula müde: »Ich verstehe einfach nicht, wie das Scheunentor aufgehen konnte. Ich habe das Schloss vor dem Unwetter überprüft, es war geschlossen.«

Auf Theos Gesicht erschien ein seltsamer Gesichtsausdruck. Ein ungutes Gefühl machte sich in ihrem Magen breit.

»Ich fürchte, das war mein Fehler«, sagte er. »Mir war aufgefallen, dass in einer der Küchen eine Leiste fehlte, und die wollte ich unbedingt noch anbringen. Wahrscheinlich ist das Schloss nicht richtig eingerastet, als ich die Scheune verlassen habe. Es tut mir leid.«

Fassungslos starrte Paula ihn an. »Es tut dir leid?«

Sie spürte, wie der Ärger der letzten Stunden aus allen Poren ihres Körpers kroch und eine Welle aus Zorn und Frustration in ihr hochstieg.

»Es tut dir leid?«, fragte sie erneut, diesmal schon deutlich lauter. Sie trat zwei Schritte von ihm weg, in diesem Moment war ihr völlig egal, dass sie jetzt wieder im Regen stand.

»Mein Gott! Hier steht meine Existenz auf dem Spiel, und dir tut es leid?«, brüllte sie ihn schließlich an. »Ein großer Teil der Heu- und Strohvorräte ist hinüber, die Marmeladen und Liköre für das Hoffest sind zerstört, und im Dach klafft ein großes Loch, das nicht einfach so repariert werden kann, sondern komplett erneuert werden muss! Bei dieser Aktion auf dem Dach hätten wir uns den Hals brechen können! Von Salims Verletzung und den Ängsten der Pferde ganz zu schweigen! Da ist es nicht damit getan, dass es dir leidtut!«

Paula wischte sich über das nasse Gesicht und schüttelte den Kopf. Sie zitterte vor ausgestandener Angst, vor Zukunftsangst und vor Kälte.

»Ich dachte, wir beiden wären Freunde. Freunde, die einander beistehen! Die einander mit Respekt und Vertrauen begegnen! Ha! Doch das siehst du wohl völlig anders. Es locker angehen zu lassen, bedeutet für dich offenbar nicht mehr, als Sex in freundschaftlicher Atmosphäre zu haben!«

Sie hätte nicht gedacht, dass sich ihr Ärger noch steigern könnte, aber als Theo auf ihren Vorwurf kein Wort erwiderte, wandelte sich ihr Zorn in blanke Wut.

»Ist dir eigentlich klar, dass du nicht nur mein Vertrauen missbraucht, sondern mich ruiniert hast? Wegen dir verliere ich den Hof!«

»Vielleicht wird es gar nicht so schlimm. Die ...«

»Natürlich ist es schlimm!«, fiel sie ihm ins Wort. »Ich habe mich auf dich verlassen, und du hast mich im Stich gelassen!«

»Das ist doch gar nicht wahr!«, versuchte er, sich zu verteidigen, aber Paula wehrte ihn mit einer unwirschen Geste ab.

»Ich habe dir vertraut! Dir meinen Hof anvertraut! Aber augenscheinlich habe ich in unserer Freundschaft mehr gesehen. Mein Fehler! Ich hätte es besser wissen müssen!«

Als Theo etwas erwidern wollte, hob sie die Hände. »Ich will nichts hören! Geh einfach! Hau ab! Ich will dich nie mehr sehen!«

Sie ballte die Hände zu Fäusten, während ihr die Tränen in die Augen schossen, wandte sich um und ließ ihn stehen. So sollte er sie nicht sehen.

Wütend und gleichzeitig zutiefst getroffen, ging sie wie ferngesteuert den inzwischen matschigen Weg entlang. Es regnete noch, aber ihr Körper fühlte sich taub und gefühllos an, sie spürte es kaum. Langsam ging sie in Richtung ihrer Wiesen, um nach den Obstbäumen zu sehen.

Hinter dem Kräutergarten, der nach dem Hagelschlag ein einziges Bild des Jammers war, blieb sie stehen. Paulas Blick schweifte über die Streuobstwiesen, die sich bis hinunter ins Tal erstreckten. Kräftige, durch die Nässe dunkelgrüne Blätter hingen an den unzähligen Obstbäumen, die bereits die ersten Früchte ausbildeten. Wie viele Male hatte sie mit der Hand über ihre raue Rinde gestrichen? War als Kind in ihre Äste geklettert? Nicht nur, wenn sie mit ihren großen Brüdern Verstecken spielte, sondern meist, um sich auf den knorrigen Ästen im Wind zu wiegen. Sie hatte frisches Obst genascht, sich im hohen Gras verkrochen, Bienen und Hummeln bei der Arbeit beobachtet. Erst vor wenigen Wochen hatte sie die weißen und rosafarbenen Blüten bewundert, die die Wiesen jedes Frühjahr in ein traumhaftes schneerosa Meer verwandelten. Als Kind hatte sie versucht sie zu zählen, war durch die hinabfallenden Blüten gesprungen wie durch den ersten Schnee des Jahres. Sie kannte jeden einzelnen Baum, hatte sie alle das letzte Jahr über gehegt und gepflegt, beschnitten und gekalkt.

Heute Morgen war sie noch zwischen ihnen herumgelaufen und hatte die Fruchtstände kontrolliert, sich anschließend ihrem Kräutergarten gewidmet, Unkraut gejätet, Thymian gepflanzt und Basilikum ausgesät. Es war eine einzige Freude gewesen. Aber jetzt beugten sich die jungen Pflanzen windschief unter ihrem Gewicht, und auch von der Idylle auf den Streuobstwiesen war nichts mehr zu sehen. Überall lagen abgerissene Blätter und Zweige auf dem Boden, dazwischen unzählige knospende Früchte. Bei diesem Anblick zog sich ihr Herz schmerzhaft zusammen.

Der Sturm war weitergezogen. Der Regen peitschte nun nicht mehr wie von wilden Furien gehetzt auf sie herab, sondern strömte gleichmäßig aus den dichten grauen Wolken, vermischte sich mit den Tränen auf ihren Wangen. Böen wirbelten über den Hof und zogen kräftig an der Plane, die sie eben noch provisorisch auf dem Scheunendach ausgebreitet hatten, nachdem der Sturm einen Großteil davon zerstört hatte.

Sie raufte sich die nassen Haare, was jedoch nichts an dem Orkan änderte, der in ihrem Inneren tobte. Wie hatte sie sich bloß so täuschen können? Wo sie doch immer gedacht hatte, über gute Menschenkenntnis zu verfügen!

Bitter lachte sie auf. Am liebsten hätte sie sich geohrfeigt. Es war schon wieder passiert. Als hätte sie aus ihrer letzten Beziehung nichts gelernt, hatte sie sich erneut einwickeln lassen. Von einer schönen Fassade und charmantem Gehabe. Hatte auf ihre Freundinnen gehört, die ihr in den Ohren gelegen hatten, das Leben einfach zu genießen und Männern nicht von vornherein zu misstrauen. Hätte sie sich doch nur auf ihre Skepsis verlassen und die Finger von ihm gelassen! Schließlich war sie ein gebranntes Kind und wusste genau, dass man sich auf Männer einfach nicht verlassen konnte. Und jetzt stand sie hier, und alles, was sie sich mühsam aufgebaut hatte, war mit einem Schlag zerstört. Ihre ganze Existenz, der Hof, den sie mit ihrer Hände Arbeit aufgebaut hatte – alles weg.

Sie stand vor dem Nichts.

Den Rest des Tages hatte sie glücklicherweise keine Zeit mehr, um mit den anderen über irgendetwas zu sprechen, dafür gab es zu viel zu tun. Zuerst telefonierte sie mit Jakob, um zu erfahren, womit sie dem alten Wallach helfen konnte. Danach hatte sie dem Tier einen Salbenumschlag gemacht, die Stallgasse von den Trümmerteilen gesäubert, zwei Boxen im hinteren Teil des Pferdestalls hergerichtet und Salim und Pirko dort untergebracht.

In der Zwischenzeit war Finn zurückgekommen, hatte sich auf den Radlader gesetzt und begonnen, die Trümmer auf dem Hof zu beseitigen. Sie hatten eine Weile überlegt, wo sie den Schutt am besten lagern könnten, und sich für die Wiese hinter der Scheune entschieden. Wenn Finn seine Arbeit erledigt hätte, wollten sie eine große Plane über den Schuttberg zurren, damit übermorgen das Hoffest stattfinden könnte.

Ja, das Hoffest sollte trotz allem stattfinden, dafür hatten sich die anderen unisono ausgesprochen. Ihre gegenteilige Meinung dazu war nicht gefragt, also hatte sie zugestimmt. Sie fühlte sich innerlich zu taub, um zu widersprechen.

Während ihre Mutter und Lisa sich daranmachten, heil gebliebene Marmeladengläser und Likörflaschen aus dem Scherbenberg herauszusuchen, hatte Paula die Ziegen gemolken und gefüttert sowie die Hühner versorgt. Sie erledigte alles mechanisch, machte die Handgriffe, die sie schon zahllose Male ausgeführt hatte. Sie arbeitete bis zur Erschöpfung und darüber hinaus – damit sie bloß nicht nachdenken musste.

Außer einer heißen Dusche ging an diesem Abend nichts mehr. Ohne etwas zu essen, geschweige denn noch mit den anderen zusammenzusitzen, fiel sie anschließend ins Bett. Zuerst wollte der Schlaf trotz ihrer Erschöpfung nicht kommen, Tränen liefen über ihre Wangen, die sie hastig und ärgerlich wegwischte. Dann fiel sie in einen dunklen, traumlosen Schlaf.

Am nächsten Morgen wachte sie wie gerädert auf. Jeder Knochen tat weh, ihr Kopf pochte. Wenn sie daran dachte, dass sie sich gleich ihrer Großmutter stellen musste, die endlich eine Zusammenfassung der Ereignisse hören wollte, wurde ihr übel.

Widerwillig stand sie auf. Ein Blick in den Spiegel zeigte ihr, dass sie genauso aussah, wie sie sich fühlte. Dicke schwarze Ränder unter den Augen, die sie eher glasig denn klar anstarrten. Zu allem Überfluss hatte sie noch tiefe Schlaffalten in ihrer linken Wange. Aber das musste sie heute nicht stören, schließlich war Theo nicht mehr da.

Theo. Der Gedanke an ihn ließ es in ihrem Bauch heiß aufblitzen, weshalb sie ihn sofort wieder unterdrückte. Nach dem Hoffest war genug Zeit, sich im Selbstmitleid ob ihres katastrophalen Männergeschmacks zu wälzen.

Sie drehte das kalte Wasser auf und machte sich daran, endlich richtig wach zu werden. Danach zog sie sich so langsam wie möglich an und gab Muffin noch eine ausgiebige Streicheleinheit, ehe ihr wirklich kein Grund mehr einfiel, noch länger vom Frühstück fernzubleiben.

Wie befürchtet waren heute alle extra früh aufgestanden und schauten ihr schon vom Frühstückstisch entgegen, als sie die Küche betrat. Mémère, ihre Mutter, Lisa und Finn. Alle außer Theo natürlich, der heute in der Runde fehlte. Seine Abwesenheit versetzte ihr einen Stich, den sie augenblicklich verdrängte.

»Morgen«, grüßte sie die anderen müde und knurrig.

»Dir auch einen guten Morgen«, erwiderte ihre Mutter, die schon erschreckend wach zu sein schien. »Setz dich, Kaffee steht an deinem Platz.«

»Ich weiß nicht, was ich sagen soll.« Hilflos hob Paula die Hände, als sie sich ans Kopfende des langen Tisches setzte. »Es ist eine einzige Katastrophe.«

Verlegen wischte sie eine Träne von ihrer Wange. Es nutzte niemandem, wenn sie jetzt zur Heulsuse mutierte. Es mussten Entscheidungen getroffen werden.

»Jetzt trink erst einmal einen Kaffee«, sagte Großmutter Claire in einer Seelenruhe, die Paula nicht nachvollziehen konnte, schenkte ihr einen Becher voll ein und schob ihn ihr herüber.

»Danke.« Paula schlürfte das heiße Getränk und war dankbar, dass das Koffein schon kurz darauf seine Wirkung tat.

»Iss!« Lisa reichte ihr ein halbes Brötchen, das dick mit Himbeermarmelade bestrichen war.

»Danke.« Froh, erst einmal nicht sprechen zu müssen, aß sie das Brötchen und trank dazu ihren Kaffee.

Die anderen taten es ihr in völliger Stille gleich. Paula überlegte, ob der Küchenwecker im Herd schon immer so laut getickt hatte. Aber das war auch bloß wieder Ablenkung vom Wesentlichen, weshalb sie schließlich aufseufzte und sich dem Unabänderlichen stellte.

»Ich weiß nicht, wie ich das noch stemmen soll. Allein das neue Dach und die Entsorgung des Asbestschutts werden einen sechsstelligen Betrag verschlingen, und die Obsternte fällt nach diesem Hagel deutlich geringer aus, als wir bisher angenommen haben. Meine Pläne, damit zu expandieren, muss ich um ein weiteres Jahr verschieben, aber ich habe keine Ahnung, wie ich das finanzieren kann.«

So, jetzt war es heraus. Trotz aller Ungewissheit fühlte sie sich erleichtert.

»Meinst du nicht, das Dach bezahlt die Versicherung?«, fragte ihre Mémère. »Das sind doch Unwetterschäden, und die haben wir versichert.«

»Ehrlich gesagt habe ich mir bisher noch nicht erlaubt, mir darüber Gedanken zu machen. Sicher gibt es dafür Versicherungen, aber nach dem Fiasko mit dem Trecker habe ich mich noch nicht getraut, überhaupt nachzufragen.«

Großmutter Claire schüttelte verständnislos den Kopf. »So kenne ich dich ja gar nicht. Vogel-Strauß-Verhalten passt einfach nicht zu dir. Wie sagen die jungen Frauen immer? Krönchen richten und aufstehen?«

Widerwillig musste Paula schmunzeln. »Du hast ja recht. Ich werde mir gleich als Erstes die Versicherungsunterlagen anschauen und sehen, was sich da machen lässt.«

»Das ist mein Mädchen«, stimmte Großmutter Claire ihr zu.

»Wie sieht es mit den Obstbäumen aus? Waren die auch versichert?«, wollte Paula von ihr wissen.

»Ich fürchte nicht.« Ihre Mémère verzog das Gesicht. »Bisher waren wir nicht auf die Erträge der Obstbäume angewiesen. Das war nur mein Nebenerwerb und wurde deshalb nicht gesondert versichert. Über all die Jahre sind wir so gut durchgekommen.«

»Das mag stimmen«, wandte Finn ein, »aber Paula hat im letzten Jahr viel in neue Bäume investiert.«

»Und war zu doof, sich auch um die Versicherung zu kümmern«, ergänzte Paula resigniert.

Ihre Mutter legte ihr tröstend die Hand auf die Schulter. »Das ist Lehrgeld, Kind. Das muss jeder zahlen, der in einem neuen Beruf anfängt. Lass dich davon nicht entmutigen.«

»Ich hätte es einfach wissen müssen. Schließlich habe ich so etwas mal studiert.«

»Mein Gott, jetzt mach dich doch nicht so klein!«, schimpfte Lisa, die bisher noch gar nichts gesagt hatte. »Du bist hier im letzten Jahr ins kalte Wasser gesprungen, hast ganz viel verändert, zahlreiche Ideen umgesetzt und unendlich viel Neues gelernt. Da ist es doch ganz normal, dass man auch etwas falsch macht. Auch du bist nicht perfekt! Kein Grund, gleich aufzugeben.«

»Wir kriegen das schon hin, wenn wir ein Problem nach dem anderen angehen«, ermutigte sie auch ihre Mutter. »Wie sieht der Plan für heute aus?«

Nachdem sie besprochen hatten, wer an diesem Vormittag welche Aufgaben übernahm, zog sich Paula ins Büro zurück und wälzte Aktenordner. Sie fand die richtigen Unterlagen: Ihre Großmutter hatte recht. Es gab eine Wohngebäudeversicherung für die Scheune, aber keine Ernteausfallversicherung für die Streuobstwiesen. Die Versicherungsmaklerin am Telefon war sehr freundlich, nahm alle Schäden rund um die Scheune auf und sicherte ihr zu, dass sich so bald als möglich ein Gutachter mit ihr in Verbindung setzen würde. Bis dahin sollte sie schon einmal für Kostenvoranschläge für das neue Scheunendach sorgen. Ein kleines Fünkchen Hoffnung tauchte an Paulas Horizont auf. Als Nächstes rief sie mehrere Dachdeckerbetriebe an und bat sie um Termine.

Als sie auf die Uhr sah, war es bereits später Vormittag. Sie stand auf, streckte ihre malträtierten Glieder und ging in die Küche. Sie brauchte eine Cola.

»Und?«, fragte Lisa, kaum dass Paula die Küche betreten hatte.

»Scheint zum Glück weniger dramatisch zu sein, als ich befürchtet hatte.« Sie ging hinüber zum Kühlschrank, nahm eine Flasche Cola heraus und füllte sich ein großes Glas. »Das Dach wird wohl komplett übernommen. So habe ich noch Glück im Unglück, weil wegen des Asbests im Material auch der Pferdestall komplett neu eingedeckt werden muss.« Sie lehnte sich gegen die Arbeitsplatte, trank einen Schluck und schloss kurz die Augen.

»Und wie ist es mit Heu und Stroh?«

»Das werde ich auf eigene Kosten ersetzen müssen. Mal schauen, wie sich der Sommer noch entwickelt und wie viele Grasschnitte wir noch machen und trocknen können. Wir kommen vielleicht über den Winter, können aber nicht so viel verkaufen wie in den Jahren zuvor.«

Lisa warf eine weitere geschälte Kartoffel in den vor ihr stehenden Topf und griff nach der nächsten. »Klingt, als wärst du noch mal mit einem blauen Auge davongekommen.«

»Möglich. Ich glaube es allerdings erst, wenn ich die Kostenzusage für das Dach habe.« Paula leerte ihr Glas und stellte es in die Spülmaschine. »Ich bin dann mal im Ziegenstall. Wenn Finn schon die Käserei übernimmt, werde ich frisch einstreuen und kehren gehen.«

»Wo steckt eigentlich Theo? Ich habe ihn heute noch gar nicht gesehen.«

Am liebsten wäre Paula Lisas fragendem Blick ausgewichen, aber sie wusste, dass das genauso viel nutzte, wie sie am Atmen zu hindern. »Ich habe gestern mit ihm Schluss gemacht, nachdem wir in einer halsbrecherischen Aktion das Dach der Scheune abgedeckt haben. Sag bloß Mama nichts davon.«

Lisa rutschte die Kartoffel aus den Fingern, die ins Wasser platschte. »Du hast was? Warum?«

»Es war von Anfang an falsch, mich mit ihm einzulassen. Ich hätte es besser wissen und die Finger von ihm lassen müssen«, sagte Paula bitter.

Lisa wirkte verwirrt. »Ich verstehe nur Bahnhof.«

»Egal, ich habe zu tun.« Da Paula wirklich keinerlei Lust verspürte, diese Unterhaltung fortzusetzen, verließ sie die Küche ohne ein weiteres Wort.

»Glaub ja nicht, dass du mir so davonkommst!«, rief Lisa ihr hinterher.

Das befürchtete Paula auch, aber bis dahin hatte sie noch eine Menge zu tun.

Auch dieser Tag verging wie im Flug. In der kurzen Mittagspause sprach Lisa das Thema Theo nicht wieder an, und den Nachmittag über waren wieder alle mit den Beseitigungen der Sturmschäden und den Vorbereitungen für das Hoffest beschäftigt.

Auch jetzt, auf dem Weg zu Salim, verdrängte sie jeden Gedanken an Theo, sie hatte keine Zeit für Ablenkungen. Morgen war ein wichtiger Tag für den Hof. Sie wusste nach wie vor nicht, ob sie den Optimismus der anderen teilen sollte, die spekulierten, bei dem vom Wetterdienst angekündigten schönen Wetter würden sie vor lauter Menschen sicher gar nicht wissen, wohin. Aber alles Weitere lag nicht mehr in ihrer Hand. Sie hatten alles vorbereitet. Mariele und Großmutter Claire hatten Waffelteig für eine ganze Kompanie hergestellt, die Kaffeemaschinen funktionierten wie eine Eins, und die Blockhütten waren so hergerichtet, als ob gleich die ersten Gäste einziehen könnten. Die Scheune und Obstbäume waren mit Laternen und Lichterketten geschmückt. Jupp hatte eine Märchenecke für die Kleinen und Finn eine Art Streichelzoo mit Ziegen für die Kinder eingerichtet. Nur Theo fehlte, aber darüber konnte und wollte Paula nicht nachdenken.

Salim schnaubte schon erwartungsvoll, als sie die Stallgasse entlangging. »Na, mein Alter? Wartest du schon auf deine Möhre?«

Sie öffnete die Box, strich dem Pferd liebevoll über den Hals und hielt ihm eine Karotte vors Maul. »Lass es dir schmecken.«

Paula vergrub ihren Kopf in der Mähne des Pferdes. »Immerhin habe ich ja noch dich. Auf dich kann ich mich immer verlassen, du lässt mich nie im Stich«, flüsterte sie dem Pferd ins Ohr. Salim schnaubte und legte den Kopf vertrauensvoll auf ihre Schulter, während sie ihr Gesicht an seinen Hals schmiegte. Sie fühlte sich zwanzig Jahre zurückversetzt, als ihr diese Geste bereits ein tiefes Gefühl von Glück bescherte. Als wäre sie an den beruhigenden Rhythmus des Tieres angedockt, ließ sie es mit allen Sinnen auf sich wirken. Eigentlich war sie hier, um sich um Salim zu kümmern, aber wie immer war es eher umgekehrt.

Bevor sie noch weiter in ihre düsteren Gedanken versinken konnte, zog sie sich zurück und schaute nach seiner verletzten Fessel. Die Schwellung war deutlich zurückgegangen, und die Stelle fühlte sich erfreulicherweise auch nicht mehr heiß an. Das

Blut war nur von einem kleinen Schnitt gekommen, der bereits fast verheilt war. In zwei oder drei Tagen konnte er sicher zurück auf die Weide.

Sie wickelte den Salbenverband wieder um sein Bein und stand auf. »Alles in Ordnung, alter Junge. So ein kleiner Fehltritt kann dir zum Glück nicht viel anhaben, was? Mein Fehltritt war da schon schwerwiegender.«

Paula seufzte und schmiegte sich erneut an den Pferdehals. »Ich bin so eine Idiotin. Immer falle ich auf die falschen Typen rein. Und das Schlimmste ist: Ich verliebe mich auch noch in sie.«

Sie verstand einfach nicht, wie sie sich so in Theo hatte täuschen können. Seine Unachtsamkeit und seine knappe Art, ihr davon zu berichten, hatten sie tief verletzt. Sie hatte gedacht, er würde sie in allen Belangen des Hofs unterstützen, denn er hatte in den letzten Wochen den Eindruck erweckt, als würde ihn ihre Arbeit interessieren. Sie wäre nie darauf gekommen, dass er letztlich so achtlos mit ihrer Existenz umgehen konnte. Aber wahrscheinlich war sie selbst schuld. Schließlich hatten sie von Anfang an abgemacht, dass sie es locker halten wollten. Rein freundschaftlich. Wenn auch mit gewissen Vorzügen. Lag es da nicht auf der Hand, dass sie ihm die Sicherheit des Hofes nicht hätte anvertrauen dürfen? Es gab doch keine Verbindlichkeit, keine Verpflichtung ihr gegenüber. Wenn Paula ehrlich mit sich war, dann war sie vielleicht deshalb so tief erschrocken und wütend, weil sie sich tatsächlich in ihn verliebt hatte. Vielleicht hätte sie sich sogar irgendwann getraut, ihm zu sagen, dass sie mehr wollte. Wie lächerlich hätte sie sich dann gemacht?

Sie lachte bitter auf. »Vielleicht bin ich gerade noch mal so davongekommen. Im wahrsten Sinne des Wortes.«

Sie seufzte und klopfte Salim noch einmal liebevoll den Hals. »Ich werde jetzt schlafen gehen, ich bin völlig k. o., und morgen wird ein langer Tag. Drück mir die Hufe, dass genug Leute kommen, die wir auch langfristig als Kunden gewinnen können. Schlaf gut, alter Freund. Bis morgen.«

Langsam zog sie die Boxentür ins Schloss, löschte das Licht und verließ den Stall.

Am nächsten Morgen stand Paula mit einem Gefühl von Schicksalsergebenheit auf. Heute würde sich alles entscheiden, dachte sie. Langsam zog sie sich an, nickte den anderen in der Küche zu, erledigte die allmorgendlichen Hofarbeiten und legte letzte Hand an die Festvorbereitungen.

Dann wartete sie und lief nervös auf und ab. Die Sonne schien bereits seit dem frühen Morgen, nur vereinzelte Schäfchenwolken boten einen idyllischen Kontrast zum strahlend blauen Himmel. Nach dem Gewittersturm hatten sich die Temperaturen auf ein angenehmes Maß abgekühlt, sodass niemand vor Hitze den Schatten aufsuchen musste. Pünktlich um elf rollten die ersten Wagen in die Einfahrt, Menschen strömten auf den Hof, Erwachsene und Kinder. Als Paula das sah, flatterte es in ihrem Magen. Immer mehr Gäste trafen ein, und Paula verlor sich zunehmend im Rausch des Tages, indem sie permanent gefragt war, Getränke nachlud, Führungen gab, Fragen beantwortete, Kinder vom Boden auflas, Marmelade verkaufte, Käsemachen erklärte. Erst am späten Nachmittag wurde es etwas ruhiger. Von der Fahrzeugscheune her duftete es immer noch verführerisch nach frischen Waffeln, die Großmutter Claire backte, während Mariele und Lisa sich um die übrigen Arbeiten im Hofcafé kümmerten.

Auch die anderen hatten genug zu tun. Finn hatte sich bereit erklärt, kleinen Gruppen Ställe und Fahrzeuge zu zeigen, während Jupp interessierte Gäste durch die Blockhäuser führte und alle zwei Stunden für die Kinder seine Geschichten zum Besten gab.

Paulas Mutter dagegen hielt sich schon den ganzen Tag auf den Streuobstwiesen auf und erzählte Wissenswertes über den Obstanbau und seine Vermarktung.

Paula schaute sich in der Käserei um, nachdem der letzte Gast den Raum verlassen hatte. In den letzten zwei Stunden hatte sie den Besuchern beinah ununterbrochen das Käsen erklärt und sie von ihren Kreationen kosten lassen. Gerade eben hatte sie das letzte Päckchen ihres Käses verkauft, sodass sie sich nun selbst einen kurzen Gang gestattete, bevor sie schaute, wo sie als Nächstes gebraucht wurde.

Die Anstrengungen der letzten Tage steckten ihr in den Knochen. Sie fühlte sich müde und ausgelaugt, gleichzeitig jedoch aufgedreht und glücklich, weil so viel los war. Heute Abend, nachdem sie im Obstgarten Punsch ausgeschenkt und Grillfleisch unter den mit Lichterketten geschmückten Bäumen verkauft hatten, würde sie sich ein ausgiebiges heißes Bad gönnen und morgen eine ganze Stunde länger schlafen, bevor es dann ans Aufräumen ging.

Als sie an der Weide vorbeikam, blieb sie einen Moment stehen und beobachtete die jungen Ziegen bei ihrem Spiel. Sie hatte einige Strohballen auf dem Gelände verteilt, zum Teil ganze Konstruktionen aufgebaut, damit die Jungziegen darauf herumklettern und sich austoben konnten. Gerade hatte Speedy Gonzales seine verrückten fünf Minuten. Wie von der Tarantel gestochen jagte der junge Bock auf der Wiese hin und her. Schon als ganz junges Zicklein hatte er dieses Übermaß an Energie gezeigt, weshalb Paula ihm den Namen der bekannten Wüstenmaus gegeben hatte.

»Tut der Ziege was weh? Hat die was gestochen?«, fragte ein etwa sechsjähriger Junge, der neben ihr stand.

Paula lachte. »Nein, Speedy Gonzales ist öfter mal so. Der will nur ein bisschen Spaß haben, deshalb tobt er so herum.«

»Speedy Gonzales?« Der Vater des Jungen schmunzelte. »Haben all Ihre Ziegen so ausgefallene Namen?«

»Nein«, antwortete Paula. »Manche heißen schlicht Emma oder Marie, aber andere haben bereits als junge Zicklein so ausgeprägte Charakterzüge, dass ein entsprechender Name wie die Faust aufs Auge passt. Wie eben bei Speedy Gonzales. Oder wie bei Folivora, das ist die schwarze Ziege, die dort hinten am Zaun liegt.«

»Foliwie?«, fragte der Junge.

»Folivora, das ist der lateinische Begriff für ›Faultier‹. Folivora liegt am liebsten faul in der Gegend herum und überlässt den anderen das Herumtoben.«

Der Kleine strahlte sie an. »Nicht schlecht.«

»Ja«, bestätigte Paula und wuschelte durch seinen blonden Schopf, »ein Bauernhof ist wirklich ganz und gar nicht schlecht.«

»Ich will auch mal Bauer werden.«

»Ach ja? Warum?«

»Weil ich Tiere mag und weil ich gern Trecker fahre. Kann ich mal auf Ihrem Trecker fahren?«, fragte der Kleine jetzt.

»Jonas!«, tadelte ihn der Vater.

»Nein, nein, Fragen ist immer erlaubt«, beschwichtigte Paula. »Aber heute geht das leider nicht, es sind einfach zu viele Leute hier. Du kannst mich gern ein anderes Mal besuchen kommen, und dann drehen wir zusammen eine Runde.«

»Wirklich?« Jonas bekam große Augen und wandte sich an seinen Vater. »Darf ich, Papa?«

»Sicher. Wir kommen gern die Tage noch einmal vorbei. Vielen Dank für Ihr Angebot.«

»Herzlich gern. Bis dahin.« Paula winkte ihnen zum Abschied zu und ging dann in Richtung Streuobstwiesen davon.

Wäre sie nicht so erschöpft, würde ihr dieses Hoffest viel Spaß machen. Die Leute waren alle freundlich und interessiert und schienen sich prächtig zu amüsieren. Bisher war es ein rundum gelungener Tag gewesen. Jetzt stand nur noch der Abend mit einem Feuer und jeder Menge Grillwürstchen und Apfelwein bevor.

Ihre Mutter war im Gespräch mit einer Gruppe von Gästen und winkte Paula nur fröhlich zu, als sie am oberen Wiesenrand entlang in Richtung Blockhäuser ging. Von außen war hier niemand mehr zu sehen, und auch im ersten Haus, dessen Tür weit offen stand, war es ruhig.

»Jupp?«, rief sie in die Stille hinein.

»Ich bin oben!«

Paula stieg langsam die Treppe hinauf. Sie hatte das Gefühl, als wären ihre Beine mit Bleigewichten beschwert.

»Alles klar?«, fragte sie, als sie oben war.

Jupp stand vor dem Giebelfenster und genoss offensichtlich die Aussicht. »Hier war alles bestens, aber ich glaube, für heute sind wir durch mit den Führungen. Wir sollten den Grill anschmeißen.«

Er kam auf sie zu und strich ihr sanft eine gelöste Haarsträhne hinter das Ohr. »Du siehst müde aus.«

»So fühle ich mich auch. Müde und ausgelutscht.«

»Bist du denn mit dem Tag zufrieden?«

Paula nickte. »Und wie. Mit so vielen Leuten habe ich wahrlich nicht gerechnet. Ich habe sämtlichen Käse verkauft, und ein Gast hat meine Karte eingesteckt und überlegt, den Frischkäse mit den frischen Kräutern in das Sortiment seines Bioladens aufzunehmen. Das wäre natürlich unglaublich, aber ich will mich nicht zu früh freuen. Und als ich eben an der Fahrzeugscheune vorbeikam, standen noch drei Gläser Marmelade und eine Flasche Kräuterlikör im Regal. Die haben uns tatsächlich leer gekauft.«

Nun merkte sie doch, wie sich ein Lächeln auf ihrem Gesicht ausbreitete. »Ich schätze, zumindest den einen oder anderen werden wir als zukünftigen Kunden halten können.«

»Ganz bestimmt.«

Jupp zog sie in eine liebevolle Umarmung, und Paula fühlte sich gleich noch ein bisschen wohler. »Ihr wart alle so toll«, nuschelte sie an seiner Schulter. »Ohne euch wäre das alles überhaupt nicht möglich gewesen. Ich weiß gar nicht, wie ich das wiedergutmachen soll.«

»Da musst du gar nichts wiedergutmachen«, raunte Jupp und strich ihr über den Rücken. »Dafür sind Freunde doch da.«

Obwohl Paula sich eben noch wohlgefühlt hatte, spürte sie plötzlich, dass sich die Situation verändert hatte. Das Streicheln hatte so gar nichts Freundschaftliches mehr.

Vorsichtig zog sie sich aus seiner Umarmung zurück und schaute Jupp in die Augen. Die Zeichen waren eindeutig, aber sie hatte sie bisher nie wahrgenommen. Theo hatte recht gehabt, Jupp war eindeutig an mehr als einer reinen Freundschaft interessiert.

Paula räusperte sich und machte einen weiteren Schritt zurück. »Jupp ...«, begann sie, ehe er sie auch schon unterbrach.

»Schon gut.« Nun war es an ihm, einen Schritt zurückzutreten. »Du musst überhaupt nichts erklären, ich habe es auch so verstanden.«

Er lachte trocken auf und strich sich verlegen über die Haare. »Da du mit Theo Schluss gemacht hast, dachte ich einfach, ich versuche mal mein Glück. Aber vielleicht war es dafür einfach noch zu früh.«

»Jupp.« Paula ging auf ihn zu und legte ihre Hand auf seinen

Arm. »Du bist mein bester Freund und das schon seit vielen Jahren. Ich liebe dich von ganzem Herzen und würde alles für dich tun – aber ich bin nicht in dich verliebt.«

»Was nicht ist, kann ja noch werden, du weißt schon, tausendmal berührt und so«, sagte er sehr leise.

In seinem Blick lag so eine anrührende Mischung aus Hoffnung und Unsicherheit, dass Paula sich zwingen musste, ihm weiterhin in die Augen zu schauen. Doch auch wenn es ihr noch so schwerfiel, sie musste ihm die Wahrheit sagen. »Ich fürchte, dazu wird es nicht kommen«, erwiderte sie leise.

Jupp löste sich von ihr, nickte und ging davon.

Am liebsten wäre sie hinterhergelaufen, hätte ihn in den Arm genommen und getröstet. Aber dieses Mal war sie dafür nicht die Richtige.

Paula rieb sich mit beiden Händen kräftig übers Gesicht. So ein Mist. Jupp war ihr bester Freund. Schon damals, als sie noch Kinder waren, hatten sie sich prima verstanden, aber seitdem sie auf dem Hof wohnte, hatte sich eine intensive Freundschaft zwischen ihnen entwickelt. Sie konnte nur hoffen, dass Jupp ihr die Zurückweisung nicht übel nahm und sie irgendwann wieder zu ihrem alten Verhältnis zurückfinden würden.

Aber jetzt musste sie erst mal ihr Fest hinter sich bringen, und dann war Zeit, über alles Weitere nachzudenken. Über Vertrauen, gebrochene Herzen und alles andere, das ihr auf der Seele lag – aber nicht heute. Heute Abend war die Zeit für Grillwürstchen und die strahlenden Lichterketten in ihrem Obstgarten.

Am nächsten Morgen wurde sie unsanft von einem energischen Klopfen geweckt. Das war es dann mit länger schlafen, dachte sie, als Lisa, zwei dampfende Kaffeebecher in der Hand, in ihr Zimmer kam. Verschlafen rieb sich Paula die Augen und rutschte bereitwillig zur Seite, als ihre Freundin zu ihr ins Bett und unter ihre Decke kroch.

»Guten Morgen!«, begrüßte Lisa sie erschreckend munter.

»Ebenso«, grummelte Paula, setzte sich auf und griff nach dem Kaffee, den Lisa ihr hinhielt. »Was machst du denn schon so früh hier unten?«

»Ich dachte, da wir gestern Abend nach dem Grillen zu müde waren, um noch zu reden, machen wir uns noch einen gemütlichen Vormittag, ehe ich gleich packe.«

Paula lehnte ihren Kopf an Lisas Schulter. »Ich will nicht, dass du wieder fährst. Es ist so schön, dass du hier bist. Meine beste Freundin hat mir gefehlt, weißt du?« Als Lisa nicht antwortete, richtete sie sich wieder auf. »Was ist los?«

»Ich weiß auch nicht«, antwortete Lisa nachdenklich. »Ich würde tatsächlich gern hierbleiben, aber ich fürchte, das hätte etwas von Verkriechen. Und ein Feigling war ich noch nie.«

»Vor wem willst du dich denn verkriechen? Jake?«

»Frag eher, vor was. Ich habe keine Ahnung, aber irgendwie zieht es mich so gar nicht zurück nach New York. Ich hätte gern das, was du hier hast.«

»Ständig das Damoklesschwert des Ruins über dem Kopf?«, fragte Paula.

»Haha. Nein, im Ernst. Du bist hier eingebunden. Du hast einen Ort, an den du gehörst, Freunde, die sich für dich einsetzen. Ein Zuhause. So was habe ich in New York nicht gefunden. Sicher, die ersten Jahre waren spannend. Immer war irgendwo was los, und die Arbeit im Hotel ist abwechslungsreich, aber irgendwie nicht das, was ich auf lange Sicht möchte.«

»Und was möchtest du stattdessen?«

»Wenn ich das so genau wüsste«, seufzte Lisa. »Ich schätze, ich muss erst einmal zurück, um das rauszufinden. Aber genug von mir, was ist mit dir? Gestern, das war doch wohl der Knaller, oder?«

Paula nippte an ihrem Kaffee, ehe sie antwortete. »Das Hoffest war ein voller Erfolg, da hast du recht, aber es gab tatsächlich einen Knaller, von dem ich dir noch gar nichts erzählt habe. Ich fürchte, ich habe nicht nur Theo, sondern auch Jupp als Freund verloren.«

»Was?« Lisa schaute sie entgeistert an. »Was ist denn passiert?«

»Theo war es schon aufgefallen, aber ich hatte bisher nichts davon mitbekommen, ich komme mir so dämlich vor.«

»Weil?«

»Ich fürchte, Jupp ist ein bisschen in mich verknallt. Zumindest gab es gestern eine Situation, die für mich eindeutig war, und als ich ihm gesagt habe, dass ich leider nicht auf diese Weise für ihn empfinde, ist er gegangen.«

»Mist.«

»Ein großes Wort, gelassen ausgesprochen.«

»Das tut mir wirklich leid für euch. Für dich, weil es dich in eine unangenehme Situation gebracht hat, und für Jupp, weil seine Gefühle nicht erwidert werden.«

»Was blieb mir anderes übrig, als ihm die Wahrheit zu sagen?«

»Nichts, aber das macht die Situation für Jupp nicht leichter.«

»Ich hoffe, er schafft es irgendwann wieder, mein Freund zu sein, er ist mir wirklich wichtig. Wir konnten immer über alles reden und hatten viel Spaß, wenn wir zusammen waren. Mir würde echt etwas fehlen.«

»Lass ihm ein paar Tage Zeit. Bestimmt sieht er das ähnlich wie du, und alles renkt sich wieder ein.«

Lisa tätschelte Paulas Oberschenkel. »Aber jetzt möchte ich endlich wissen, was zwischen dir und Theo gelaufen ist. Also, was ist passiert? Und glaub nicht, dass ich fliege, ohne alle Einzelheiten zu kennen!«

»Ich habe Schluss gemacht.«

»Du wiederholst dich.«

Paula lehnte sich über Lisa hinweg und stellte ihren Kaffeebecher auf ihrem Nachttisch ab.

Lisa stupste sie gegen die Schulter. »Hey, du versuchst bloß, Zeit zu schinden, ich warte.«

Paula spürte beinahe, wie Lisa die Augen verdrehte, aber sie vermied jeglichen Blickkontakt. »Er hat mich im Stich gelassen.«

»Er hat dich im Stich gelassen? Wann? Wobei?«

»Ich dachte, wir hätten eine Beziehung, die auf Vertrauen und Respekt basiert, aber er hat mir mit keinem Wort erklärt, wo er am Tag vor dem Sturm gewesen ist. Und außerdem hat er das Scheunentor nicht richtig verschlossen. Nur deshalb konnte der Wind unter das Dach fahren und die Dachplatten lösen.«

Paula schaute ihre Freundin an, die einen deutlich verwirrten Eindruck machte. »Ich verstehe das nicht. Hat er das mit Absicht gemacht?«

»Dass er mir nichts gesagt hat?«

Lisa machte eine abwehrende Handbewegung. »Nein, das mit dem Scheunentor.«

»Nein, natürlich nicht, aber ich habe ihm ausführlich erklärt, wie wichtig es ist, immer auf den Riegel zu achten, weil er nicht mehr richtig schließt!« Paula redete sich in Rage. »Mit dieser Aktion hat Theo den ganzen Hof in Gefahr gebracht, wobei ich immer noch nicht mit Sicherheit weiß, wie viel Schaden tatsächlich entstanden ist!«

Lisa hob ihre Hand, um sie zu stoppen. »Moment mal, nur, damit ich das wirklich begreife. Theo hat aus Versehen den Riegel des Scheunentors nicht richtig verschlossen, und deshalb hat er dich im Stich gelassen? Das kannst du doch jetzt nicht wirklich ernst meinen!«

»Natürlich! Wie kann ich jemandem vertrauen, der mir offenbar nicht genug vertraut, um mit mir zu sprechen, und mich zudem so hängen lässt?«

»Ich halte dir zugute, dass du bisher noch keine ruhige Minute hattest, um noch einmal darüber nachzudenken, aber zum Glück hast du ja mich.« Lisas Augen funkelten spöttisch. »Ich fasse mal kurz zusammen: Du bist jetzt seit knapp drei Monaten mit einem gut aussehenden, freundlichen, äußerst zuvorkommenden und auch noch intelligenten Mann zusammen, der sich hier auf dem Hof den Arsch aufreißt, um dich zu unterstützen. Um dem Ganzen die Krone aufzusetzen, setzt er sein Leben aufs Spiel, um dir zu helfen, während eines heftigen Gewitters auf dem kaputten Scheunendach herumzuturnen, um dort eine Plane zu befestigen. Und du meinst tatsächlich, dieser Mann hätte dich im Stich gelassen? Weil er aus Versehen einen Fehler gemacht hat? Weil er dir nicht sofort erzählt hat, wo er letzten Mittwoch war? Meinst du nicht, du solltest deine Anspruchshaltung ein wenig justieren?«

Plötzlich fühlte Paula sich schlecht. Aus Lisas Sicht sah die Sache tatsächlich völlig anders aus. Hatte sie wirklich überreagiert?

»Außerdem hat er mich dazu gedrängt, die Vorräte für das Hoffest im Pferdestall zu lagern. Es war seine Schuld, dass ein großer Teil davon zerstört war.« In dem Moment, in dem sie es aussprach, merkte Paula selbst, dass ihre Argumentation weder Hand noch Fuß hatte.

»Dazu muss ich doch nun wirklich nichts sagen, oder?«, fragte Lisa mit hochgezogenen Augenbrauen. »Und wer war eigentlich dafür zuständig, dass dieser bescheuerte Riegel repariert wurde?« Jetzt glich Lisas Blick dem einer ausgekochten Rechtsanwältin. Sie hatte den Finger mal wieder mitten in die Wunde gelegt.

»Ich«, antwortete Paula leise.

»Und wer macht dir deshalb Vorwürfe? Stimmt: Niemand. Weil solche Dinge einfach passieren! So etwas nennt man ein Unglück. Das hat aber nichts damit zu tun, dass Theo dich im Stich gelassen hätte. Er hat einen Fehler gemacht, genauso wie du, weil du nicht daran gedacht hast, den Riegel reparieren zu lassen.«

In Paulas Magen senkte sich ein Stein aus Schuldgefühl, Reue und Traurigkeit. Wie hatte sie nur so ausrasten können? Es stimmte, Theo hatte ihr in den letzten Wochen völlig selbstlos geholfen, und die Sache mit dem Riegel war im Verhältnis dazu ein winziger Patzer. Außerdem hatte sie ihm gar keine Gelegenheit gegeben, seine Abwesenheit zu erklären. Sie dachte noch einen Moment nach und sah mit zunehmendem Schrecken ein, dass Lisa in allem recht hatte. Ihre Schultern sackten nach unten. »Ich bin ein undankbares Miststück«, stöhnte sie.

»So hart musst du nun auch nicht mit dir ins Gericht gehen, aber besonders freundlich war deine Reaktion wirklich nicht.«

»Aber er hat es einfach so hingenommen«, wandte Paula ein. »Keine SMS, keine WhatsApp, kein versuchter Anruf. Nichts.«

»Meine Liebe, ich kenne dich, und ich weiß, wie wütend du werden kannst. Ich denke, es wäre eher an dir, auf ihn zuzugehen und ihn um Verzeihung zu bitten.«

Paula griff nach einem kleinen Kissen, legte es vor ihre Brust und umschloss es mit beiden Armen.

Lisa lachte. »Du schmollst? Wie alt bist du? Fünf?«

»Ich werde ganz bestimmt nicht angekrochen kommen! Wer weiß, vielleicht ist er ja ganz froh, dass es zu Ende ist, schließlich wollte keiner von uns mehr. Nur gute Freunde mit gewissen Vorzügen, mehr nicht.«

»Und so empfindest du für ihn?«, fragte Lisa. »Genauso wie für Jupp?«

Paula schüttelte resigniert den Kopf, holte tief Luft und sprach es aus: »Ich habe mich in ihn verliebt, ich Idiotin«, fügte sie stöhnend hinzu.

Lisa kreischte auf. »Yeah! Endlich ist es raus! Zwischen euch beiden knistert es wie unter einem Hochspannungsmast bei Blitzeinschlag.«

»Und was daran ist bitte so toll? Ich werde ganz sicher nicht zu Kreuze kriechen und mich lächerlich machen.«

»Wer liebt, der findet einen Weg, daran glaube ich ganz fest. Leck noch ein paar Tage deine Wunden, und dann raffst du dich auf und bittest ihn um Verzeihung. Ich müsste mich wirklich sehr in ihm täuschen, wenn er deine Entschuldigung nicht annimmt.«

Nachdem Lisa und Paulas Mutter am Sonntag abgefahren waren, herrschte plötzlich wieder Ruhe im Haus. Wodurch Paula leider mehr Zeit hatte, als ihr lieb war, um über das Gespräch mit ihrer Freundin nachzudenken. Und nicht nur über das Gespräch, sondern ganz besonders über ihre Beziehung zu Theo. Und das war wirklich nicht angenehm, denn sie musste sich beschämt eingestehen, dass sie Sehnsucht nach ihm hatte.

So wie jetzt und in jedem anderen Moment in den letzten Tagen, in denen sie an ihn dachte. Sie hatte sich so an seine Gegenwart gewöhnt, dass sie sich jetzt einsam und verlassen vorkam. Ein Gefühl, von dem sie sich geschworen hatte, es nie wieder spüren zu wollen, nachdem sie die Trennung von Alex endlich verdaut hatte. Und jetzt? Jetzt stand sie genau dort, wo sie nie wieder hinwollte. Dachte sie zumindest, bis sie es endlich zugelassen hatte, ihren Blickwinkel zu verändern und dort hinzuschauen, wo wirklich der Hase im Pfeffer lag. Spätestens da musste sie sich eingestehen, dass die Situation jetzt eine völlig andere war als damals mit Alex.

Lisa hatte recht, Theo war immer für sie da gewesen, hatte sie bei allem unterstützt. Sie konnten über Gott und die Welt sprechen, harmonierten aber auch bei der Arbeit gut. Und nicht nur bei der Arbeit.

Paula spürte ein sehnsuchtsvolles Ziehen in ihrem Bauch. Auch der Sex mit ihm war atemberaubend. Und nicht nur das, da war etwas zwischen ihnen, etwas, was sie so noch nie gekannt hatte. Eine Vertrautheit, eine Geborgenheit wie mit keinem anderen Menschen.

Und das alles hatte sie kaputt gemacht, nur weil ein Fehler, der jedem hätte passieren können, so sehr ihr Vertrauen erschüttert hatte. Offensichtlich steckten ihr Alex und sein Verrat doch noch mehr in ihren Knochen, als ihr bewusst gewesen war. Aber Unsicherheiten ließen sich überwinden, und am besten fing sie sofort damit an. Sie wollte wieder lernen zu vertrauen, und Theo war genau der Richtige dafür, da war sie sich sicher.

Paula atmete tief durch. Der erste Test stand ihr gleich bevor, und es war ein richtiger Gang nach Canossa. Sie war auf dem Weg nach Roetgen und würde gleich Theos Tante – oder, was Gott verhüte, auch seinem Vater – gegenüberstehen. Zumindest hoffte sie das, denn das war ihre letzte Chance, Theo irgendwie zu erreichen. Auf ihre zahlreichen Anrufe, SMS oder WhatsApps hatte Theo nicht reagiert, weshalb sie eben bei ihm zu Hause vorbeigefahren war. Aber er war nicht da, und auch Titus hatte nicht angeschlagen, obwohl beide Autos vor der Tür standen. Da es auch nicht danach aussah, als habe Theo das Haus nur für einen Spaziergang verlassen, wollte sie nun seine Tante fragen, wo sie ihn am besten erreichen konnte.

Sie parkte den alten Mercedes ihrer Großeltern vor der weißen Doppelhaushälfte, die bei Sonnenschein sehr viel einladender aussah als neulich Nacht. Die weißen und violetten Petunien in den schwarzen Blumenkästen standen inzwischen in voller Blüte, und die Fenster blitzten vor Sauberkeit.

Paula blieb noch einen Moment im Wagen sitzen und rang mit sich. Aber solange Theo sich weigerte, sie zurückzurufen, würde sie keine andere Wahl haben, um Kontakt aufzunehmen. Sie konnte nur hoffen, dass seine Tante ihr wohlgesonnen war.

Als sie klingelte, ertönte sofort lautes Hundegebell. Titus! Paula sank das Herz in die Hose. War Theo etwa hier? Eine Auseinandersetzung mit ihm im Beisein seiner Tante, oder noch schlimmer, in Gegenwart seines Vaters, wäre an Peinlichkeit kaum noch zu überbieten. Aber da musste sie jetzt durch, sie musste mit ihm reden, koste es, was es wolle.

Die Tür öffnete sich, und Theos Tante stand vor ihr, eine Hand an Titus' Halsband gelegt. »Ja bitte?«

»Entschuldigen Sie, mein Name ist Paula Sassendorf. Ist Theo vielleicht zu sprechen?«

»Ach, Paula! Wie schön, Sie einmal kennenzulernen, Theo hat so viel von Ihnen erzählt. Kommen Sie doch herein.« Einladend machte sie einen Schritt zurück und öffnete die Tür ein Stück weiter.

»Eigentlich möchte ich Sie gar nicht lange aufhalten«, wehrte Paula ab. Da sie nicht wusste, ob Theos Vater im Haus war, wollte sie ihnen beiden eine Begegnung nach Möglichkeit ersparen. »Können Sie mir sagen, wie ich Ihren Neffen erreichen kann? Ich hätte etwas Wichtiges mit ihm zu besprechen.«

»Tja, das wird schwierig. Theo ist vor drei Tagen nach Kanada geflogen. Haben Sie das nicht gewusst?«

Paula hatte das Gefühl, einen Schlag in den Magen zu bekommen, und musste sich zwingen, nicht zusammenzuzucken. Schlagartig fühlte sie sich, als hätte man ihr den Boden unter den Füßen weggerissen. »Nach Kanada?«

»Ja. Er will dort nach Arbeit suchen. Er hatte vor einigen Monaten schon einmal Kontakt zu einer großen Schreinerei in Toronto und wollte jetzt versuchen, doch noch dort unterzukommen. Als er Sie kennenlernte, hatte ich ja die Hoffnung, dass Sie ihm diese Idee wieder ausreden ...« Theos Tante beendete den Satz nicht, sondern sah sie bloß fragend an.

Paula steckte ein riesiger Kloß im Hals, der sie am Sprechen hinderte, also zuckte sie nur mit den Schultern, bis sie ihre Stimme wiederfand.

»Gut, gut«, stammelte sie. »Da kann man nichts machen, dann werde ich es auf seinem Handy versuchen. Entschuldigen Sie bitte die Störung.«

Ohne eine Erwiderung abzuwarten, drehte sie sich um und floh zu ihrem Wagen. Wie ferngesteuert lenkte sie den Mercedes zurück zur Bundesstraße. Er hatte sie verlassen. Es war wieder passiert. Wieder ...

Nein! Paula atmete tief durch und wischte sich die Tränen von den Wangen. Dieses Mal war sie selbst schuld. Sie hatte mit ihm Schluss gemacht, nun musste sie die Konsequenzen tragen. Und das tat verdammt weh.

Da sie Mühe hatte, durch den Tränenschleier hindurch auf den Verkehr zu achten, fuhr sie deutlich langsamer, was den Fahrer hinter ihr zu einem lauten Hupkonzert animierte. Also stoppte sie in der nächsten Bushaltebucht und versuchte, sich zu beruhigen. Sie stieg aus und klappte fast zusammen, so sehr traf sie der Schmerz mit voller Wucht. Übelkeit wallte in ihr auf, sie krümmte sich zusammen und hielt sich mühsam an der Autotür fest. Sie rang nach Luft, weil sie von Schluchzern geschüttelt wurde. Sie musste sich beruhigen, durchatmen. Aber wie sollte sie das schaffen, wenn der Mann, den sie liebte, Tausende von Kilometern von ihr entfernt auf Jobsuche war und jeden ihrer Kontaktversuche unbeantwortet ließ? Sie hatte doch gar keine Chance, sich bei ihm zu entschuldigen.

Langsam richtete sie sich auf, konzentrierte sich auf die warme Sommerluft, bis ihr Brustkorb sich nicht mehr ruckartig hob und senkte. Erschöpft ließ sie sich zurück auf den Fahrersitz fallen. Frustriert, wütend und voller Selbstvorwürfe schlug sie mit beiden Händen auf das Lenkrad ein. »Verdammte Scheiße!«

Sie fühlte sich plötzlich schrecklich allein. Lisa war wieder in New York, Jupp hatte sich noch nicht wieder bei ihr gemeldet, und Mariele war mit Jule für eine Woche in den Urlaub an die Nordsee gefahren. Außer ihrer Großmutter war niemand da, bei dem sie sich ausheulen konnte.

Paula schniefte und suchte im Handschuhfach nach einem Taschentuch. Als sie keins fand, weinte sie noch heftiger. Warum konnte bei ihr nie etwas glattlaufen? Sie schlitterte von einer Katastrophe in die nächste, so, als sei sie ständig auf der Suche nach dem nächsten Fettnäpfchen, in das sie stolpern konnte. Die letzten Wochen hatten sie völlig ausgelaugt, körperlich, aber auch emotional. Sie fühlte sich wie ein Wrack.

Paula schniefte erneut und wischte sich mit dem Ärmel übers Gesicht, ehe sie sich darauf konzentrierte, Finns Nummer zu wählen.

»Hi!«, erklang Finns Stimme an ihrem Ohr.

»Hallo, Finn.« Sie hörte selbst, wie verweint ihre Stimme klang, aber das war ihr im Moment herzlich egal. »Mir geht es nicht so gut. Könntest du heute Abend und morgen früh die Ziegen übernehmen? Ich würde gern über Nacht zu meinen Eltern fahren und bin morgen Mittag wieder da.«

»Kein Problem, ich wollte dieses Wochenende sowieso auf dem Hof bleiben, du kannst also gern auch länger bleiben.«

»Nein, nein, danke, aber morgen Mittag bin ich wieder zurück. Du bist wirklich ein Schatz!«

»Für dich mache ich das gern. Kann ich sonst irgendwas tun?«, fragte Finn mitfühlend.

Paula musste sich zusammenreißen, um nicht gleich wieder in Tränen auszubrechen. »Nein. Danke. Ich komme schon klar. Ich sage gleich noch Großmutter Claire Bescheid und mache mich dann direkt auf den Weg nach Düsseldorf.«

Paula beendete das Gespräch und wählte die Nummer ihrer Großmutter. Als sie ihre warme Stimme hörte, bildete sich sofort wieder ein Kloß in ihrem Hals.

»Er hat mich endgültig verlassen«, brachte sie schließlich heraus. »Ist es dir recht, wenn ich den Wagen bis morgen behalte? Ich würde gern über Nacht nach Hause fahren. Finn weiß schon Bescheid.«

»Ma pauvre petite chérie. Natürlich kannst du das Auto haben, ich brauche es die nächsten Tage nicht. Fahr vorsichtig, und lass dich ein bisschen umsorgen.«

»Danke, Mémère. Bis morgen.« Paula legte auf, wendete den Wagen und machte sich auf den Weg gen Norden.

Die gute Stunde, die sie von Roetgen brauchte, bemühte sie sich um Ablenkung, damit sie sich auf den Verkehr konzentrieren konnte. Sie switchte von einem Radiosender zum nächsten, immer darum bemüht, irgendwelchen sentimentalen Musikstücken auszuweichen und stattdessen lieber Berichten zu lauschen, warum Schlaf wichtig für das Herz-Kreislauf-System war oder warum Frühstück so schlimm war wie Rauchen. Auch wenn davon kaum etwas in ihr Bewusstsein drang, lenkte es sie doch genügend ab, sodass der Tränenfluss irgendwann versiegte und das Gedankenkarussell zeitweise unterbrochen wurde.

Erst als sie vor dem Haus ihrer Eltern anhielt, fiel ihr auf, dass es wieder in Strömen regnete, genau wie vor sechs Wochen, als sie zu ihrem Vater in die Kanzlei gefahren war. Wahrscheinlich hatte sie keine Chance, ihm heute aus dem Weg zu gehen, auch wenn ihr der Sinn nicht nach einer weiteren Auseinandersetzung stand. Aber sie hatte ein so großes Bedürfnis nach mütterlicher Liebe, dass sie das Risiko in Kauf nahm.

Sie verschloss die Autotür, sprintete durch den Regen hinüber zum Haus und drückte auf die Klingel.

Verdammt. Sie hatte überhaupt nicht in Erwägung gezogen, dass ihre Mutter vielleicht gar nicht zu Hause war. Aber gerade als sie zu ihrem Handy greifen wollte, hörte sie Schritte, und die Haustür wurde geöffnet.

»Paula! Was machst du denn hier?«

Statt einer Antwort schossen Paula die Tränen in die Augen, und sie fiel ihrer Mutter um den Hals.

Sophie umarmte sie fest und fragte: »Was ist passiert, mein Schatz?«

»Er ... hat ... mich ... verlassen«, schluchzte sie.

»Ach nein!« Ihre Mutter strich ihr mitfühlend über den Rücken. »Jetzt komm erst mal rein, wir werden ja ganz nass.«

Sie zog Paula ins Haus und schloss die Tür. Dann schaute sie sie fragend an. »Zeit für heißen Kakao?«

Paula nickte. Ihre Arme und Beine fühlten sich plötzlich an wie aus Blei, und so schleppte sie sich langsam ins Wohnzimmer und kuschelte sich in die Ecke des dick gepolsterten Sofas. Das Rezept ihrer Mutter bei jeglicher Art von schwerem Kummer waren heißer Kakao, Erdnussbutterkekse und Vanilleeis. Ihrer Meinung nach bildete ein rundum verwöhnter Magen genau den richtigen Gegenpol zu einem schmerzenden Herzen.

Noch bevor Paula die Gelegenheit hatte, ihre Schnoddernase erneut am Ärmel abzuwischen, stellte Sophie ein großes Paket

Papiertaschentücher auf den Couchtisch. »Wein dich erst einmal aus. Ich bin gleich wieder da.«

Paula griff nach einem Taschentuch, schnäuzte geräuschvoll hinein und ließ ihren Tränen endlich freien Lauf. Sie konnte einfach nicht begreifen, dass Theo einfach gegangen war. Nicht nur gegangen, er war sogar geflogen. Tausende von Kilometern lagen zwischen ihnen, als könnte die Entfernung zu ihr gar nicht groß genug sein. Jetzt hätte sie überhaupt keine Chance mehr, ihn irgendwie zu erreichen, ihn um Verzeihung zu bitten und alles wiedergutzumachen. Und warum hatte er auf ihre Anrufe und Nachrichten nicht reagiert, nicht einmal versucht, sie zurückzurufen? Konnte er ihr nicht verzeihen? Oder war sein Interesse an ihr einfach zu gering? Dann hätte er aber doch nicht bis nach Kanada fliegen müssen.

Bis ihre Mutter kurz darauf mit einem Tablett mit Kakao, den Erdnussbutterkeksen und einer Halbliterbox Vanilleeis wieder hereinkam, hatte sie bereits einen mittleren Berg zerknüllter Taschentücher errichtet, aber war den Antworten auf ihre Fragen keinen Schritt näher gekommen.

Sophie Sassendorf zog einen Sessel heran und setzte sich Paula gegenüber. »Ich hatte mich ja schon gewundert, dass Theo nicht zum Hoffest erschienen ist«, begann sie ohne weitere Einleitung, »aber aus dir war ja nichts rauszukriegen. Was ist passiert?«

»Wir haben uns gestritten.« Paula griff nach dem Kakaobecher und wärmte ihre kalten Hände daran. »Nein, nicht gestritten.« Sie schüttelte den Kopf. »Ich habe ihn angebrüllt, habe ihn nicht ausreden lassen und ihn dann weggeschickt. Ich war so wütend.«

Ihre Mutter nickte ihr wissend zu. »Ein kleiner Temperamentsausbruch?«

»Ein großer. Da denke ich laufend, ich hätte kein Temperament, und dann kommt es ausgerechnet im ungünstigsten Moment zum Vorschein! Ich war so unfair zu ihm, so gemein! Obwohl ich in dem Moment dachte, ich sei völlig im Recht.«

»Was ist denn nun genau passiert?«

»Dass der Wind das Scheunendach abdecken konnte, lag daran, dass Theo den Torriegel nicht richtig verschlossen hatte. Das machte mich wahnsinnig wütend, weil ich ihm genau gezeigt hatte, wie er es machen sollte, damit genau so etwas eben nicht passiert. Ich habe ihm vorgeworfen, dass ich mich nicht auf ihn verlassen kann und dass er mich in den Ruin getrieben hat. Und dann habe ich ihm gesagt, dass ich ihn nie mehr wiedersehen will«, fügte sie leise hinzu und begann wieder zu weinen.

»Du hast mit ihm Schluss gemacht?«, fragte ihre Mutter erstaunt. »Ich dachte, er hätte dich verlassen?«

»Er hat sich nach unserem Streit nicht einmal bei mir gemeldet!«, begehrte Paula auf. »Und als ich heute bei ihm vorbeifahren wollte, um mich bei ihm zu entschuldigen und wieder mit ihm zu vertragen, war er nicht da. Er ist in Kanada!«

Erneut flossen die Tränen heftiger. »Nun werde ich ihn nie wiedersehen«, schluchzte sie.

»Na, na, nun mach mal halb lang«, versuchte Sophie, sie zu beruhigen. »Kanada liegt zwar nicht um die Ecke, aber es ist ja nun auch nicht aus der Welt.«

»Aber er wird nicht zurückkommen, Mama! Es war schon immer sein Traum, irgendwann nach Kanada auszuwandern, und jetzt hat er ihn umgesetzt. Als wäre ich ihm völlig egal! Seine Tante hat mir erzählt, dass er sich dort Arbeit suchen will. Und die wird er finden, ganz bestimmt. Er ist so ein begnadeter Handwerker, den werden die da drüben mit Kusshand nehmen. Du hast doch gesehen, was er aus den Häuschen gemacht hat.«

»Ja, sicher, er ist wirklich ein guter Handwerker, aber noch ist das letzte Wort doch nicht gesprochen. Hast du denn noch mal versucht, ihn anzurufen?«

Paula schaute ihre Mutter an, als käme sie von einem anderen Stern. »Hast du mich nicht verstanden? Er. Hat. Mich. Verlassen. Er hat jeden Anruf von mir weggedrückt, reagiert weder auf WhatsApp noch auf SMS, und inzwischen meldet sich nur noch seine Mailbox. Er will keinen Kontakt mehr zu mir!«

Ihre Mutter stand auf, setzte sich neben sie auf die Couch und zog sie in ihre Arme. »Er ist verletzt. Du hast ihm erst große Vorwürfe und anschließend Schluss gemacht. Kein Wunder, wenn er jetzt erst einmal ein bisschen Zeit braucht.«

»Und dafür muss er bis nach Kanada?«

Ihre Mutter küsste sie auf den Scheitel. »Es wird dir nichts anderes übrig bleiben, als abzuwarten. Wer weiß, vielleicht besinnt er sich ja noch und kommt wieder zurück.«

»Aber vielleicht auch nicht«, flüsterte Paula. »Wir hatten schon zu Beginn unserer Beziehung festgelegt, dass sie nicht auf Dauer sein sollte. Von Liebe war nie die Rede. Wahrscheinlich empfindet er einfach gar nicht so wie ich.«

»Das weißt du erst, wenn du mit ihm gesprochen hast.«

»Fällt dir etwas auf?« Paulas Stimme troff vor Ironie. »Dass ich nicht mit ihm sprechen kann, ist ja genau das Problem.«

Bevor sie sich weiter ereifern konnte, hörte sie, wie die Haustür aufgeschlossen wurde. Ihr Vater? Es war doch noch viel zu früh.

»Hast du Papa angerufen?«, fragte sie ihre Mutter voller Panik. Sie konnte sich jetzt unmöglich auch noch mit ihm auseinandersetzen.

Doch bevor sie sich noch irgendwelche Dialoge überlegen konnte, ging die Wohnzimmertür auf, und ihr Vater kam herein. Sie versuchte, sich zusammenzureißen, sich zu wappnen, um sich seiner nächsten Tirade zu stellen, obwohl sie völlig verheult war und kaum die Energie hatte, nach einem Taschentuch zu greifen.

Sie schaute zu ihm hinüber. Aber anstatt sie zu beschimpfen, blieb er einfach stehen und breitete seine Arme aus. Bevor sie auch nur darüber nachdenken konnte, war sie schon aufgesprungen und versank Sekunden später in einer der bärigen Umarmungen, die sie so lange vermisst hatte.

»Na, Prinzessin?«, fragte ihr Vater leise. »Soll ich ihm eins auf die Nase geben?«

Wider Willen musste Paula lachen. »Nein, ich liebe ihn. Ich will nicht, dass ihm jemand wehtut.«

Kaum eine Stunde später war die ganze Familie versammelt. Jans Töchter und Felix hockten am Couchtisch und spielten Memory, während die Erwachsenen noch immer um den Esstisch saßen, nachdem sie Berge von Eis und Keksen verschlungen hatten.

Paula hatte noch einmal ausführlich von ihrem Streit mit Theo und seiner Reaktion berichten müssen und neben liebevoller Schelte für ihren Wutausbruch auch zahlreiche Streicheleinheiten ihrer Geschwister bekommen.

So schaffte sie es langsam, ihre Tränen zu trocknen und auch über andere Themen zu sprechen. Gerade jetzt wollte ihre Familie von den Folgen erfahren, die sich durch den Sturm für den Hof ergeben hatten. Doch die waren ihr ja selbst noch nicht ganz klar, da sich die Umstände erst in der nächsten Woche klären würden, wenn sie wusste, was die Versicherungen zahlten. Und was nicht.

»Wenn du Geld brauchst, greife ich dir gern unter die Arme«, warf ihr Vater mitten in ihre Überlegungen ein.

Paula starrte ihn perplex an. »Bitte?«

Sie hatte das Gefühl, dass ihr Vater sich ein wenig wand, ehe er sagte: »Muss ich wirklich erst ausführen, dass ich von deiner Mutter erneut zum Tee zitiert wurde?«

Ihre Brüder brachen in dröhnendes Lachen aus, und auch ihre Schwägerin Zoe prustete los.

Paula dagegen fragte, so ernst sie konnte: »Teestunde mit Mama?«

»Nun lass mir doch mein letztes bisschen Stolz!«, polterte ihr Vater. »Ja, auch in meinem Alter kann man noch erkennen, wenn man einen Fehler gemacht hat. Dass Mama fast zwei Wochen bei dir war und mich in meinem eigenen Saft hat schmoren lassen, hat mich nachdenklich gemacht. Eigentlich wollte ich immer nur das Beste für dich, das musst du mir glauben, aber offensichtlich habe ich mich nicht sehr geschickt dabei angestellt. Vor allem habe ich mich wohl heftig in Alex getäuscht«, fügte er hinzu.

Er wirkte ehrlich betroffen, und Paula schmolz dahin. »Alex war ein Blender. Ich bin ja selbst auf ihn hereingefallen«, kam sie ihrem Vater entgegen.

»Also verzeihst du mir?«, wollte ihr Vater wissen.

»Natürlich.« Paula schluckte, ein warmes Gefühl von Familie breitete sich in ihr aus, und sie nahm ihren Vater in den Arm.

»Trotzdem hoffe ich, dass ich dein Angebot nicht annehmen muss«, sagte sie und setzte sich zurück auf ihren Platz. »Ich möchte es aus eigener Kraft schaffen. Ich weiß, dass mein Konzept gut ist, und nachdem das Hoffest so ein großer Erfolg war, setze ich darauf, dass sich das letztlich auch in barer Münze auswirkt.«

Jakob, der neben ihr saß und bisher noch kaum etwas gesagt hatte, räusperte sich. »Da wir jetzt schon mal dabei sind, reinen Tisch zu machen: Ich habe mir auch Gedanken gemacht.«

Paula schaute ihn angespannt an und wartete auf die nächste Hiobsbotschaft.

Er griff in die Innentasche seines Jacketts, das über seiner

Stuhllehne hing, und zog einen Briefumschlag hervor. »Das ist meine Kündigung.«

Er reichte den Umschlag seinem Vater, ehe er sich an Paula wandte. »Ich habe mich entschieden, zu dir in die Eifel zu kommen. Wenn du mich alten Zauderer noch willst«, fügte er mit einem Augenzwinkern hinzu.

Paula sprang auf, fiel ihm um den Hals und kreischte ihm ins Ohr: »Ich will!«

Obwohl sie vor lauter Aufregung am liebsten auf und ab gelaufen wäre, setzte sie sich wieder hin. »Wann, meinst du, könnt ihr umziehen?«

»So bald wie möglich. Ich habe mich bereits nach einem Transporteur für die Pferde erkundigt, damit ich nicht viermal hin- und herfahren muss. Deshalb hoffe ich, dass wir den Umzug in den nächsten vier Wochen über die Bühne kriegen, denn dann könnte Felix auch direkt zu Beginn des neuen Kindergartenjahres wechseln. Auch da habe ich mich bereits schlaugemacht, sie haben noch einen Platz frei.«

»Ich freu mich so!« Zum ersten Mal an diesem Tag fühlte sich Paula wirklich erleichtert. Nicht nur wegen des finanziellen Aspekts, der natürlich immens wichtig war, sondern wegen der Aussicht, ihren Bruder demnächst bei sich auf dem Hof zu haben. Sie freute sich für sich, aber auch für Jakob, der offenbar endlich bereit war, in die Zukunft zu blicken.

Dann fiel ihr Blick auf ihre Mutter, die schweigsam auf ihrem Stuhl saß und ins Leere schaute. Paula streckte den Arm aus und griff nach ihrer Hand. »Mama, du weißt, dass wir für euch immer ein Zimmer haben, egal, wann ihr auf der Matte steht. Du kommst einfach immer, wenn dir der Sinn danach steht. Wir sind doch nicht einmal zwei Stunden Autofahrt entfernt.«

Ihre Mutter nickte, und ein zaghaftes Lächeln umspielte ihre

Lippen. »Ja«, stimmte sie Paula zu, »du hast recht. Und die letzten zwei Wochen auf dem Hof habe ich auch sehr genossen. Trotzdem werde ich Jakob und Felix hier schmerzlich vermissen, wo ich ja schon auf dich verzichten muss, Paula.«

»Wir bleiben dir ja erhalten«, versuchte nun auch Zoe, ihre Schwiegermutter aufzuheitern. »Elsa und Lotta haben vorhin erst wieder gefragt, wann sie das nächste Mal bei euch übernachten dürfen.«

»Darauf freue ich mich schon.« Paulas Mutter atmete tief durch. »Ich will ja, dass ihr alle euren Weg macht und glücklich seid, aber manchmal tut loslassen eben weh.«

»Die Entscheidung ist mir wahrlich nicht leichtgefallen«, brummte Jakob.

»Nein, Brüderchen«, Jan klopfte Jakob kräftig auf die Schulter, »das haben wir alle mitbekommen. Aber ich denke, du hast genau die richtige Entscheidung getroffen. Es war doch schon immer dein Traum, auch beruflich etwas mit Pferden zu machen. Die Arbeit in der Kanzlei dagegen war für dich doch nur reiner Broterwerb.«

»Na, na!«, mischte sich nun auch ihr Vater ein. »So fürchterlich ermüdend wird es schon nicht gewesen sein.«

Jetzt war es an Jakob zu grinsen. »Nein, nein, ist schon gut. Es hat mir auch Spaß gemacht in der Kanzlei. Aber Jan hat schon recht. Die Juristerei ist nicht mein wahres Steckenpferd. Ich möchte mir auch selbst etwas aufbauen, so wie Paula. Und gemeinsam haben wir eine gute Chance, in ein paar Jahren einen florierenden Ökobetrieb zu bewirtschaften.«

»Darauf sollten wir anstoßen.« Paulas Vater stand auf und holte eine Flasche Sekt, während Zoe die entsprechenden Gläser aus dem Schrank nahm.

Nachdem alle Gläser gefüllt waren, ergriff Paula das Wort und wischte sich gleichzeitig wieder ein paar Tränen ab: »Auf meine wunderbare Familie! Danke, dass ihr immer für mich da seid – und ich auch für euch, versprochen.«

Eine gute Woche später zehrte Paula immer noch von den Stunden zu Hause und der liebevollen Zuneigung. Mit purer Willenskraft schleppte sie sich durch die Tage und versuchte, sich mit noch mehr Arbeit abzulenken, sodass sie abends nur noch völlig erschöpft ins Bett fiel. Doch bis auf wenige unruhige Stunden war an Schlaf nicht zu denken, wenn sie schwankend zwischen der Hoffnung darauf, dass Theo sich doch wieder bei ihr melden würde, und dem Schmerz, ihn verloren zu haben, auf ihrer Matratze lag. Sie vermisste ihn mit jeder Faser ihres Körpers. Seinen Humor, mit dem er sie so oft zum Lachen gebracht hatte, die Gespräche, die sie bis tief in die Nacht geführt hatten, und sein Interesse an ihren Träumen, seine Bestärkung, daran festzuhalten. Sie machte sich riesige Vorwürfe, weil sie alles mit einem kindischen Wutausbruch zerstört und vielleicht für immer verloren hatte.

Paula schwang sich von der Leiter auf den nächsten Kirschbaum und kletterte von Ast zu Ast bis nach oben in die Spitze, um die letzten reifen Früchte zu ernten. In den Bäumen herumzuklettern schenkte ihr nach wie vor nicht nur ein Gefühl von Freiheit, sondern auch ein starkes Gefühl der Verbundenheit mit der Natur. Beides konnte sie im Moment gut gebrauchen. Ein wenig Leichtigkeit bei all der Schwere, die sie im Moment empfand. Obwohl sie den herrlichen Ausblick über das Tal heute überhaupt nicht wahrnahm. Zu sehr war sie mit ihren inneren Dialogen beschäftigt, in denen sie sich abwechselnd beschimpfte oder in Sehnsucht nach Theos zärtlichen Berührungen versank.

Mit flinken Griffen pflückte sie die reifen Früchte und ließ sie vorsichtig in den Korb gleiten, den sie sich mit einem Lederband über die Schultern gehängt hatte. Wie erhofft hatte das Hoffest einen kleinen Durchbruch gebracht. Sie verkaufte inzwischen ein Gutteil ihres Käses direkt vom Hof, und auch die Marmeladen und Liköre wurden immer wieder nachgefragt – zudem hatten zwei Besitzer von Restaurants angekündigt, eine Belieferung durch ihren Biohof besprechen zu wollen – das wäre natürlich der absolute Durchbruch, wenn sich das stemmen ließe!

Vor drei Tagen kam dann tatsächlich die erste Anfrage für eines der Blockhäuser. Vor lauter Freude hatte sie fast einen Veitstanz aufgeführt. Dann jedoch schoss ihr der Gedanke durchs Hirn, als Erstes Theo anzurufen, um ihm davon zu erzählen, was sie wieder abrupt auf dem Boden der Tatsachen hatte landen lassen.

Aber trotz allen Kummers sah sie auch die positiven Seiten. Die Versicherung hatte den Kostenvoranschlag für das Scheunendach akzeptiert, wodurch der größte finanzielle Schaden ausgeglichen wäre. Und nicht nur das. Wegen des asbesthaltigen Materials konnte das große Loch im Dach des Pferdestalls nicht repariert werden, sondern das komplette Dach wurde auf Kosten der Versicherung neu gedeckt. Die Heu- und Strohvorräte musste sie zwar auf eigene Kosten wieder aufstocken, aber da Jakob jetzt mit an Bord war, wäre auch das gut zu meistern. Vor allem, da der Juli bis auf wenige Regentage nur warmes Sonnenwetter gebracht hatte. Eine gute Kombination für einen mehrmaligen Grasschnitt. Sie würde nicht so viel Heu dazukaufen müssen, wie sie ursprünglich befürchtet hatte.

Paula balancierte einen Ast entlang, streckte sich und pflückte die Kirschen, die ganz oben in der Spitze hingen. Trotz des Hagelschlags, dem viele Früchte zum Opfer gefallen waren, erwartete sie durch den milden Frühling und den warmen Sommer noch eine relativ gute Ernte. Nicht nur die Kirschen, bald auch die Gravensteiner und dann die Herbst- und Winteräpfel würden ihr in den nächsten Monaten gut zu tun geben.

Aber bei allen rosigen Zukunftsaussichten wollte keine wirkliche Freude in ihr aufkommen. Sie fühlte sich leer und gleichzeitig schwer, war immer bemüht, ihre Gedanken von Theo abzulenken. Es gelang ihr nur selten. Wo sie auch ging oder stand, gab es etwas, das sie an Theo erinnerte. Die verschiedenen Orte auf dem Hof, an denen sie verstohlene Küsse ausgetauscht hatten, oder die wunderschönen Schränke, die er für die Blockhäuser getischlert hatte. Überhaupt die Blockhäuser: Hier spürte sie Theo am meisten, weshalb sie sich, bevor sie abends zurück zum Haupthaus ging, dorthin zurückzog, um noch einmal ausgiebig zu weinen. Sie hatte bisher nicht gewusst, dass so viele Tränen in ihr Platz fanden.

Gestern jedoch wurde dieses Ritual unsanft unterbrochen, als Mariele sie anrief, um zu fragen, wo sie steckte. Mit zwei Flaschen Rotwein, einem Salat und frisch gebackenem Bauernbrot war sie aufgetaucht, um Paula zu einem Mädelsabend zu überreden. Es wurde spät, und Paula musste zugeben, dass es ihr gutgetan hatte, noch mal alles durchzukauen und anschließend, nach einer gehörigen Menge Alkohol, über die Männer im Allgemeinen zu lästern.

Heute war von der alkoholseligen Stimmung jedoch nichts mehr zu spüren. Sie wischte sich den Schweiß von der Stirn und griff nach der Wasserflasche, die sie an ihrem Gürtel befestigt hatte. Aber nicht nur Theo, sondern auch die Sache mit Jupp bedrückte sie sehr. Seit fast zwei Wochen hatte sie nichts mehr von ihm gehört. Sie vermisste die gemeinsamen Abende in der Wirtschaft. Selbst seine Schmugglergeschichten, die sie alle schon zigmal gehört hatte, würde sie sich mit Vergnügen anhören, wenn er nur wieder mit ihr sprechen würde. Vielleicht sollte sie sich überwinden und heute Abend einfach rübergehen? Die Freundschaft mit Jupp war ihr einfach zu wichtig, und gerade jetzt wollte sie keinen ihrer Freunde missen.

»Paula?«

Vor Schreck hätte sie beinahe die Wasserflasche fallen gelassen.

»Jupp?« Paula konnte nicht fassen, dass er just in diesem Moment unter dem Kirschbaum auftauchte.

»Hast du einen Moment Zeit?«

»Sicher. Ich komme runter.« Rasch kletterte sie zurück zur Leiter und stieg hinab auf die Wiese.

Ein wenig unbehaglich wandte sie sich zu ihrem Freund um. »Hi, schön, dass du gekommen bist.«

Unschlüssig, ob sie ihn zur Begrüßung umarmen sollte, blieb sie stehen, stellte den Korb auf den Boden und wartete ab.

Jupp betrachtete sie mit ernster Miene. »Ich wollte mich bei dir entschuldigen.«

»Da gibt es nichts zu entschuldigen.«

»Doch. Ich hätte in der letzten Zeit für dich da sein sollen, stattdessen habe ich mich verkrochen und in Selbstmitleid geaalt.«

Er hob die Hand und bedeutete Paula, stehen zu bleiben, als sie einen Schritt auf ihn zu machen wollte. »Bitte, lass mich zuerst ausreden. Ich hätte für dich da sein sollen«, wiederholte er. »Das wird mir noch schmerzlicher bewusst, wenn ich sehe, wie schlecht du aussiehst. Mein Gott, hast du in der letzten Zeit auch mal etwas gegessen?«

Paula zuckte mit den Schultern. So richtig viel war es jedenfalls nicht gewesen, sie hatte einfach keinen Appetit.

»Ich bin dein Freund«, fuhr Jupp fort. »Uns beide verbindet eine lange gemeinsame Zeit. Und das ist kostbar, also für mich, für mich ist das kostbar. Das möchte ich nicht aufgeben. Ich habe mich verrannt. Du hast niemals signalisiert, dass du meine Gefühle erwiderst, aber das wollte ich einfach nicht wahrhaben. Sicher, ich war gekränkt, als es dann ausgesprochen war, aber inzwischen habe ich meine Wunden geleckt und erkannt, dass diese Gefühle kein Grund sein dürfen, unsere Freundschaft aufzugeben. Du fehlst mir.«

Paula stiegen die Tränen in die Augen. »Du fehlst mir auch. Darf ich dich jetzt endlich in den Arm nehmen?«

Als Jupp nickte, lief sie auf ihn zu und warf ihm die Arme um den Hals. »Ich habe dich vermisst.«

Ohne darauf zu antworten, drückte Jupp sie an sich, und Paula freute sich, dass es sich wieder genauso gut anfühlte wie vor der unangenehmen Situation im Blockhaus.

»Was hältst du davon, wenn wir unsere Versöhnung mit einem Eiskaffee begießen?«, fragte Jupp, als er sich von ihr löste.

Paula schaute auf die Uhr. »Es ist kurz nach drei, tut mir leid, das schaffe ich nicht. Ich will hier noch die restlichen Kirschen ernten, muss anschließend die Ziegen melken und frisch einstreuen, danach die Pferde versorgen und ...«

»Okay, okay.« Jupp hob abwehrend die Hände. »Ich habe verstanden, aber du stehst heute Abend bei uns auf der Matte. Mariele möchte dir ein leckeres Ziegenkäseschnitzel kredenzen, das du dann vor unseren Augen verspeisen wirst. Keine Ausrede!« Mahnend hob er den Zeigefinger. »Wir können nicht weiter mit ansehen, wie du immer weniger wirst und dich in deiner Arbeit aufreibst.«

Bei so viel liebevoller Strenge musste Paula die Segel streichen, auch wenn sie noch nicht wusste, ob sie dann erstmals über ihrem Teller einschlafen würde. Aber dieses Risiko nahm sie gern auf sich, um ihre Freunde nicht zu enttäuschen. »Heute geht es wirklich nicht, aber morgen. Morgen Abend komme ich vorbei, versprochen.«

Gut zwei Stunden später war sie auch mit dem Melken fertig und streute frisches Stroh in die verschiedenen Stallgehege. Sie liebte diesen Moment des Tages.

Paula kletterte in das erste Gehege, schloss die Augen und konzentrierte sich ganz auf den Duft nach Stroh und frischem Heu. Ihre Großmutter hatte ihr erzählt, dass man früher aus dem Heu warme Packungen gemacht hatte, wenn man Schmerzen in Muskeln oder Gelenken lindern wollte. Paula malte sich aus, auf so einer Heupackung zu liegen, die Wärme im Rücken zu spüren und gleichzeitig das Aroma des frischen Heus einzuatmen.

Sie lächelte und öffnete die Augen. So hatten die Menschen also schon früher Aromatherapien gemacht. Im Leben war alles ein ewiger Kreislauf.

Paula griff nach einem Strohballen, brach ihn mit dem Knie auseinander und verstreute die Halme gleichmäßig im Gehege. Sofort stürzten sich die ersten Ziegen auf die wohlschmeckenden Ähren, die sich noch zwischen den Strohhalmen fanden. Dabei kam es zu kleineren Machtkämpfchen, denen sie beim weiteren Einstreuen geschickt auswich. Die Leitziege dagegen ließ sich von all dem Gewusel um sie herum sowieso nicht beirren. Sich ihrer Position voll bewusst, suchte sie sich die besten Leckerbissen heraus, ehe sie den anderen das Feld überließ.

Nach dem Einstreuen versorgte sie die Tiere noch mit frischem Heu und kontrollierte die Tränken. Gerade, als sie gehen wollte, kam ihre Großmutter herein.

»Mémère! Ich bin gerade fertig. Machst du deine Abendrunde?«

»Ich wollte dir sagen, dass ich die Pferde bereits versorgt habe. Du bist also fertig für heute.«

»Prima. Dann könnte ich ja noch …«

»Nein!«, unterbrach ihre Großmutter sie streng. »Du wirst heute gar nichts mehr machen. Du kommst jetzt mit ins Haus und wirst das essen, was ich dir vorsetze. Und der Teller wird restlos leer gemacht. Kind.« Großmutter Claire legte ihre Hand auf Paulas Arm. »Du machst dich völlig kaputt. Das muss jetzt ein Ende haben.«

»Ich kann doch auch nichts dafür, dass Finn ausgerechnet jetzt mit einer Sommergrippe flachliegt«, verteidigte sich Paula.

»Du weißt genau, dass ich nicht von Finns Sommergrippe spreche. Sicher hast du viel zu tun, weil Finn ausfällt, aber du bürdest dir im Moment auch noch Arbeiten auf, die ruhig ein paar Tage liegen bleiben könnten. Der Ölwechsel am Radlader hätte gut und gern noch einige Tage Zeit gehabt, genauso wie der Zaun an der Alzener Weide. Auch das Mähwerk wird erst nächste Woche wieder gebraucht, den Holm hättest du also auch noch in ein paar Tagen schweißen können. Bis dahin ist Finn sicher wieder auf den Beinen.«

»Es tut mir einfach gut, etwas zu tun zu haben«, grummelte Paula. »Da komme ich nicht so sehr zum Nachdenken.«

»Ich habe dir etwas mitgebracht, was dich genauso gut vom Nachdenken abhält.« Großmutter Claire griff in ihre Schürzentasche und zog ein Zellophantütchen hervor.

»Vennbrocken!« Paula lief das Wasser im Mund zusammen. Sie griff nach der Tüte, nahm eins der Pralinés heraus und biss ein Stück ab. Verzückt schloss sie die Augen. »Sahne-Cointreau-Trüffel-Füllung. Mémère, du bist die Beste.«

»Ich bin nicht die Beste, sondern die Älteste. Ich habe am meisten Lebenserfahrung und weiß, was du brauchst. Und das sind eine gute warme Mahlzeit und erholsamer Schlaf. Ich habe dir schon getrocknete Lavendelblüten herausgelegt, damit machst du dir nachher ein schönes Bad. Und jetzt komm.«

Auf dem Weg zurück zum Haus naschte Paula noch ein Praliné und stellte fest, dass sie sich tatsächlich nicht mehr ganz so unglücklich fühlte. Ein Teil der Schwere wurde von der Süße der Schokolade aufgehoben. Zauberei der schönsten Sorte.

Im Vorraum wusch sie sich ausgiebig die Hände und machte dabei den Fehler, in den Spiegel zu schauen. Sie sah wirklich erschreckend aus. Trotz Sonnenbräune wirkte ihre Haut eingefallen und fahl, unter ihren Augen zeigten sich dicke schwarze Ringe. Als attraktiv konnte sie sich im Moment wahrlich nicht bezeichnen, aber es gab ja auch niemanden, für den sie attraktiv aussehen wollte. Bis auf einen. Aber der war in Kanada.

Paula atmete tief durch, trocknete die Hände ab und ging hinüber in die Küche. Es duftete nach frischer Hühnersuppe, das Allheilrezept ihrer Großmutter bei jeglicher Art von Krankheit – auch bei Herzschmerz.

»Wie geht es Finn?«, fragte sie, als sie sich auf ihren Platz setzte.

»Deutlich besser.« Ihre Großmutter stellte einen Teller mit dampfender Suppe vor sie hin und zeigte auf den danebenliegenden Löffel. »Iss!«

Ergeben griff Paula danach, tunkte ihn in die Suppe und steckte ihn nach ausgiebigem Pusten in den Mund.

Der strenge Blick ihrer Mémère ließ sie folgsam drei weitere Löffel voll Suppe essen, als sie plötzlich feststellte, dass sie herrlich schmeckte. Dem fünften Löffel konnte sie schon einiges an Genuss abgewinnen, der sich steigerte, bis der Teller restlos leer gegessen war. Ein angenehmes Gefühl der Wärme breitete sich in ihrem Bauch aus.

»Noch eine Portion?« Großmutter Claire nahm Paulas Teller,

füllte ihn erneut und legte noch frisch gebackenes Baguette und selbst gemachte Kräuterbutter dazu.

Als wäre ein Damm gebrochen, langte sie jetzt kräftig zu und schwelgte in den unterschiedlichen Aromen.

Nachdem Paula auch den zweiten Teller ratzeputz leer gelöffelt und dazu noch ein Stück Baguette mit Kräuterbutter verspeist hatte, entspannte sich Großmutter Claire sichtlich und nahm das Gespräch wieder auf.

»Wie war denn dein Abend mit Mariele?«, wollte sie wissen.

Paula lehnte sich auf ihrem Stuhl zurück. Erst jetzt, nachdem sie sich satt und innerlich zumindest halbwegs zufrieden fühlte, merkte sie, wie ausgehungert sie gewesen war. »›Schön‹ wäre sicher die falsche Antwort, da noch viele Tränen geflossen sind. Aber es hat mir gutgetan, einfach mit einer Freundin beieinander zu sein, die genau versteht, wie ich mich fühle. Nur gut, dass wir Frauen uns haben«, fügte sie nach einem kurzen Moment des Nachdenkens hinzu. »So lieb ich Jupp auch habe, er wäre dafür nicht der richtige Gesprächspartner.«

»Da sagst du was. Meine Freundinnen und ich haben einander auch immer beigestanden. Im Laufe unseres Lebens haben wir so manchen Sturm gemeinsam durchgestanden. Und selbst jetzt noch, mit knapp achtzig, sind die Stürme nicht vorbei. Da denkt man, man kommt langsam im ruhigeren Teil des Lebens an, da rüttelt es einen wieder kräftig durcheinander. Gestern hat Gretchen dem Johann tatsächlich mit Trennung gedroht, nachdem sie einen heftigen Streit hatten.«

»Gretchen?«, fragte Paula verwundert. Sie hatte sofort die elfengleiche ältere Frau vor Augen, die sie ihr Leben lang kannte. Nicht einmal einen Streit hätte sie ihr zugetraut, sie wirkte immer so ruhig und ausgeglichen, wenn sie sie besuchte. Und dann eine

Trennung? In dem Alter? »Was habt ihr dazu gesagt?«, wollte sie von ihrer Großmutter wissen.

»Ach.« Ihre Mémère machte eine wegwerfende Bewegung mit der Hand. »Die hat sich schon wieder beruhigt. Hat sie ja doch wieder nicht ernst gemeint, kennen wir doch schon. Deshalb haben wir sie ordentlich mit Obstbrand abgefüllt. Am Ende des Abends schwelgte sie in zärtlichen Erinnerungen und ging selig beschwingt nach Hause. Alles wieder gut.«

Paula lachte. »Da scheint Obstbrand ja auch eine heilende Wirkung zu entfalten. Wäre es nicht toll, wenn wir nicht nur Liköre herstellen würden, sondern auch selbst brennen könnten?«

Ihre Großmutter stützte ihren Kopf mit beiden Händen auf. »Ich werde wirklich alt.«

»Was? Was ist los?«, fragte Paula irritiert.

»Komm mit. Ich will dir etwas zeigen.« Großmutter Claire stand auf, ging zum Küchenschrank und nahm einen großen alten Schlüssel aus der Schublade. »Nun komm schon«, forderte sie Paula ungeduldig auf, die perplex sitzen geblieben war.

Sie überquerten den Hof, bogen hinter dem Ziegenstall in den kleinen Pfad ab in Richtung Wald, zu dem alten Schuppen, in dem ihre Großeltern Gerümpel aufbewahrten. Bisher war Paula noch nicht dazu gekommen, ihn auszumisten, aber da sie das Gebäude bisher nicht brauchte, hatte das ja auch noch Zeit. Was ihre Großmutter ihr dort allerdings zeigen wollte, war ihr ein Rätsel.

»Ich nehme an, du hast hier noch niemals reingeschaut?«, fragte die Großmutter, als sie den Schlüssel aus der Tasche zog.

Paula schüttelte den Kopf. »Ihr habt uns doch schon damals erzählt, dass da nur altes Gerümpel drin ist. Und weil ich den Schuppen bisher nicht brauchte, habe ich ihn mir auch noch nicht angesehen. Sollte ich?«

Jetzt war es an ihrer Großmutter, den Kopf zu schütteln. »Ich kann immer noch nicht verstehen, dass ich nicht eher daran gedacht habe. Aber es ist so lange her, und bis zum letzten Jahr diente das Obst ja nur als Grundlage für Marmelade und Kompott für die Familie. Alles Überschüssige haben wir zu kleinem Preis verkauft oder verschenkt.«

Sie steckte den Schlüssel ins Schloss und öffnete die Tür. »Aber es gab Zeiten, da war das anders.«

Als Paula den Schuppen betrat, musste sie erst ein paarmal blinzeln, um sich an das Dämmerlicht zu gewöhnen. Aber als sie dann erkannte, was sie vor sich hatte, drehte sie sich zu ihrer Großmutter um und rief völlig überrascht: »Eine Destille!«

Ihre Mémère nickte. »Dein Urgroßvater und auch die Generationen vor ihm haben hier Schnaps gebraut. Schwarz natürlich, weshalb niemand von dem Schuppen wissen durfte. Wobei es im Dorf natürlich ein offenes Geheimnis war. Vor allem nach dem Krieg war der Schnaps begehrte Schmuggelware und machte viele Münder satt.«

»Eine Destille, ich kann es immer noch nicht glauben! Meinst du, sie funktioniert noch?« Paula ging in den Schuppen und strich mit der Hand vorsichtig über den bauchigen Kupferkessel. »Vielleicht könnte ich ja eine Lizenz beantragen?«

»Noch tragen die jungen Bäume nicht, die du letztes Jahr gesetzt hast, aber von der Anbaufläche her könnte es demnächst ausreichend sein.«

Paulas Herz machte einen Satz. Einen eigenen Obstbrand destillieren, das wäre das absolute Sahnehäubchen für die Nutzung ihrer Obstwiesen.

Als sie am nächsten Morgen in die Küche kam, saß Finn bereits auf seinem Platz und schmierte sich ein Brötchen.

»Guten Morgen«, brummte Paula. Trotz der guten Suppe am

vorigen Abend und der schönen Überraschung mit der Destille war die Nacht nicht weniger unruhig gewesen als die davor.

Sie setzte sich ebenfalls an den Tisch und schenkte sich einen Becher Kaffee ein. »Dir geht es also besser?«

»Mir geht es wieder prima. Ich könnte Bäume ausreißen«, antwortete Finn ungewöhnlich gut gelaunt für diese frühe Stunde.

»Du wirst dich heute noch schön zurückhalten mit dem Bäumeausreißen. Nicht, dass du einen Rückfall bekommst.«

»Ich dachte, ich kümmere mich um den Zaun an der Alzener Weide und schweiße dann den Holm am Mähwerk. Außerdem wird es Zeit, Ordnung in der Scheune zu schaffen, um Platz für den nächsten Grasschnitt zu machen.«

Paula runzelte die Stirn. »Das nennst du langsam angehen? Der Zaun ist bereits repariert, und auch der Holm ist geschweißt. Du kannst heute Morgen das Füttern übernehmen, und dann machst du eine ausgedehnte Pause. Sollte es dir danach immer noch so gut gehen, kannst du nach Konzen fahren, Pferdefutter kaufen. Jakob hat mir eine Liste gemailt, was er alles für seine Tiere braucht. Falls du dann noch Energie haben solltest, darfst du heute Abend noch einmal füttern, und morgen schauen wir dann weiter.«

»Alles klar, Chef! Aber morgen darf ich dann wieder voll mitarbeiten, okay?« Finn grinste über beide Backen und biss herzhaft in sein Brötchen.

»Klar, ist ja nicht so, als wollte ich alles alleine machen.«

»Nein?«, fragte er mit vollem Mund. »Ich hatte da aber einen ganz anderen Eindruck.«

Paula knallte ihren Becher auf den Tisch, sodass einiges an Kaffee überschwappte. »Fang du nicht auch noch an!«, knurrte sie.

Sie stand auf, holte einen Lappen und wischte über den Tisch.

»Gestern hatte mich meine Großmutter schon in der Mangel, das reicht für die nächsten Tage.«

Als sie sich aufrichtete und in Finns feixendes Gesicht schaute, musste sie widerwillig lachen. »Schon gut, entschuldige. Ich kann mich im Moment selbst nicht leiden.«

Sie spülte den Lappen aus, hängte ihn wieder ordentlich über den Wasserhahn und setzte sich zurück an den Tisch. »Ich musste ihr versprechen, es heute ruhiger angehen zu lassen, was mich tierisch ärgert, weil ich dann meine Gedanken nicht im Zaum halten kann.«

Jetzt wurde Finns Miene ernst. »Es tut mir echt leid, äh, diese Sache mit Theo. Ich habe ihn auch sehr gemocht, tja, nun ja, das ist vielleicht nicht unbedingt das, worüber du mit mir sprechen möchtest? Am besten, ich verdünnisiere mich und kümmere mich darum, dass die Tiere ihr Frühstück bekommen.«

Ganz offensichtlich froh, dieses Thema nicht weiter vertiefen zu müssen, eilte Finn aus der Küche.

Um ihre Großmutter nicht zu enttäuschen, hatte Paula es tatsächlich ruhiger angehen lassen. Was für sie natürlich nicht bedeutete, gar nichts zu tun. Sie ließ sich nur mehr Zeit bei den einzelnen Arbeiten. So hatte sie am Morgen neben dem Melken, Einstreuen und Käsen nur noch die letzten Kirschen gepflückt. Zum Mittagessen hatte sie sich gezwungen, zumindest eine kleine Portion Eier in Senfsoße zu essen, während ihre Mémère sie mit Argusaugen beobachtete. Was sonst eine ihrer leichtesten Übungen war, da Monschauer Senfsoße zu ihren Leibspeisen gehörte, gestaltete sich heute als höchst schwierige Angelegenheit.

Jetzt war sie wieder allein und hoffte, sich durch das gründliche Putzen der Pferdeboxen zumindest körperlich auszupowern. In zwei Wochen wollte Jakob mit seinen Pferden übersiedeln, bis dahin wollte sie alles für ihn vorbereitet haben.

Beim Blick nach oben, zu dem großen Loch im Dach, wurde ihr zwar ein wenig mulmig, aber das ließ sich nun mal nicht ändern. Der Dachdecker, den sie beauftragen wollte, hatte sein Terminbuch voll. Er hatte ihr zwar zugesichert, das Loch in den nächsten Tagen provisorisch so zu sichern, damit die Pferde auch bei einem weiteren Sturm geschützt wären, aber bis hier ein neues Dach drauf war, würden noch etliche Wochen vergehen. Glücklicherweise würde vor dem Winter alles dicht sein, und bis dahin hielten sich die Pferde sowieso hauptsächlich auf der Weide auf. Trotzdem brauchten sie natürlich auch saubere Boxen, damit sie bei Krankheit oder Sturm sicher untergebracht waren.

Paula schippte eine letzte Schaufel Stroh aus Salims Box auf die Schubkarre, stellte die Schaufel beiseite und fuhr mit der Schubkarre nach draußen zum Misthaufen. Es gab ihr ein gutes Gefühl, ihren Körper und ihre Kraft zu spüren, genau das, was sie im Moment brauchte.

Neben Liebe. Paula zuckte zusammen, als ihr dieser Gedanke durchs Hirn schoss. Liebe?

Sie entlud die Schubkarre, stellte sie an ihren Platz und stiefelte zurück in den Stall. Es war ja nicht so, dass sie keine Liebe erfuhr, nur eben nicht von demjenigen, von dem sie sie sich ersehnte.

Sie griff nach dem Besen und begann, die Box kräftig auszufegen. War sie vielleicht zu liebesbedürftig? Zu abhängig von der Aufmerksamkeit anderer?

Quatsch, tadelte sie sich selbst. Sie war eine selbstständige Frau, die mit beiden Beinen im Leben stand. Sie käme auch wunderbar allein zurecht. Aber das war nicht das, was sie sich erhoffte. Sie erhoffte sich eine Partnerschaft mit Liebe als Grundlage. Eine Partnerschaft auf Augenhöhe.

Unwillkürlich tauchte Alex vor ihrem geistigen Auge auf.

Nein, das war keine Partnerschaft auf Augenhöhe gewesen, und sie bezweifelte auch, dass Liebe die Grundlage ihrer Beziehung gewesen war. Alex war viel zu selbstverliebt, als dass er eine Lebensgefährtin auf Augenhöhe neben sich dulden würde. Das war ihr erst viel zu spät bewusst geworden. Sie hatte ihn vom ersten Tag an angehimmelt. Seine Eloquenz bewundert, sich vor seiner Intelligenz kleingemacht, immer versucht, ein Lob von ihm zu erhalten.

Paula schnaubte verdrossen. Nicht, dass Alex etwas lobenswert an ihr gefunden hatte. Im Gegenteil. Sie war ihm zu dick, ihr Busen zu klein. Sie war zu unbelesen, zu bequem oder einfach nur zu sehr sie selbst gewesen. An allen Ecken und Kanten hatte sie sich bemüht, sich zu verändern, bis schließlich kaum noch etwas von der richtigen Paula übrig geblieben war. Aber war ihr das aufgefallen? Nein! Sie hatte ihm noch lange hinterhergetrauert, und dafür könnte sie sich heute noch in den Hintern treten. Würde ihr das bei Theo genauso gehen? Hielt dieser Schmerz in der Brust, der in ihren ganzen Körper ausstrahlte, noch über Wochen oder gar Monate an?

Immerhin war Theo den Schmerz auch wirklich wert. Er hatte sie so angenommen, wie sie war, hatte sie in all ihren Belangen unterstützt. Jetzt, wo es zu spät war, war ihr das völlig klar. Mit jeder Faser ihres Körpers sehnte sie sich nach ihm. Sie wollte ihn umarmen. Oder einfach nur neben ihm unter dem alten Apfelbaum sitzen und hinunter ins Tal sehen. Sie wollte sein Lachen hören und zuschauen, wie sich dabei die kleinen Fältchen um seine blauen Augen bildeten. Sie wollte mit ihm streiten, und gleichzeitig wollte sie wieder die sinnliche Magie spüren, wenn sie gemeinsam im Bett waren.

Oder woanders. Trotz ihres Kummers musste sie schmunzeln, als sie an ihre und Theos Kreativität in dieser Beziehung zurückdachte. Sie hatten so viele schöne Momente gehabt, warum hatte sie das alles weggeworfen? Warum hatte er ihr nicht noch eine Chance gegeben? War sie ihm nicht genug? Ging es ihm mit ihr genauso wie Alex?

Nein. Sie schüttelte den Kopf, stellte den Besen beiseite und schloss den Hochdruckreiniger an. Alex war ein selbstverliebtes Muttersöhnchen gewesen. Davon war Theo meilenweit entfernt.

Aber sie hatten sich beide zu Beginn der Beziehung dafür ausgesprochen, es locker zu halten. Wahrscheinlich war genau das das Problem. Sie hatte sich verliebt und damit die Regeln gebrochen. Offenbar ging es Theo anders. Sie hatte mit ihm Schluss gemacht, weshalb er völlig frei in seinen Entscheidungen war.

Sie schaltete das Gerät ein und richtete den Wasserstrahl auf die Boxenwand. Theo war seinem Traum gefolgt, was sein gutes Recht war. Er war offen und ehrlich zu ihr gewesen und hatte schon ganz am Anfang ihrer gemeinsamen Zeit davon erzählt.

Während sie auch die anderen Boxenwände, Trog und Wassertränke säuberte, dachte sie über das Auswandern nach. Sie war auch schon in Toronto gewesen. Mit Alex. Hatte den CN Tower bewundert und in einem schicken, übertreuerten Restaurant mit Blick auf den Lake Ontario zu Abend gegessen. Den nächsten Tag hatte sie jedoch ganz für sich gehabt und war in den Zoo gefahren, während Alex in seinen Meetings saß. Allein die immense Größe war faszinierend gewesen, von der Vielzahl exotischer Tiere ganz zu schweigen. Sie hatte Stunden damit zugebracht, von Anlage zu Anlage zu wandern, die Tiere zu beobachten oder einfach nur auf einer Bank zu sitzen und den Blick schweifen zu lassen. Vom Umland der Stadt hatte sie dagegen kaum etwas gesehen, da Alex' Geschäftsreisen üblicherweise nicht länger als zwei oder drei Tage dauerten. Da blieb kaum mehr Zeit, als ein paar Sehenswürdigkeiten abzuklappern und einen ersten Eindruck zu gewinnen. Aber immerhin, so hatte sie jetzt zumindest eine gewisse Vorstellung davon, wo Theo sich gerade aufhielt.

Nicht nur gerade, korrigierte sie sich. Er hatte ja vor, dortzubleiben. Übers Auswandern hatte sie sich noch nie Gedanken gemacht. Sie war wohl jemand, der feste Wurzeln hatte. Auch wenn sie schon viel von der Welt gesehen hatte, war sie immer wieder froh gewesen, wenn sie zurück nach Hause kam.

Vielleicht sollte sie ihm einfach hinterherfliegen, überlegte sie, während sie den Wasserstrahl noch einmal auf die unteren Ecken der Box lenkte. Alles in ihr schrie Ja, doch Paula schüttelte den Kopf. Was für eine Schnapsidee. In den nächsten Wochen hätten sie genug mit der Obsternte und dem nächsten Grasschnitt zu tun, da war nicht einmal an einen einzigen Tag Auszeit zu denken, geschweige denn an eine ganze Woche oder mehr. Im Gegensatz zu ihm war sie durch den Hof gebunden und konnte nicht so einfach alles hinschmeißen.

Wenn er doch wenigstens an sein Handy gehen würde. So hatte sie ja überhaupt keine Möglichkeit, sich bei ihm zu entschuldigen.

Paula machte einen Schritt nach hinten, stolperte dabei über das verschlungene Kabel und stürzte rückwärts in die Stallgasse. »Verdammter Mist!«, schrie sie, als sie von hinten auch schon starke Arme packten.

»Hoppla, nicht so schnell!«

Paula rappelte sich auf, hob den Kopf und sah in ein Paar blauer Augen, die von einem Kranz Lachfältchen umgeben waren.

Sie schluckte. Irgendwie war ihre Zunge festgeklebt, sie konnte nicht sprechen.

»Deine Großmutter meinte, dass ich dich hier finde.«

Paula war immer noch wie paralysiert.

»Ich hoffe, ich habe dich nicht erschreckt?«

Paula schüttelte den Kopf. Sie räusperte sich. »Theo?«, krächzte sie schließlich. »Was machst du denn hier?«

»Ich wollte mit dir reden.«

Er ließ sie wieder los, und Paula verspürte sofort ein Bedauern, weil ihr seine Berührung fehlte.

»Ich wollte ...«, begannen beide gleichzeitig.

»Lass mich zuerst«, sagte Theo in bestimmtem Ton. »Ich habe mir den ganzen Flug über zurechtgelegt, was ich sagen möchte, deshalb wäre ich dir dankbar, wenn ich das jetzt rauslassen könnte.«

Paula nickte und musste sich beherrschen, nicht die Hand auszustrecken, um sich davon zu überzeugen, dass er tatsächlich vor ihr stand.

»Zuerst wollte ich dir sagen, wie leid es mir tut. Es tut mir leid, dass ich den Riegel nicht richtig verschlossen habe, und es tut mir leid, dass ich nicht mit dir darüber gesprochen habe, wohin ich kurz vor dem Hoffest verschwunden war. Ich habe mich geschämt.«

Theo strich sich über die Haare, so wie immer, wenn er nervös war. »Mein Vater hatte wieder einmal einen seiner Trinktage. Aber diesmal war es schlimmer als je zuvor. Er ist gestürzt und kam nach Aachen ins Krankenhaus. Dort hat er Ärzte und Schwestern angepöbelt und einen Behandlungsraum demoliert. Die Polizei ist gekommen und hat ihn zum Ausnüchtern mitgenommen.«

Paulas Herz zog sich vor Mitleid zusammen, aber sie wollte ihn jetzt nicht unterbrechen und zwang sich dazu, ihn nicht zu berühren.

»Ich war den ganzen Tag unterwegs, erst in der Klinik und anschließend bei der Polizei. Es war beinahe Mitternacht, als ich ihn wieder mitnehmen konnte. Mein Vater war tatsächlich erschrocken darüber, was er angerichtet hatte, und nach einem langen Gespräch meinte er erstmals, dass er einen Entzug machen wollte. Er wollte endlich aus dieser Endlosschleife raus. Also habe ich den Donnerstagvormittag damit verbracht, eine Klinik zu finden, die ihn aufnimmt. Das soll keine Entschuldigung sein. Ich hätte dir genug vertrauen müssen, um es dir zu erzählen, aber damals konnte ich das noch nicht. Heute tut es mir leid, dass ich einfach auf Tauchstation gegangen bin, nachdem du mich vom Hof geschickt hast. Das war nicht besonders erwachsen von mir. Als du mit mir Schluss gemacht hast, war ich verletzt, hoffte aber, du würdest dich schon wieder abregen und dich bei mir melden. Als dann nichts kam, wurde ich wütend. So wütend, dass ich dachte: Dann eben nicht. Dann bin ich weg. Ich habe meine Sachen gepackt, Titus bei Tante Theres abgegeben und bin nach Kanada geflogen. Der Besitzer des Holzfachhandels hat mich mit offenen Armen empfangen, mir seinen Betrieb gezeigt und erklärt, dass zwei seiner Männer gekündigt hätten und er dringend Ersatz sucht. Er hat mir einen Vertrag angeboten und sofort Adressen herausgesucht, wo ich mich nach Mietobjekten umsehen konnte. Die ersten Tage war ich nur im Tunnel.«

Er schaute sie durchdringend an, als wolle er sich dafür entschuldigen, aber sie konnte ihn nur zu gut verstehen.

»Irgendwann bin ich aber wieder aus diesem Tunnel aufgetaucht«, fuhr er fort, »und habe mich gefragt, was zum Teufel ich da eigentlich tue? Ich wollte nicht allein in Toronto wohnen, wenn ich nur irgendwie die Chance hätte, gemeinsam mit dir in der Eifel leben zu können.«

Paulas Herz machte einen schmerzhaften Satz. Ob er tatsächlich zu ihr zurückkam?

Als er seine Hände in die Hosentaschen steckte, hoffte Paula, dass es daran lag, dass es ihm ebenfalls schwerfiel, die Finger von ihr zu lassen. Sofort wallte eine Flut von Gefühlen in ihr hoch, doch sie verdrängte sie, so gut es ging, und konzentrierte sich darauf, was Theo zu sagen hatte.

»Bevor ich so weit war, zurückzukommen, musste ich mir erst noch ein paar Gedanken machen. Über Jenny, meine Ex«, fügte er hinzu. »Und meinen Vater. Jenny hat mich verlassen. Das ist jetzt gut zwei Jahre her. Sie hat mich verlassen wie damals meine Mutter, ohne ein Wort zu sagen.«

Er lachte verbittert auf. »Die Geschichte wiederholt sich, habe ich gedacht, offenbar bin ich genauso beziehungsuntauglich wie mein Vater.«

Theo atmete tief durch und sah sie durchdringend an. »Das Gespräch mit Jenny habe ich vorgestern nachgeholt. Dankenswerterweise hat sie mit mir gesprochen, und ich weiß jetzt, was bei uns schiefgelaufen ist. Ich war wohl einfach zu verschlossen, immer darum bemüht, meine Gefühle oberflächlich zu halten. Sie meinte, ich habe mich nicht genug in die Beziehung eingebracht und sofort abgeblockt, wenn sie ein Gespräch in dieser Richtung führen wollte. Wir waren schon drei Jahre zusammen, und sie wollte endlich wissen, ob es eine gemeinsame Zukunft gab, aber darauf ließ ich mich nicht ein. So wurde meine Befürchtung zur sich selbst erfüllenden Prophezeiung. Aber anstatt mich danach mit Jenny in Verbindung zu setzen und zu klären, was genau sie zu der Trennung veranlasst hatte, habe ich einfach den Kopf in den Sand gesteckt und weitergemacht, als wäre nichts gewesen. Wobei ich eben nicht genau so weitergemacht habe wie vorher. Ich war von da an immer darauf bedacht, ja keine tiefergehenden Gefühle mehr zuzulassen. Nie mehr wollte ich in so eine Lage kommen. Bis du kamst.«

Er griff nach ihren Händen, und Paula spürte sofort wieder die knisternde Verbindung zwischen ihnen.

»Ich liebe dich. Ich glaube, ich habe mich schon in dem Moment verliebt, in dem du mir zum ersten Mal in die Arme gefallen bist. Ich weiß, wir hatten gesagt, dass wir es locker angehen wollen, dass wir nur Freunde mit gewissen Vorzügen sein wollen, aber das reicht mir nicht mehr. Ich will dich zurück. Und ich will dich ganz. Eine richtige Beziehung in der Hoffnung, dass sie den Rest unseres Lebens dauert.«

Eine gewisse Unsicherheit flackerte in seinen Augen auf. »Was meinst du dazu?«

Paula machte einen schnellen Schritt auf ihn zu und umarmte ihn stürmisch. »Ja! Von ganzem Herzen: Ja! Das will ich auch. Ich war so bescheuert, bitte verzeih mir!«

Sie löste sich von ihm und schaute ihn an, ohne den Kontakt ihrer Hände zu unterbrechen. »Ich hätte dich nicht so anschreien dürfen. Jedem passieren Fehler, die ganze Geschichte war eine Verkettung unglücklicher Umstände. Bitte verzeih, dass ich ausgerastet bin und dich weggeschickt habe. Mir ist danach erst klar geworden, dass ich mich voll auf dich verlassen kann, denn du hast mich die ganzen Wochen nach Kräften unterstützt.«

»Ich habe dir schon längst verziehen«, sagte er, und seine Augen funkelten.

Ein Stein fiel ihr vom Herzen, jetzt erst breitete sich die ganze Freude, ihn zu sehen, wie Feuer in ihr aus.

»Du bist der Richtige für mich«, sagte sie. »Was mir auch von den anderen permanent unter die Nase gerieben wurde.«

Theo zog eine Augenbraue hoch. »Auch von Jupp?«

»Jupp und ich haben uns ausgesprochen. Wir sind Freunde, nicht mehr. Ich empfinde nichts anderes für ihn, aber für dich«, fuhr sie leise fort und sah ihm fest in die Augen. »Unser Plan, nur Freunde zu bleiben, hat für mich schon seit Langem nicht mehr funktioniert. Theo, ich liebe dich, und ich habe dich so schrecklich vermisst!«

Endlich fanden ihre Lippen sich zu einem leidenschaftlichen Kuss zusammen. Zärtlich strich sie ihm über den Rücken, die kräftigen Muskeln seiner Schultern und seinen starken Nacken. Am liebsten hätte sie ihn auf der Stelle mit Haut und Haaren verschlungen, aber dafür war hier weder der richtige Ort noch der richtige Zeitpunkt.

Als spürte er ihre Gedanken, löste er sich ein Stück weit von ihr und sah sie verlangend an.

Erst in diesem Moment wurde ihr bewusst, was sie für einen Eindruck machen musste. Verschwitzt und voller Staub vom Misten und Fegen, in alten Jeans und Gummistiefeln. »Guck nicht so!«, schimpfte sie verlegen. »Ich sehe furchtbar aus.«

»Überhaupt nicht«, widersprach Theo. »Du siehst aus wie die schönste Frau der Welt.

»Ich sehe aus wie eine Bäuerin«, schnaubte sie.

»Du bist eine Bäuerin. Meine Bäuerin.« Er gab ihr mit dem Zeigefinger einen Stups auf die Nase. »Komm mit, ich will dir etwas zeigen.«

»Kann ich nicht erst duschen gehen?«, fragte sie.

»Keine Chance. Ich habe jetzt so lange auf dich verzichten müssen, die Zeit muss ich dringend nachholen.«

Er nahm sie bei der Hand und zog sie hinter sich her.

Paula spürte, wie sich ein breites Grinsen auf ihrem Gesicht ausbreitete. Hatte sie nicht ein unverschämtes Glück? Der beste Mann auf der Welt wollte ausgerechnet mit ihr zusammen sein.

Gerade als sie ihn zu einer gemeinsamen Dusche in einem der Blockhäuser überreden wollte, erreichten sie die Streuobstwiesen, und sie sah, was er ihr zeigen wollte: Unter ihrem Lieblingsapfelbaum, dem alten Gravensteiner, stand eine prächtige Gartenbank!

Sie löste sich von ihm, lief dorthin und bestaunte das Meisterwerk seiner Tischlerkunst. »Die ist wunderschön!«

Vorsichtig fuhr sie mit dem Zeigefinger durch ihre ineinander verschlungenen Initialen, die er formvollendet in die Rückenlehne geschnitzt hatte.

»Eigentlich wollte ich sie dir zum Hoffest schenken«, erklärte Theo, der inzwischen herangekommen war.

»Ich war so eine Idiotin«, stellte Paula wieder einmal fest und setzte sich auf die Bank. Sie war außerordentlich bequem, bot genug Platz für sie beide und gab einen wunderschönen Blick über das Tal frei.

»Sei nicht so streng mit dir«, tröstete Theo sie, als er sich neben sie setzte, »du solltest wirklich aufhören, dich selbst zu beschimpfen, ich finde dich nämlich ganz und gar nicht idiotisch.«

Er schlang einen Arm um ihre Schulter, und sie kuschelte sich an ihn.

»Aber ich habe recht«, insistierte sie.

Theo lachte. »Also wie immer.«

»Genau.« Paula grinste ihn an und gab ihm einen herzhaften Kuss auf den Mund.

»Bevor wir es uns hier gemütlich machen, muss ich aber noch einmal ein ernstes Thema anschneiden.«

Paula wurde ein wenig flau, aber sie zwang sich, in sein Gesicht zu schauen.

»Jetzt, wo wir entschieden haben, dass wir eine richtige Beziehung führen wollen, möchte ich dich bitten, mich dir helfen zu lassen. Ich habe genug Geld beiseitegelegt, um dich zu unterstützen. Es ist nicht nötig, dass du vor lauter Sorge nicht vernünftig schläfst.«

»Soll das eine wenig dezente Anspielung auf mein desolates Aussehen sein?«

»Tut mir leid, aber es ist nicht zu übersehen, dass du zu wenig Schlaf bekommst«, antwortete er und strich ihr zärtlich über die Wange.

»Was nur an dir lag, nicht an den Finanzen. Die haben sich nämlich geklärt.«

Sie erzählte ihm, was sich seit ihrem Streit zugetragen hatte, davon, dass sie sich mit ihrem Vater vertragen hatte und Jakob demnächst auf den Hof käme, dass die Versicherung zahlte und sie deutlich mehr Verkäufe hatte als zuvor. Und vielleicht bald sogar Restaurants und Bioläden als Geschäftskunden!

»Außerdem habe ich schon drei Buchungen für die Blockhäuser. Die ersten Gäste ziehen nächste Woche ein.«

»Und? Hast du schon alles vorbereitet?«

Reine Lust brandete wie eine Flutwelle durch ihren Körper, als sie das Verlangen in seinen funkelnden Augen sah. Es war Leidenschaft, die in ihr brannte, aber auch noch ein anderes Gefühl, das tiefer ging und reiner war und sie von innen heraus zum Strahlen brachte.

»Natürlich«, antwortete sie heiser und streckte bereits beide Hände nach ihm aus. »Die Betten sind frisch bezogen.«

Danksagung

Viele Menschen gehören dazu, damit ein Buch schließlich zu seinen Lesern kommt, deshalb möchte ich einigen von ihnen persönlich danken.

Zuerst meiner wundervollen Agentin Elisabeth Botros, ohne die dieses Buch nicht geschrieben worden wäre. Sie hat stets an mich geglaubt und mich auch in den Momenten unterstützt, in denen ich am liebsten das Handtuch geworfen hätte.

Auch danke ich herzlich Claudia Winkler vom Ullstein Verlag und Ingola Lammers, meiner Lektorin, für die unkomplizierte und freundliche Zusammenarbeit.

Dem Landwirt Sebastian Bützler möchte ich ausgesprochen herzlich dafür danken, dass er mir etliche Fragen zur Landwirtschaft geduldig und professionell beantwortet hat. Auch die vielen Fotos mitsamt ihren Beschreibungen, die er auf seinem Blog veröffentlicht, haben mir einen guten Eindruck über den Alltag einer Landwirtin vermittelt.

Ebenso herzlich danke ich Ilona Kuhnen vom Ziegenhof Rösberg, die mir ihren Ziegenstall zeigte und interessante Infos über das Zusammenleben ihrer Ziegen gab. Auch den superleckeren Ziegenkäse mit Feigen möchte ich nicht unerwähnt lassen.

Alle Fehler, die sich bezüglich landwirtschaftlicher oder regionaler Sachlichkeit in diesem Buch trotz eingehender Recherche eingeschlichen haben, gehen natürlich voll auf mich. Diese Fehler zu vermeiden, bemühte ich mich auch anhand der vielen Informationen, die mir Frau Wagner vom Nationalpark Eifel freundlicherweise zur Verfügung gestellt hat. Herzlichen Dank dafür!

Meine Kollegen von den 42erAutoren gehören ebenfalls hierher, vor allem die aus „meinem" Blogteam.

Ich danke meiner Freundin Christina für ihre wertvolle Kritik als Testleserin. Christina, du verstehst es, den Finger immer genau in die Wunde zu legen, danke dafür.

Meinen Freunden danke ich nicht nur für ihr Interesse an meiner Arbeit, sondern auch für ihre Unterstützung und ihren Beistand in allen Lebenslagen.

Meinen Kindern möchte ich dafür danken, dass sie die Schrullen ihrer Mutter stets mit einem freundlichen Lächeln quittieren. Ihr seid die Allerbesten!

Auch meine Enkelkinder möchte ich hier nicht vergessen, weil sie mir so viele Momente im Leben versüßen, sowie meine Eltern, die mir von beiden Seiten die Freude an der Sprache in die Wiege gelegt haben.

Und last but not least danke ich meinem Mann, der mich von den ersten Zeilen an, die ich vor Jahren zu Papier gebracht habe, stets ermutigte, weiterzumachen und nicht aufzugeben. Auch seine konstruktive Kritik als Testleser und seine kreativen Ideen zum Plot möchte ich nicht missen. Willem, ich liebe nicht nur unsere Gedankenspinnereien bei einem ausgedehnten Sonntagsfrühstück.